GLI INSUPERABILI
GOLD
111

Questa è un'opera di finzione. I nomi, i personaggi, i luoghi, le organizzazioni, gli eventi e gli avvenimenti sono frutto dell'immaginazione dell'autrice o sono usati in modo fittizio.

Titolo originale: *Silent Child*

Traduzione dall'inglese di Tullia Raspini
Prima edizione in questa collana: giugno 2018

www.newtoncompton.com

Realizzazione a cura di Sandro Ristori
Stampato nel giugno 2018 da Puntoweb s.r.l., Ariccia (Roma)
su carta prodotta con pasta termomeccanica, senza utilizzo di cloro, proveniente da foreste controllate, nel rispetto delle normative ambientali vigenti

Sarah A. Denzil

Il bambino silenzioso

Newton Compton editori

A chi non si arrende mai

1

Il giorno in cui ho perso Aiden è stato il giorno in cui ho compreso cosa significa perdere il controllo. Se ne parla di continuo, la gente non fa altro che dire quanto è facile uscire di testa, per via dell'alcol, delle droghe, della passione o della rabbia. Ma nessuno sa cosa si prova veramente a perdere il controllo, e non sto parlando delle mie emozioni, ma della mia *vita*. Sì, ho perso il controllo della mia vita. Tutto ciò che mi circondava è crollato mentre io me ne stavo a guardare impotente.

Ho sentito dire che puoi controllare solo te stesso e il modo in cui *tu* ti comporti in un determinato contesto. Non puoi mai controllare le circostanze attorno a te. Non puoi controllare come reagiscono le altre persone: solo come agisci *tu*. È la grande tragedia della vita. Un attimo prima ogni cosa è perfetta, l'istante successivo il tuo mondo è a brandelli, e solo a causa delle circostanze che accadono tutt'intorno a te. E cosa dovresti mai pensare quando ti viene portato via tuo figlio? Che era destino? Il volere di Dio? La sfortuna? Come ci si aspetta che tu vada avanti?

Nella lotteria della vita, io ho avuto un colpo di fortuna. Sono nata nel classico ambiente di leggiadria bucolica che ti culla nel pensiero che *non ti accadrà mai niente di brutto*. Armi e violenza possono inquinare i notiziari, ma niente del genere succede mai a Bishoptown-on-Ouse. Siamo annidati nell'arioso panorama di un quadro di John Constable, con lunghe distese di verdi pascoli ondeggianti e muri a secco. Eravamo al sicuro. Almeno così pensavo.

Il 21 giugno del 2006, alle due del pomeriggio, indossai un impermeabile e un paio di stivali alti di gomma, e mi infilai nella peggiore inondazione che Bishoptown-on-Ouse avesse visto dal 1857. La villetta che dividevo con i miei genitori e il mio bambino di sei anni, Aiden, era un po' indietro rispetto alla strada quieta. Quando misi piede fuori casa quel giorno la corrente d'acqua mi colse di sorpresa per la sua potenza. Mi inzuppò gli stivali e mi schizzò fin sul cavallo dei pantaloni. Il mio cuore aveva già accelerato i battiti, ero preoccupata, non sapevo come raggiungere la scuola. Gli insegnanti avevano fatto un giro di telefonate a tutti i genitori, chiedendo loro di andare a prendere i figli visto che a scuola la pioggia stava entrando attraverso il tetto, e c'era il pericolo che l'Ouse esondasse. La pioggia torrenziale era prevista, ma nessuno aveva immaginato una cosa del genere. L'acqua cadeva dal cielo compatta come un muro, infradiciandomi inesorabilmente e battendo con violenza sul cappuccio della mia giacca a vento.

L'Ouse serpeggiava attraverso il nostro minuscolo villaggio come un boa constrictor in un recinto di sabbia per bambini. Era una vista notevole e pittoresca, quel fiume troppo grande per la nostra minuscola cittadina. Bishoptown aveva due pub, un B&B, una chiesa, una scuola, e una popolazione di quattrocento abitanti circa. Era il secondo villaggio più piccolo di tutta l'Inghilterra, e il più piccolo in assoluto nello Yorkshire. Nessuno se ne andava da Bishoptown e nessuno ci si trasferiva. Se una casa veniva messa in vendita era perché qualcuno era morto.

Ci conoscevamo tutti. Eravamo cresciuti insieme, avevamo vissuto insieme e tirato su i nostri figli insieme. Quindi quando il telefono squillò e Amy Perry – un'insegnante delle elementari nonché mia vecchia amica di scuola – mi disse di andare a prendere Aiden, capii che la situazione era grave. Altrimenti, Amy avrebbe riaccompagnato tutti i piccoli a casa, uno per uno. Sì, ci fidavamo gli uni degli altri *così tanto*.

Avevo sentito la pioggia tamburellare sulle finestre, ma ero persa nel mio mondo, per l'ennesima volta. Guardavo su MySpace le foto dei miei amici di scuola che avevano frequentato l'università e che da allora erano andati in giro per il mondo. Avevo ventiquattro anni. Mi ero diplomata con Aiden nella pancia e avevo visto i miei amici partire per l'università con il mondo ai loro piedi mentre io rimanevo a casa dei miei. Alcuni di loro erano volati verso nuovi pascoli mentre io fissavo la fermata del bus dalla finestra di camera mia, con una mano sul ventre rigonfio. Da quel momento, avevo speso una quantità di tempo decisamente poco sana a cercare su Google i miei amici, aprendo foto della Thailandia e di Parigi mentre tiravo su un bambino.

Con quel tempo era assolutamente escluso mettersi alla guida, e di tutti i membri della mia piccola famiglia la più vicina a scuola ero io, così decisi di andarci a piedi. Rob – il padre di Aiden – stava lavorando in un cantiere fuori York. Anche i miei genitori erano a lavoro. Troppo lontani per essere d'aiuto, intrappolati dal maltempo. Non chiamai nessuno di loro lì per lì perché non pensai di avere bisogno di una mano. Bishoptown era un posto piccolo, da casa a scuola era una camminata di dieci minuti. Ma era anche sull'altra sponda dell'Ouse, il che effettivamente mi preoccupava un po'. Se l'acquazzone era davvero così brutto come dicevano i notiziari, il fiume avrebbe potuto superare gli argini.

Arrancai sulla strada fendendo l'acqua piovana con il cuore che mi batteva così forte che mi pareva che mi si fosse tatuato contro le costole. La pioggia scendeva obliqua, era difficile tenere gli occhi aperti. Abbassai la testa e strinsi il manico della borsa sulla mia spalla, con le mani già zuppe e fredde fino all'osso.

«Emma!».

La voce era a malapena udibile sopra il martellare della pioggia sull'asfalto. Mi voltai e vidi la mia amica Josie che gesticolava verso di me mentre si affrettava su per la collina. Era una contabile nella piccola azienda dove lavoravo part-time come segretaria. Mi turbò vederla così scombinata, con i capelli disordinati e incollati al viso e il trucco che le colava giù sulle guance. Non aveva cappotto né ombrello. La gonna a matita era fradicia.

«Jo! Gesù, riparati».

«Emma, ho appena attraversato il ponte. Gli argini stanno cedendo. Va' a casa».

«Cazzo. Devo andare a prendere Aiden a scuola».

«Lo terranno al sicuro», disse lei. «Ma se il fiume straripa e sei vicina al ponte potresti annegare». Mi fece cenno di andare verso di lei ma io rimasi dov'ero.

«Devo andare a prendere Aiden», ripetei, scuotendo la testa. La scuola era troppo vicina al fiume. Se la pioggia stava già entrando dal tetto, in che condizioni si trovava la struttura?

«Fa' attenzione. Ho sentito che stanno mandando i soccorsi ma non c'è quasi nessuno vicino al fiume in questo momento, niente poliziotti e roba del genere, e la situazione sembra brutta, Em. Non tornare indietro attraverso il ponte, va bene? Vai verso il White Horse o un posto così. Almeno lì puoi prenderti uno Chardonnay, giusto?». Fece un gran sorriso per la sua stessa battuta ma si vedeva che era nervosa. Era scossa, sul serio. E non era per niente da lei.

«Va bene. Torna a casa sana e salva. Ci vediamo al lavoro quando questo dannato tempo si sarà calmato un po'». Le restituii un sorriso altrettanto nervoso, cercando di ignorare il nido di serpi che si contorcevano nel mio basso ventre. Quando era più giovane mio padre aveva prestato servizio come volontario nel Royal National Lifeboat Institute e mi diceva sempre che se c'è una cosa nella vita con cui non si scherza, è il mare.

Il nostro minuscolo pezzetto di mare era sgorgato a Bishoptown quel giorno. Quando raggiunsi il ponte, la vista mi tolse il fiato. Josie aveva ragione: l'Ouse era pericolosamente vicino a superare gli argini. Di solito era così tranquillo e lento, quel giorno invece lambiva il ponte, assaltando a ondate gli archi di pietra. L'acqua raggiungeva le banchine d'erba grondanti, debordava giù per la collina verso la villetta dei miei genitori. Feci un passo indietro e tirai fuori il cellulare. Non ci fu risposta dalla scuola, il che non mitigò per niente la mia ansia. Dopo chiamai papà.

«Emma, va tutto bene?», chiese. «Sono in ufficio e la pioggia è così forte che penso che rimarrò bloccato qui».

«Non cercare di tornare a casa, papà, il fiume potrebbe straripare». Papà lavorava appena fuori Bishoptown, faceva l'ingegnere civile per una ditta di costruzioni. «Sto andando a scuola per stare con Aiden finché non arrivano i soccorsi».

«Emma…».

«Sto bene. Solo… solo non cercare di venire a casa, d'accordo?».

«Emma, il ponte…».

Fissai il piccolo ponte di pietra con trepidazione. «Sono già dall'altra parte. Sono su Acker Lane, sulla strada per la scuola».

Fece un sospiro di sollievo. «Chiamo tua madre e le dico di rimanere in ambulatorio».

«D'accordo, papà. Ti voglio bene».

«Ti voglio bene anch'io, bambina».

È stupido, lo so, ma i miei occhi si riempirono di lacrime appena chiusi la chiamata. Il telefono segnava le ore 14:10. Erano già passati dieci minuti e avevo fatto solo metà strada. Dovevo sbrigarmi e correre da mio figlio.

Mi avviai a grandi falcate sul ponte e cercai di ignorare il livello dell'acqua sempre più minaccioso, nella speranza che accelerando il passo potessi in qualche modo rendere la traversata meno pericolosa.

L'acqua si riversava lungo il ponte, mi arrivava quasi alla caviglia. Non sapevo se si trattasse di acqua piovana o se venisse dal fiume, o magari tutte e due. L'unica cosa che sapevo è che dovevo sbrigarmi. Ma mentre facevo l'ultimo passo oltre il ponte, un'ondata arrivò con forza a smuovere grossi pezzi di pietra, che andarono in frantumi sotto i miei piedi. Persi l'equilibrio e inciampai, facendo cadere il telefono nel fiume. Quando l'acqua ghiacciata mi colpì su un fianco mi strappò via il respiro e rischiai di finire dritta nella corrente vorticosa. Feci un lungo passo di lato, come un granchio, sentendo la forza del fiume che cercava di trascinarmi con sé.

Ma la sponda era molle e fangosa, il che mi permise di ficcare il tacco degli stivali a fondo nella terra. Un punto di appoggio sufficiente a spingermi in avanti. Artigliando il terreno, risalii la banchina verso la strada. Persi lo stivale sinistro, che venne via in un attimo.

Con il calzino che penzolava dal piede mi inerpicai fino all'asfalto, annaspando e respirando a fatica mentre la poggia martellava dal cielo. Quando fui abbastanza lontana dal ponte, mi voltai a guardare il mio stivale scivolare sott'acqua. Provai a riprendere fiato, zuppa fino al reggiseno. Avrei potuto fare la stessa fine dello stivale, e a quel punto chi avrebbe portato Aiden a casa al mio posto? No, non saremmo riusciti a tornare, non con il fiume in quelle condizioni. Sarei dovuta rimanere con lui a scuola. Che idiota che ero stata. Avevo ignorato gli avvertimenti di mio padre. Un grosso groppo mi si formò in gola mentre davo le spalle al fiume. Un solo passo falso e sarei caduta nelle stesse acque in cui erano finiti il mio telefono, le pietre e il mio stivale di gomma. Un solo errore e mi sarei ritrovata sospesa sotto la corrente, dove l'acqua è calma, con i capelli fluttuanti attorno a me: un'eterea ninfa acquatica che non avrebbe mai più respirato.

Un'altra giovane donna morta. Un altro numero nelle statistiche. Un tragico incidente dovuto a un'alluvione. Una donna egoista che aveva reso orfano il figlio di sei anni dopo aver mentito al proprio padre. Scossi la testa e mi avviai su Acker Lane, come avevo appena detto a papà. La via correva parallela al fiume per un chilometro e mezzo, poi girava a sinistra e incrociava la strada della scuola. Quest'ultima proseguiva per quasi un altro chilometro prima di arrivare al parcheggio della scuola di Bishoptown. Lì l'acqua era altissima, copriva per metà i cerchioni delle macchine. C'erano ben poche possibilità che tutte quelle persone ce la facessero a tornare a casa per la notte. Mi concentrai di nuovo sulla scuola – ci ero andata anche io, avevo inciso il mio nome sui banchi in aula magna per fare colpo su Jamie Glover, un ragazzo che in seguito mi aveva spezzato il cuore baciando Fiona Carter sul campo di rugby alle medie. Ma ormai, ovviamente, era la scuola di mio figlio. Era il suo momento di costruire ricordi e incidere il suo nome nel legno usando la punta acuminata di un compasso.

Era un edificio piccolo, di stile vittoriano. Ricordava una chiesa modesta, con un tetto spiovente e le vetrate dall'aria antica. Aveva qualcosa di gotico.

Trascinando il mio calzino zuppo, corsi all'ingresso ed entrai, praticamente travolgendo qualcuno sulla porta. Quando mi raddrizzai mi resi conto che si trattava della signora Fitzwilliam, era la preside della scuola anche quando ero bambina io. Appena mi vide impallidì, e il suo sguardo si spostò dai miei occhi verso un punto oltre la mia testa. Cambiò espressione in un lampo, e io sentii lo stomaco che mi cadeva fino ai piedi fradici.

«Cosa c'è?», chiesi.

Gocce di acqua venivano giù lungo il muro dietro la signora Fitzwilliam. La chiamavamo signora Fitz, quando ero bambina. Era sempre stata severa ma giusta. Avevamo un po' paura dei suoi capelli rossi, ma ormai erano quasi completamente grigi, e la sua espressione austera divenne più dolce quando incontrò finalmente il mio sguardo. Le lacrime che le bagnavano gli occhi mi tatuarono di nuovo il cuore contro le costole. Mi portai una mano al petto, cercando di calmarmi. Mi sembrava che qualcuno mi avesse fatto ripartire i battiti con un defibrillatore.

«Signora Price... Emma... mi dispiace così tanto».

Feci un passo avanti e lei uno indietro. Dalla sua espressione capivo che il mio viso doveva essere stravolto da una smorfia folle. Alzò le mani tendendole davanti a sé come in segno di resa.

«Abbiamo chiamato la polizia, sarà presto qui».

«Mi dica cos'è successo».

«Aiden è scomparso. La signorina Perry era con i bambini in aula quattro. Stava facendo l'appello. Avevamo radunato tutti gli alunni del secondo anno in quell'aula perché lì la perdita dal tetto non era così brutta. Ma in qualche modo Aiden ha lasciato l'aula. Abbiamo cercato dappertutto e crediamo che abbia abbandonato la scuola».

Mi strinsi il petto, come se un gesto così insignificante potesse alleviare il dolore che si irradiava dal mio cuore. «Perché mai se ne sarebbe andato?».

Lei scosse la testa. «Non lo so. Forse la pioggia lo incuriosiva, chissà».

Mi accasciai, piegandomi come un foglio di carta appallottolato. *Certo* che lo incuriosiva. Ogni cosa lo incuriosiva. Era un esploratore. Si arrampicava sugli alberi al parco, si precipitava nei campi pieni di mucche scavalcando le palizzate di legno, si nascondeva nell'erica della brughiera intorno a Bishoptown, e giocava a nascondino nella foresta. Io avevo incoraggiato quel suo lato. Volevo un bambino aperto e coraggioso, per il suo bene. Volevo che diventasse un uomo forte con una spiccata propensione per l'esplorazione. Avevo proiettato il mio desiderio di viaggiare su di lui.

Ma non avevo certo desiderato *questo*. Non volevo che se ne andasse in giro durante l'alluvione più pericolosa dell'ultimo secolo e passa.

«Avete setacciato la scuola?», chiesi.

«Stiamo ancora cercando», disse lei.

«Vi aiuto».

Il resto della giornata è sfocato. Controllai di persona ogni aula, inciampando sui secchi posizionati sotto alle perdite e spalancando le porte di ogni ripostiglio, gridando il suo nome fino a spaventare gli altri bambini. Tutto inutile. Aiden non era nella scuola. Avevo cercato in ogni angolo e in ogni fessura dell'edificio, ero perfino uscita ad arrancare nel parcheggio e nel campo da football. Alla fine Amy mi convinse a sedermi e la signora Fitzwilliam mi portò del caffè caldo.

La polizia si presentò ore dopo, insieme alle unità di ricerca e soccorso. In qualche modo tra una cosa e l'altra mi diedero un paio di scarpe in più. Nessuno aveva trovato Aiden. C'erano troppe cose di cui le autorità si dovevano occupare, la polizia e le unità di ricerca e soccorso non ce la facevano a gestire la situazione, la pressione era forte, talmente forte che alla fine il mio bambino, il mio bambino scomparso, rimase esattamente così. *Scomparso*.

E ora? Me la prendo con qualcuno? Odio i genitori di quei bambini che furono portati in salvo in barca o in elicottero quando l'Ouse finalmente straripò e ricoprì il nostro piccolo villaggio con la sua torbida linfa vitale? No. Non posso. Non posso biasimare gli uomini e le donne che lavorarono instancabilmente per aiutare la gente in difficoltà. Ma mentre guardavo tutte quelle persone che si muovevano freneticamente intorno a me, mentre vedevo gli altri bambini insieme ai loro genitori, e osservavo la popolazione mezza affogata del mio villaggio che riceveva coperte e tazze di tè caldo, mi resi conto che la mia vita non era più nelle mie mani. Quel giorno, quando persi Aiden, persi il controllo della mia vita. Non lo avrei più recuperato, perché lui era scomparso

2

Quante potenzialità sprecate. Questa è la frase che mi sentivo ripetere in continuazione quando rimasi incinta di Aiden all'ultimo anno delle superiori. Avevo appena compiuto diciotto anni quando feci pipì sullo stick, e avevo già fatto domanda per entrare in diverse università. Mi aspettavo che avrebbero accettato la mia candidatura e mi avrebbero accolto a braccia aperte nei loro corsi umanistici. Rob, il mio ragazzo all'epoca, non aveva inoltrato le pratiche per nessuna università. Il nostro rapporto era appeso a un filo, e quando gli annunciai la novità, quel filo finalmente si ruppe.

Rob non era mai stato il classico ragazzo che porti a casa dei tuoi. A quindici anni suonava con un gruppo, a sedici si era tatuato, a diciassette aveva quasi completamente abbandonato la scuola. Alla fine aveva fatto gli esami di maturità, ma ora, quando guardo indietro a quel periodo, mi dico che forse era rimasto a scuola soprattutto per frequentare me. Eravamo veramente molto innamorati ma era un amore giovanile; appassionato e idiota, pieno di errori e drammi. Il dramma più grande era stata la mia gravidanza, da cui era scaturita una riunione di famiglia tra i Price e gli Hartley per discutere sul modo migliore per affrontare tutto il calvario. A un certo punto avevo addirittura pensato che potessero mandarmi da qualche parte per nove mesi e farmi dare alla luce il bimbo in segreto. Mi pareva improvvisamente di vivere agli inizi del ventesimo secolo, invece che del ventunesimo.

Il nostro era un piccolo villaggio di gente ricca di campagna. Mia madre era il medico base di Bishoptown. La famiglia di Rob possedeva il B&B del villaggio e diverse villette per le vacanze fuori York. Avevamo un futuro davanti. Eravamo figli della borghesia, i nostri genitori avevano lavorato sodo per garantirci un avvenire, e noi avevamo pisciato su tutto quanto proprio come io avevo pisciato su quello stick.

Avrei potuto abortire, e non dico bugie, ci avevo pensato. Mamma mi aveva persino messo davanti a un tavolo e mi aveva descritto la procedura in modo calmo e neutrale. Le ragazze come me spesso sceglievano quella soluzione. Molte sentono che è la decisione migliore. Ma c'era qualcosa in quel piccolo fagiolo che avevo visto nell'ecografia che mi dava la sensazione che forse una piccola magia stava crescendo dentro di me. Il fagiolo magico si stava formando nel mio grembo e volevo vedere come sarebbe andata a finire. Forse ci fu anche un po' di egoismo nella mia decisione. Forse c'è un po' di egoismo in ogni decisione. Ma questa fu la mia scelta.

La mia scelta fu Aiden.

E non me ne sono mai pentita.

Né quando lacerò la mia pelle uscendo fuori dal mio corpo, né quando urlava come un pazzo invece di riposare, né quando trovarono il suo cappotto rosso che galleggiava nel fiume Ouse tre giorni dopo l'alluvione. No, non mi sono mai pentita della mia scelta, neppure sette lunghi anni dopo l'alluvione, quando finalmente accettai che mio figlio venisse dichiarato ufficialmente morto.

«Emma, vuoi aprire questo adesso?».

Sbattei le palpebre, e mi ritrovai nell'aula professori, seduta sulle poltroncine – in realtà non erano affatto comode – che erano state sistemate intorno a un piccolo tavolo da caffè. Il muro di sinistra era coperto dalle cassette postali dei professori, e dietro di me c'era una piccola zona cucina, con qualche armadietto contenente vecchie confezioni di cereali e un lavandino pieno di tazze e cucchiaini. Quanto tempo ero rimasta a pensare ad Aiden? A giudicare dagli sguardi dipinti sui volti intorno a me, mi ero estraniata in un mondo tutto mio per un bel po'.

«Certo! Chiedo scusa, mi sono distratta». Mi ficcai una ciocca di capelli ribelli dietro l'orecchio e piegai la testa mentre sorridevo e prendevo il regalo che Amy mi stava porgendo.

Dieci anni prima, quando Aiden era morto nell'inondazione, non avrei mai immaginato di ritrovarmi a lavorare fianco a fianco con la donna che aveva lasciato che mio figlio vagasse fuori dalla scuola. Ma la vita va avanti e le persone si evolvono. Malgrado tutto, avevo perdonato Amy. Durante l'alluvione era stata sottoposta a una pressione che non era in grado di tollerare, e proprio mentre lei non guardava mio figlio aveva fatto un gesto inspiegabile: se n'era andato dritto fuori dalla scuola, giù fino al fiume pericoloso. Era stato rapito dalla corrente ed era annegato. Questi erano i fatti, nudi e crudi. Ma tutte le volte che ci pensavo, perdevo contatto con la loro concretezza. Ogni tanto mi chiedevo se non avessi perso contatto con la morte di Aiden in tutto e per tutto. Ma poi, credevo veramente che fosse morto? O forse mi raccontavo che viveva come una creatura selvaggia da qualche parte nelle brughiere dello Yorkshire, spaventando gli escursionisti, saltando fuori dall'erica per poi scorrazzare verso una grotta, dove viveva come il cavernicolo di quel libro per bambini?

Spinsi l'unghia del pollice sotto lo scotch e scartai lentamente il regalo tenendolo sulle gambe. Era incartato con un fiocco rosa, anche la carta era rosa, con degli uccellini e dei fiori. Era spessa, difficile da strappare. Amy non si era limitata a fare una capatina dal giornalaio su Bishoptown Hill, era andata da Paperchase o da Waterstones, ne aveva scelto una bella, alla moda. Sotto gli uccelli c'era una scatola con il lato anteriore di plastica trasparente.

«È bellissima». Espirai lentamente, trattenendo le lacrime che mi bruciavano gli occhi.

«Va bene?», chiese, con un'evidente vibrazione di ansia nella voce. «So che ad alcune mamme non piace ricevere regali così femminili per le loro bimbe. Ma l'ho vista ed era così favolosa che non ho saputo resistere».

Il suo sguardo acquoso incontrò il mio. Conoscevo Amy da quando avevo tredici o quattordici anni, sebbene non fossimo mai state troppo legate. Ci capitava di frequentare gli stessi giri, ma non era certo l'amica che chiamavo il sabato sera per fare un giro o andare al cinema. Era sempre stata piuttosto chiusa, e sarebbe stata bella se non fosse stato per i lunghi denti davanti che le impedivano di chiudere bene la bocca. Aveva qualcosa del classico topo di biblioteca. Era silenziosa, inquieta e sgraziata, e so che la morte di Aiden era stata un pesante fardello nel corso degli anni. Tra una cosa e l'altra, dopo che il lutto aveva smesso di essere così paralizzante ed era lentamente sbiadito, avevo iniziato a dispiacermi per lei.

«Oh, è adorabile», tubò Angela, la responsabile del primo anno delle medie.

«Bella», disse Sumaira del dipartimento di inglese.

«Vorrei tornare bambina e comprarmene una», disse Tricia, l'altra amministratrice.

Abbassai lo sguardo sulla bambola appoggiata sul mio grembo e provai con forza a scacciare il ricordo di Aiden dalla mia testa. Per una volta, una volta soltanto, avrei voluto pensare al mio futuro.

Era stato duro, quel decennio. Non avevo mai immaginato che la vita potesse essere così dura. Ma non era stato completamente pieno di infelicità. C'erano stati momenti bellissimi, come quando avevo sposato Jake e quando avevo scoperto che aspettavo sua figlia. E quello doveva essere un altro momento felice e volevo godermelo. Volevo vivere nel presente. Quindi scacciai Aiden dalla mia testa – chiedendogli silenziosamente perdono – e pensai al giorno in cui avrei dato quella bellissima bambola a mia figlia. Era di porcellana, con delicate guance rosa e capelli castani ondulati che le cadevano sulle spalle. Indossava un abito rosa di tulle con margherite cucite lungo l'orlo, e una farfalla sulla bretella.

«È perfetta, Amy, grazie mille. Dove cavolo l'hai trovata?», chiesi.

«Be'», disse lei. «C'è un negozio online che le produce su ordinazione. Ma ne hanno anche in pronta consegna e questa è una di quelle. Me ne sono innamorata e ho *dovuto* comprarla per te».

Sistemai la bambola con cura sul tavolo da caffè accanto all'enorme biglietto d'auguri luccicante, decorato con minuscoli body appesi su un filo della biancheria, poi mi piegai in avanti sulla sedia e abbracciai Amy. Lei mi diede delle pacche affettuose sulla schiena, piegandosi sul mio pancione per abbracciarmi.

«Ah, quanto mi sarebbe piaciuto avere una pancia così ben proporzionata quando ero incinta di otto mesi», disse Sumaira. «Arrivavo fino a qui!». Allungò le braccia e ridemmo tutte.

«Continuo a pensare che un giorno mi sveglierò e sarò grossa come una casa», dissi io, ridendo con loro. Mi tenevo in allenamento prima della gravidanza. Correre mi aveva aiutato ad affrontare il lutto ed ero al culmine della forma fisica durante le fasi iniziali della gravidanza. Sentivo ancora un po' di quella forza nel mio corpo. Certamente non ero debole né impacciata. Avevo alcuni dei sintomi classici, certo, come le caviglie gonfie e lo stimolo della pipì in continuazione, ma ero ben diversa da quelle ridicole donne grosse come elefanti che si vedono in televisione. Non ero scoppiata a piangere sul posto di lavoro neppure una volta – ed ero anche riuscita a superare gli ultimi otto mesi senza improvvise voglie di sottaceti.

«Ci mancherai da queste parti, Price-Hewitt», disse Tricia, stringendomi in un altro abbraccio.

«Anche voi mi mancherete, ragazze. Non vi affezionate troppo alla mia sostituta perché tornerò in un lampo».

«Prenditi il tempo che ti serve», disse Angela. «Non fare le cose di corsa. Goditi ogni momento con la bimba».

Annuii, assimilando a fondo le sue parole. Nessuna menzionò Aiden. Nessuna fece alcun riferimento al fatto che la piccola sarebbe stata la mia secondogenita. Mi morsi un labbro e lottai contro l'onda montante del senso di colpa che minacciava di travolgermi.

«Jake mi starà aspettando». Mi alzai un po' troppo in fretta e sentii il sangue correre alla testa. Le articolazioni mi facevano un po' male, ma la gentilezza delle mie colleghe mi aveva donato nuova energia e mi sentivo abbastanza forte da affrontare il mondo intero. Ero pronta per la mia prossima sfida, specialmente con Jake che mi aspettava nel parcheggio. Era stato la mia roccia nei periodi brutti, era lì a prendermi per mano quando cadevo. E, sono sincera, cadevo spesso. Ero caduta nelle tenebre dopo che Aiden era morto.

«Chiamaci quando nasce la bimba. Vogliamo conoscerla», disse Amy. Si morse un labbro e io riuscii a percepire il ronzio dei pensieri nella sua mente – il mio bambino perduto, quello che si era allontanato da lei e non era mai tornato.

«Sì, porta la piccola al lavoro, dai! Sono secoli che non coccolo un neonato. Il mio Oliver ha quasi tre anni ora, ci credete?», disse Tricia, con gli occhi velati al pensiero di suo nipote.

«Certamente», risposi. «Non vedo l'ora di farvela conoscere, sapete».

Raggruppai i biglietti d'auguri e i regali in una busta di

plastica e raccolsi il grande mazzo di rose con il prezzo cancellato con cura dall'incarto. Rimanemmo in piedi in imbarazzo davanti alla porta e per la prima volta vidi l'esitazione sui loro volti. Vidi l'incertezza, e capii a cosa stavano pensando, tutte.

Amy spazzò via le lacrime dalle sue guance. Certo, non avevamo accennato all'esistenza di Aiden e avevamo preso la decisione inconscia di non parlare di lui mentre festeggiavamo la nuova bimba. Eppure Aiden era vicino, così vicino che potevo quasi vederlo in piedi nell'ombra accanto alle cassette postali e al tavolo. Era nelle lacrime di Amy, e nel sorriso complice sul volto di Sumaira. Era nel mio cuore, seppellito nelle mie arterie, mescolato nel mio sangue e nel mio DNA, e in ogni atomo che faceva di me ciò che ero.

Salutai e mi avviai giù per le scale, uscii nel parcheggio, lo stesso parcheggio che avevo attraversato di corsa quel giorno terribile quando il mio stivale di gomma si era infilato nell'acqua piovana e il mio calzino era rimasto precariamente appeso alle dita del piede. Poi vidi l'Audi argento, e il sorriso di Jake al volante.

«Com'è andata?», chiese, mentre ammucchiavo i regali e i fiori sul sedile posteriore. Dovevamo montare il seggiolino in fretta, riflettei. Mancavano solo tre settimane alla data prevista per il parto e c'era tanto da fare.

«Bene. Dovresti vedere la bambola favolosa che ha comprato Amy per Panciona».

Jake si accigliò. «Sembri distrutta. Stavo per proporti di andare a prendere un tè per festeggiare, ma penso che tu abbia bisogno di un bagno caldo e di filare a dormire presto. Vogliamo ordinare qualcosa da Da Vinci invece?».

Mi piegai sopra il cambio per piantare uno stucchevole bacio sulla guancia di Jake. «Direi che è perfetto».

Mentre uscivamo dal parcheggio, non potei fare a meno di voltarmi e gettare un ultimo sguardo alla scuola. Lavoravo lì da cinque anni ormai, e avrei dovuto essermi abituata a quel vecchio palazzo vittoriano. Eppure in qualche modo quella vista riportò improvvisamente tutte le emozioni del passato in superficie. E poi la piccola scalciò. Mi strinsi la pancia e sentii il secondo calcio.

Sì, lo so che sei lì. C'è spazio nel mio cuore anche per te.

3

Nella scuola di Bishoptown ci sono elementari, medie e superiori. Circa vent'anni fa un edificio più moderno è stato aggiunto dietro al vecchio palazzo vittoriano. I corsi per gli studenti sotto gli undici anni si tengono nell'edificio più vecchio, mentre in quello più recente ci sono i ragazzi delle medie. Ho incontrato Jake quando ero una ragazzina come loro.

Era il mio professore.

Sembra una cosa inquietante. Non lo era.

Jake ha cominciato a lavorare alla Bishoptown quando io avevo circa quindici anni, ma è diventato il mio insegnante solo l'ultimo anno di superiori, due anni dopo. Lui insegnava arte, io studiavo arte. Era giovane, aveva solo ventotto anni, e si era appena trasferito da una piccola cittadina fuori Brighton. Ovviamente all'epoca mi ero accorta che era letteralmente meraviglioso. Lo chiamavamo Hewitt il Bello. Ma ero fin troppo innamorata del *mio* bello, Rob, per dare anche solo un'occhiata al mio professore. E poi è arrivato Aiden…

Sei anni prima ero un disastro. Non avevo un lavoro vero e proprio dalla morte di Aiden, se si esclude un impiego part-time in un supermercato, e sopravvivevo unicamente grazie all'eredità che mi avevano lasciato mamma e papà a seguito della loro morte in un incidente stradale. È stato Jake a cercarmi, a farmi ottenere un lavoro a scuola, a tirarmi fuori dal buco nero e a mostrarmi che era possibile premere un interruttore, accendere la luce e salvarmi la vita. Trovare lui – o meglio, essere trovata da lui – mi ha convinto che non ero vittima di una maledizione, dopotutto: ero solo così sfortunata da perdere mio figlio e i miei genitori nell'arco di quattro anni, anche meno.

Dovevo a Jake tutto quello che avevo.

Mentre parcheggiavamo nel vialetto di casa nostra, diedi uno sguardo a mio marito e lasciai che i miei occhi si dissetassero della sua bellezza. Nonostante avesse dieci anni più di me, aveva ancora un fascino raffinato. Le rughe e i capelli brizzolati non avevano una grande importanza. Mi deliziava il suo look da tipico professore, con giacche di velluto a coste e cravatte elaborate. Su di lui erano alla moda e sexy, non sembrava trasandato come alcuni degli stagionati insegnanti di geografia a scuola.

Notò il mio sguardo indagatore e mi lanciò un'occhiata perplessa.

«Cosa c'è?»

«Niente». Alzai le spalle. Il pomeriggio estenuante era stato spazzato via ed era stato sostituito da un'emozione simile alla vera felicità. Certo, avevo avuto qualche barlume di gioia nell'ultimo decennio, ma non ne era mai rimasto niente. Il sentimento che si stava diffondendo dentro di me in quel momento era una cosa del tutto diversa.

Possibile che la mia vita si stesse rimettendo in sesto? La felicità stava superando il dolore per Aiden e i miei genitori? Si dice che il tempo guarisce tutte le ferite, ma io non ci ho mai creduto. Mi consideravo irrimediabilmente a pezzi dopo l'alluvione. Eppure sembrava proprio che alla fine quei pezzi si stessero rimettendo insieme.

O così pensavo.

Jake portò i regali dentro casa e io versai dell'acqua in un vaso e accorciai i gambi delle rose. La cucina prese vita, nella confusione dei nostri movimenti, e i sacchetti di plastica frusciarono quando Jake poggiò i doni sul tavolo da pranzo. Cominciò a scartarli uno a uno.

«Jane c'era?», chiese.

«No, si è fatta male alla schiena».

«Di nuovo?». Jake scosse la testa. «Ma del resto, è quello che devi aspettarti quando ti riduci in quelle condizioni. Come ha fatto?».

Quel commento indelicato mi irritò. Jane era una donna di mezz'età e sovrappeso. Aveva perso tutto il semestre a causa dei continui problemi di salute. Era difficile non pensare che la maggior parte di quei problemi sarebbe sparita se solo avesse perso peso, ma a volte Jake non aveva proprio peli sulla lingua. Non si faceva problemi a spiattellare quello che le altre persone non si azzardavano a dire. «È rimasta bloccata con la schiena infilandosi il reggiseno».

Jake emise una risata fragorosa. «Stai scherzando!».

«Ehi», dissi io, «è difficile infilarsi il reggiseno con la pelle umida dopo la doccia».

«Sì, ma dai». Scosse la testa e continuò a togliere i regali dalla busta. «Quindi Amy ti ha comprato questa bambola? E a te… piace?». Sollevò la scatola con la delicata bambola all'interno.

«Sì, perché?»

«Non pensi che sia un po'… inquietante?». Alzò di più il pacco mentre io rimanevo in piedi con il fianco poggiato al bancone della cucina, le forbici in una mano e una rosa nell'altra. Le sue dita affondavano nella plastica. Avrei voluto dirgli di smettere di stritolarla così. La plastica crepitava perché lui la spostava di continuo, e quel rumore mi faceva impazzire.

Quando la mise giù la tensione si placò e io riuscii a farmi una risata. «Sei una di quelle persone che piangevano quando c'era un clown a una festa di compleanno?».

Jake si spinse gli occhiali più in alto sul naso e fece un

mezzo sorriso. «Solo gli psicopatici trovano i clown divertenti. È un fatto. Basta pensare a John Wayne Gacy».

Rabbrividii mentre lasciavo cadere l'ultima rosa al suo posto e raccoglievo la carta dei fiori. Le decorazioni erano rimaste impigliate tra le pieghe.

«Non dimenticare di pulire la parte di sotto», disse Jake, indicando la sottile pozza di acqua che avevo lasciato sul bancone.

Alzai gli occhi al cielo ma andai a prendere uno strofinaccio dallo scaffale per rimediare a quel guazzabuglio. Jake aveva dovuto insegnarmi a mettere a posto le mie cose quando eravamo andati a vivere insieme, e tra noi era diventato un tormentone. Diceva che non faceva altro che allenarmi, alternando lodi a leggere spintarelle nella giusta direzione. Se ero stata brava mi portava a cena fuori. Per i primi sei mesi non me ne ero nemmeno accorta. Non era mai stato un problema asciugare un po' di acqua che era schizzata dove non doveva o raccogliere i calzini della sera prima, almeno finché non mi ero ritrovata a condividere gli stessi spazi con un maniaco della pulizia come Jake. Forse i miei genitori mi avevano coccolato troppo dopo la morte di Aiden. Dopotutto, ero rimasta a vivere con loro fino a quando erano morti. Poi, quando la relazione con Jake era diventata una cosa seria, avevo venduto il cottage dei miei e mi ero trasferita nella sua lussuosa proprietà con tre stanze da letto a Fox Lane, a un tiro di schioppo dalla scuola.

Era l'esatto opposto dell'abitazione caotica dei miei genitori, che era un posto piuttosto caratteristico persino per gli standard dei classici cottage inglesi: tetto ricoperto di paglia, minuscole scale riempite di pile di libri e vecchie opere d'arte. La casa di Jake era incolore e ordinata. I soffitti erano alti e ariosi. Quella dei miei genitori era stata dipinta in diverse gradazioni di rosso e marrone, con soffitti bassi ma tante finestre per far entrare la luce. La cucina era stata riempita fino all'orlo di padelle di ghisa che pendevano dalle travi e cataste di lettere sopra al frigo. La cucina di Jake era minimalista e spoglia, con bianche credenze moderne e un frigorifero a scomparsa.

Sistemai le rose sul tavolo e feci un passo indietro, pensando a quanto fosse bello avere un po' di colore in cucina, giusto per cambiare un po'. Qualche volta mi mancavano i muri rossi della mia vecchia camera e le trapunte ricamate che giacevano invariabilmente ai piedi del mio letto in un ammasso ingarbugliato. Con Jake dormivo – o meglio mi giravo e rigiravo nel letto – su fresche lenzuola di cotone egiziano nelle tonalità dell'avorio e del bianco.

«Andiamo a sederci sul divano, ci guardiamo un DVD». Jake mi cinse con un braccio e mi condusse dolcemente verso il soggiorno.

«Non vuoi leggere il biglietto di auguri?»

«Oh sì, certo», disse con entusiasmo. «Prendilo. Come sei stata oggi? Hai avuto mal di schiena?».

Per poco non scoppiai a ridere. *Ovviamente* avevo mal di schiena. E dolore alle caviglie. E poi c'era la bimba che mi speronava gli organi interni con il piede. Quando ero incinta di Aiden mi faceva molta impressione pensare al mio bambino che condivideva lo spazio con i miei reni e il mio intestino e tutte le altre cose che stavano schiacciate di fianco all'utero, specialmente quando avevo scoperto che il corpo si muove e si adatta per fare posto al bimbo. La seconda volta ero determinata ad accogliere tutte le gioie della gravidanza. Determinazione che era durata fino al primo attacco di nausea mattutina.

«Non più del solito». Mi sistemai sul divano. Nonostante la mia risposta spavalda, ero stanca per tutto il bailamme. Era bello liberare i piedi dal peso del mio corpo. Probabilmente adesso nulla avrebbe potuto convincermi a ritirarmi su, a parte forse il bisogno di andare in bagno. Passai il biglietto di auguri a Jake.

«Leggere questa roba mi mette tristezza, sai», disse Jake. Mise il broncio per scherzo.

«Perché? Voglio dire, so che John del dipartimento di storia ha letto male il biglietto e ha scritto "condoglianze", ma tutti gli altri sono felici per noi. Cioè, *spero* che abbia letto male. Magari invece è sinceramente afflitto dalla prospettiva che il mondo debba accogliere altri bambini». La mia piccola battuta mi lasciò l'amaro in bocca quando pronunciai la parola "bambini". C'era ancora, l'amarezza. Per molto tempo non ero riuscita a guardare i figli delle altre persone. Non riuscivo neanche a pronunciare la parola. Abbassai gli occhi sul pancione e cercai di scacciare via quelle sensazioni. Era ora di imparare a godersi una semplice battuta.

«Perché non lavoreremo insieme per il prossimo anno. Non ti accompagnerò a lavoro e non ti porterò a casa. Mi piacerebbe prendermi un anno di aspettativa insieme a te. Voglio dire, sarebbe tanto folle? Sarebbe terribile?»

«Forse sì, se vogliamo mangiare», risposi. «Dovresti lasciare completamente il tuo lavoro. Non ti permetterebbero di prendere un anno di aspettativa. Non a tutti e due, cioè».

«Lo so. Ma... cosa farai tutto il giorno?»

«Be', penso che questa qui mi terrà occupata». Risi e indicai il mio pancione. Ma quando vidi il profilo tirato della sua mascella e il modo in cui stringeva il biglietto di auguri, mi allungai sul divano e gli strinsi l'avambraccio. «So che ci saranno molti cambiamenti nelle nostre vite, ma è per una splendida ragione. Io e te abbiamo creato una vita e avremo l'opportunità di guardare nascere e crescere questa meraviglia». La mia voce si incrinò e io mi ritrassi prima di continuare. «Questo è il nostro nuovo inizio».

Jake lasciò il biglietto e mi strinse la mano. «Hai ragione. La nostra nuova vita insieme. Mi dispiace essermi fatto prendere dal panico».

Scossi la testa e gli strinsi il braccio. Credevo sinceramente a ogni parola che avevo detto. C'era una parte oscura di me piena di amarezza e dolore, non posso negarlo, ma per il resto ero colma di speranza. Mi sentivo forte, scoppiavo di ottimismo per una nuova bimba e una nuova vita.

I miei pensieri furono interrotti dallo squillo del telefono.

«Rispondo io?». Jake si era quasi alzato, ma io lo spinsi giù sul divano e mi tirai in piedi.

«No, voglio muovermi un po'. Penso mi stia venendo di nuovo un crampo». Andai al telefono e sollevai la cornetta. «Pronto».

«Signorina Price. Emma. Sono l'ispettore capo Stevenson. Carl Stevenson. Si ricorda di me?».

Il suono della sua voce fece scoppiare una bolla nel mio animo e ogni singola particella d'aria venne risucchiata via dal mio corpo. Mi sgonfiai, mi piegai su me stessa. La stanza sembrò crollare intorno a me, restringendosi sempre di più, alla fine non rimase nient'altro a parte il rombo del sangue nelle mie orecchie e il fascio di luce vicino al telefono.

«Sì, mi ricordo di lei». La mia voce era priva di forza, solo leggermente più alta di un sussurro. Certo che mi ricordavo di lui. Deglutii con un sospiro prima di dire: «Era l'ispettore Stevenson, all'epoca».

Il cuore mi batteva contro le costole. *Du-dum-du-dum*.

«Esatto». Fece una pausa. «Emma, deve venire all'ospedale Saint Michael il prima possibile».

Du-dum-du-dum.

Di nuovo senza fiato. «Perché?»

«Perché credo che abbiamo trovato Aiden».

4

Nella mia vita ho trascorso un bel po' di tempo a vagare disorientata negli ospedali. Quando avevo cinque anni, andai a far visita a mio nonno che stava morendo e mi allontanai per cercare un distributore automatico. Un'infermiera mi trovò rannicchiata in un angolo con le braccia strette intorno alle ginocchia, piangevo perché tutti portavano degli spaventosi palloncini. Erano i sacchetti dei fluidi per la terapia endovenosa.

Poi ci fu la nascita di Aiden, sedici anni prima. L'infermiera continuava a dire che ero fortunata – una mamma così giovane, almeno sarei tornata in forma. «Prova ad avere un bambino a quarant'anni», ripeteva.

Poi ci fu l'incidente stradale. Mamma rimase in coma una settimana prima di andarsene, ma papà morì sul colpo dopo un volo attraverso il parabrezza: i freni si ruppero sull'autostrada M1. Il loro incidente bloccò il traffico per più di tre ore quel giorno. Twitter era pieno di pendolari arrabbiati che se la prendevano con la morte di mio padre perché li aveva fatti arrivare tardi a lavoro. Ma ricordo ancora le curve e i tortuosi corridoi dell'ospedale, quando non riuscivo a ricordare quale reparto mi avesse indicato l'infermiera, o quando scoprii che mia madre era stata trasferita in un altro letto. Tutte quelle sigle mi facevano girare la testa. UTIC. DEU. RCP. DNR.

La verità è che mi sentii sollevata quando finalmente venne a mancare. Eravamo arrivati al punto che i medici non erano certi che potesse mai riacquistare le facoltà mentali dopo il trauma che aveva subito, e non volevo essere io a dirle che papà era morto mentre lei era addormentata. Almeno così se ne andarono insieme.

In un attimo solo, persi mia madre, così intelligente, e mio padre, premuroso e attento. Come l'attimo in cui persi il mio figlioletto così curioso.

Mentre irrompevo nel reparto pediatrico del Saint Michael, un brivido mi corse lungo la spina dorsale e il cuore mi disse che avevo trovato mio figlio. In un unico, semplice momento quello che avevo perso era stato recuperato. La vita è fatta di momenti, non è così? Una vita intera si costruisce sugli attimi, sui secondi che passano. Alcuni secondi sono fugaci – scivolano in uno stupido sogno, o scappano mentre tagli le verdure, butti la spazzatura, ti tagli le unghie. Alcuni no.

L'ispettore Carl Stevenson era seduto su una piccola panca in una minuscola stanza sulla destra del corridoio. Si alzò, aveva una tazza di polistirolo in mano. Aprì la bocca per parlare, ma io lo anticipai.

«Dov'è?», sbottai. «È lui?»

«Emma», disse, lasciando da parte le formalità. «Dobbiamo parlare. Si prenda un secondo e si sieda. Voglio spiegarle tutto, prima».

Studiai i suoi occhi marroni, scuri, e la barba sale e pepe – più sale che pepe dall'ultima volta che ci eravamo incontrati. Mi chiesi come gli fosse saltato in testa che potessi sedermi in un momento come quello. C'era la possibilità che mio figlio fosse tornato dal regno dei morti. Dio, solo il pensiero era assurdo. *Tutto* era assurdo. Eppure…

«Amore, pensa alla bimba», disse Jake. «Ha ragione. Siediti e ascolta l'ispettore».

«Devo sapere», dissi. «Devo vederlo».

Come sarebbe stato Aiden sedicenne? Avrebbe avuto una ridicola peluria sul mento come i ragazzi a scuola? Sarebbe stato alto e magro? O basso e tozzo? Somigliava a Rob? Bloccai quei pensieri. E se non fosse stato affatto lui? Magari era tutto un errore? Era la spiegazione più logica, in fin dei conti.

«Lo so», disse Stevenson. «Ma deve fare un respiro. Aiden... il giovane ragazzo che abbiamo trovato... ha vissuto un trauma significativo ed è molto sensibile al momento. Il dottore le darà ulteriori spiegazioni tra poco ma volevo parlarle prima. Mi sono detto che forse si ricordava di me dai tempi delle indagini dopo l'alluvione».

«Mi ricordo», dissi io.

Quando avevamo capito che Aiden era scomparso, le unità di ricerca e soccorso avevano passato al setaccio la zona circostante. Il fiume Ouse era stato perlustrato. Il bosco era stato perlustrato. Il villaggio era stato perlustrato. Ma non c'era segno di Aiden. Non c'era nemmeno nessun corpo. Gli esperti mi avevano spiegato che quando qualcuno annega durante una piena, non viene trascinato a valle come molti credono. In verità affonda sotto le acque turbolente dove la corrente è più calma, e poi riaffiora molto vicino al luogo dov'è affogato. Ma non c'era nessun corpo. Aiden non era mai stato trovato. A quel punto il caso era stato assegnato all'ispettore Stevenson, perché c'era una lieve possibilità che Aiden non fosse annegato affatto.

Mi sedetti sulla panca mentre tre infermiere attraversavano in gruppo il corridoio alla nostra sinistra. Mi parve che mi stessero fissando, probabilmente si chiedevano se fossi lì per "reclamare" il ragazzo scomparso. Come un calzino avanzato dopo una lezione di educazione fisica. Le mie mani si chiusero a pugno e mi aggrappai al vestito di cotone che indossavo. Era umido, avevo preso la pioggia. Non mi ero messa neanche il cappotto.

«La ascolto», dissi.

«È stato trovato un adolescente che vagava lungo la strada secondaria tra il villaggio di Bishoptown e la foresta di Rough Valley. Una coppia che stava lasciando il paese si è imbattuta in lui. Indossava solo un paio di jeans. Niente maglietta, niente scarpe. Era ricoperto di fango. I due si sono fermati e hanno chiesto al ragazzo dove stesse andando. Hanno detto che capiva le loro domande ma non parlava. Ha smesso di camminare, li ha guardati, e ha mantenuto il contatto visivo, ma non ha risposto. Sono riusciti a farlo entrare in macchina e l'hanno portato alla stazione di polizia più vicina».

Feci un lungo sospiro, rendendomi conto solo in quel momento che avevo trattenuto il fiato tutto il tempo. La bimba cambiò posizione dentro di me, scalciandomi mentre si muoveva. Poggiai il palmo sul pancione, registrando appena il movimento.

«Cosa è successo dopo?», chiesi.

«I miei colleghi alla stazione hanno esaminato una lista di persone scomparse nella zona ma il ragazzo non corrispondeva a nessun profilo nel sistema. Poi hanno preso un campione di DNA». Stevenson fece una pausa e si passò le mani sui jeans. L'avevano appena chiamato, me ne resi conto in quel momento. Non era in giacca e cravatta, a differenza di quell'orribile settimana in cui avevamo cercato Aiden. «Si ricorda che avevamo schedato il DNA di Aiden dopo la sua scomparsa?»

«Sì», risposi. Avevo racimolato tutti i capelli di Aiden che ero riuscita a trovare, e avevo inviato dei capi di abbigliamento con del sangue rappreso. Aiden si sbucciava sempre le ginocchia o si grattava via le croste, e io non ero mai stata particolarmente brava a rimanere al passo con il bucato.

«Il ragazzo era chiaramente sotto shock. Non ha parlato con nessuno dei miei colleghi alla stazione, così lo hanno portato all'ospedale. Il test del DNA è stato fatto ieri e le analisi ci sono tornate poche ore fa. L'adolescente in quella stanza è Aiden».

Liberai i pugni dalla stretta, feci un debole sospiro, poi serrai di nuovo le mani. Come poteva essere successo? Come? Un formicolio si diffuse in tutto il mio corpo, dal cuoio capelluto fino alla base dei piedi.

«Sta bene, signorina Price? Posso portarle qualcosa?».

Sentii indistintamente la risposta di Jake. «È la signora Price-Hewitt ora. Siamo sposati».

«Chiedo scusa. Emma, riesce a sentirmi?»

«Sì», mormorai. Chiusi gli occhi e mi appoggiai al muro dietro di me. I miei pensieri nuotarono tra le parole di Stevenson. DNA. *Adolescente. La foresta di Rough Valley.* Era tutto reale?

Mi resi conto che Stevenson aveva fatto bene a prendermi da parte e a spiegarmi come stavano le cose. Avevo bisogno di calmarmi, se davvero volevo entrare in quella stanza e trovarmi faccia a faccia con Aiden per la prima volta dopo dieci anni. *Ti ho dichiarato morto.*

«Sono a posto», dissi. «Sto bene. Tutto questo è abbastanza scioccante, come può immaginare. Posso vederlo ora? Ho bisogno di vederlo».

«Chiedo conferma al dottore». Stevenson mi offrì un sorriso tirato e si alzò in piedi.

«Non può essere vero», disse Jake appena rimanemmo soli. «Sono passati dieci anni. Dov'è stato? Scommetto che la polizia ha combinato qualche pasticcio. Avranno fatto male il test del DNA o qualcosa del genere».

«E se non fosse così?», dissi io. «E se fosse veramente lui? Jake, riavrei mio figlio».

Lui mi cinse le spalle con un braccio. «È solo che non voglio che tu ti faccia delle false speranze, amore. Non sopporterei di vederti di nuovo con il cuore spezzato. Ricordi quanto ti ci è voluto per accettare la morte di Aiden?»

«Lo so», dissi. E la verità è che il mio cuore era chiuso. Non me ne ero neanche resa conto. Pensavo di essere aperta e viva, ma non lo ero. Ero chiusa e avvizzita dentro.

Mi alzai quando il dottore venne a parlarci, e mi sentii una nana di fronte al suo fisico slanciato. Ma quel volto gentile e quegli occhi franchi mi aiutarono a rilasciare un po' della tensione che si era accumulata nel mio petto.

«Signora Price-Hewitt, io sono il dottor Schaffer, caporeparto di pediatria qui al Saint Michael. Ci sono un po' di cose che voglio accennarle prima che entri a vedere suo figlio. L'ispettore capo Stevenson mi ha messo al corrente, quindi capisco quanto sia delicata la situazione. Suo figlio, Aiden, ha vissuto una qualche esperienza traumatica. Attualmente è ancora sotto shock per il trauma subito, qualsiasi esso sia, e per questo motivo non abbiamo completato un esame approfondito. Stiamo cercando di distanziare nel tempo le varie procedure in modo che resti sempre calmo e sereno. Ma ora come ora, possiamo dire che gode di buona salute. È più piccolo della maggior parte dei sedicenni, questione che dovremo analizzare. È rimasto in silenzio da quando è arrivato, ma capisce quello che diciamo, ed è felice quando guarda i cartoni o i programmi per bambini. Ma la prego di non sentirsi avvilita se non reagirà quando la vedrà per la prima volta».

Ogni traccia di colore abbandonò il mio volto. E se non mi avesse riconosciuta? Allungai la mano per prendere quella di Jake e lui me la strinse forte.

«Grazie, dottor Schaffer», dissi con voce traballante.

Il dottore sorrise e ci fece strada lungo il corridoio. Lo seguii con passo malfermo, cercando disperatamente di camminare con la schiena dritta, a testa alta. Tenevo una mano sulla pancia, nel tentativo di tranquillizzare la mia bambina ancora non nata, e anche me stessa. Il mio cuore stava facendo gli straordinari, pompando e martellando come una palla da basket in mano a un atleta. I muri dell'ospedale si chiudevano su di me mentre la claustrofobia mi penetrava nelle vene, opprimendomi il petto. *Fai respiri profondi*, rammentavo a me stessa. Stringevo le dita di Jake con tanta forza che sicuramente gli facevo male, ma lui non si tirò indietro né si lamentò.

E poi raggiungemmo la stanza. Il dottore si fermò e aspettò un mio segnale. Annuii. Aprì la porta. La più banale delle azioni mi fece vivere uno di quei momenti che si ricordano per tutta la vita. Uno di quei momenti che rallentano il tempo e ti lasciano un'impronta indelebile nella testa.

5

Non c'era niente di eccezionale nel ragazzo che trovai nella stanza d'ospedale. Disteso sul letto, con dei cuscini a sostenerlo, aveva un torace sporgente che premeva contro un pigiama blu. Non ho mai scoperto chi gli avesse comprato quegli indumenti, ma sospettavo che fosse stato l'ispettore capo Stevenson. Aveva capelli castani arruffati che ricadevano sfibrati fino al colletto del pigiama. Le dita strette con forza alle lenzuola, guardava il minuscolo televisore dell'ospedale. Feci un esitante passo in avanti, seguivo il dottore ma in realtà per me in quella stanza c'era solo il ragazzo sul letto, che si era voltato nella mia direzione e mi aveva bloccato il cuore.

Aveva gli occhi di Rob.

Anche il mio Aiden – il bambino che avevo coccolato e protetto da piccolo – aveva gli occhi di Rob. Marroni, con un accenno di nocciola vicino alla pupilla. Una moltitudine di fotografie fece capolino nella mia testa. Il primo compleanno di Aiden, quella volta che si era imbrattato di mousse alla fragola tutte le mani e la faccia, il momento del bagnetto, le favole della buonanotte, seduto in braccio alla nonna con il nonno che gli faceva le boccacce, mentre saltava su e giù nelle pozzanghere… tutto con un enorme sorriso sul viso e quei brillanti occhi marroni.

«Come possiamo essere sicuri che il test del DNA sia corretto?», chiese Jake. «Come possiamo escludere che ci sia stato qualche casino?»

«Nessun casino», sussurrai. Ero assolutamente certa che il ragazzo seduto di fronte a me fosse Aiden.

«È improbabile», rispose l'ispettore capo Stevenson, «ma per essere sicuri stavo per suggerire di ripetere il test confrontando il DNA del ragazzo con quello di Emma. In questo modo sapremo al cento percento che si tratta di Aiden Price».

Ti ho seppellito, pensai, con lo sguardo fisso in quello di mio figlio. *Nel mio cuore ti ho destinato all'eterno riposo. Potrai mai perdonarmi?*

Ma me lo meritavo, il perdono? Ci si aspetta che le madri non si arrendano mai. Nei film, quando il bambino scompare, la madre sa *sempre* che è vivo. Se il figlio fosse morto, lo sentirebbe da qualche parte nel profondo. Perché quella connessione, quella magica connessione che lega madre e figlio, sarebbe spezzata irrimediabilmente, e si suppone che quel momento sia scandito da una sensazione netta. Ma io avevo visto la giacca a vento rossa di Aiden che veniva tirata fuori dal fiume Ouse e avevo pensato che fosse morto. Mi morsi un labbro per trattenere le lacrime.

«Aiden», dissi, avanzando verso il letto. «Ciao». Sorrisi al ragazzo con i capelli castano scuro e il mento piccolo. Il mio vecchio cuore appassito perse un battito quando pensai che era così piccolo – dimostrava poco più di dodici anni – con occhi che sembravano troppo grandi per il suo volto.

«Non si faccia prendere dal panico se non reagisce», disse il dottor Schaffer. «Crediamo che ascolti e comprenda tutto quanto, ma ci vorrà un po' di tempo perché la sua mente elabori quello che gli è successo. Che ne dice di mettersi a sedere, signora Price-Hewitt?».

Annuii, e il mio corpo seguì le istruzioni del dottore, che aveva messo una sedia vicino al letto di Aiden. Ma mentre mi accomodavo, riuscivo a pensare solo a cosa fosse successo al mio ragazzo. Dove era stato? Un decennio. Dieci anni. Delle guerre sono state combattute e perse in un decennio. Si sono succeduti primi ministri e presidenti. Sono state fatte importanti scoperte scientifiche. E per tutto questo tempo, il mio ragazzo… mio figlio… era sparito dal mondo. Sparito dal *mio* mondo, almeno.

Spingendo la sedia in avanti, mi piegai verso di lui e lasciai che il mio palmo restasse sospeso a un centimetro dal suo. Aiden lo fissò dall'alto in basso, accigliandosi, e tirò via la mano.

«Rifugge il contatto fisico al momento», spiegò il dottor Schaffer.

Cercai di ignorare il dolore che quelle parole mi causavano, ritirai la mano e me la misi sul grembo. Due volte aprii la bocca per parlare, ma due volte la richiusi. Un cartone dei Transformers sparato a tutto volume assordava la stanza, spezzando il silenzio sospeso, ma anche così l'atmosfera era elettrica.

«Aiden, ti ricordi di me?», dissi con voce gracchiante. «Sai chi sono?».

Lui sbatté le palpebre. Era così immobile da far spavento. Il bambino che conoscevo non stava mai fermo, e sebbene avessi capito all'istante che quel ragazzo con gli occhi marroni era mio figlio, non riuscivo ad associare il curioso chiacchierone di sei anni con quell'espressivo giovane muto.

Iniettai un po' di allegria nella mia voce in un patetico tentativo di migliorare l'umore generale. «Sono la tua mamma. Ci siamo persi per qualche tempo ma sono tornata ora, e mi assicurerò che tu sia fuori pericolo, va bene?». Sbattei le palpebre in fretta e feci un profondo respiro, cercando disperatamente di domare la marea di emozioni che minacciava di spazzarmi via. «Appena ti sentirai meglio potrai venire a casa con me, così potremo imparare a conoscerci di nuovo. Che ne dici?».

Non ci fu neanche la traccia di un sorriso sulle sue labbra. I suoi occhi tornarono alla televisione e io desiderai ardentemente gettare le braccia intorno a quelle spalle strette e tenerlo vicino vicino a me. Mi voltai verso il dottore, nel panico.

«No so… non so cosa fare». Nonostante gli sforzi per trattenere le lacrime mi sfuggì un singhiozzo, che sovrastò i rumori del cartone animato e mi riportò violentemente alla realtà. Non dovevo crollare di fronte ad Aiden. Aveva bisogno che io fossi forte, non un relitto alla deriva.

«Sta andando benissimo», mi incoraggiò il dottor Schaffer. «Continui a parlargli, se riesce. È importante che Aiden senta il suono della voce di sua madre».

Feci un respiro profondo e mi preparai. Aiden odorava di disinfettante e uova. I miei occhi viaggiarono sul piccolo tavolo accanto al letto. C'era un libro da colorare ma nessun giocattolo, nessun regalo, niente fiori. Il mio ragazzo doveva avere dei regali. Sarei tornata con dei doni e lui sarebbe stato di nuovo Aiden. Sarebbe stato il bambino brillante, vivace e creativo che conoscevo. Feci un altro respiro e chiusi gli occhi. Eccolo lì, che camminava verso il parcheggio della scuola, pronto ad andare in classe con lo zaino dei Power Rangers e il cappotto rosso acceso. Aprii gli occhi e finsi di parlare con lo stesso ragazzo di allora.

«Ti piace il cartone, Aiden? Ricordo che quando eri piccolo avevi una macchina dei Transformers. Te lo ricordi? Era rossa e si trasformava in un robot. Di solito giocavi a mandare il robot in guerra contro i tuoi peluche. Eri diventato un po' troppo grande per il coniglio e gli orsetti. Ti piacevano i robot e le macchine e i Power Rangers, come a molti bambini della tua età. Ma ti piaceva anche disegnare. Facevi sempre i disegni più meravigliosi per me. Non le solite figure stilizzate – erano veri e propri ritratti tutti colorati di me e della nonna e del nonno. Li attaccavamo in giro per tutto il cottage». Feci una pausa. Niente di tutto questo c'era più. Nessuna nonna. Nessun nonno.

Nessun cottage. D'un tratto mi sentii la gola terribilmente secca. «Magari queste cose non ti piacciono più, ma non c'è problema. Tante cose sono cambiate. Possiamo scoprire insieme cosa ci piace, eh? Andremo in un negozio e tu potrai scegliere qualsiasi cosa vorrai. Qualsiasi». Mi lasciai sfuggire una risata nervosa e mi appoggiai sulla sedia. «E tra poche settimane avrai l'opportunità di conoscere tua sorella. Non sappiamo ancora il suo nome. Magari potresti aiutarmi a sceglierlo. Mi piacerebbe molto». Non c'era niente. Assolutamente nessuna reazione da parte sua. «Sei cresciuto così tanto che ti si sono ristrette le orecchie! Mi sono sempre chiesta se sarebbe successo prima o poi». Strinsi le mani per impedirmi di fare la figura della farneticante, esagitata idiota.

Aiden continuava a guardare la televisione e io mi sentii intrappolata in un sogno. Stavo veramente parlando con mio figlio? Quel giovane smunto era il ragazzino che pensavo fosse annegato così tanti anni prima? Mi sentivo la testa leggera ma il cuore pesante. Mi scoprii del tutto incapace di pensare a qualcos'altro da dire.

Fortunatamente, il dottor Schaffer si accorse della mia difficoltà e venne in mio soccorso. «Che ne dite di andare tutti a prendere una tazza di tè veloce mentre Aiden si riposa un po'? Poi potremo parlare di quello che avverrà in seguito. Ci piacerebbe molto prendere un po' del suo sangue, Emma, e allora potremo stabilire una corrispondenza nel DNA per avvalorare il test di ieri. Dobbiamo anche parlare di quello che succederà poi. Qualcuno dei servizi sociali verrà a parlare con lei».

«Avrò il permesso di portarlo a casa, non è vero?», chiesi. Un pugno di ghiaccio mi afferrò il cuore.

«Potrebbe volerci solo un po' di tempo», aggiunse l'ispettore capo Stevenson. «Poiché Aiden non parla non abbiamo idea di dove sia stato negli ultimi dieci anni e con chi».

Chi. Quella parola mi investì come un camion. *Chi*. Con

chi era stato? Cosa volevano da lui? La nausea mi salì alla gola, minacciava di farmi vomitare sul pavimento dell'ospedale. Le mie dita si strinsero intorno al bracciolo della sedia mentre cercavo di contenermi.

«Secondo lei dov'è stato? Ha qualche sospetto?», chiesi, pronunciando le parole lentamente e con cura.

Sia il dottore che l'ispettore gettarono uno sguardo di traverso ad Aiden e poi tornarono a fissarmi.

«Penso che sia meglio se ne parliamo in privato», disse l'ispettore capo Stevenson.

6

Ovviamente, dopo il presunto annegamento di Aiden, soffrii di incubi ricorrenti. C'erano due immagini che mi perseguitavano mentre mi giravo e rigiravo tra le lenzuola di notte. La prima era il cappotto rosso di Aiden che veniva tirato fuori dal fiume. Era l'immagine che la stampa aveva fagocitato e rigurgitato sulla prima pagina di tutti i giornali. La perdita di un innocente. Il contrasto tra il minuscolo cappotto rosso e il torbido sfondo scuro. Muffa e terra sulle maniche. Era un'immagine perfetta per vendere giornali. Evocava la peggiore paura di qualsiasi genitore senza essere così sfacciata da non poterla stampare.

Esiste qualcosa che faccia vendere più giornali della morte? Forse il sesso, con la giusta storia, ma la morte di un bambino tocca davvero l'apice della curiosità morbosa. L'infanticidio troneggia su una torre di scandali sessuali, prostitute e celebrità. La morte tragica e accidentale di una piccola creatura è appena sotto al picco di notorietà di un bambino assassinato. Aiden era stato ridotto a quell'unica immagine che aveva quasi cancellato ogni ricordo precedente che avevo di lui. Non potevo pensare alla sua adorabile espressione concentrata con la lingua in fuori di quando leggeva un libro senza vedere la giacca a vento rossa insozzata dal fango del fiume. Non potevo immaginarlo mentre si inerpicava sull'albero nel nostro giardino con indosso un mantello da Superman senza che i titoli dei giornali mi mulinassero in testa.

La seconda immagine era una pura invenzione, ma era

così forte che non potevo scuoterla via. Era Aiden, piccolo ed esangue, che fluttuava nell'acqua. Il mio bambino era sotto la superficie del fiume, mezzo mangiato dai pesci, gonfio e putrefatto. Sognavo la corrente dell'Ouse che incontrava l'Humber. Affluiva e zampillava e si riversava sulle rocce, tra gli argini erbosi, sotto i ponti di pietra, dietro le case, vorticando a caccia del mare. Vedevo Aiden che mi veniva portato via dall'acqua. Via dal mondo.

Nel corso dell'indagine esperti delle unità di ricerca e soccorso avevano discusso a lungo di tutti i posti in cui avrebbe potuto essere stato trascinato dall'acqua. Era insolito che un corpo non riaffiorasse da un fiume. In mare aperto, è normale che un corpo sparisca. Ma in un fiume? No, di solito tende a essere ritrovato. Questo è il motivo per cui il caso era finito in mano all'ispettore capo Stevenson. Solo quando trovarono il cappotto di Aiden l'ipotesi del rapimento venne esclusa con certezza quasi assoluta. C'era stata un'alluvione, e nel corso del nubifragio lui si era allontanato, presumibilmente in direzione del fiume. Non molto tempo dopo la sua scomparsa avevano trovato il cappotto in acqua. Fine della storia. Pura logica, no?

Solo che quella volta la pura logica era chiaramente sbagliata, perché il ragazzo seduto sul letto d'ospedale con la stessa espressione che può avere un bambino tirato fuori da un edificio distrutto dopo un terremoto, o salvato da un Paese devastato dalla guerra, era mio figlio. E allora io sapevo che i miei incubi probabilmente sarebbero tornati, e sapevo su cosa sarebbero stati incentrati.

Con Jake al mio fianco, seguii il dottor Schaffer e l'ispettore capo Stevenson in un piccolo ufficio. Il dottor Schaffer si mise a sedere alla scrivania, mi fecero cenno di accomodarmi, e l'ispettore capo Stevenson chiuse la porta dietro di noi. L'odore di disinfettante dell'ospedale era penetrato perfino in quella stanza, e la minuscola finestra dietro la scrivania era serrata. Eravamo intrappolati in un miasma di malattia che dava alla testa. Stavo quasi per aprire la bocca e chiedere al dottor Schaffer di spalancare la finestra e lasciar entrare un po' di aria fresca, ma decisi che non ne valeva la pena. Sarebbe stata un'ulteriore perdita di tempo, e io ero impaziente di andare avanti.

L'ispettore capo Stevenson si avvicinò alla scrivania e si fermò lì davanti. Jake prese una sedia alla mia sinistra, le sue dita tamburellavano senza sosta sulla lana grigia dei pantaloni. Mi sentii piccola rispetto a tutti loro, nonostante la mia pancia enorme. Mi ritrovavo là, una donna incinta in mezzo a un gruppo di uomini. Un'iniezione di femminilità sparata in una stanza piena di testosterone. A dispetto di tutto, mi sforzai di mantenere la compostezza, imbarazzata all'idea di avere un crollo davanti a loro. Ero quasi assolutamente certa che non mi avrebbero giudicato se fosse successo, ma di sicuro avremmo sprecato altro tempo. Dovevo scoprire tutto quello che sapevano su mio figlio.

Il dottor Schaffer spinse una cartella sulla scrivania, poi la tirò indietro prima di schiarirsi la gola. Teneva il capo chino, preferiva guardare la cartella piuttosto che me. Sembrava molto alto anche adesso che era seduto. Con la testa abbassata, potevo vedere i capelli sempre più radi. Scorsi il rosa del cuoio capelluto, leggermente lucido, sotto ai morbidi capelli brizzolati.

«Questo è un caso molto difficile», disse il dottor Schaffer. «Senza parlare con Aiden è decisamente complicato fare una valutazione».

«Mi dica semplicemente tutto quello che sa, e cosa pensa che significhi», dissi io. Mi voltai verso l'ispettore capo Stevenson. «E intendo tutto quanto».

Finalmente, il dottore sollevò la testa e io vidi che aveva assunto un atteggiamento professionale. Posò le mani sopra alla cartella e incrociò le dita. «Aiden è piccolo per la sua età, il che può farci pensare che abbia sofferto di malnutrizione. Quando è stato trovato, camminava molto lentamente, con un'andatura zoppicante, e con il fiato corto. Durante la deambulazione ha una postura un po' accovacciata, forse per compensare la zoppia. Gli esami hanno evidenziato che ha i muscoli del polpaccio e della coscia sottosviluppati, e mostra segni di passate lesioni alla caviglia, tuttavia avremo bisogno di eseguire ulteriori analisi per scoprire l'entità di tali danni. Le lesioni sono guarite ora.

I denti sono piuttosto rovinati e sebbene non sia un esperto nel campo, credo che non siano stati curati con particolare attenzione, anche se potrebbe aver avuto uno spazzolino. La sua pelle è molto pallida, e gli occhi sono particolarmente sensibili alla luce intensa».

Fu a quel punto che il rombo del mio sangue e il pulsare del cuore coprirono completamente la voce del dottore: temetti di essere sul punto di svenire e cadere dalla sedia. Feci un respiro profondo, mi accarezzai la pancia, e mi imposi di rimanere cosciente. Il problema era che avevo già indovinato quello che stava per dire e non volevo sentirlo. Volevo alzarmi sui piedi malfermi, sulle caviglie gonfie, e correre con tutta la velocità a cui può correre una donna incinta di otto mesi. Volevo uscire da quel posto – perfino scappare da Aiden, per quanto ripugnante possa sembrare – e non pensare mai più a niente di tutta quella storia. Ma non potevo. Aiden era nato. Era esistito. Era ancora lì. E aveva una storia dentro di sé, nel profondo, che meritava di essere ascoltata ed elaborata da sua madre.

«Emma», disse Jake sommessamente. Mi strinse la mano. «Va tutto bene, amore?».

«Ha bisogno di una pausa?», mi domandò l'ispettore capo Stevenson.

Scossi la testa. «Vada avanti. Sto bene. Mi dica tutto quello che sa».

Allora il dottor Schaffer sorrise, e mi fece pensare al sorriso orgoglioso che un genitore elargisce a un figlio nervoso in procinto di affrontare una competizione sportiva. Ma poi abbassò lo sguardo sulla sua cartella ed emise un lungo, profondo sospiro. Il peggio doveva ancora arrivare. «Ci sono prove di danni alle gengive di Aiden, e ci sono lacerazioni sul suo corpo riconducibili ad abusi sessuali».

Mi piegai in avanti e vomitai una piccola quantità di liquido chiaro sul pavimento dell'ufficio del dottore. Jake mi scostò i capelli dalla fronte e mi aiutò a tirarmi su. L'ispettore capo Stevenson asciugò velocemente il vomito con il fazzoletto e lo gettò nel cestino della carta.

«Non c'è da preoccuparsi», disse il dottor Schaffer. «Mi serviva comunque un nuovo cestino». Mi rivolse un sorriso forzato.

«Mi dispiace molto», dissi io.

«Non c'è problema».

«Lo porto a un'infermiera», disse l'ispettore capo Stevenson. «E prendo un po' d'acqua per tutti. Penso che ne abbiamo bisogno».

Sorrisi debolmente, gli ero grata per la sensibilità con cui fingeva che avessimo *tutti* bisogno d'acqua. Come se non fossi l'unica in quella stanza che aveva perso il controllo delle proprie funzioni corporee.

Me lo aspettavo. Certo che me lo aspettavo. I bambini non vengono portati via senza motivo. Non molto tempo dopo l'inondazione, quando le unità di ricerca e soccorso avevano rinunciato a cercare il corpo di Aiden, avevo passato in rassegna ogni ragione che possa giustificare la scomparsa di un bambino. Avevo pensato a tutto, dalla caduta in un pozzo alla compravendita nel mercato del sesso. Non avevo escluso nulla. Avevo visto uomini con i baffi tenere per mano il mio bambino e condurlo in stanze oscure. Avevo visto mani scambiarsi denaro e sorrisi lascivi sui volti predatori di uomini obesi. Mi ero immaginata il peggio, il peggio di tutto, e mi ero sentita sporca e disgustosa solo a pensarci. Nessuna doccia poteva lavar via quelle immagini.

E in quel momento la mia paura peggiore era stata confermata. Mi appoggiai allo schienale e chiusi gli occhi.

«Cerca di rimanere calma, tesoro», disse dolcemente Jake. «Pensa alla bimba. Devi tenere sotto controllo lo stress».

Ma io stavo pensando a *un* bimbo, quello seduto in quella stanza d'ospedale tutto solo a guardare cartoni. Il mio corpo urlava e soffriva per l'impotenza. Qualsiasi cosa avessi fatto da quel momento in poi, non avrei mai potuto cancellare il passato. Non sarei mai potuta tornare indietro per impedirgli di andare a scuola quel giorno. Mai. Non riuscivo quasi a respirare.

«Ecco», disse l'ispettore capo Stevenson mentre ci dava una bottiglia d'acqua a testa. Notai che alla mia aveva già svitato il tappo. Capii il perché quando allungai la mano per prenderla: tremavo così violentemente che mi versai un po' d'acqua addosso. La strinsi con entrambe le mani e la sollevai nel tentativo di portarla alle labbra. Devo ammettere che il liquido fresco mi diede una sensazione piacevole mentre mi scendeva giù in gola. L'ispettore capo Stevenson aprì la finestra dietro la scrivania e una leggera brezza accarezzò il sudore che mi bagnava la fronte.

«Grazie», dissi. Feci del mio meglio per sistemarmi sulla sedia, preparandomi per le altre informazioni che sarebbero giunte dal dottor Schaffer.

Ma fu Jake a rompere il silenzio per primo. «È sicuro?». Sentire la sua voce fu una sorpresa. Certo, di tanto in tanto mi aveva chiesto se stavo bene, ma per il resto era stato molto silenzioso fin da quando eravamo arrivati all'ospedale. «Voglio dire… quello che sta dicendo è che…».

«Non saremo sicuri finché Aiden non sarà in grado di dircelo di persona, ma i nostri esami suggeriscono questo scenario». Le dita del dottor Schaffer si strinsero sulla cartella delle analisi finché non vidi le nocche sbiancare. Poi allargò le mani e rilassò leggermente le spalle.

Chiusi gli occhi, cercando di non pensare a quegli esami, a come erano stati effettuati. Avrei dovuto essere al suo fianco per tenergli la mano mentre i medici lo giravano e lo strigliavano da cima a fondo.

«Ha sofferto durante gli esami?», domandai. «Ha pianto, urlato, era spaventato?»

«No», disse il dottor Schaffer. «È rimasto molto calmo. Ha mostrato fastidio per il contatto, ma ci ha permesso di esaminarlo, e anche di lavarlo e vestirlo. Siamo stati molto delicati, gli abbiamo spiegato passo passo ogni singola procedura e il motivo per cui la mettevamo in atto».

«Avreste dovuto aspettarmi». Le mie mani si strinsero intorno alla bottiglia. «Avrei dovuto essere lì con lui».

«Capisco benissimo la sua posizione», disse l'ispettore capo Stevenson con la stessa voce calma che aveva tanti anni prima e che ricordavo con chiarezza. «Abbiamo chiesto ai medici di cercare prove sul corpo di Aiden. Se avessimo aspettato, alcune di quelle prove avrebbero potuto andare distrutte».

«E quali *prove* avete trovato?», sbottai.

L'ispettore capo Stevenson si tirò il colletto della camicia. «Era una notte di pioggia. Ammesso che ci fosse qualche traccia del rapitore sul corpo di Aiden, a quanto pare è stata portata via dall'acqua. Non abbiamo trovato nulla neanche nella saliva».

Non sapevo cosa pensare di quel particolare dato. Ma ormai la mia mente fluttuava immersa in così tante informazioni che non sapevo cosa pensare di *nulla*. Bevvi un lungo sorso d'acqua.

Adesso toccava all'ispettore capo Stevenson. Sorresse il mio sguardo con gli occhi pazienti e fermi di un professore che spiega un problema a un bambino. «Gli esami medici e le condizioni in cui è stato trovato suggeriscono che Aiden sia stato rinchiuso da qualche parte per gli ultimi dieci anni. Pensiamo che si tratti di uno spazio ristretto con luce limitata. Il dottor Schaffer reputa che i segni sulle caviglie indichino che è stato incatenato per qualche tempo».

Fui di nuovo assalita dai conati, ma questa volta li rimandai giù. *Incatenato. Rinchiuso.* Tenuto come un animale in gabbia. Ho studiato psicologia a scuola; so che conseguenze può avere tutto ciò per un bambino. Sapevo dei bambini lupo e della ragazza cresciuta in un pollaio. Erano selvaggi e traumatizzati, praticamente impossibilitati a vivere normalmente, e senza dubbio incapaci di integrarsi nella società.

«Ma è... è...», Jake si stropicciò gli occhi incredulo. «È crudele. Chi mai potrebbe fare una cosa del genere a un bambino?»

«È quello che speriamo di scoprire», disse l'ispettore capo Stevenson. «Perché chiunque sia il mostro, il suo posto è in carcere».

7

Da bambina facevo incubi molto differenti da quelli che mi hanno tormentata poi da adulta. Erano pieni di tunnel stretti, simili a labirinti. Mentre camminavo, seguivo un piccolo fascio di luce che mi indicava la strada. Volevo tanto giocare con quel fascio di luce perché sembrava invitante, tutto brillante e arancione e scintillante. Ma mentre procedevo, le pareti del tunnel mi si stringevano attorno. L'intensa luce arancione cominciava ad affievolirsi. Diventavo irrequieta, mi lanciavo in una corsa disperata, non inseguivo più la luce, ma ero inseguita da una qualche *cosa* sconosciuta. Andavo avanti senza sosta, svoltando un angolo e poi quello seguente, mentre il corridoio diventava più stretto e il soffitto più basso. Si *schiacciava* più vicino fino a quando le pareti mi toccavano la pelle. Si faceva sempre più stretto, finché non ero in ginocchio, carponi nell'oscurità.

Mi svegliavo sempre prima di rimanere incastrata.

Essere rinchiusa è una delle mie paure più grandi da quando ho memoria. È il motivo per cui aprii la gabbia della cavia per farla scappare. È il motivo per cui dissi a mio padre di restituire il coniglio che avevo ricevuto in regalo. È il motivo per cui lascio la porta aperta di uno spiraglio quando devo farla in un bagno pubblico.

Il pensiero di Aiden costretto in qualche stanza minuscola, *incatenato* come un animale… risvegliò una sorta di primitiva, selvaggia violenza materna. Volevo trovare il colpevole e farlo a pezzi con i denti e gli artigli, come una leonessa. Sì, sapevo di potermi trasformare in una leonessa.

Si dice che non esista una furia pari a quella di una donna respinta. *Respinta*. Come se la gelosia di un'amante possa mai competere con la ferocia di una madre. Mi passai le dita tra i capelli in quella stanza che puzzava di vomito e accumulai la rabbia che mi avrebbe permesso di affrontare le settimane seguenti.

«Cosa state facendo per trovare quest'uomo?», chiesi.

«Stiamo perlustrando l'area in cui è stato trovato Aiden, e stiamo interrogando la gente del posto in cerca di testimoni oculari. Ma... è una questione delicata, Emma, e lei sa perché. Non possiamo fare molto senza che la stampa lo scopra. Non dobbiamo far altro che convocare un testimone di quel giorno e si saprà che sta succedendo qualcosa. Deve prepararsi per quello che avverrà».

Seppellii il volto tra le mani. E la gioia? L'avevo provata, fosse solo per un attimo? Avevo permesso a me stessa di essere felice che Aiden fosse vivo? Potevo provare felicità a quel punto? Avrei dovuto?

«Bastardi», borbottò Jake. «Come se non avessero fatto abbastanza danni dopo l'alluvione. Praticamente hanno spedito i genitori di Emma in una fossa prima del tempo».

«Devo chiamare Sonya e Peter», dissi io. «Sono i nonni di Aiden. Devono vederlo, specialmente se i media manderanno in scena un merdoso spettacolo da circo».

Stevenson annuì. «Credo sia una buona idea. Aiden ha bisogno di essere circondato da genitori e nonni amorevoli».

Anche se l'ispettore non lo disse a chiare lettere, sapevo a cosa stava pensando. Sperava che Aiden si riprendesse dallo shock e parlasse con noi. La risoluzione del caso sarebbe diventata presto una priorità per la polizia. Soprattutto una volta che i media avessero cominciato a diffondere la notizia. Sotto la mia bimba che cresceva, sentii un crampo allo stomaco vuoto.

«Posso vederlo di nuovo?»

«Certamente». Il dottor Schaffer sorrise. «Ma prima dovremmo parlare di cosa bisogna fare per aiutare Aiden a stare meglio. Si tratta di un caso altamente insolito, per il quale non esistono reali precedenti. Aiden è rimasto escluso dalla società per dieci anni e avrà bisogno di aiuto per integrarsi».

«Capisco», dissi, appallottolando il tessuto del mio vestito nel pugno sinistro.

«Pensiamo che la cosa migliore sia tenere Aiden in ospedale per qualche giorno sotto osservazione. Quando è stato ricoverato non eravamo al corrente della situazione, altrimenti lo avremmo tenuto in quarantena per evitare che fosse esposto a qualche microbo contro il quale potrebbe non aver sviluppato un'immunità. Ma è entrato in contatto con diverse infermiere e delle persone in visita e sembra che stia bene. Tuttavia, dovremo parlare delle vaccinazioni a cui è stato sottoposto prima del rapimento e discutere della possibilità di fargliene altre, prima che possa andare a casa».

Mi strizzai il vestito. Non sopportavo che mio figlio avesse bisogno di quel trattamento speciale. «Certamente».

«I servizi sociali sono stati contattati immediatamente e lei dovrà incontrarli, ma credo che Aiden avrà bisogno di andare in terapia... forse anche di una riabilitazione logopedica che lo aiuti a parlare di nuovo, e di fisioterapia per la gamba. Avrà anche bisogno di un dentista. Forse un nutrizionista...».

«Ci saranno tante persone a creare un gran caos intorno a mio figlio», dissi. «Guardi, capisco che tutto questo vada fatto. Voglio che stia bene e che sia in grado di vivere una vita normale, ma temo che sia troppo per lui. Non pensa?».

Il dottor Schaffer sospirò. «Ha ragione. Per come la vedo io, sarà un adattamento lento, un processo graduale. Non avverrà tutto in una volta sola. In primo luogo, credo che Aiden dovrà vedere uno specialista di fisioterapia dell'ospedale di York, ma avremo bisogno di una radiografia prima». Fece una pausa. «Ci sarà una lista d'attesa comunque. E magari potrei aiutarla con la dieta per cominciare, e possiamo controllarlo di nuovo tra qualche settimana. E un'altra cosa... Aiden è stato dichiarato morto. Non ha nessun documento di riconoscimento, nessun passaporto».

«Ho il suo certificato di nascita», dissi io.

«Ma ha anche il certificato di morte», continuò il dottor Schaffer. «Non sono un esperto in materia ma credo che potrebbero esserci delle difficoltà all'inizio. In tutta la documentazione Aiden figura come deceduto, e questo rallenterà l'intero processo. Ma testeremo la vista, l'udito, e gli organi vitali in ospedale. Poi potrà scegliere liberamente il dentista, l'oculista e il fisioterapista quando le pratiche saranno pronte».

Lasciai andare l'orlo del vestito appallottolato. «Grazie. Le sono molto riconoscente. Ora, posso vederlo?».

Avevo bisogno di qualche minuto con lui prima di chiamare i genitori di Rob. Forse era una cosa egoista, o forse era una cosa perfettamente sensata; non lo sapevo, e non mi importava. Non mi soffermai sui miei sentimenti, stavo proteggendo mio figlio. L'ultima cosa di cui aveva bisogno era un bombardamento di visitatori e professionisti animati di buone intenzioni. Seguii Schaffer e Stevenson lungo il corridoio, evitando gli sguardi insistenti delle infermiere che andavano e venivano. Per la prima volta mi resi conto che c'erano altri bambini nel reparto. Cercai di non guardare nelle stanze mentre ci passavo davanti, ma dalle porte aperte vidi bambini che ridacchiavano e padri che facevano le smorfie. Gessi su braccia e gambe. Arti fratturati. I normali motivi per cui un bambino va all'ospedale. E quando sarebbero tornati a scuola, quei ragazzini si sarebbero accaparrati tutte le firme e gli scarabocchi dei loro amici. Avrebbero avuto storie divertenti da raccontare – «...e il doberman del vicino mi ha inseguito oltre la recinzione, ma i miei jeans sono rimasti incastrati e sono finito faccia a terra...» – e cicatrici di cui vantarsi. Sarebbero stati più chiassosi e turbolenti per un po', tutti baldanzosi "per essere sfuggiti alla morte". Ma non mio figlio.

«Ehi, Aiden». Cercai di tenere un tono di voce radioso e spensierato mentre entravo nella stanza. Aiden era seduto con la schiena appoggiata contro la testiera. Aveva una tazza di succo in mano, sorseggiava lentamente. Andai verso il letto, mi schiarii la voce mentre avvicinavo la sedia, e trattenni le lacrime. Ero decisissima a non pensare a quello che aveva passato. Non dovevo farlo. Non potevo farlo. «Scommetto che sei stufo di essere disturbato mentre cerchi di guardare i cartoni». Permisi a me stessa di guardarlo veramente questa volta. Assorbii tutto quanto: il castano intenso delle sue ciglia, le spalle ossute, i fitti capelli lisci. Caratteristiche che si fondevano con i miei ricordi del ragazzino dai capelli scuri con le ginocchia sbucciate e un gran sorriso sul viso. Ora c'era solo una placida espressione neutra sul suo volto. Ogni suo movimento era lento: quando voltava la testa, quando sbatteva le palpebre, quando allungava il braccio verso il tavolo per prendere il succo.

La bimba mi diede un calcio. Desiderai ardentemente prendere la mano di Aiden e metterla sul mio pancione per fargliela sentire, e invece ci posai solo la mia. «È la tua sorellina che ti fa ciao. Vedi, ci sono così tante persone che vogliono salutarti. E lo sai che sarei venuta prima, ma non sapevo dove fossi. Mi dispiace, Aiden. Mi dispiace tanto ma non sapevo dove fossi. Ti prometto che non succederà mai più, lo prometto. Sistemeremo tutto quanto, sai. Aggiusteremo le cose insieme. Tu e io. Saremo di nuovo una squadra, come quando vivevamo a casa di nonna, ricordi?

Combattevamo il crimine insieme, tu e io. Tu eri Superman, ovviamente, avevi il mantello. Io ero solo la tua spalla ma tu facevi in modo che catturassimo i cattivi ogni volta. Lo faremo di nuovo, lo prometto».

E questo è tutto quello che riuscii a dire senza crollare. Per altri cinque minuti guardai i cartoni con mio figlio. Posai la mano sul letto accanto a lui: i suoi occhi si spostarono seguendo il movimento, ma non si tirò indietro. Comunque, io non provai a toccarlo.

Pensai in quel momento che pareva stranamente controllato. Secondo i medici era in stato di shock, ma a me non pareva né scioccato né impaurito. Anzi, mi pareva a suo agio, mentre ci ignorava e rivolgeva la sua attenzione a ciò che lo interessava maggiormente: i cartoni. E chi avrebbe potuto biasimarlo? Era stato ferito da una persona – un adulto. Perché mai avrebbe dovuto provare il desiderio di interagire con altri adulti? Non potevo biasimarlo se decideva di ignorarci tutti quanti.

Fu Jake a tirarmi fuori dall'incantesimo che mi era stato lanciato addosso in quella stanza silenziosa. «Emma, tesoro. Devi chiamarli».

Feci sì con la testa. Che ore erano? Non controllavo il telefono da... non lo sapevo, ma mi sembrava che fossero passate ore. Avevo dato a Jake la mia borsa e me ne ero completamente dimenticata. Me la porgeva adesso, la presi dopo aver attraversato la stanza su gambe instabili. Mi tolsi i capelli dalla fronte appiccicaticcia e cercai il telefono. Erano quasi le sette. Eravamo lì da poco meno di tre ore. Sonya e Peter di sicuro stavano facendo cena. Li immaginai nel loro B&B. Peter era alto e robusto come Rob – fisico da pugile, la boxe era un suo hobby di gioventù. Sonya era minuta; ricurva, spalle sottili in cima a due gambe magre come grissini. Il voluminoso caschetto biondo la faceva sempre sembrare un po' un leccalecca. Entrambi indossavano maglioni di cashmere di Marks and

Spencer e jeans stirati. L'incarnazione di una bella coppia di campagna, persone gradevoli e normali.

Il pensiero di dar loro quella notizia mi faceva girare la testa, avevo la nausea. Ma pensai a quanto avevano amato Aiden quando era venuto al mondo. Dopo scuola andavamo a piedi fino al B&B, Sonya usciva di corsa con una confezione di liquirizie e un fumetto. Ad Aiden non erano mai piaciute le liquirizie e gli prendevano regolarmente il fumetto sbagliato, ma lui si mostrava sempre riconoscente e rideva alle pessime battute di Peter. Lo portavano nelle fattorie fuori dal villaggio a vedere gli agnelli, e agli spettacoli campestri quando arrivavano dalle nostre parti, anno dopo anno. Gli tenevano la manina e gli indicavano tutte le cose belle. Gli compravano lo zucchero filato e piccole chincaglierie. Uscii dalla stanza e trovai uno spazio tranquillo da cui chiamare. Quando mi misi il telefono contro l'orecchio, cominciai a piangere.

«Bed and Breakfast di Bishoptown», rispose Sonya.

«Sonya, sono Emma».

«Emma, cara, hai una voce terribile». Trattenne il respiro. «Si tratta di Aiden?»

«Sì».

Ci fu un sospiro all'altro capo del filo. «Peter. Peter, è Emma. Si tratta di Aiden».

Immaginai Peter che attraversava in tutta fretta il soggiorno con i calzini di lana. Chiusi gli occhi e feci un respiro profondo.

«Sonya, non è come pensi. Non hanno trovato il corpo. Hanno trovato Aiden, ma è vivo».

Silenzio. Alla fine, sentii il papà di Rob in sottofondo. *Sonya? Cosa sta dicendo, Sonya? Dimmelo.*

«Lui è... vivo?»

«È vivo ed è all'ospedale Saint Michael. Non posso spiegare molto per telefono, è complicato da... Dovete semplicemente vederlo e lui ha bisogno di vedere voi». Decisi di metterli al corrente di persona invece che per telefono. «E... be'... dovete chiamare Rob. Deve venire anche lui».

«Ok. Ok... Io... Sei sicura?»

«Sono sicura, Sonya».

«Oh... Oh Dio, è una cosa...».

«Devo andare. Ci vediamo qui».

Allontanai il telefono e terminai la chiamata, riprendendo fiato. Mi appoggiai al muro della sala d'attesa silenziosa e chiusi gli occhi per un secondo.

«Ehm, signora Price-Hewitt».

Spalancai gli occhi e abbassai le spalle. Il dottor Schaffer era immobile alla porta, con le mani infilate nelle tasche del cappotto.

«Se ha qualche minuto sarebbe un buon momento per prenderle il sangue. È importante procedere con i test il prima possibile».

«Certamente», dissi.

«Come sta? Si sente in grado di affrontare la cosa?», chiese. Si riferiva alle analisi del sangue, evidentemente.

Mentre lo seguivo fuori dalla sala d'attesa continuai a rimuginare su quella domanda. Per quanto ci pensassi, non avevo ancora una risposta.

8

Mi diedero una tazza di tè, un sandwich e spiegazioni su ciò che mi aspettava. C'erano altri test da fare: radiografie, ecografie, perizie psicologiche. Uno psicologo avrebbe visto Aiden presto. Forse casa nostra sarebbe stata controllata per verificare che fosse "adatta". Era tutto... *troppo*.

Sonya e Peter scoppiarono in lacrime quando lo videro, ma Sonya fu la prima a voltarsi verso di me con un cenno del capo. Avevano capito. Rividero Rob in lui, proprio come l'avevo visto io. L'addetto mi prese il sangue ma non era necessario, non per me. Il ragazzo in quella stanza era Aiden, e lo sapevamo tutti.

Mi ero quasi addormentata quando l'assistente sociale venne a parlarmi. Andò a finire che parlò quasi solo Jake. A quel punto, poche cose mi sembravano importanti a parte Aiden, e di certo non un esame incrociato su di me come madre. Alle 22 mi girava la testa ma l'assistente sociale sembrava soddisfatta del colloquio e ci informò che avrebbe "fatto un salto" a casa non appena Aiden fosse stato dimesso dall'ospedale. Con riluttanza, abbandonai la stanza di Aiden per lasciarlo riposare, e sgusciai via di nascosto dagli altri, prendendo una bottiglia d'acqua. Fuori dall'ospedale, mi misi a sedere su una scomoda panchina di pietra, e lasciai che la pioggerella mi picchiettasse sulla testa. Mi si sarebbero arricciati i capelli, ma non mi importava.

«Ho chiamato Rob».

Trasalii. Sonya si muoveva come una pantera. La sua

voce si aprì un varco nei miei pensieri soffocanti, facendomi tornare violentemente alla realtà. «Grazie».

Si mise a sedere accanto a me, lasciando un bel po' di spazio tra noi. Si strinse le braccia intorno al corpo. «È davvero lui. Non so se rallegrarmi o piangere per quello che ha passato».

«Capisco cosa provi».

«Ci scommetto». Si voltò verso di me. «Vorrei dire che è una benedizione ma... non posso. Il modo in cui sta seduto lì, muovendosi a malapena...». Si coprì la bocca con la mano. «Non è mai stato così tranquillo. Peter lo chiamava Macchinetta. Ci raccontava dei ragni e dei vermi che raccoglieva in giardino. Un vero maschietto in tutto e per tutto».

Annuii. «Ricordo».

Si spostò, a disagio. «Rob sarà qui domattina. Si è fatto dare un permesso».

«È una buona cosa. Aiden avrà bisogno di lui. Avrà bisogno di tutti noi».

Sonya annuì e affondò i denti nell'unghia del pollice. «Dove andrà Aiden quando lascerà l'ospedale?».

Sorpresa, mi voltai a guardarla in faccia. «Starà con me. Sono sua madre».

Sonya sollevò una mano come per cercare di placarmi. «Oh, lo so, è solo che... be', non vivi più a casa dei tuoi genitori. Mi chiedevo... magari lui vorrebbe stare in qualche posto che già conosce, come il B&B».

Mi lasciai sfuggire una fredda, aspra risata. «Assolutamente no. Aiden è mio figlio e verrà a casa con me».

Le sue labbra si serrarono in una linea sottile. «Ok. Se è la scelta migliore per Aiden. È l'unica cosa che mi interessa ora. L'unica cosa a cui sto pensando».

«E io no?». Sollevai il mento mentre la contemplavo al fioco bagliore proveniente dalle finestre dell'ospedale.

«Su, Emma, non ho mai detto il contrario. È solo che

hai la bimba in arrivo a breve, e Aiden non conosce affatto Jake, vero? Ma conosce noi. Conosce Rob. Conosce il B&B».

«Ma non è il luogo in cui è cresciuto», dissi io. Eppure quello che diceva non era completamente assurdo, e io non lo sopportavo. Scacciai via quel pensiero. Aiden aveva bisogno di *me* più di quanto ne avesse di Rob, Sonya e Peter. «È cresciuto più con me che con chiunque altro. Ero io il suo punto di riferimento prima che...». Mi sforzai di ricompormi. «So che devo affrontare alcuni cambiamenti al momento, ma sono stata io a crescerlo e non ha importanza dove o con chi vivremo, sono sua madre e lui verrà a casa con me». Feci una pausa per asciugarmi una lacrima solitaria. «Se ci fosse Rob al suo posto, lasceresti che qualcun altro se lo portasse a casa?».

Sonya sospirò. «No, non lo farei. Hai ragione».

Ma c'era una nota di disaccordo nella sua voce. Non era affatto *convinta* che avessi ragione, ma non sapevo perché.

Quella notte mi addormentai sulla sedia dell'ospedale nella stanza di Aiden. Riuscire a prendere sonno fu di per sé un'impresa, vista la scomodità della sedia e della mia gravidanza. Ma il corpo si prende quello che vuole, e voleva dormire. Fu il dottor Schaffer a svegliarmi dopo le undici. Jake mi aiutò a infilare le braccia nel cappotto e mi accompagnarono fuori. Aiden aveva bisogno di riposare. Era stata una lunga giornata per lui. Mentre dormivo, mio figlio era rimasto a sedere sveglio, forse a guardare me, forse la televisione.

Pensai che mi sarei sentita più simile a un essere umano dopo una notte nel mio letto, una doccia calda e un po' di vero cibo – non quello della mensa – ma quel venerdì mattina mi svegliai ancora semicosciente, come se stessi vivendo nel mondo dei sogni. Fu soltanto il calcio occasionale di Panciona a ricordarmi che era tutto reale. Aiden era veramente vivo, ed era stato veramente catturato e tenuto in gabbia come un animale ammaestrato. Ogni volta che ci pensavo, mi si rivoltava lo stomaco.

Jake si prese un giorno libero a scuola e mi accompagnò in macchina all'ospedale. Fu una giornata di radiografie ed ecografie. Vidi Aiden in piedi per la prima volta, e mi mancò il fiato quando mi resi conto di quanto era basso. C'era una strana rigidità nel modo in cui camminava, come se non sapesse bene cosa fare con le gambe. Per scherzo dissi che anche io camminavo in maniera buffa a causa del pancione, ma Aiden non rise. Camminai perfino imitando una papera, simulando una pancia molto più grande di quanto fosse davvero.

«Ci piacerebbe dare uno sguardo più approfondito alla caviglia di Aiden oggi», disse il dottor Schaffer. «Vorremmo anche controllare le altre ossa, quindi lo spediremo a fare un po' di radiografie. Poi faremo un piccolo prelievo di sangue, e successivamente verrà uno psicologo infantile che passerà un po' di tempo con lui».

Un formicolio mi risalì sulla pelle. «Non voglio che diventi un oggetto di studio. Non è mica un bambino selvaggio allevato dai lupi. È mio figlio, non un nome su un pezzo di carta».

«Condivido appieno», disse il dottor Schaffer, inclinando la testa per assumere un contegno solenne. «Ma penso davvero che lo psicologo sarà d'aiuto. Aiden avrà bisogno di un po' di terapia».

Su quel punto non potevo discutere.

«Posso stare con lui durante le radiografie?», chiesi.

Ma prima che potesse rispondere, la porta si spalancò e un piccolo, sorpreso respiro lasciò il mio corpo. Mi accorsi di sfuggita che Jake aveva voltato la testa verso di me con un'espressione accigliata sul viso, ma principalmente rimasi immobile a fissare l'uomo che era entrato. Erano passati quasi otto anni dall'ultima volta che avevo visto

Rob. Avevamo parlato quando Aiden era stato dichiarato legalmente morto, ma a parte quella volta non c'era più stato alcun contatto. Non che questo avesse impedito a Sonya di tenermi aggiornata sulla sua vita nell'esercito. Si era arruolato poco dopo il presunto annegamento di Aiden nell'Ouse.

Rob si immobilizzò appena entrò. Il suo sguardo era concentrato interamente su Aiden, vidi il luccichio dei suoi occhi, che divennero scintillanti come vetro. Aveva capito, come l'avevo capito io, come l'aveva capito Sonya. Aveva capito che quello era suo figlio.

«Aiden», sussurrò.

Riuscii a tenere sotto controllo il mio respiro, ma il cuore mi correva all'impazzata. Rob era un uomo imponente, occupava praticamente tutta la porta con la sua mole. L'esercito l'aveva ingrossato ancora di più dall'ultima volta che l'avevo visto. Indossava stivali, jeans e una giacca di pelle nera, consunta e logora ai bordi. I capelli castani erano più corti che mai, e i profondi occhi marroni erano identici a quelli di Aiden.

«È lui, Rob», dissi. «È veramente lui».

Gli occhi dell'uomo che avevo amato si spostarono finalmente da nostro figlio a me, e un brivido si fece strada lungo la mia spina dorsale. In quel momento seppi che capiva quello che avevo provato quando ero entrata in quella stessa stanza e avevo visto mio figlio di ritorno dal regno dei morti. L'intensità di quel momento ci colpì entrambi. Quando le ginocchia di Rob cominciarono a cedere, gli corsi incontro e lo abbracciai. Agii di impulso. In quel momento mi dimenticai completamente di Jake – che senza dubbio fu sommerso da un senso di impotenza, in disparte a guardare sua moglie che abbracciava un altro uomo. Il problema è che Jake non capiva quello che stavo provando come lo capiva Rob, ed erano le braccia di Rob quelle che avevo bisogno di sentire. Prima che potessi rendermene conto, mi ritrovai a piangere sulla spalla di Rob, come lui stava piangendo sulla mia, e per il più fugace degli istanti sentii quasi di avere di nuovo una famiglia.

«Mamma mi ha già detto tutto», disse mentre si tirava indietro.

Mi asciugai gli occhi e mi schiarii la gola. «Tutto?».

Annuì. «Farò a pezzi quel mostro quando lo troverò».

Gettai di nuovo uno sguardo nervoso ad Aiden. «Non qui, Rob». La mia voce era decisa, chiara.

Lui si passò le mani sul viso. «Hai ragione». Aiden aveva visto abbastanza violenza. Non c'era bisogno di aggiungerne altra con le nostre parole. Rob si piegò e aprì le braccia avvicinandosi a suo figlio, che restava indietro, vicino al dottor Schaffer, dall'altra parte della stanza. «Ehilà bello, come va? Ti ricordi di me? Non c'è bisogno che tu dica nulla, amico, non c'è problema. Sono il tuo papà, ok? Scusa se non ero qui ieri. Ehi, sapevi che piloto elicotteri ora? Ricordi l'elicottero che ti avevo dato? Era rimasto incastrato nei capelli di mamma e da allora non abbiamo più avuto il permesso di giocarci dentro casa, ricordi?». Fece una piccola risata ripensandoci. Io lo ricordavo bene. Le eliche mi avevano staccato una ciocca di capelli. Scossi un po' la testa e risi. Mi ero arrabbiata così tanto con entrambi, ma poi loro mi avevano guardata con la stessa espressione da cucciolo e il mio cuore si era sciolto.

«Dovremmo portare Aiden a fare le radiografie», disse il dottor Schaffer, facendomi tornare di colpo al presente.

«Certo», disse Rob. Si voltò verso Aiden. «Devono darti una rattoppata, ragazzino. Sarai presto in forma smagliante. Poi magari posso rimediarti un altro elicottero, eh?». Mi lanciò un'occhiata di traverso e poi si nascose la bocca con la mano con fare cospiratorio. «Staremo alla larga da mamma questa volta, però».

Volevo che Aiden ridesse o sorridesse, o almeno annuisse. Ma non ci fu nulla. La sua espressione era completamente assente, come quella di una bambola. Mi strinsi le braccia intorno al corpo, poi seguii il dottore e Aiden in corridoio. Sonya e Peter stavano aspettando fuori, e fecero un piccolo, debole saluto ad Aiden quando lo videro passare. Aiden non li notò nemmeno; quando si voltò dall'altra parte, Sonya si portò una mano sulla bocca e si accasciò tra le braccia di Peter. Sembrava che stessimo accompagnando nostro figlio al patibolo, tanto era cupa l'atmosfera.

«Non ho mai avuto l'opportunità di salutarti», disse Jake, interrompendo il silenzio con una voce che suonò stranamente allegra, dato il momento.

«Sì, ciao», rispose Rob, guardandolo a malapena.

Mi si contrassero i muscoli di fronte al volto paonazzo di Jake, alla mano che aveva allungato per darla a Rob mentre camminavamo a disagio lungo il corridoio, spalla a spalla.

«Eri mio studente in un corso d'arte, o sbaglio? La mela fatta con il filo spinato». Piegò gli angoli della bocca in un sorriso sarcastico. «Sì, proprio così».

«Esatto, era il mio progetto per il diploma e tu mi hai dato una C. Piuttosto tirato, se vuoi sapere la mia opinione. Mi riempii le braccia di graffi per costruire quel maledetto affare».

«Be', era un po' un cliché», rispose Jake, spingendosi gli occhiali più in alto sul naso.

Rob gli strinse la mano e non disse nulla. Io contrassi le labbra. Certo, capivo che Jake si fosse sentito escluso guardandomi abbracciare Rob quando era entrato nella stanza, ma doveva tenere a mente che si trattava di una situazione a dir poco difficile. Tirare fuori eventi avvenuti anni prima, eventi del tutto privi di importanza tra l'altro, era semplicemente meschino.

«Dobbiamo portare Aiden nel reparto radiografie ora, e penso che sia meglio che solo una persona venga con lui».

«Vengo io», dissi, facendomi avanti.

«Veramente, stavo pensando che forse dovrebbe accompagnarlo il signor Hartley. Meglio tenere le donne incinte lontano da qualsiasi tipo di raggio dannoso, e magari ad Aiden farà bene trascorrere un po' di tempo con il padre». Il dottor Schaffer mi offrì un piccolo sorriso quasi di scuse.

«Va bene per te, Em?», disse Rob.

La familiarità con cui mi chiamava Em mi fece sussultare leggermente per la sorpresa. «Certamente». Mi piegai per parlare con Aiden. «Io sarò proprio qui fuori, ad aspettarti. Ci sarà papà con te, però. Andrà tutto bene».

Non ce la facevo a non rivolgermi a lui come se avesse ancora sei anni. Era un adolescente. Sedici anni. Aveva l'età legale per fare sesso; aveva l'età legale per essere padre e sposarsi. Quel pensiero mi fece venire la nausea.

«Non gli piace essere toccato, Rob. Stagli vicino però, va bene? Voglio che tu gli stia vicino, che si senta amato».

Rob annuì mentre seguiva il dottore e mio figlio attraverso le doppie porte. Avrei voluto liquefarmi sul pavimento dell'ospedale.

«Andiamo», disse Jake. «Ci prendiamo una tazza di tè e ci mettiamo a sedere».

Mi sarei messa a urlare contro Jake per quello che aveva detto a Rob, e invece mi lasciai condurre via da lui. Mi mise la mano sulla schiena. Forse ero troppo stanca per discutere. Forse avevo bisogno di qualcuno che mi guidasse, che mi dicesse cosa fare. Non avevo la capacità intellettiva di farlo da sola. Tutti i miei pensieri si consumavano intorno a quell'espressione assente sul viso di Aiden.

9

Sarebbe facile dire che notai appena la ricomparsa di Rob nella mia vita, dato che ero così concentrata sul ritorno di Aiden e su tutto ciò che aveva passato. Ma sarebbe una bugia. La presenza di Rob mi colpì più di quanto fossi disposta ad ammettere all'epoca. Per prima cosa, vederlo mi diede conforto. Un tempo, la somiglianza tra Rob e Aiden mi aveva causato solo dolore, ed era stata una delle ragioni principali per cui se n'era andato. Ma ora lo guardavo e vedevo l'uomo che speravo Aiden potesse diventare un giorno: sicuro di sé, amabile, e soprattutto, gentile.

Sì, Rob aveva attraversato una fase ribelle, e no, non era il tipo di fidanzato che porti a casa dai tuoi genitori, ma aveva qualcosa dell'artista dentro di sé. Per il resto era un vichingo. Aveva un carattere irascibile e si sarebbe sentito perfettamente a casa con i costumi violenti e passionali di quell'antica civiltà, ma nel profondo aveva una natura sensibile e un forte senso di lealtà. Aveva un ruolo protettivo nella mia vita. Almeno, fino alla scomparsa di Aiden.

Vedevamo Aiden l'uno nell'altra e la cosa ci faceva andare fuori di testa. Mi ero sentita una persona a metà quando avevo creduto che Aiden fosse annegato, e immagino che per Rob fosse stato lo stesso. Avremmo dovuto trovare la nostra metà mancante l'una nell'altro, riunendo i nostri spiriti spezzati. Ma non era andata così, e non so quale sia la ragione. Ci ricordavamo a vicenda quello che avevamo perso e alla fine eravamo stati costretti a lasciarci andare. Le coppie che perdono un figlio spesso si separano. Noi eravamo una di quelle.

Ma ora nostro figlio era tornato. Cosa significava per noi?

Erano questi i pensieri che mi attraversavano la mente mentre aspettavo insieme a Jake, mio marito, che Aiden terminasse le analisi. Quando Jake mi passò una tazza di tè annacquato, mi sforzai di smettere di pensare a Rob e di concentrarmi sull'uomo di fronte a me, l'uomo di cui portavo la figlia nel ventre, che mi aveva rimesso insieme quando ero spezzata invece di fuggire via. Era lui l'uomo a cui avrei dovuto pensare. L'uomo che avrebbe dovuto farmi battere più forte il cuore.

«Non vedo l'ora che tutto questo finisca, così potremo portare Aiden a casa», dissi, sorseggiando il mio tè. Sobbalzai bruciandomi la lingua, e soffiai delicatamente sulla tazza.

Jake mi aveva portato alla mensa dell'ospedale. Mi sentivo in colpa a stare così lontano da Aiden, ma fui lieta di lasciare quei corridoi desolati. Ci sedemmo a un tavolo traballante e guardammo i visitatori comprare caffè per i loro anziani parenti. Una donna cercava disperatamente di calmare il suo bimbo strillante, con il viso rosso per l'imbarazzo.

«Sarà una scelta saggia?». Jake accavallò le gambe e si lisciò i pantaloni. «Almeno nell'immediato. Non sappiamo che tipo di danno psicologico abbia subito Aiden. Siamo veramente attrezzati per far fronte a questa cosa?».

Io lo fissai, incapace di trovare le parole per descrivere quanto trovassi ridicola quell'idea. Ero sua *madre*; ero tutto quello di cui lui aveva bisogno. L'espressione che mi scese sul viso doveva essere stata particolarmente torva, perché Jake balbettò cercando di spiegarsi meglio.

«Quello che voglio dire… Aiden è… be', avrà bisogno di molte cure specialistiche, e noi dobbiamo fare la massima attenzione a dargli tutto ciò di cui necessita per stare meglio. C'è una ragione per cui è ancora sotto shock e non vuole parlare di quello che gli è successo. Dico solo di non affrettare le cose. Assicuriamoci di ascoltare attentamente gli esperti. Voglio dire, potrebbe non essere neanche *sicuro* portarlo a casa, specialmente visto che stai per avere una bimba a breve».

«Tu pensi che Aiden sia pericoloso?». Mi massaggiai il collo, cercando di mettere insieme le parole di Jake nello stato confusionale in cui mi trovavo. Ero così sfinita. «Non è pericoloso».

Jake allungò la mano sul tavolo per prendere la mia. «Tesoro. Rifletti un secondo. Non lo vedi da dieci anni. *Dieci anni*, Emma. Non è il dolce bambino di sei anni che ricordi. È quasi un uomo completamente cresciuto. Non sappiamo niente di lui».

Delicatamente, feci scivolare via la mia mano. C'era un fondo di verità in quello che stava dicendo? Aiden poteva veramente essere pericoloso? Quando lo avevo visto seduto lì in quel letto d'ospedale ero riuscita a pensare solo al bambino con la giacca a vento rossa che mi aveva salutato dandomi un bacio nel parcheggio della scuola. Forse Jake aveva ragione. Io non lo conoscevo, non più.

«Ok, non affretteremo le cose», dissi. «Ma voglio veramente che Aiden venga a casa con noi. Si merita di far parte di una famiglia. È mio *figlio*, Jake. È il mio bambino. L'ho lasciato andare e lui ha vissuto all'inferno per dieci anni. Ho bisogno di assicurarmi che abbia una casa sana e felice ora. E questo significa che è anche tuo figlio e tu devi comportarti come se fossi suo padre».

Jake ritirò la mano bruscamente e si accigliò. «Non pensi che lo stia già facendo? Sto solo cercando di prendermi cura di lui».

«Non intendevo… voglio dire… certamente…».

«Tu non pensi che io sia pronto per fargli da papà? Lo

sono, Emma, lo sono». Arrossì e la sua voce si alzò di volume, il che mi sorprese perché Jake generalmente era un uomo pacato. «Per l'amor di Dio, Emma, voglio dire che ben pochi uomini riuscirebbero ad affrontare questa cosa così bene. Il tuo figlio adolescente è appena tornato dal *regno dei morti*». Mentre la sua agitazione aumentava, io me ne stavo lì a sedere con la bocca che si apriva e si chiudeva a vuoto. «Era tutto perfetto. Abbiamo la bimba in arrivo, la casa è immacolata, pronta per il lieto evento. Tu hai il tuo lavoro. Io ho avuto la mia promozione a capo del dipartimento di arte. Era tutto perfetto». Sollevò gli occhiali e si stropicciò gli occhi.

«Ehi». Mi alzai, lo strinsi tra le braccia. «Sarà ancora tutto perfetto. La nostra famiglia è un po' più grande di quanto ci aspettassimo, ok. Ma va bene, giusto? Aiden renderà le cose ancora migliori. Panciona ha un fratello maggiore!». Gli massaggiai le spalle, realizzando finalmente che quello che era successo non era stata un'enorme fatica solo per me, ma anche per lui. Era anche normale, in fin dei conti. Non potevo negargli un po' di tempo per assestarsi.

Jake alzò le mani, me le fece scorrere sulle braccia e mi tirò verso di sé. Alla fine mi ritrovai ad abbracciarlo mentre lui mi stringeva la vita. «Finché tu sei mia, non mi importa di nient'altro». Mi baciò le mani. La mia pancia era premuta contro la sedia, e io sentii Panciona che si muoveva di nuovo. La pressione del piccolo piede mi fece male, mi lasciai sfuggire un lamento di fastidio.

«Sembra che Panciona sia d'accordo con te», risi.

Dovetti liberarmi dalla presa di Jake per allontanarmi. Colsi appena l'espressione sul suo volto mentre ritornavo dall'altra parte del tavolo. Sembrava un po' accigliato. Quanto avrei voluto guardare nella sua testa per sapere a cosa stava pensando. Nella mia immaginazione i suoi pensieri erano cupi, terrificanti e freddi, isolati, come quelli di un bambino solitario che si prepara a fronteggiare il rigido vento glaciale sulla cima di una montagna innevata.

«Quanto resterà Rob?», chiese lui. «Dovrà tornare presto nell'esercito, giusto?».

Mi risistemai sulla sedia. «Non lo so. Dovrà imparare a conoscere Aiden di nuovo, quindi... resterà tutto il tempo necessario».

Le dita di Jake tamburellavano sul tavolo. «Pensi che sia una buona idea?»

«Che vuoi dire?»

«Be', Aiden ha vissuto un inferno per dieci anni. Poi torna, impara a conoscere il suo papà di nuovo, e poi...». Sollevò le braccia, una specie di alzata di spalle molto esagerata. «Il suo papà se ne va. Di nuovo nell'esercito, o dietro a qualsiasi capriccio che lo spinga a partire ancora».

«Rob non se ne andrebbe mai per un capriccio».

«È quello che ha fatto l'ultima volta».

«Quello è stato...». Mi accigliai. Era stato più di un capriccio? Rob non aveva mai espresso il desiderio di arruolarsi nell'esercito prima della scomparsa di Aiden. Era un perdigiorno, ammazzava il tempo lavorando nel B&B dei suoi genitori o facendo il muratore di tanto in tanto.

«Cosa? Diverso? Sì, certo, perché tu avevi perso un figlio e lui ti ha abbandonato nel momento di maggior vulnerabilità. Sai, a volte penso che tu abbia la memoria corta. Hai dimenticato quanto andassero male le cose».

«Non l'ho dimenticato, credimi». Abbassai lo sguardo, fu più forte di me. Cercai di non pensare a quel periodo. Fissai il mio tè, sperando che i ricordi svanissero, che venissero risucchiati in un buco nero.

«Ho raccolto io tutti i cocci di quel disastro, Emma».

«Lo so».

«Non me ne pento. Averti nella mia vita è stata la cosa migliore che mi sia mai capitata, e parlo sul serio».

«Ma non ci sono più soltanto io», dissi. «Non viaggio

senza bagaglio. Mi porto dietro un figlio che è tornato dal regno dei morti. Questa è la mia vita». Sentii una risatina isterica risalire da dentro, minacciare di erompere, ma riuscii a mantenere il controllo. Gettai uno sguardo di traverso alle due anziane donne che giravano il loro tè. Non era né il posto né il momento per fare scenate.

Lui sospirò e allungò le mani per prendere le mie. «Ti amo, più di ogni cosa. Tu, la bimba, e ora Aiden, siete la mia famiglia, e nessuno fa del male alla mia famiglia».

10

Aiden uscì da radiologia con la stessa espressione vuota di prima. Non so cosa sperassi. Lacrime? Un grande, sciocco sorriso? Una risatina? Spostai lo sguardo da lui a Rob e vidi la sua espressione cupa.

«Come sta il mio ragazzo coraggioso?», chiesi, odiando la mia intonazione troppo allegra, troppo innaturale. Troppo condiscendente. Mi strofinai le mani, la destra contro la sinistra, poi il contrario: un'abitudine dettata dal nervosismo che avevo preso dopo la scomparsa di Aiden.

«È stato molto bravo», rispose il dottor Schaffer.

Ma quando Rob evitò il mio sguardo, il mio stomaco si rivoltò per l'angoscia. Ci fu un momento di silenzio mentre rimanevamo fermi tra la folla nel corridoio sterile dell'ospedale. Odiai quel silenzio. Volevo soltanto sentire la voce di mio figlio, e sebbene stessi cercando di mantenere la calma, sentivo già crescere la frustrazione dentro di me: stava per traboccare, come una pentola che ribolliva.

«Lo riporteremo nella sua stanza, così potrà mettersi comodo, e poi faremo un'altra chiacchierata», disse il dottore, con un tono che mi provocò una strisciante sensazione di paura che si diffuse su tutta la pelle.

Dopo che Aiden si fu sistemato nella sua stanza, il dottor Schaffer ci riportò in corridoio e ci spiegò i risultati della radiografia con un tono pratico e professionale, da medico.

«I risultati hanno confermato quello che mi aspettavo. C'è una linea di frattura nella caviglia, sul malleolo laterale. Ma è guarita bene. Penso infatti che abbia ricevuto delle cure».

«È stato portato in un ospedale?»

«È difficile a dirsi senza vedere la lesione d'origine. Aiden potrebbe essere stato curato privatamente dalla persona che l'ha rapito. Non posso esprimermi con totale sicurezza».

«Che cosa significa questo per lui, a lungo termine?», chiesi.

«Potrebbe riscontrare una certa rigidità. Magari soffrire di una leggera zoppia».

Mi premetti i polpastrelli sugli occhi, cercando di non pensare ad Aiden intrappolato in qualche gabbia, incatenato come un cane, in preda alla sofferenza per la frattura della caviglia. Se l'era procurata cercando di fuggire? Era stato il suo rapitore a ferirlo? Gli aveva dato qualche antidolorifico? Volevo scollegare il ragazzo traumatizzato nella stanza d'ospedale dal piccolo bimbo che avevo messo al mondo e cresciuto, ma non ci riuscivo.

«C'era qualcos'altro?», chiesi. «Ci sono anche altre fratture?». Lo picchiava? Il mio bambino era stato stuprato e picchiato ripetutamente?

«No», disse il dottor Schaffer. «So che non sembra una buona notizia, date le circostanze, ma penso veramente che lo sia. La frattura della caviglia pare il danno più significativo di cui abbiamo prova».

Quindi non era stato picchiato, almeno non in modo tanto grave da comportare fratture. Questo non escludeva le contusioni. Il suo rapitore poteva comunque aver affondato i pollici nella tenera carne di mio figlio, facendogli male fino a farlo gridare. Era un'eventualità ancora possibile, non bisognava dimenticarlo. Stavo vivendo una realtà in cui la notizia che mio figlio aveva subito la rottura di *un* solo osso mentre era in balia di un rapitore sadico era una buona notizia.

Il dottor Schaffer ci informò che la psicologa infantile ci avrebbe parlato non appena Aiden si fosse riposato a dovere. Poi ci lasciò ad aspettare in corridoio fuori dalla stanza.

«Cos'è successo là dentro, Rob?», chiesi non appena il dottore fu troppo lontano per sentirci.

«Niente», disse lui con un'alzata di spalle. «Assolutamente niente. Aiden non ha detto una parola. Non ha reagito. Ha sussultato appena quando l'hanno toccato ma non c'è stato niente – nessuna lacrima, nessun urlo». Contrasse la mascella e premette il pugno contro la parete. «Non riesco a credere a tutta questa *cazzo* di storia. Qualcuno ha incatenato mio figlio e l'ha lasciato lì con la caviglia spezzata. Che cazzo...».

Un'infermiera ci superò e guardò Rob inarcando le sopracciglia – stava ancora spingendo le nocche contro il muro. Le rivolsi in fretta un sorriso sbrigativo e misi la mano sulla spalla di Rob.

«Ehi», dissi. «Non puoi perdere il controllo. Non qui. Siamo tutti nella stessa situazione. Sii forte per Aiden».

Rob sospirò e poggiò la fronte contro il muro. Aveva sempre reagito in modi estremi e drammatici, anche se quella volta non lo si poteva accusare di teatralità. Non c'era un modo *teatrale* di affrontare gli eventi degli ultimi due giorni.

«Scusa, io...».

«Lo so». Gli massaggiai un po' la spalla, cercando di ignorare il modo in cui Jake mi stava guardando. «Piccoli passi. Siamo qui per Aiden. Si riprenderà, Rob, so che lo farà. Non starà così per sempre». Ma dopo aver pronunciato queste parole, cercai di deglutire e la mia gola rimase asciutta. I miei occhi bruciavano ed ero stanca morta. Ero troppo esausta per crederci.

L'ispettore capo Stevenson arrivò in ospedale nel pomeriggio con l'espressione dura e impassibile dell'uomo che porta brutte notizie.

«Gli avvoltoi hanno adocchiato la preda. I reporter hanno saputo delle ricerche nel bosco. È solo una questione di tempo prima che fiutino i rapporti sul ritrovamento di Aiden. Abbiamo detto ai testimoni di non farne parole con nessuno, ma prima o poi queste cose vengono sempre fuori».

«Avete trovato qualcosa nel bosco?». Non mi interessava della stampa, volevo solo giustizia per Aiden.

Stevenson scosse la testa. «Diluviava la notte in cui Aiden si è ritrovato a vagare per strada. Le sue orme sono state cancellate. Abbiamo provato a far annusare i vestiti che indossava ai cani dell'unità cinofila, ma hanno perso le tracce piuttosto in fretta. Ho un considerevole spiegamento di forze sul campo, perlustrano la foresta in cerca di indizi. Troveremo qualcosa, ma potrebbe volerci più di quanto speravamo».

«La cazzo di stampa», borbottò Jake. «Se mettono le mani su questa cosa, finirà su tutti i quotidiani nazionali. Sarà un incubo. Lei non può fare nulla?».

Stevenson scosse la testa. «Queste storie vengono sempre alla luce. L'annegamento di Aiden ha fatto molto scalpore dieci anni fa. Questa storia avrà un'eco ancora più grande. So che avete passato un inferno nell'ultimo decennio, e detesto dirlo, ma dovete prepararvi. Sarà dura».

Nessuno parlò per almeno trenta secondi. Stavamo tutti riflettendo, credo – ognuno a modo suo – su come sarebbe cambiato il nostro mondo una volta che la stampa avesse conficcato gli artigli sulla ricomparsa di Aiden. Quella era probabilmente l'ultima giornata in cui potevamo avere Aiden tutto per noi, senza i media alle calcagna a ogni ora del giorno. La trascorremmo seduti nella sua stanza, standogli vicino mentre lui, imperturbabile, lasciava che medici e infermieri lo rivoltassero come un calzino. A un certo punto mi arrischiai a tenergli la mano mentre gli prelevavano il sangue, sforzandomi di non ritrarmi mentre l'ago gli penetrava nella pelle. Aveva affrontato cose peggiori, e io non ero stata lì a tenergli la mano durante quei momenti orribili.

La psicologa infantile era una donna sui quarant'anni, indossava una lunga gonna viola, uno scialle intorno alle spalle e delle scarpe tipo zoccoli. Sebbene non avesse un aspetto molto professionale, la sua presenza era effettivamente confortante, come quella di una zietta a cui tutti vogliono bene. Parlava a bassa voce, con grande chiarezza, e delicatamente.

«Ciao, Aiden. Io mi chiamo Cathy, e sono qui per farti qualche domanda e vedere come stai. Va bene per te?».

Aiden rimase in silenzio.

«Il… Il, ehm, dottor Schaffer l'ha avvertita dello stato attuale di Aiden?», chiesi io.

Cathy – si era presentata a me come "la dottoressa Foster" – annuì e sorrise. «Sì. Va tutto bene. Ci prenderemo il tempo necessario con Aiden». Si voltò di nuovo verso di lui. Avevo portato ad Aiden qualche abito nuovo, quindi indossava un paio di jeans con un maglione blu a tinta unita. Volevo comprargli qualcosa alla moda, qualcosa che sarebbe piaciuto a un adolescente normale, ma ignoravo completamente quali potessero essere i gusti di un ragazzo di sedici anni. Quando avevo sedici anni io mi vestivo solo di nero. Mio padre strepitava per la lunghezza della mia gonna e per l'eyeliner, e mia madre sollevava semplicemente gli occhi al cielo. Per qualche motivo non pensavo che Aiden fosse interessato a ribellarsi contro di me per il momento.

Aiden sedeva quieto a un tavolino in un angolo della

sua stanza. La dottoressa Foster lo raggiunse, sedendosi dall'altra parte del tavolo. La psicologa rovistò nella borsa e tirò fuori un blocco per gli appunti e una penna. «Ti piacerebbe scrivere o disegnare qualcosa, Aiden?».

Guardai con impazienza la dottoressa Foster che spingeva il blocco per gli appunti e la penna sul tavolo. Mi strofinai una mano contro l'altra, sperando, desiderando che Aiden raccogliesse la penna. Se avesse potuto comunicare con noi anche nel più semplice dei modi, sarebbe comunque stato meglio di niente. Anzi, di più: sarebbe stato meraviglioso.

Aiden abbassò lo sguardo sul blocco ma non fece il minimo movimento per prendere la penna. Mi morsi il labbro inferiore, mentre Rob era in piedi alla mia destra e Jake gravitava alla mia sinistra. L'ispettore capo Stevenson ci aveva lasciati alle cure di due agenti "incaricati dei rapporti con la famiglia" mentre lui tornava alla stazione di polizia a lavorare sul caso. Stavano aspettando in corridoio per lasciarci un po' in pace. Si chiamavano Denise e Marcus. Il dottor Schaffer stava facendo il suo giro nel reparto. Mi sembrava che Aiden fosse l'unico bambino al mondo, ma non era così. Non era nemmeno l'unico bambino al mondo ad aver sofferto quelle pene.

«Forse potresti farci un bel disegno», proseguì la dottoressa Foster. «Non ha importanza cosa sia, tutto ciò che ti salta in mente».

Il suo sguardo non si mosse mai da penna e foglio, e nella mia testa immaginai che volesse tanto prendere la penna. Mi strofinai di nuovo le mani, sperando e pregando che lo facesse. Lui si piegò in avanti e io mi piegai con lui, per poco non mi misi in mezzo. Ma non lo feci. Mi tirai indietro. Non doveva essere piacevole sentirsi addosso così tanti occhi, ma non avrei mai lasciato la psicologa nella stanza con lui senza di me.

Poi, con un rapido movimento fluido, Aiden afferrò la

penna e prese il blocco. Emisi un sospiro, fino a quel momento non mi ero resa conto che stavo trattenendo il fiato. La dottoressa Foster mi lanciò un'occhiata con un piccolo, speranzoso sorriso. Forse Aiden sapeva scrivere? Prima di essere rapito era dotato, per essere un bambino di sei anni, ma non avevo idea di cosa gli fosse stato insegnato da allora. Aveva avuto libri, dov'era stato? Aveva tenuto un diario del suo mondo? Strizzai gli occhi e li riaprii. Aiden stava disegnando sul blocco. Stava disegnando qualcosa.

Mi voltai verso Rob e poi verso Jake, con il petto che si alzava e abbassava freneticamente. Era una buona cosa, doveva esserlo per forza. Un passo nella giusta direzione. Finalmente. E dopo questo, quanto tempo ci sarebbe voluto prima che ricominciasse a parlare? A quel punto sarebbe stato in grado di raccontarci quello che gli era accaduto. Avremmo trovato il suo rapitore e l'avremmo sbattuto in prigione, a meno che non lo avessi ucciso prima io. Se non fosse stato per la galera... Scossi la testa, scacciando via i pensieri cupi, eppure una domanda rimaneva sospesa... Avrei potuto?

Mentre Aiden scarabocchiava, resistetti alla tentazione di spingermi un passo più avanti e chinarmi sulla sua spalla. Aiden meritava di avere un momento per esprimersi. C'era un racconto terribile dentro di lui che un giorno avrebbe dovuto narrare al mondo. *Lascialo respirare*, pensai tra me e me.

Lentamente, la mano di Aiden arrivò a fermarsi. Non ero abbastanza vicina per vedere cosa avesse disegnato, ma sapevo che aveva scarabocchiato piuttosto velocemente, cambiando la direzione del pugno da una parte della pagina all'altra.

«È fantastico, Aiden», disse la dottoressa Foster quando Aiden spinse il quaderno verso di lei. «E cosa rappresenta questo disegno? È il posto in cui stavi quando eri via?».

Il mio cuore perse un battito, ma l'espressione di Aiden non rivelò nulla. Era assente e calmo come sempre.

«Vogliamo mostrarlo alla tua mamma?», chiese la dottoressa Foster.

Lui non rispose, ovviamente, ma io feci un passo verso il tavolo lo stesso. Con un viso bianco come il latte, la dottoressa Foster sollevò il foglio. Era ricoperto da un disordinato scarabocchio nero, violenti tratti di penna che riempivano quasi completamente la pagina.

11

Avrei voluto prendermi a calci. Perché non avevo pensato di dare ad Aiden una penna e un po' di carta prima che incontrasse la psicologa? Era sempre stato un bambino dotato di una vena artistica. Quando era piccolo odiava i libri da colorare, preferiva scarabocchiare su fogli di carta bianchi. Gli comprai il suo primo set di acquarelli quando aveva quattro anni. Bishoptown-on-Ouse può vantare una grande abbondanza di punti perfetti per giovani mamme e figli armati di kit da pittura. Avevamo trovato un'enorme quercia che si era trasformata nel quartier generale di un re dei folletti pestifero. Aiden aveva dipinto foglie arancioni e rosse su uno spesso tronco marrone. L'Ouse era uno scenario ideale per uno tsunami, così avevo disegnato piccoli surfisti sulla cima delle sue onde blu. Aiden amava dipingere. Ricopiava le figure dei suoi fumetti preferiti, creando sue versioni confusionarie di Superman e Spiderman.

Era cresciuto con due genitori che adoravano l'arte e che amavano dipingere e disegnare. E di certo aveva bisogno di uno sfogo adesso. Ma il disegno che vidi in quella stanza d'ospedale non era da Aiden. Era pungente e aspro. Guardarlo faceva male. La dottoressa Foster mi diede il foglio e mentre tornavamo a casa in macchina lo tirai fuori e lo fissai, seguendo le linee con il dito.

Non c'erano forme riconoscibili. Niente che potesse essere usato ai fini delle indagini. Aiden non ci aveva disegnato una bella immagine della sua prigione, e neppure una mappa del punto in cui era sbucato dal bosco. Non c'era niente nella sua opera, a parte dolore e rabbia, e non bisognava certo essere degli psicologi per capirlo. Ma capii invece che sarebbe stata utile un'altra visita della dottoressa Foster, così individuammo alcune date nelle settimane a seguire. Aveva altre cose per le mani ma si organizzò per dare la priorità ad Aiden, e io le fui riconoscente per questo.

Il giorno seguente, il dottor Schaffer mi informò che non c'erano molte ragioni per tenere Aiden in ospedale. A parte la vecchia lesione alla caviglia, non aveva proprio niente che non andasse. La sua crescita aveva in parte subito un arresto, ma al di là di questo, era in salute. L'avrei portato a casa il giorno seguente.

Quel sabato fu un turbinio di avvenimenti. Tornai a casa di corsa, rifeci il letto nella stanza degli ospiti e ci misi sopra l'unico peluche che mi ero concessa di tenere dopo aver dichiarato morto mio figlio. Era un piccolo drago soffice con squame rosse che scintillavano quando la luce le colpiva. Mia madre l'aveva dato ad Aiden quando era appena nato, in omaggio alle sue origini gallesi. Lo misi sul cuscino e gli piegai le lenzuola intorno per dare l'impressione che ci si fosse infilato di sua spontanea volontà. Era una cosa sciocca, ma lo facevo sempre quando era molto piccolo. Poi presi i vestiti dalle buste sparse per la stanza e li sistemai nei cassetti. Il povero Jake mi aveva dato la sua carta di credito e mi ero lasciata un po' prendere la mano, cercando in qualche modo di recuperare dieci anni d'inferno con jeans costosi.

A un certo punto dissotterrai un paio di disegni suoi e li inchiodai al muro. Poi ci ripensai e li ritirai giù. Aiden non era più un bambino. Il drago invece no. Quello doveva rimanere. Non aveva mai dormito senza quel drago quando era piccolo. Doveva sapere che io me lo ricordavo.

La mattina seguente mi svegliai con le farfalle nella pancia al pensiero che avrei portato a casa mio figlio. Dato che era domenica, Jake non doveva lavorare, ovviamente, ma io avevo proposto che ci lasciasse la giornata per sistemarci. Lui aveva acconsentito, desideroso di fare tutto ciò che era meglio per Aiden – in realtà, pensavo anche che si sentisse un po' in colpa per come aveva reagito all'ospedale.

Rob mi passò a prendere per portarmi all'ospedale, con la macchina di suo padre. Avevamo deciso che non era il caso di aggiungere al caos generale la presenza di Sonya e Peter. Volevamo mantenere la cosa semplice e tranquilla. La minaccia della stampa incombeva su di noi. I giornalisti avrebbero scoperto presto la verità, ne eravamo certi, ma fino a che punto, e quando? Quella scure sospesa sulla nostra testa doveva ancora cadere.

«Sei pronta?», chiese Rob mentre mi allacciavo la cintura di sicurezza.

«Tu?», risposi io.

Lui si tirò su le maniche della camicia, e io intravidi l'accenno di un tatuaggio che spuntava da sotto il tessuto. Era nero, con una coda sottile che si arricciava in fondo.

«Un drago?», chiesi.

«Come quello di Aiden», rispose.

«L'ho trovato e l'ho messo sul suo letto».

«Non dormiva mai senza», disse Rob.

«Lo so». Mi premetti il dito sull'angolo dell'occhio cercando con tutte le forze di fermare le lacrime. «No, non sono pronta. Ma non lo darò a vedere. Non lo farò».

«Va tutto bene, Em. Stai facendo un buon lavoro. Cazzo, stai andando meglio di me. E tu hai la…». Lanciò uno sguardo alla mia pancia.

«La bimba? Stai tranquillo, non è mica l'elefante nella stanza del proverbio. Puoi parlare di lei».

«Lei? Quindi Aiden avrà una sorellina. È fantastico. Sarà fantastico per lui».

«Lo spero».

Rob rimase in silenzio per il resto del tragitto, e io non potei fare a meno di chiedermi che cosa gli passasse per la testa. Dopo qualche minuto mi arresi e pensai ad Aiden. Avevo una fitta di ansia nello stomaco mentre ci infilavamo nel parcheggio dell'ospedale. Era la fine di ottobre e le foglie dei vecchi sicomori al margine dell'area asfaltata si stavano colorando di sfumature ambra e oro. Una bassa nebbia oscurava i colori dell'autunno sfumando tra le macchine parcheggiate. I tergicristalli scricchiolavano sul vetro, stendendo la pioggia sottile in striature lattiginose.

«Quindi lui com'è?», chiese Rob mentre sganciava la cintura di sicurezza.

Gli rivolsi uno sguardo interrogativo. Con Aiden all'ospedale avevo passato un po' di tempo in compagnia di Rob, e stavo già permettendo a me stessa di rilassarmi. Mi ricordai che avevo rivolto quello stesso sguardo a Rob un centinaio di volte quando stavamo insieme. Metteva sempre alla prova la mia pazienza, sempre, eppure ai tempi era anche una bella cosa. Una cosa eccitante.

«Hewitt, intendo».

«Mi aiuta», dissi io. «Affidabile. Un buon marito. Sarà un padre fantastico».

«Migliore di me, allora».

«Oh, per l'amor di Dio», dissi con una voce roca, combattendo con la portiera della Ford. «Che importanza ha? Cresci, Rob, cazzo. Tu non c'eri, io sono andata avanti. Sono felice, ok? Quel che è stato è stato e comunque non ha importanza. Niente di tutto questo ha importanza. Aiden è l'unica cosa che conta ora». Lasciai andare la maniglia e sospirai. «Quindi ce la fai ad affrontarlo? Ce la fai a lavorare sulle tue patetiche problematiche e comportarti da adulto? Comportarti da padre? Perché se non ce la fai, allora è meglio se sali in macchina, te ne vai da questo parcheggio immediatamente e non rientri mai più nella vita di Aiden. Ha bisogno di stabilità e di amore. Non è una situazione in cui ci possiamo permettere di scegliere. Ho bisogno che tu gli dia entrambe le cose».

Rob alzò le mani in segno di resa. «Va bene, va bene. Lo so, ok. Lo so che è questo ciò di cui ha bisogno da parte mia. E ci sarò. Per tutto. Lo prometto».

Le sue parole liberarono una parte di me, sollevandomi un peso soffocante dal petto. Chi l'avrebbe mai detto? A quanto pareva ciò che mi serviva più di ogni altra cosa era la sua rassicurazione. Mi sarebbe stato vicino, avrebbe dato una mano. Il peso che mi ero portata sulle spalle era eccessivo per una persona sola, mi schiacciava.

Fuori dalla macchina, una pioggerella sospinta da una forte brezza faceva frusciare le foglie ramate. Nonostante fosse una piccola struttura in una zona benestante, il Saint Michael aveva lo stesso quell'aria sbiadita da ospedale, con una facciata dipinta di un beige sporco e scale sudicie ricoperte di muschio che conducevano all'ingresso. Mi tirai il cardigan di lana fin sulla gola per proteggermi dal freddo.

Salimmo i gradini familiari, andammo al reparto e scambiammo qualche frase di circostanza con il dottor Schaffer. Gli agenti incaricati dei rapporti con la famiglia erano già lì. L'agente Denise Ellis era una donna bassa ma robusta di origini afro-caraibiche. L'agente Marcus Hawthorne era alto, allampanato e con un viso slavato, con capelli rossi sfibrati. Avrei preferito ricevere aggiornamenti dall'ispettore capo Stevenson, ma quei due sembravano comportarsi in modo gentile e professionale, non alzavano mai la voce e ci offrivano sempre tazze di tè e caffè.

Entrammo nella stanza di Aiden e lo trovammo in piedi a fissare fuori dalla finestra. Indossava dei jeans e un maglione a righe che avevo lasciato all'ospedale. Non si era tagliato i capelli, che quindi erano ancora arruffati e gli arrivavano alle spalle. Aveva gli occhi leggermente cerchiati di rosso, ma dubitavo che avesse pianto. Più probabilmente aveva avuto difficoltà a dormire. Speravo che non facesse incubi, ma ero quasi certa del contrario.

«Sei pronto?», chiesi, di nuovo con una voce radiosa e allegra che suonava innaturale. Mi sembrava sempre di essere un presentatore fastidioso di un canale per ragazzi, biondo e dallo sguardo vivace, con un gran sorriso fisso stampato in faccia.

Aiden si allontanò dalla finestra e si mosse verso di me, ma di nuovo non disse una parola. Neanche mi guardava, in realtà, ma almeno veniva nella mia direzione. Era un inizio. Riconosceva la mia presenza. Meglio di niente.

«Bene allora, amico», disse Rob. «Faresti meglio a porgere i tuoi saluti al dottor Schaffer e agli altri. Ti portiamo a casa, socio. Mamma ha tenuto pronto Walnut il Drago per te».

L'avevo quasi dimenticato. Aiden aveva insistito per chiamare il drago Walnut perché mia madre andava matta per i cioccolatini con la noce Walnut Whips, e io la prendevo sempre in giro per la sua dipendenza. In qualche modo, Aiden aveva fatto l'associazione tra sua nonna e le noci. Quel nome così familiare mi colpì con una bomba emotiva nelle viscere: esplose dentro di me, innalzando fuochi d'artificio fino alle dita di mani e piedi. *Ecco cosa avevo in passato. Il mio passato perfetto e felice.*

Aiden ci seguì in silenzio mentre uscivamo dall'ospedale e andavamo al parcheggio. I suoi passi erano tranquilli, sebbene avesse ancora un'andatura rigida. I jeans e il maglione che gli avevo comprato erano per un ragazzino molto più piccolo, eppure gli andavano lo stesso larghi sui fianchi. Il dottor Schaffer mi aveva detto di cucinare cibo ricco di proteine, come pollo e pesce, per aiutarlo a sviluppare i muscoli.

Morivo dalla voglia di prendergli la mano ma mi trattenni, consapevole di quanto lo infastidisse essere toccato. Così mi limitai a sincronizzarmi con il suo passo, camminandogli accanto, e affrontando il resto dell'ospedale al suo fianco. Lo portammo fuori dall'edificio. Tutti gli occhi erano fissi su di lui. Le infermiere – tutte, nessuna esclusa – interruppero quello che stavano facendo per squadrare il ragazzo tornato dal regno dei morti. Ogni volta che passavamo davanti a una stanza, i pazienti e i visitatori sbirciavano fuori dalla porta. E più ci avvicinavamo alla parte anteriore dell'ospedale, più una strisciante sensazione di paura si faceva strada nel mio corpo. Lanciai un'occhiata a Denise, e vidi la tensione serrarle la mascella. Lo percepiva anche lei.

La voce si era sparsa.

Se lo staff e i pazienti sapevano chi era Aiden, le chiacchiere sul suo strano arrivo avevano cominciato a diffondersi. Ma fino a dove erano arrivate?

Mancavano solo due o tre passi per uscire dalle porte quando un uomo atletico con un naso adunco si mise sulla nostra strada.

«Matthew Grey, "Yorkshire Post". È lui Aiden Price?».

Marcus si fece avanti, facendo scudo con il suo corpo ad Aiden, mentre Denise mi bisbigliava: «Non dica niente».

Io e Rob abbassammo la testa e proseguimmo, guidando delicatamente Aiden verso l'uscita, ma l'uomo scansò Marcus e si avvicinò direttamente a lui.

«Sei tu Aiden Price?».

«Stia lontano da lui», dissi tra i denti. Questa volta presi la mano di Aiden. Lo tirai via e mi affrettai verso la macchina, con il cuore che batteva forte.

Questa volta era solo uno. Ma in futuro non saremmo stati così fortunati.

12

L'agente Denise Ellis mise a bollire l'acqua appena entrammo in casa.

«Scopriranno presto dove vivete», ci avvertì. «Non possono entrare nella proprietà ma si piazzeranno tutto intorno con le telecamere. Faremo quello che potremo per tenerli lontani. Forse dovreste contattare un avvocato e magari un esperto di pubbliche relazioni».

Non volevo sostenere questa prova. Aiden si era appena tolto le scarpe. Gliene avevo comprato un paio da ginnastica con il velcro: non sapevo neanche se fosse in grado di farsi il nodo da solo, e non volevo che si sentisse in imbarazzo. Eravamo tutti ammassati scomodamente in cucina. E l'unica cosa che mi veniva in mente era che l'agente Ellis aveva appena lasciato il filtro del tè sul piano della costosissima cucina di frassino, che rischiava di macchiarsi. Ah, e l'agente Hawthorne non si era tolto gli stivali.

«È veramente necessario?», chiesi. Le mie mani erano partite di nuovo, si strofinavano senza sosta con il loro ritmo alternato. «Non sarà costoso?».

Denise versò il latte nel tè. «Sì, ma sappia che potenzialmente potreste fare un bel po' di soldi. Ci sono interviste con i giornali, speciali in TV e via dicendo. Pagano bene e avreste modo di raccontare la vostra storia». Smise di versare il tè e mi guardò. «Ma non parli con nessuno fino a che l'indagine non sarà conclusa. Quando metteremo il rapitore dietro le sbarre, potrà iniziare a parlare con la stampa».

«Nessuno racconterà questa storia a parte Aiden».

«Lo so, ma la stampa le darà la caccia. Quello che possiamo fare, se vuole, è rilasciare una dichiarazione chiedendo riservatezza in questo momento difficile. Non funziona mai, ma se poi i giornalisti oltrepassano il limite, potrà dire di averli avvertiti».

Mi porse una tazza di tè caldo. Soffiai per raffreddarlo.

«Faranno meglio a lasciare in pace Aiden», disse Rob. «Anche perché non possono fare altrimenti, giusto? È minorenne. È solo un ragazzino».

«Il problema è», disse Marcus, «che sanno già chi è Aiden. In circostanze normali avremmo impedito che venisse reso noto il suo nome, ma è già successo durante l'inondazione. Tutti sanno come si chiama».

Il mio cuore sprofondò. Più di ogni cosa volevo che Aiden vivesse in una casa normale e felice dopo quello che aveva passato. Ma era già famoso, e non lo sapeva neanche.

«Siamo qui per aiutarvi ad affrontare questa prova». Denise provò a tirar fuori un sorriso rassicurante, ma né io né Rob ricambiammo.

Il tè si raffreddava sul tavolo mentre portavamo Aiden in giro per la sua nuova casa. Ci seguiva placidamente con piccoli passi rigidi. Mi trovai a parlare senza sosta mentre passavamo di stanza in stanza, tentando disperatamente di riempire il silenzio.

«Jake ha scelto la moquette, ama il bianco e il crema. È adorabile. Potrai conoscerlo presto. Ho pensato che avresti voluto adattarti prima, però. Jake sarà presto a casa e avrete modo di conoscervi. È fuori a fare la spesa e a sbrigare delle commissioni. A breve avremo una casa ben rifornita tutta per te. Una casa come si deve».

«Si può almeno respirare in questa casa?», chiese Rob con un sopracciglio sollevato, gli occhi che vagavano sui lussuosi rivestimenti dei divani.

Decisi di ignorarlo. «E quello è uno dei miei dipinti. È

stata un'idea di Jake appenderlo al muro». Indicai il grande acrilico sulla parete del corridoio. L'avevo fatto poco dopo l'alluvione. Rappresentava tutta l'immensità del mio dolore, con i rossi che vorticavano nei blu, ma Jake aveva insistito perché lo mettessimo in bella vista. Diceva che era la sua opera preferita in assoluto, di sempre, e io non ero riuscita a resistere al suo sorriso entusiasta. Con il tempo avevo imparato a guardare quel quadro e a vedere il sorriso di Jake invece del cappotto di Aiden nell'acqua. Forse ora che Aiden era tornato, avrei trovato qualcos'altro in quei vortici di colore.

«È bello, Em», disse Rob.

Non glielo avevo mai mostrato, neanche nel periodo successivo all'inondazione. L'avevo sempre tenuto per me. Solo quando Jake mi aveva trovato con un coltello in una mano e le braccia ricoperte di rosso, seduta sul pavimento vicino a una pila di tele distrutte, l'avevo finalmente mostrato a qualcuno.

«Comunque, qui sulla sinistra c'è il bagno del piano di sotto». Inclinai il viso per sottrarmi allo sguardo di Rob e nascondere il rossore delle guance.

«Il bagno del piano di sotto, dici? Molto pomposo».

Roteai gli occhi. I suoi genitori non abitavano certo in una stamberga. Stava facendo lo snob al contrario. Era carino, quando eravamo adolescenti. Mi piaceva quella venatura ribelle in lui, e il modo in cui inveiva contro la sua educazione medio-borghese, ma ora mi sembrava solo un atteggiamento immaturo.

«Non che ci sia qualcosa di male», aggiunse frettolosamente, percependo il mio fastidio.

«E al piano di sopra ci sono la tua stanza da letto e la camera mia e di Jake. C'è un bagno anche lì, con vasca e doccia». Salii un paio di gradini e mi gettai uno sguardo alle spalle. Mi resi conto che Aiden non ci stava seguendo. «Non c'è problema, prenditi il tempo che ti serve».

Scambiai un'occhiata con Rob. La preoccupazione mi si piantò nella pancia, precipitandosi a raggiungere il goccio di tè che Denise mi aveva preparato. Non ci avevo pensato. Sapevo che Aiden camminava con una postura rigida, e che non aveva avuto molte opportunità di fare del moto nel corso di dieci anni di prigionia, ma non avevo pensato che potesse non aver fatto le scale per anni e anni. Era uno di quei momenti in cui l'entità del trauma di Aiden mi colpiva con la massima potenza. Ecco cosa aveva passato. Ecco cosa era stato costretto a subire. *Questo*. Non era neanche in grado di salire le scale. Qualsiasi altro sedicenne le avrebbe fatte di corsa, due gradini alla volta. A scuola sfrecciavano su e giù per le scale tutto il tempo. Li rimproveravo, e di solito mi beccavo un veloce «Scusi, prof» in risposta.

Aiden se ne stava fermo lì, con lo sguardo fisso sul primo gradino. Gli andai incontro e gli misi una mano esitante sul braccio.

«Ok, allora un grande passo, e poi un altro». Delicatamente, lo condussi su per i primi gradini. Perle di sudore si stavano formando sulla sua fronte. Aveva le sopracciglia aggrottate per la concentrazione, ma dopo i primi gradini capì come si faceva e io gli lasciai il braccio.

Rob ci aspettava in cima con le braccia incrociate e la bocca stretta in una linea sottile. Sapevo cosa stava pensando. Stava pensando alle cose che avrebbe fatto all'uomo che aveva rapito nostro figlio.

«Da questa parte, Aiden». Cominciavo a stancarmi del suono della mia voce. Al di sotto della facciata allegra si intuivano chiaramente le crepe della mia afflizione. Ero stucchevole e debole, mentre cercavo disperatamente di non scoppiare a piangere. Una parte di me avrebbe preferito che Aiden fosse ancora in ospedale, solo per non dover vedere la sua espressione spettrale a casa nostra. Era peggio lì, da un certo punto di vista. Gli ospedali sono pieni di volti tristi o assenti, ma una casa dovrebbe essere un luogo felice. A parte qualche discussione di tanto in tanto, dovrebbe essere piena di sorrisi e risate, non dell'inquietante silenzio di persone traumatizzate. «Questa è la tua stanza. Spero che ti piaccia. Ho messo un po' di vestiti dentro ai cassetti, guarda, e nell'armadio. Ci sono jeans qui dentro, e biancheria intima qui. Ci sono asciugamani nel mobile del corridoio. E guarda, lo so che è sciocco, ma ecco Walnut». Tirai su il drago da sotto le coperte e lo sollevai come se fosse un prezioso manufatto. Aiden lo fissò e basta.

«Dai, socio, ti ricordi Walnut?», disse Rob. «Dormivi sempre con lui, tutte le notti».

«Papà lo chiamava Wally qualche volta, e il nonno...». Non conclusi la frase, ricordando che non avevo ancora detto ad Aiden che suo nonno era morto.

Prima che potessi aggiungere qualcos'altro, Aiden fece un passo avanti e prese il drago dalla mia mano con un movimento repentino che mi colpì come una scossa dopo la sua immobilità. Tenne lo sguardo in basso fisso sul drago e il respiro mi si bloccò in gola. Era giunto il momento in cui avrebbe rotto il suo silenzio? Lo guardai rigirarsi il drago nelle mani, in attesa di qualcosa... qualunque cosa. Anche uno squittio sarebbe stato sufficiente. Un grido. Una parola. Una lettera. Qualsiasi cosa che indicasse che il mio Aiden era ancora lì dentro da qualche parte, vivo e vegeto, in attesa di raccontare alla sua mamma tutte le brutte cose che gli erano successe.

Ma lui sollevò la testa e mi guardò con la stessa espressione vuota sul viso. I suoi occhi marroni erano esattamente gli stessi di prima, senza alcuna traccia di emozione.

«Ok, bene, ti mostro la mia stanza ora», dissi, e questa volta mi si spezzò davvero la voce.

Ero stanca di riempire il silenzio e Rob aveva esaurito gli argomenti. Quindi accendemmo la televisione in soggiorno e mettemmo Aiden davanti a un canale per bambini. Gli feci una tazza di tè con latte accompagnato da toast e Nutella, e lo lasciai seduto sul divano, ipnotizzato dalle immagini colorate sullo schermo.

In cucina mi lasciai andare. Accolsi il pianto, e singhiozzai contro la maglietta di Rob finché non ebbi più lacrime da piangere. Lui mi preparò un tè alla menta e mi fece sedere sulla panca accanto al tavolo. Denise gironzolava goffamente intorno a noi, asciugando il tè versato, lavando i pochi piatti che avevamo usato da quando eravamo a casa. Marcus trascorse la maggior parte del tempo controllando il telefono o maldestramente appoggiato a una sedia. Rob li guardò male per un po', e allora Denise chiese scusa e uscì, afferrando al volo Marcus mentre se ne andava.

«Cosa cazzo farò?». Mi passai una mano sulla pancia e pensai a quando ero incinta di Aiden. Era stato un inferno. Vomitavo, avevo mal di schiena, avevo avuto un travaglio terribile. Non mi aspettavo di stabilire subito un legame con lui, ma appena l'ostetrica me l'aveva messo tra le braccia mi ero resa conto di non aver mai conosciuto l'amore fino a quel momento. Il dolore e il malessere si erano polverizzati. Era stata un'altra persona a dare di stomaco in un cestino vicino all'atrio della scuola, qualcun'altra a sopportare un travaglio di quasi venti ore. Non era mai successo, niente di tutto questo: il mio bellissimo, piccolo bimbo era appena arrivato e si era lasciato cadere tra le mie braccia e non c'era nient'altro da dire.

«Ha solo bisogno di tempo». Rob sorseggiò il suo tè e fece una smorfia. «Cos'è questa merda?»

«Tè alle erbe fatto male. Quanto tempo hai lasciato il filtro dentro?»

«Ma che ne so, Em. Sei cambiata. Moquette color crema, tè alle erbe? Questa non sei tu. Ricordi come abbiamo festeggiato la nascita di Aiden?»

«Mezza bottiglia di vodka sulla panchina fuori dalla

Rough Valley. Ricordo. Dovevo star seduta su un cuscino perché mi facevano ancora male i punti. Siamo stati seduti lì con Aiden infilato nella fascia finché non è sceso il freddo e poi abbiamo buttato giù delle mentine prima di riportarlo dai miei genitori. È stata una buona idea tirarmi il latte prima di bere la vodka. Ma Gesù, Rob, pensi che quello andasse *bene*? Eravamo ragazzini incasinati. Immagina se fossimo ancora seduti lì a bere vodka ora. Aiden ha bisogno di stabilità».

«Sì, lo so». Rob picchiettò sulla tazza di ceramica e fissò lo sguardo sul suo tè. «È solo che sei cambiata così tanto. Sei… ma che ne so…».

«Cosa?»

«Questo ti rende felice?». Rob agitò il braccio verso le mensole linde e le rifiniture immacolate sulle ante della credenza. «Dov'è il carattere? Dov'è il tuo tocco? Qui tutto parla di lui. C'è solo quel tuo quadro, che, a proposito, è l'unica macchia di colore in questo posto, e ogni altra cosa è semplicemente… sterile».

Odiavo la verità contenuta nelle sue parole, e odiavo lui in quel momento. Mi alzai, presi la sua tazza e la svuotai nel lavandino. Tanto non avrebbe comunque bevuto il tè.

«È meglio se te ne vai».

«Non dimenticare di sciacquare quella tazza, eh». La sedia grattò sul pavimento quando si allontanò dal tavolo. Afferrò la giacca dallo schienale e la agitò per infilarci le braccia. «Non vorrai lasciare qualche chiazza di tè sulla perfetta superficie color crema. E porca puttana, non versare niente sul tuo vestito grigio nella tua casa beige. Vado a salutare Aiden».

Misi la tazza nel lavandino e sospirai. «Non andare».

Lui si fermò. La giacca volò via, e quasi immediatamente le sue braccia si avvolsero intorno alla mia vita, si strinsero intorno alla mia schiena, con il pancione tra noi. Poggiò la testa contro la mia spalla.

«Mi sei mancata, Emma».

«No... Non è quello... Non è quello che intendevo». Mi tirai indietro, togliendogli le mani. «No. Noi... Noi dobbiamo capire cosa faremo». Mi scansai ed evitai il suo sguardo. Sentii le mie guance andare a fuoco, sentii il caldo rossore dell'imbarazzo. «Voglio dire, dobbiamo studiare un piano per capire come affrontare la stampa e come gestire Aiden finché non starà meglio». Finalmente sollevai la testa e incontrai il suo sguardo. «Sono incinta di sua figlia, Rob. Non posso farlo».

13

Potrebbe sembrare sorprendente, ma prima del rapimento di Aiden non mi ero mai considerata una cattiva madre. Neanche quando avevo diciotto anni e un bimbo al seno. Mai avuto dubbi. Mi lasciavo trasportare. Lo educavo quando lo volevo educare. Ero divertente quando ne sentivo la necessità. Ero creativa quando ero dell'umore giusto. A volte, quando Aiden piangeva o faceva i capricci, sentivo il bisogno di fare un profondo respiro e desideravo ardentemente un altro sorso della vodka che avevo bevuto con Rob sulla panchina fuori dalla foresta di Rough Valley, ma succedeva di rado e non ci rimuginavo troppo sopra.

Non sono mai stata una di quelle madri che comprano tutti i gadget e i giocattoli ultra moderni appena escono sul mercato per soddisfare i propri piccoli. Non sono mai stata una di quelle che sentono il bisogno di compensare perché sono assalite dai sensi di colpa per essere stata aggressive nei confronti del piccolo o per aver perso il controllo dopo un bicchiere di Chardonnay di troppo. Non che io voglia giudicare quelle madri. Tutti tiriamo a campare. Non ho intenzione di criticare chicchessia per i modi che sceglie per tirare avanti, ma semplicemente io non ero così. Nonostante la mia età (o forse proprio per questo) mi sono sempre sentita sicura come mamma, e mia madre mi ha sempre aiutata con il suo personale stile flemmatico.

Ma ora… Be', ora ero l'opposto. Ero indulgente. Il programma di recupero di Aiden prevedeva che preparassi i pasti secondo i suggerimenti del dottor Schaffer, cosa che avevo intenzione di fare, ma volevo anche farmi perdonare per tutto quello che Aiden aveva passato. Volevo dargli la dimostrazione che c'erano ancora cose belle nel mondo. Mi ero già scervellata per pensare alle sue ricette preferite. Era un bambino goloso, ai tempi, e gli concedevo qualche dolcetto di tanto in tanto. Ma ora lo riempivo di zuccheri senza ritegno: barrette Mars e Snickers e ovetti Kinder con giocattoli di Star Wars. Facevo scorta di ogni tipo di prelibatezze. Gli preparavo cioccolata calda e toast con il burro. Quando Jake tornò a casa quella domenica pomeriggio, avevo cucinato un tegame di hot dog con grossi pezzi di pane bianco a parte e delle patatine, perché ricordavo quanto Aiden amasse le patatine. E mentre gli facevo da mangiare, mi ero tenuta un ridicolo sorriso incollato sulla faccia. Ogni tanto, cogliendo di sfuggita il mio riflesso sullo sportello del forno a microonde, mi ero chiesta se fossi stata posseduta da Joker, quello dei film di Batman.

Mi trovai piena di una nervosa energia elettrica che traboccava mentre mi muovevo qua e là per la cucina. Perfino lavarmi le mani era diventato uno strofinio frenetico invece del mio solito, veloce lava e asciuga.

«Ora, Aiden, voglio che tu sappia che questa è la tua casa e che sei il benvenuto qui», disse Jake mentre io mi affaccendavo intorno ai due uomini della mia vita, cercando di non pensare al momento in cui Rob mi aveva stretto tra le braccia, in quel punto preciso. «Ma ci sono delle regole». Mi voltai e osservai. Aiden sembrava ascoltare attentamente. Stavo per dire a Jake di andarci piano, ma lui aveva senza dubbio catturato l'attenzione di Aiden, e anche se non ero particolarmente d'accordo nel dargli delle regole di base così presto, era bello vedere mio figlio *ascoltare* sul serio. Così lo lasciai continuare. «Teniamo la casa in ordine qui. Laviamo i piatti subito dopo averli usati e mettiamo le cose a posto. Ma non preoccuparti troppo, ok? Non ti stressare per questo. Ti aiuteremo noi. Ok, ragazzo?».

Non potei fare a meno di sorridere. Jake stava veramente cercando di fare del suo meglio per gestire la situazione.

Mentre agitavo il mestolo, Jake dirigeva Aiden nella preparazione del tavolo della cucina. Stesero insieme una tovaglia e misero giù le tovagliette. Il mio vecchio cuore malandato si ringalluzzì appena un pochino mentre li guardavo. Se solo Aiden avesse sorriso, o detto qualcosa. Forse per il momento ci saremmo dovuti accontentare che ascoltasse. Ma l'attenzione con cui Aiden seguiva silenziosamente le istruzioni di Jake mi sembrò un progresso, e io amai mio marito ancora di più per il modo in cui si occupava del mio ragazzo psicologicamente danneggiato.

«Molto bene, chi è pronto per gli hot dog?».

Jake alzò la mano come i ragazzini ruffiani in classe. «Io lo sono senz'altro. E tu, Aiden?».

«Spero che siate entrambi affamati», dissi io, cercando di riempire il silenzio, dal momento che Aiden aveva ignorato la domanda.

Appena poggiai il piatto caldo sul tavolo, il telefono cominciò a squillare.

«Rispondo io». Jake fece per alzarsi, ma agitai le mani e scossi la testa.

«Sono già in piedi. Voi due bevete il vostro tè mentre è ancora caldo».

Mi avviai lentamente nell'atrio. Solo una manciata di persone si scomodavano a chiamare al telefono di casa, il che spiegava perché il mio cuore stesse battendo forte sotto il maglione di lana grigio. Scossi la testa, tentando di ignorare l'irrazionale attacco d'ansia che si faceva strada strisciando nelle mie vene.

«Pronto».

«Emma, sono l'ispettore capo Stevenson. Come sta?»

«Bene. C'è qualche problema?»

«Nessun problema, Emma. Ma volevo parlarle di un'idea che ho avuto».

La mattina seguente ero davanti alla foresta di Rough Valley con Aiden alla mia destra e la dottoressa Foster alla sinistra. Quando andavamo lì da adolescenti dicevamo sempre che ci stavamo "dando alla macchia". Ci nascondevamo nella foresta per bere. Per me la foresta era sempre stata un luogo di stupidità, di gioventù e di irresponsabilità. Quel giorno, in piedi accanto ad Aiden, la situazione non avrebbe potuto essere più diversa. Altro che darsi alla macchia. Avevo un lavoro importante da fare come madre.

Mi accordai con l'ispettore capo Stevenson per mantenere le nostre intenzioni sotto stretto riserbo. Jake avrebbe voluto venire con noi, ma io gli avevo suggerito di andare a scuola invece. Era meglio tenere un basso profilo per quanto possibile. Non avevo chiamato Rob, anzi, stavo cercando di non pensare a lui. Avrebbe capito? Avrebbe voluto essere lì, questo lo sapevo, ma non volevo soffocare Aiden.

Indossavamo tutti degli impermeabili per proteggerci dalla pioggia. Quello di Aiden era nuovo di zecca, l'avevo comprato solo qualche giorno prima. Ma non avevo pensato di acquistare anche degli stivali di gomma, quindi ci saremmo dovuti accontentare delle scarpe da ginnastica.

Era una giornata grigia e spenta. Una giornata qualsiasi. Una giornata che avrebbe dovuto essere a malapena un bip sui nostri radar personali. Eppure... fu una giornata particolare, per via di quello che stava per succedere. C'era anche un'eco di bellezza in quella nebbia bassa. La pioggia tamburellava sul cappuccio della mia giacca. L'aria era perfettamente immobile, senza neppure un alito di vento, quindi la pioggia ci cadeva dritta sulla testa. La foschia si avvinghiava ai rami e bloccava il sentiero verso la foresta.

«Avrei preferito aspettare», disse Stevenson. «Ma la storia comincia a diffondersi, quindi ho pensato che il momento migliore fosse proprio adesso, prima che la stampa cominci a seguirci ovunque andiamo. Come sta Aiden?».

Era una domanda tendenziosa e lo sapevamo entrambi. Era chiaro che l'ispettore capo Stevenson voleva disperatamente che Aiden iniziasse a parlare. Tutti lo volevamo.

«Un passo alla volta», dissi io. Poi aggiunsi: «Ancora nessuna parola».

«Ci vorrà tempo, ispettore», disse la dottoressa Foster. Ero lieta della sua presenza, sebbene fosse rimasta praticamente sempre in silenzio fino a quel momento. Era bello avere vicino un'altra donna, specialmente se di tanto in tanto ti dava man forte.

Stevenson annuì, con le sottili labbra perfino più esangui per via della sua espressione cupa. La delusione era facilmente leggibile sul suo volto. «Lei sa cosa vorrei da Aiden oggi, non è vero?».

Quando vidi la squadra che aveva radunato, capii fino in fondo il suo piano. C'erano solo altri due agenti: la cosa doveva rimanere circoscritta per non spaventare Aiden. Erano lì per raccogliere ogni prova che fosse possibile trovare. Aprii e chiusi le mani, tentando di non strofinarmele più. Erano irritate, afflitte da un doloroso sfogo, e quel continuo sfregare di certo non faceva bene.

«Capisco. Penso che sia troppo presto, però». Me lo sentivo nelle viscere. Se Aiden non era pronto a parlare con noi, dubitavo anche che fosse pronto a comunicarci qualcosa. Tuttavia facevo in modo che avesse sempre carta e penna a disposizione. Fino a quel momento, tuttavia, non aveva disegnato altro che scarabocchi.

«Dobbiamo provare», disse l'ispettore capo Stevenson. «Ma prendetevi il vostro tempo».

Gettai uno sguardo dagli alberi fino alla stradina sulla mia sinistra. Eravamo andati intenzionalmente vicino al punto in cui l'autista aveva visto Aiden barcollare fuori dal bosco. Mi trovavo dove lo avevano raccolto per portarlo alla stazione di polizia. *Magari sono stati loro*, pensai, e poi scartai l'idea. Di certo la polizia aveva già preso in considerazione quell'ipotesi. Oltretutto, perché il rapitore di Aiden avrebbe mai dovuto portarlo alla stazione di polizia? Mi rimproverai per la mia stessa stupidità. Non sarei stata di grande aiuto se non avessi pensato con logica.

Mi voltai verso Aiden, che era immobile come sempre e fissava il bosco nebbioso. Non dava alcun segno di riconoscere l'ambiente circostante, e di certo niente indicava che avesse sofferto un qualche tipo di crollo psicologico dopo un evento traumatico. Era accaduto proprio lì, in quel punto. A meno che… a meno che non fosse muto anche prima. I dottori avevano eseguito una risonanza magnetica sul suo cervello alla ricerca di un danno cerebrale; non ce n'era nessuno. Non parlava, eppure ci capiva; camminava, si vestiva, si lavava i denti, faceva tutto con perfetta coordinazione. Non c'era nessuna prova che indicasse una difficoltà di apprendimento, tuttavia il dottore ci aveva effettivamente detto che l'autismo era una possibilità. Nel mio cuore, sapevo che non si trattava di quello. A sei anni, prima che mi fosse portato via, Aiden non aveva mostrato nessuna traccia di autismo. Il mutismo era stato innescato dagli anni di trauma. *Anni.* Come avrei mai potuto abituarmi a quell'idea? Anni di abusi sistematici. Era già assurdo che fosse ancora una persona, altro che.

Mi asciugai le sopracciglia lucide di sudore e mi ricomposi. «Sei pronto?».

Aiden aveva il cappuccio tirato giù, non potevo vedere i suoi occhi. Le maniche della giacca erano troppo lunghe, gli coprivano le mani, ma ebbi l'impressione che stesse contraendo i pugni dentro al cappotto. Stava perfino più dritto del solito. Forse mi sbagliavo. Forse stava reagendo al bosco più di quanto pensassi.

«Aiden, puoi mostrarci da dove sei arrivato? Ti ricordi la notte in cui sei uscito dal bosco? Stavi camminando lungo questa strada. Stava piovendo anche allora, ma era notte ed era buio. Non eri coperto da un cappotto come ora. Indossavi solo dei jeans, nient'altro». L'ispettore capo Stevenson mi aveva detto di provare a evocare in lui un ricordo elencando il maggior numero possibile di dettagli. «Sei venuto fuori dal bosco da questa direzione». Mi girai e indicai con la mano. «E poi hai proseguito lungo la via, solo che camminavi con difficoltà. Non penso che tu abbia fatto troppo strada». Mi fermai per prendere fiato.

«Sta andando bene, Emma. Continui». La dottoressa Foster mi fece un cenno di incoraggiamento.

Feci un respiro profondo. L'ispettore capo Stevenson osservava attentamente, con le mani infilate in tasca. Anche se faceva un grande sforzo per mantenere un'espressione neutra, io vedevo la tensione nel suo corpo e sapevo quanta importanza dava a quel tentativo. Anch'io desideravo ardentemente che funzionasse, ma avevo i miei dubbi.

«Forse se mi addentrassi un po' nel bosco... Verresti con me? Solo per fare una passeggiata», suggerii. Aiden, inevitabilmente, non rispose. Feci qualche passo incerto. Lui no. Allungai le braccia verso di lui. «Vieni a fare una passeggiata con la mamma». C'era un tremore disperato nella mia voce. Sbattei le palpebre, ricacciando indietro l'emozione che minacciava di esplodere. «Mi renderesti davvero felice se venissi a fare una passeggiata con me. Voglio tanto sapere, Aiden. Voglio sapere cosa è successo e da dove sei arrivato. Me lo mostrerai?».

Prima mosse il piede sinistro e il mio cuore si gonfiò. Poi fece un altro passo. I suoi movimenti erano ancora più rigidi del solito, come un robot che impara a camminare. Poi un altro passo. Gli feci segno di proseguire, sorridendo così tanto che sentivo la pelle spaccarsi agli angoli della bocca. Mi facevano male le guance. Un altro. Ma c'era qualcosa che non andava. Stava respirando a fatica.

«Stai tranquillo», lo calmai. «Io sono qui e non ti succederà niente. Sei al sicuro, lo giuro. Guarda, l'ispettore capo Stevenson si assicurerà che tutto vada per il meglio. È come una guardia del corpo. È forte, come Superman». Evitai lo sguardo di Stevenson, temevo che potesse ridere, o, più probabilmente, fare una smorfia. «Stai tranquillo, Aiden».

La pioggia continuava a scendere sempre più forte, rischiava quasi di sovrastare il suono della mia voce. Feci qualche altro passo in avanti, inoltrandomi tra la prima fila di alberi nel bosco. Era una foresta estesa, per le dimensioni sarebbe potuta essere un parco nazionale ma non aveva mai ottenuto quello status. Si diceva che all'interno del bosco fossero stati acquistati dei terreni da privati, e che un appezzamento appartenesse a una residenza signorile situata su una collina che sovrastava il villaggio. Girovagavo spesso con Rob dentro quel bosco, portando nelle profondità ombrose la nostra vodka e le nostre sigarette e anche di peggio. Era un luogo freddo e tenebroso, e stare lì con Rob aveva sempre evocato in me un senso di stimolante pericolo che mi riscaldava. Ma ora era diverso. Non vedevo altro che dolore in agguato tra quegli alberi. Il dolore vissuto da mio figlio, e il dolore che avevo provato io quando me l'avevano portato via.

Il mio sottile lavorio di persuasione sembrò funzionare. Aiden trascinò i piedi in avanti, finalmente mi raggiunse. Presi la sua piccola mano, e scoprii che era gelida come un blocco di ghiaccio. La strofinai tra i miei palmi, iniettando calore in quelle dita fredde. Aiden era pallido come un cadavere. Due occhi feriti mi guardavano da sotto al cappuccio. Mi sarebbe dovuto bastare. Di cos'altro avevo bisogno per girarmi e tornare indietro? Ma non lo feci.

«Andrà tutto bene», dissi.

Volevo che quell'esperimento funzionasse. Lo volevo più di ogni cosa. Volevo trovare il suo rapitore e ottenere giustizia, non solo per Aiden, ma anche per me. Come potevo dormire la notte sapendo che era ancora là fuori? Così lo tirai avanti. Lui oppose resistenza. Cercò di ritrarsi. Io ero risoluta. Avanzai nel bosco, tenendo la sua mano, determinata a fargli rivelare quello che sapeva. Era lì dentro, nel profondo. Tutto quello di cui avevamo bisogno era lì, chiuso ermeticamente. Avevo solo bisogno della chiave e pensavo che giacesse tra i rami pendenti dei faggi della Rough.

«Andiamo», dissi, con un tono più gelido di prima. La frustrazione si stava insinuando nella mia voce.

Ma Aiden resisteva. Si rifiutava di avanzare ulteriormente, affondando i talloni nel terreno molle e fangoso.

«Ti prego, Aiden», insistetti. Se avesse fatto quell'unica cosa che gli chiedevamo, avrebbe potuto risolvere tutto. Ero vicina alle lacrime pensando al mostro ancora là fuori, in agguato da qualche parte, pronto a prendere mio figlio una seconda volta. Non potevo permettere che accadesse. Le risposte erano dentro Aiden, lo sapevo, ma lui si rifiutava di darmele. Mi ero ridotta a implorarlo. «Aiden». Mi asciugai una lacrima, consapevole che tutti ci stavano guardando, imbarazzata, frustrata, e vicina al punto di rottura.

«Forse dovremmo fare una pausa, Emma», disse la dottoressa Foster. Questa volta la sua opinione non mi interessava. Avrebbe dovuto stare dalla mia parte, no? Solidarietà femminile e via dicendo, o sbaglio?

«No». Non riconobbi la mia voce, era più un ruggito che altro. C'era una bestia selvatica lì dentro, e tenevo ancora stretto il braccio di Aiden mentre si divincolava per allontanarsi da me. Adesso non era più silenzioso ma ansimava pesantemente. «Aiden, adesso ci farai vedere. *Ci farai vedere*».

L'ispettore capo Stevenson alzò le mani. «È stato uno sbaglio. Aveva ragione, Emma. Non è pronto. Lo lasci andare».

«No». Le mie labbra tremarono. La mia voce era quasi irriconoscibile. Non sapevo più chi fossi. Il mio viso era bagnato, non avrei saputo dire se per la pioggia o le lacrime. «Aiden, ti prego».

«Emma, lasci andare il ragazzo».

«No».

«Emma, guardi il suo viso». La dottoressa Foster parlò con più durezza questa volta. «Gli sta provocando un acuto malessere».

Sbattei le palpebre, rimettendo a fuoco il mondo. Aiden, dov'era il mio Aiden? Scossi la testa e cercai di concentrarmi. Eccolo lì, tutto cresciuto, un ragazzo diverso da quello che se n'era andato. Il suo volto era paonazzo, aveva gli occhi spalancati, scuoteva la testa avanti e indietro, si piegava per allontanarsi da me con i talloni sprofondati fermamente nel terreno.

«Aiden?». Lo lasciai andare, e le mie ginocchia cedettero.

14

Avevo fatto un casino. Avevo rovinato una buona occasione di scoprire qualcosa in più su quello che Aiden si teneva chiuso dentro, e probabilmente avevo distrutto tutto il rapporto di fiducia che avevamo costruito insieme.

Anche dopo essersi messo a sedere nella macchina della polizia con una tazza di tè fumante, in attesa che smettesse di piovere, Aiden era terrorizzato dal bosco. Era anche diffidente nei miei confronti. Sussultò quando tentai di prendergli la mano, si ritrasse quando mi avvicinai, e girò la testa dall'altra parte quando provai a parlargli. La situazione era peggiorata di cento volte, ed era colpa mia.

Mi sentivo più a terra della terra stessa. Non ero poi tanto meglio del folle mostro che lo aveva preso. Ero feccia melmosa. Disgustosa, sudicia. Volevo andare a casa e fare una doccia per sfregare via la sporcizia dal mio corpo. Che razza di persona si comporta così con il proprio figlio traumatizzato?

«Tenga». La dottoressa Foster mi porse la tazza di plastica. Il caffè con latte veniva da un thermos. «Non ci rimugini troppo sopra. Ne parleremo giovedì alla seduta di terapia, ok?».

Avvolsi le mani intorno alla tazza, bramosa del calore di cui avevo tanto bisogno, e annuii. Non c'era nient'altro da aggiungere. Non poteva rassicurarmi né calmarmi. Non c'era niente che potesse dire. Nessuno poteva dire nulla. Avevo sbagliato. Mi ero comportata con aggressività nei confronti del mio stesso figlio. Pensai al modo in cui avevo provato a trascinarlo, come un contadino alle prese con un toro recalcitrante, e rabbrividii.

L'ispettore capo Stevenson si appoggiò accanto a me sulla fiancata della volante. Aiden era sul sedile anteriore, in silenzio. «Non avrei dovuto insistere per organizzare questa cosa. Mi dispiace».

«Dovevamo tentare, invece. Sono stata io a mandare tutto a puttane».

Stevenson scosse la testa. «Non penso che si sarebbe addentrato lì in ogni caso. Non è pronto, semplicemente. Voi due tornatevene a casa, riprendetevi, lavorate sul vostro rapporto. Ci proveremo un altro giorno».

«Che succederà ora? State ancora perlustrando la foresta?».

Lui si grattò la mascella. Le borse sotto gli occhi si erano fatte più profonde, lo stress del caso stava esigendo un tributo dalla sua psiche. «Per quanto possiamo. Alcuni lotti sono stati venduti, e si sta rivelando difficoltoso avvicinare le compagnie alle quali appartengono. Avremo bisogno di mandati per perquisirli. Stiamo controllando ogni licenza edilizia da dieci anni a questa parte che possa riguardare una qualche sorta di piccola costruzione nella zona. C'è la possibilità che Aiden abbia camminato per molto tempo prima di essere trovato. Non possiamo essere certi al cento percento che sia stato sempre tenuto nella foresta».

«Ok. Mi terrà aggiornata, non è vero?»

«Certo, mi farò sentire», disse, «ma la mia priorità è il caso adesso. Ci saranno Denise o Marcus con lei d'ora in avanti, per fare da tramite con la polizia».

Era una cosa sensata. L'ispettore capo Stevenson avrebbe impiegato meglio il suo tempo lavorando sul caso, ma in un certo senso ormai facevo affidamento sulla sua calma rassicurante. Avrei sentito la mancanza della sua presenza familiare.

«Porti Aiden a casa, al caldo», disse, con la sua voce bassa e confortante. «La chiamerò appena saprò qualcosa».

Aveva ragione: più di ogni altra cosa, avevo bisogno di riprendermi. Lo stress di quegli ultimi giorni era culminato in quella completa perdita di controllo, e sarebbe potuto accadere di nuovo. *Sii forte per Aiden*, pensai. Sarebbe stato quello il mio mantra. Ero una madre prima, e una madre riesce sempre a essere forte per i propri figli. Certo.

Quando arrivammo alla macchina, Aiden si tolse la giacca e si mise la cintura di sicurezza senza che lo sollecitassi. Non cercai di riempire il silenzio con il mio chiacchiericcio; accesi la radio. Alla fine, il colore tornò sulle guance di Aiden. Lo sguardo vitreo abbandonò i suoi occhi, non più spalancati, e si rilassò.

Finché non svoltammo nella strada di casa.

«Cazzo».

Non avevo avuto tempo di guardare il telegiornale o leggere i quotidiani quella mattina. Altrimenti avrei visto su tutte le prime pagine la storia del bambino che era sbucato fuori dal bosco, vagando senza meta, dieci anni dopo che era stato creduto morto nella peggiore alluvione del secolo. Mi ero persa tutto. Il mio telefono era rimasto in modalità silenziosa per tutta la mattina, e non avevo pensato di controllarlo quando avevamo lasciato la Rough Valley. I giornalisti erano in attesa di tenderci un'imboscata. I loro van erano allineati sulla strada. Un reporter e un cameraman parlavano con uno dei miei vicini.

«Merda».

Lasciai la strada in retromarcia prima che mi vedessero, e partii nella direzione opposta.

«Perché non me l'hai detto?». Josie era in piedi sulla porta a bocca aperta, i suoi occhi saettarono da me ad Aiden, poi di nuovo su di me.

«È stato un vortice molto convulso di eventi, Jo. Possiamo entrare?»

«Sì, certo». Si fece da parte, attraversammo l'enorme porta di legno. I suoi occhi non si staccarono mai da Aiden. «È uguale a Rob». Chiuse la porta dietro di noi, continuando a fissare mio figlio. Solo quando mi schiarii la gola la mia amica si risvegliò dalla sua trance. «Metto l'acqua a bollire».

Josie ci fece strada per il grande ingresso moderno, fino alla cucina ancora più grande e moderna. Jake era un grande fan di quella cucina. Aveva interrogato per ore Hugh, il marito di Josie, sui professionisti a cui si era rivolto. Adorava le bianche linee pulite e i cassetti a chiusura ammortizzata. C'era perfino un portabottiglie girevole che si illuminava con piccole lampadine led blu.

«Hugh è andato a Londra per lavoro quindi siamo solo noi due. Sono sicura che mi chiamerà oggi. È la notizia del momento. Sarà così felice di vedere Aiden». Josie trafficò per la cucina azionando il bollitore, tirando fuori dalle credenze tazze di porcellana bianca. «Non riesco proprio a crederci. Dopo tutti questi anni».

Mi misi a sedere su uno sgabello al banco della colazione e Aiden rimase in piedi, lontano da me, a disagio. Spinsi uno sgabello verso di lui, ma rimase in piedi. Quel rifiuto fu una pugnalata al cuore, ma cercai di far finta di niente. Avevo una pena da scontare.

«È tutto davvero complicato», dissi. «È... Ci sono tante cose». Feci un respiro.

Josie si sporse sul bancone. «Ehi, andrà tutto bene».

Scossi la testa. Non era così, ma non potevo dirlo con Aiden lì con noi.

«Aiden, ti andrebbe un tè? Quando eri piccolo venivi spesso a farci visita, ricordi? Ti piaceva il tè al latte e la marmellata di fragole sul pane tostato».

Aiden sbatté le palpebre.

«Non parla in questo momento», dissi. «Ma tu continua a parlare con lui, penso che sia d'aiuto. Siamo appena tornati dalla Rough Valley. Ho fatto un casino, Jo».

Josie capì la situazione, così fece il giro del bancone. «Aiden, penso di avere un DVD de *Il libro della giungla.* So che ormai sei cresciuto, ma amavi quel film quando stavi da noi, ricordi? Ti mettevi a sedere con lo zio Hugh sul divano e lo guardavate insieme. Vuoi che te lo metta?».

«Ti seguirà», dissi io. «Non risponde, ma a lui piace guardare la TV quindi di sicuro è una buona idea».

Quando tornò Josie versò l'acqua bollente sopra ai filtri del tè. «Cosa è successo, Em?».

Seguii il motivo del marmo con il dito. «È stato rapito. Qualcuno ha preso mio figlio, l'ha incatenato in una cella sotterranea o in un posto orribile del genere, e ha fatto delle cose…». Non riuscii a dirlo.

Jo mi strinse forte. Tirò rumorosamente su con il naso, capii che anche lei stava piangendo.

«Non posso crederci». Si tirò indietro, si tamponò gli occhi con un fazzoletto, e versò il tè, forte e scuro.

«C'erano dei giornalisti fuori da casa mia, mi aspettavano, riprendevano la mia casa. Ho cinquanta chiamate perse, la maggior parte delle quali da numeri che non conosco neanche. Non ho richiamato Jake, o Rob, o Sonya. Si aspettano tutti che io sappia cosa fare. Aiden ha bisogno che io sappia cosa fare e invece ho appena perso il controllo».

«Quando, tesoro?».

Tirai su con il naso e cercai di ricompormi. Piagnucolare non sarebbe stato d'aiuto a nessuno. «Non più di un'ora fa. La polizia voleva scoprire se Aiden si sarebbe incamminato nel bosco e avrebbe ripercorso i propri passi verso il luogo in cui era stato tenuto, ovunque sia, ma io ho perso il controllo. Ho cercato di trascinarlo lì dentro, Jo. L'ho proprio afferrato con le mani e ho provato a costringerlo a fare qualcosa che non voleva fare. Sono cattiva quanto il mostro che l'ha preso».

«No, non è vero». Josie mi passò un pacchetto di fazzoletti e io mi asciugai gli occhi. «Non pensarlo mai. Chiunque gli abbia fatto quelle cose è un mostro. È a malapena un essere umano. Il cervello di quelle persone è completamente sconnesso, Em. Non stiamo per niente parlando della stessa cosa».

Verso la metà de *Il libro della giungla*, ci trascinammo fuori dalla cucina e andammo in soggiorno per guardare Aiden che guardava il film. Josie mi fece segno di sedermi. Ma invece di mettermi accanto a mio figlio, scelsi una comoda poltrona proprio vicino al divano. Josie avvicinò un pouf e si sedette accanto a me.

Con il suo aiuto avevo chiamato Jake, Rob e Sonya, e avevo spiegato per filo e per segno la situazione con i giornalisti. Avevo ascoltato i messaggi vocali dell'ispettore capo Stevenson, mi avvertiva che la notizia era trapelata. E c'erano molti altri messaggi: diversi giornalisti, una donna di un'agenzia di pubbliche relazioni, e Denise, il nostro agente per i rapporti con la famiglia. La seconda tazza di tè finalmente mi riscaldò dal gelo che mi era entrato dentro. Ero rimasta troppo al freddo. Mi sentii più calma. Quasi rilassata, per la prima volta dopo giorni.

«Come sta la bimba?», chiese Josie.

Mi accarezzai il pancione. «È scatenata. Giocherà nell'Arsenal».

Josie rise, e quando mi unii a lei mi sentii bene.

«Come vanno le cose con Hugh?».

Josie ripiegò le gambe sotto al sedere e avvolse le mani intorno alla tazza. Era un movimento quasi impercettibile, di nessuna importanza, ma ebbi l'impressione che stesse prendendo tempo. «Più o meno come sempre».

«Ahh». Da qualche anno Josie e Hugh avevano problemi coniugali. Diciassette anni prima, freschi sposini, erano l'incarnazione della coppia perfetta, ma poi il loro rapporto si era gradualmente disintegrato.

Josie aveva qualche anno più di me. Aveva sposato Hugh

appena uscita dall'università con una lussuosa cerimonia in chiesa. Hugh non era di Bishoptown, ma avevano deciso di trasferirsi qui per mettere su famiglia. Quella di Hugh era ricca da generazioni. Quella di Josie aveva fatto i soldi dirigendo con successo una catena di negozi di mobili. Ma Josie non era mai rimasta incinta, e nel loro vasto appartamento di campagna riecheggiava il vuoto. Hugh aveva iniziato a lasciare Josie da sola per periodi sempre più lunghi: andava a conferenze e faceva viaggi di lavoro a Londra, occupandosi degli investimenti della compagnia del fratello.

«È solo che ogni volta che parte per un viaggio di lavoro si fa sentire sempre meno. Prima mi chiamava due volte al giorno, poi siamo passati a una. Ora posso ritenermi fortunata se ricevo sue notizie ogni due o tre giorni. Non si scomoda neanche a chiamarmi quando arriva sano e salvo».

«Tu lo chiami?»

«Prima lo facevo sempre. Ma in questo periodo non ne sento neanche la necessità. È come se avessi smesso di curarmene, ecco».

«Jo...».

«Lo so. È terribile». Si raggomitolò sul suo pouf, stringendosi forte le braccia intorno al corpo.

Sospirai. «Odio pensarti tutta sola in questa casa, senza neanche la possibilità di sentire Hugh al telefono. Devi chiamarlo, Jo. Se non altro chiama me, così vengo a trovarti e a tenerti compagnia».

Lei agitò un po' la mano per mimare un disinvolto rifiuto, ma era chiaro che ce la stava mettendo tutta per non piangere. «Tu hai la bimba e ora tutta questa situazione con Aiden. Le mie cazzate non sono neppure paragonabili».

«Certo che sì, invece. Non dire così».

Josie aveva affrontato delle difficoltà di cui non faceva parola. Neanche con me. Forse era questo il motivo per cui avevo pensato a lei per prima. Avrei potuto portare Aiden da Rob. Era suo padre, dopotutto. O forse semplicemente non me la sentivo di affrontare la madre di Rob. In ogni caso, alla fine avevo bussato alla porta di Josie, e sentivo che era proprio lei ad avere l'affinità più forte con Aiden e con quello che aveva passato. Non si era mai veramente aperta con me, ma sapevo che dietro a quel suo sorriso teso c'era qualcosa di oscuro. L'avevo sempre saputo. Aveva gettato indizi qua e là nel corso degli anni – niente di particolarmente concreto, ma avevo la sensazione che potesse capire come si sentiva Aiden meglio di tutti coloro che conoscevo.

15

Mentre andavo in bagno, mi ritrovai a vagare per casa Barratt, rinfrescando i ricordi di un tempo più felice. Io e Josie siamo andate a scuola insieme, ma lei ha qualche anno più di me e non ci siamo mai frequentate veramente. Ma un giorno, mentre avevo qualche problema con Aiden in una caffetteria di Bishoptown, Josie era venuta in mio soccorso, schierandosi al mio fianco contro una vecchia signora ficcanaso che mi aveva detto che dovevo "far tacere quell'essere". Aiden aveva quattro anni e gli era caduto a terra il gelato. Josie si era messa in mezzo, con una seconda coppa di gelato per Aiden, e si era buttata di peso sulla sedia accanto a me. Da quel momento eravamo diventate amiche. Mi aveva anche rimediato un impiego part-time nello studio contabile dove lavorava, alla periferia di Bishoptown. Non avevo bisogno di soldi, ma mi serviva una vita al di fuori di quella con Aiden, e il lavoro mi aveva dato una nuova motivazione. Fare la madre mi aveva sempre riempito di soddisfazione, ma una carriera era un'altra cosa. Avevo bisogno di quell'ulteriore strada in cui indirizzare la mia vita per trovare una felicità che fosse davvero mia. Fare la madre è sempre stato meraviglioso per me, ma avere un lavoro mi realizzava in una maniera differente.

Josie e Hugh ci avevano accolto nella loro casa a braccia aperte. Con il senno di poi, penso che forse erano po' disperati. In quel periodo stavano provando ad avere un figlio da circa un anno e non succedeva niente. La loro casa d'improvviso sembrava vuota e avevano bisogno di riempirla di persone. Ho sempre pensato che per loro Aiden fosse allo stesso tempo un promemoria e una distrazione da quel momento difficile. Camminavo per i corridoi, ricordando quella volta che io, Rob e Aiden ci eravamo strizzati tutti in una delle stanze degli ospiti. Avevamo parecchie opzioni a disposizione, ma avevamo deciso di dormire tutti nello stesso letto.

Dopo la scomparsa di Aiden, Josie e Hugh erano stati di grande aiuto, portando cibo a casa, offrendo spalle su cui piangere. Hugh aveva perfino pagato un'impresa privata per setacciare il fiume dopo che le unità di ricerca e soccorso si erano arrese. Erano i miei migliori amici. I miei unici veri amici.

Mi fermai e fissai la tenuta Wetherington, che si ergeva sulla collina sopra alla foresta di Rough Valley. Il villaggio di Bishoptown se ne stava annidato nella valle in mezzo a tre colline, ma i confini si allungavano fino alla collina in cui vivevano Josie e Hugh Barratt e a quella più estesa dove il duca di Hardwick risiedeva nel suo palazzo signorile. Tra la casa dei Barratt e la tenuta Wetherington, una parte della foresta di Rough Valley serpeggiava per le valli. Quando la guardai mi si strinse il cuore. Aiden era stato tenuto prigioniero dentro la foresta, o l'aveva attraversata barcollando, dopo essere partito da chissà dove? Nessuno sapeva per quanto tempo avesse camminato. Nessuno sapeva da dove fosse arrivato.

Il mio telefono squillò.

Passai il dito sullo schermo, riconoscendo il numero. «Ciao, come va?»

«Mi hanno fatto una cazzo di foto».

«Chi ti ha fatto una foto?»

«I cazzo di giornalisti. Chi altro, cazzo?»

«Calmati. Sono da Josie. Vieni qui. Mi sto nascondendo da loro. Sono tutti accampati fuori da casa mia».

«Arrivo».

Meno di dieci minuti dopo, uno scarmigliato Rob si presentò alla porta, furioso e con il volto paonazzo. Si passò le mani tra i capelli bagnati e mi sfiorò passandomi accanto mentre si affrettava a entrare in casa.

«Non posso crederci, che bastardo. Mi ha puntato quell'aggeggio dritto in faccia e per poco non ho perso il controllo».

Josie si affacciò alla porta della cucina. «Metto l'acqua a bollire, Rob».

Lui non ci fece neanche caso. Si mise a camminare su e giù per il corridoio. «Dov'è Aiden?»

«È in soggiorno a guardare *Il libro della giungla*. Ascolta, Rob, c'è una cosa di cui devo parlarti riguardo a questa mattina». Esitai. Non volevo dirglielo, non in quel modo, ma se avessi aspettato ancora più a lungo sarebbe stato peggio.

«Cosa? Quel bastardo ha beccato anche te?». Rob diventava incontrollabile quando era agitato. Non smetteva di muoversi come un tossico in cerca di una dose. Si grattava gli avambracci e si stropicciava gli occhi sporgenti, come se avesse più energia di quanta ne potesse gestire e allo stesso tempo si sentisse esausto.

«No, niente del genere. Si tratta di me e Aiden. Ho fatto una cosa veramente stupida».

Smise di fare su e giù e si avvicinò. Notai il movimento improvviso delle sue mani, che scattarono verso l'alto come se stesse contemplando l'idea di allungarle verso di me, ma poi le lasciò ricadere ai fianchi. «Cosa c'è? Non può essere tanto grave. Tu non fai mai niente di stupido, Em. Scommetto che non è stato più stupido di farsi fotografare il grugno da uno schifoso paparazzo».

Scossi la testa e indietreggiai. «È peggio».

«Qualcuno si fa una tazza di tè?», gridò Josie, salvandomi un attimo prima che spiattellassi tutto.

«Arriviamo», gridai io. «Vieni a sederti per un minuto. Ti sentirai meglio».

«Voglio sapere cosa succede».

Mi morsi il labbro inferiore e mi grattai via un pezzetto di pelle secca dalla mano. L'agitazione di quegli ultimi giorni stava montando di nuovo dentro di me. Stavo letteralmente cambiando a livello fisico. La mancanza di sonno, la preoccupazione costante, e tutti quegli impegni proprio durante le ultime fasi della gravidanza mi avevano portato in dono pelle secca e cerchi intorno agli occhi. Avevo anche perso un po' di peso.

«Da quanto tempo, Hartley». Josie sistemò una tazza di tè fumante sul bancone mentre ci trasferivamo in cucina. «Sono capelli grigi quelli che vedo? E zampe di gallina, proprio lì?». Indicò gli occhi di Rob.

Lui le schiaffeggiò la mano ma non riuscì a nascondere un sorriso. «Sì e quelli sono baffetti, o sbaglio?»

«Stronzo insolente». Josie sollevò gli occhi con fare teatrale voltandosi verso di me.

Mimai con la bocca un «Grazie» per avermi aiutato a calmarlo. Ma anche così, quando deglutii la mia gola era secca. Avevo paura di dirgli dell'incidente nella foresta.

«Penseranno che sono stato io, non è vero?». Rob emise un lungo, lento, scoraggiato sospiro. «Penseranno che in qualche modo abbia fatto una cosa del genere al mio stesso figlio. Lo pensano sempre».

«Come potrebbero? Sei stato nell'esercito. Hai l'alibi più solido del mondo», dissi io. Non mi era venuto in mente che potesse avere una preoccupazione del genere.

«Lo so, ma *loro* non lo sanno ancora. Penseranno che me la sia svignata, o che abbia qualche disgustoso complice. Pensano sempre che sia il papà». Sorseggiò il suo tè. «'Fanculo. Non voglio pensarci più. Cosa dovevi dirmi? È peggio? È meglio? Hanno beccato il mostro?»

«No, non è meglio né peggio, davvero». Misi giù il mio

tè e raccontai a Rob di aver portato Aiden nel bosco. Non lo guardavo negli occhi, ma percepivo il nervosismo con cui spostava il peso del corpo e si agitava di continuo sullo sgabello. Con la coda dell'occhio lo vidi raddrizzare la schiena.

Quando finii di parlare cadde il silenzio.

«Ho perso il controllo». Mi presi la testa tra le mani.

«Va tutto bene, Em», mi tranquillizzò Josie.

«No, non va bene». Rob mise giù la sua tazza con un sonoro tonfo. «Perché non mi hai detto che dovevi fare questa cosa? Perché non mi hai chiamato? Lo sai cos'è un cazzo di telefono, Emma, vero?»

«Abbassa la voce. Aiden è nella stanza accanto e di certo non ha bisogno di sentirti sbraitare e imprecare», dissi io.

«Sì, questo lo so, ma sono arrabbiato, lo capisci? Sono furioso perché hai preso nostro figlio per fare una dannata ricostruzione del giorno in cui si è tirato fuori barcollando dai suoi dieci anni di prigionia».

«È successo tutto così in fretta. Volevano che la cosa rimanesse il più circoscritta possibile. Mi hanno suggerito di andare da sola. Sapevo che ti saresti rifiutato di rimanere in disparte se te l'avessi detto».

«Oh, lo sapevi, è così? Sai leggere nella mente? Ma che bel trucchetto! Devi insegnarmelo uno di questi giorni».

Scossi la testa. Anche dopo tutto quel tempo, era esasperante come sempre. «Cresci, Rob».

«Ragazzi», intervenne Josie. «Ricordate cosa è davvero importante. Il ragazzino nell'altra stanza che guarda un DVD. Lui è tutto ciò che conta».

«Esattamente», disse Rob. «E questo è il motivo per cui quello che hai fatto è sbagliato, Emma. Non lo capisci?».

Quando si tirò in piedi capii che avevo fatto un enorme sbaglio a scegliere quel particolare momento per raccontare a Rob degli eventi della mattinata. Era troppo nervoso, troppo agitato. Era al limite. Avrei dovuto capirlo.

«Mi dispiace».

Ma lui aveva smesso di ascoltarmi.

«Penso che dovrei portarlo a casa con me. È la cosa migliore. Sei un casino, Emma. Stai prendendo decisioni terribili. Hai provato a trascinare Aiden nel bosco, per la puttana. I giornalisti sono appostati davanti alla porta di casa tua. È la cosa più sensata».

Era il mio turno di alzarmi. «Assolutamente no. Non mi arrenderò così facilmente. Lui è mio figlio, lui verrà a casa...».

«E non mio?». Gli occhi di Rob erano spalancati e imploranti. Gli occhi di un ragazzino. La sua presenza nella cucina dei Barratt era a dir poco intimidatoria, ma c'era anche qualcosa di infantile in lui. Aveva sempre avuto una certa aria di vulnerabilità.

«Non è quello che intendevo. Sono sua madre...».

«Ed ecco qua. Tutto si riduce sempre alla stessa cosa. La madre. Ricordo la prima pioggia di merda che cadde sui giornali dieci anni fa, era tutto incentrato su di te. La povera madre distrutta. I padri non hanno il permesso di essere in lutto, no? Non nello stesso modo. A un padre non è concesso il lusso di crollare come può fare una madre. Le madri hanno tutti i diritti e pure il permesso di mandare a puttane le cose quando e come vogliono».

«Questo non è giusto, Rob», disse Josie.

Mi strofinai le mani, cercando disperatamente di sfregare via le cose che erano successe quella mattina. Aveva ragione, in un certo modo. Una madre può crollare, tutti se lo aspettano. Forse mi era stato permesso di piangere la mia perdita troppo intensamente e troppo a lungo dopo la scomparsa di Aiden. Questa volta non potevo. No, non potevo neppure pensare all'eventualità di perdere il controllo così di nuovo.

Aprii la bocca per ribattere alle sue accuse, ma persi il filo dei pensieri quando uno strano suono acuto ci raggiunse dal soggiorno. Mi resi vagamente conto della smorfia che mi piegò i muscoli della faccia mentre saltavo giù dallo sgabello e mi mettevo a correre. Rob si limitò a fissarmi con una domanda muta sulle labbra mentre io mi precipitavo attraverso la porta della cucina, sbattendo il fianco contro lo stipite. I miei calzini scivolavano sulle assi di legno del pavimento.

Quando raggiunsi il soggiorno, ero senza fiato e ansimavo. Aiden era seduto esattamente dove lo avevamo lasciato, a guardare un altro DVD questa volta, *Gli Aristogatti*, senza il sonoro. Quando entrai nella stanza si voltò verso di me, ma non disse una parola. Nemmeno un suono.

Rumore di passi alle mie spalle. Rob entrò nella stanza. «Cosa c'è?»

«Pensavo... pensavo di averlo sentito cantare».

16

Tre ore dopo, chiamai Jake e gli dissi che stavo andando a casa. Josie aveva gentilmente preparato qualche panino e un paio di tazze di tè in più, benché avremmo gradito tutti un vodka e cola dopo la giornata che avevamo avuto. Rob si accomodò con noi e guardò un altro DVD della Disney prima di accettare di andare avanti così: Aiden sarebbe rimasto a casa mia, ma avremmo concordato ogni singolo passo da intraprendere. Eravamo nel bel mezzo di un viaggio, nel bene o nel male, e con ogni probabilità sarebbe stato arduo. Avevamo bisogno l'uno dell'altra.

E io avevo bisogno di Jake, a modo mio. Avevo già pensato a cinquanta cose che avrei voluto dirgli, e a una quantità di questioni su cui volevo la sua opinione.

Per esempio, dovevamo affidarci all'aiuto di un PR? Nessuno di noi era un esperto del mondo della stampa. Dio solo sapeva se non avevo fallito la prima volta che avevo dovuto affrontare la questione. Tremai pensando ai titoli dei giornali scandalistici. Rob se lo ricordava in un modo, ma io rammentavo quel periodo diversamente. *Mamma adolescente molla il piccolo Aiden*, *Giovane mamma beve smodatamente la notte prima dell'alluvione*. Avevano depredato le mie pagine di MySpace e Facebook, estrapolando ogni immagine di me fuori di testa con i miei amici. Quello che non avevano mostrato era Aiden al calduccio nel letto con i suoi nonni al piano di sotto. Non avevano mostrato le immagini di me che portavo Aiden a fare i vaccini, o di me che lo allattavo alle prime ore del mattino.

No, ero una "giovane" mamma, una mamma "adolescente", anche se avevo ventiquattro anni all'epoca in cui Aiden era scomparso. Essere giovane equivaleva a essere cattiva. Questo è quello che volevano dire veramente. Ero una cattiva madre ed era stata tutta colpa mia se si era allontanato da scuola.

E anche la povera Amy Perry era finita nel tritacarne. Avevano perfino trovato una foto che ci ritraeva nel pub del quartiere con delle pinte in mano. Eravamo "la mamma e la maestra ubriacone" che se la spassavano mentre un bambino annegava in un fiume. Questo è quello che intendevano. Questo è quello che insinuavano. Sì, potevo perdere il controllo per il dolore. Potevo crollare in un modo che a Rob non era permesso, eppure ero stata perseguitata per non aver tenuto le gambe chiuse quando ero un'adolescente, ero stata trascinata nel fango per aver avuto una vita sociale quando mio figlio era un bambino piccolo.

Li odiavo. Li odiavo quasi quanto odiavo l'uomo che mi aveva preso Aiden, così tanti anni prima. Li odiavo mentre imboccavo la via di casa e vedevo ancora l'insistente furgoncino, anche se avevo aspettato che il sole tramontasse per provare a rientrare di soppiatto.

Trattenni il respiro mentre parcheggiavo nel vialetto. Il cuore mi batteva all'impazzata e le mani mi tremavano mentre slacciavo la cintura di sicurezza.

«Basta che tu stia con me, Aiden, ok? Stammi vicino».

Ero molto più agitata di lui. Non aveva bisogno di raccomandazioni per stare calmo. Sembrava aver cancellato gli eventi di quella mattina, e almeno era un po' più rilassato di prima. Lo sguardo di terrore sul suo volto ai margini della Rough Valley mi avrebbe ossessionato per il resto della mia vita. Feci un profondo respiro e aprii la portiera, la ghiaia scricchiolò sotto i miei piedi.

«Signora Price-Hewitt, sono Simon Gary del "News of the World". Le interessa raccontare la storia di Aiden?»

«No, grazie».

Feci il giro della macchina, evitando lo sguardo dell'uomo basso e calvo che mi seguiva.

«Dov'è stato Aiden tutto questo tempo?».

Tenni la bocca risolutamente chiusa mentre aprivo la portiera di Aiden e gli prendevo la mano. Se non altro non c'erano fotografi.

«Cosa gli è successo? Dov'era finito?»

«Penso che se ne dovrebbe andare. Questa è proprietà privata». Rovistai nella borsa in cerca delle mie chiavi, per poco non ne rovesciai tutto il contenuto a terra.

Prima che potessi infilare la chiave nella serratura, la porta si spalancò e Jake ci fece entrare. Gli gettai le braccia al collo e lo tenni stretto.

«Grazie».

«Ci penso io a te», mi mormorò tra i capelli. Quando sussurrava in quel modo, la sua voce aveva sempre un'eco del Sud. «Ci penso io a te adesso».

Mi portò in cucina e mi fece sedere.

«Aiden, perché non versi un bicchiere d'acqua a tua madre?». Jake indicò con un cenno della testa la credenza giusta.

Notai che le tende della cucina erano chiuse. Di solito non ce ne preoccupavamo. La cucina si affacciava su un cortile privato quasi completamente isolato da una fila di alti abeti. Aiden si mosse senza far rumore per la stanza, tirò fuori un bicchiere dalla credenza e lo riempì di acqua del rubinetto. Lo posò con attenzione sul tavolo.

«Bravo figliolo. Ora, perché non vai al piano di sopra per un pochino? Ti ho lasciato qualche libro sul comodino, così puoi leggere». Jake sorrideva ad Aiden mentre gli dava istruzioni. Era in modalità professore e qualcosa dentro Aiden stava rispondendo a quello stimolo. Aiden seguì le istruzioni di Jake quasi come fosse un robot. Lo osservai con interesse mentre usciva dalla stanza.

«Cosa c'è?», chiese Jake.

«Probabilmente non è niente».

Jake inclinò la testa di lato e mi rivolse uno sguardo interrogativo.

«Si tratta solo del modo in cui Aiden risponde alle tue direttive. C'è qualcosa di strano in questa cosa».

Jake fece una piccola risata. «Di che stai parlando? Fa lo stesso con te».

«No, non è vero. C'è qualcosa... di diverso nel modo in cui si comporta quando ci sei tu». Alzai le spalle e bevvi l'acqua. «Magari non è niente. Mi sto comportando da sciocca».

«Non da sciocca. Ti stai comportando da madre». Jake fece il giro del tavolo e mi massaggiò la parte bassa della schiena. «Forse per te è difficile vedere un uomo vicino ad Aiden dopo quello che gli è successo. Stai solo entrando in modalità protettiva».

Ma non ero sicura che fosse solo questo. Non avevo mai notato un cambiamento nell'atteggiamento di Aiden quando c'era Rob.

«Come sta Panciona oggi?».

Mi trascinai fuori dalle mie riflessioni e risposi. «Sta bene».

«Sembri sfinita, Emma Hewitt. Forza, sul divano. Penso che sia giunto il momento di un massaggio ai piedi».

«Effettivamente non sembra male. E che mi dici di Aiden, invece?»

«Ha bisogno di un po' di spazio, Em. Lasciamolo stare». Jake mi prese per mano e mi portò fino al soggiorno. Solo molto tempo dopo mi venne in mente che era la prima volta in assoluto che mi chiamava Em.

Nei giorni che seguirono, il nostro mondo si ridusse a noi tre. Tenemmo spenta la televisione, ignorammo i giornali. Togliemmo la suoneria ai telefoni. Solo Jake fu abbastanza coraggioso da lasciare la casa, andava a prendere il cibo seguendo le indicazioni che mi aveva dato il dottor Schaffer. Ma io aggiunsi delle leccornie che facevano bene al morale: cioccolato, gelato, pane bianco... Non riuscii a farne a meno. Tenemmo le tende chiuse e staccammo il telefono fisso. Gli agenti incaricati dei rapporti con la famiglia venivano regolarmente a trovarci e facevano domande che non ci sembravano rilevanti. Domande sulle nostre abitudini quotidiane. Dopo aver finito l'interrogatorio, si mettevano a gironzolare goffamente qua e là. Erano per lo più inutili, visto che la polizia non aveva scoperto nulla.

Le uniche persone con cui avevo delle conversazioni telefoniche erano Rob e una donna anche troppo allegra di un'agenzia di pubbliche relazioni che si era offerta di aiutarci a scrivere una dichiarazione per la stampa. Decisi che un generico «Per favore rispettate la nostra privacy in questo momento difficile» sarebbe stato sufficiente. E quando mi arrivarono offerte per delle apparizioni televisive, decisi che il silenzio era la scelta migliore. Non sopportavo il pensiero di un'intervista che, dopo aver fatto il giro dei notiziari, finiva su YouTube, alla mercé delle orde di curiosi che seguivano il caso di Aiden. Invece, dopo aver parlato con l'ispettore capo Stevenson, concordammo che avrebbe rilasciato lui una dichiarazione, appellandosi a chiunque potesse aver visto qualcosa di rilevante la sera in cui Aiden era stato trovato a vagare per strada.

«Stiamo allargando le ricerche», disse. «Abbiamo iniziato a controllare le case della zona dotate di un grande seminterrato, e stiamo passando al setaccio tutte le richieste insolite di permessi edili dieci anni fa. Ci vorrà un po' di tempo».

Eravamo in campagna. C'era una gran quantità di famiglie benestanti che avevano casotti, dépendance e cantine.

«Come sta Aiden?», chiese. Aveva la voce un po' alterata. E l'avevamo notato entrambi, ma entrambi decidemmo di ignorare la cosa.

«Ancora non parla», risposi.

Dopo aver attaccato, chiusi gli occhi e desiderai che sparisse tutto quanto. Per un po' ci riuscii. Quasi. Niente di quello che era successo aveva la minima importanza perché eravamo su un'isola nel mezzo dell'oceano Indiano. Eravamo a largo delle coste dell'Australia, e ogni mattina io salutavo Aiden con un «'giorno, socio». Poi stendevamo il telo da picnic, andavamo su Netflix e fingevamo di essere seduti sulla cima della montagna più alta del mondo, con il pianeta intero sotto di noi. Scelsi alcuni dei miei film preferiti, quelli che avrei sempre voluto guardare con Aiden. Adesso che era cresciuto, potevo finalmente metterli alla tele. *La storia infinita*, *Piccoli gangsters*, *I Goonies*. Più di una volta arrivai quasi a spegnere la televisione quando qualche personaggio di quei film innocui era in pericolo. Allungavo il braccio per prendere il telecomando con il cuore che batteva all'impazzata, ma Aiden non reagiva mai. Seduto, masticava e non diceva una parola.

«Non puoi continuare così per sempre», disse Jake dal divano. Aveva un libro di storia dell'arte in mano e gli occhiali spinti in alto sul naso.

«Lo so». Rimestai il gelato nella tazza. «Ok, è ora di una partita di basket». Ci giocavamo sempre quando Aiden era piccolo. Io prendevo dei pezzi di carta, li appallottolavo e giocavo a buttarli in un canestro che avevo fatto con un appendiabiti. In effetti, tutti i giochi erano versioni rielaborate di quelli che facevamo quando Aiden era piccolo. Come i picnic indoor, che si svolgevano inevitabilmente in versioni immaginarie della Grande Muraglia Cinese, o del Kilimangiaro, o del Cairo, o di qualsiasi luogo che non fosse Bishoptown-on-Ouse. Era stato l'unico modo di contenere la mia voglia di viaggiare quando ero una mamma adolescente che non poteva avere le stesse prospettive dei suoi amici.

«Non avrà voglia di giocare a basket». Jake scavallò le gambe e ci fissò. «Guardalo».

«Che altro posso fare?»

«Per prima cosa, non penso che ti faccia bene stare per terra su quel telo da picnic incrostato: sei incinta di otto mesi. Secondo, mangi gelato da due giorni. Questo non è prendersi cura della propria bimba. Alzati, smettila di perdere tempo e affronta quello che sta succedendo».

Le mie guance diventarono rosse e calde. Pensava che non stessi accettando la dura realtà della situazione, ma si sbagliava. Sapevo esattamente cosa stava accadendo – stavo solo tentando di proteggere Aiden. Non era pronto. E del resto, come si poteva essere pronti per quello che sarebbe successo? Se non ero pronta io che ero una donna adulta, come avrebbe potuto superare la sciagura il mio danneggiato, vulnerabile figlio?

«Basket», dissi. Mi tirai sgraziatamente in piedi, andai nello studio di Jake e presi qualche foglio di carta dalla scrivania.

Quando tornai in soggiorno, Jake era in ginocchio e parlava con Aiden.

«Che sta succedendo?»

«Stiamo solo facendo una chiacchierata». Jake fece un gran sorriso e diede una pacca sulla spalla di Aiden. «Gli stavo dicendo che forse gli farebbe bene passare un po' di tempo con il suo papà e i suoi nonni».

Lasciai cadere la carta. «Cosa? Perché? Come ti permetti di dire una cosa del genere ad Aiden senza esserti prima consultato con me?».

Lui alzò le spalle. «Perché, qual è il problema? Non li vede da giorni. Non è giusto che tu lo tenga rinchiuso qui dentro».

«Lo sto proteggendo. Ho detto io di non venire a Rob, Sonya e Peter. Sai che carattere ha Rob. Non possiamo rischiare che si metta a urlare alla stampa e faccia una scenata. So che Sonya non vede l'ora di dare una mano, ma cosa può fare? No. Aiden ha bisogno di stare alla larga da questo caos. Gli serve un po' di pace solo con noi, così potrà adattarsi. Ovunque fosse, probabilmente è stato solo per molto tempo. Troppe persone intorno lo farebbero soltanto dare di matto».

«Ha bisogno di un po' di tempo fuori da questa casa».

«Insomma non lo vuoi tra i piedi», borbottai sottovoce.

Jake si alzò. «Cosa hai detto?».

Arretrai, poi mi voltai e andai in cucina, scuotendo la testa per l'assurdità di quella discussione. «Ascolta, so che stai cercando di fare del tuo meglio, ma è così ovvio che non vuoi Aiden in casa. Cioè, sei andato da lui e in pratica gli hai detto di andarsene. Non è certo di grande aiuto».

«Emma, non so dirtelo più chiaramente di così. Non voglio che Aiden se ne vada da questa casa – voglio solo che prenda un po' di aria fresca, che veda altre persone oltre a me e te, e che cominci sul serio a guardare in faccia la sua realtà. Non gli fa per niente bene stare qui con noi».

«Sta migliorando», insistetti. «Si vede. Mi *ascolta*. Comprende ogni cosa».

«Tu vedi qualcosa che non c'è. Fidati di me, io riesco a vedere la cosa in prospettiva. Non sta migliorando. È un vegetale, Emma. Se ne sta seduto senza la minima traccia di un'emozione umana. L'altro giorno sono uscito dal bagno e lui se ne stava in corridoio senza fare niente. Semplicemente *fermo*. Con lo sguardo fisso».

Mi strofinai la pelle secca delle mani e camminai su e giù per la cucina. «*Un vegetale*? Ma che cazzo, Jake. Come puoi dire una cosa del genere?».

Lui si tolse gli occhiali e si sfregò il naso. «Mi sono espresso male».

Ma era troppo tardi. Le sue parole avevano una punta di crudeltà, ma non per questo erano meno vere. «Non è un vegetale, vero? Lui... lui è consapevole. No?».

Jake venne verso di me, mi prese le spalle e mi fissò intensamente negli occhi. «Emma, è psicologicamente danneggiato. So che vorresti farcela da sola, ma non puoi».

17

L'arredamento dell'ufficio della dottoressa Foster era pensato per trasmettere una spensierata allegria che aveva un non so che di artificioso. Era il tipo di stanza che avrei odiato da adolescente. Mi misi a sedere sul divano rosso acceso e fissai il quadro astratto appeso alla parete opposta. Ampie e decise pennellate turbinavano insieme in ogni sfumatura di giallo conosciuta. La moquette aveva una fantasia ad anelli interconnessi di colori primari, sembrava un portapranzo anni Ottanta.

Era giovedì. Per la prima volta ci avventuravamo fuori dal nostro rifugio. Eravamo emersi come due orsi dal letargo, stropicciandoci gli occhi e strizzandoli per il sole. Per tutto il viaggio verso l'ambulatorio avevo cercato di bloccare il tremito delle mani tenendo stretto il volante ed evitando il contatto visivo con le persone che mi stavano intorno. Ma era importante che Aiden facesse terapia. Si stava adattando lentamente alla vita fuori dall'ospedale, e a quel punto sapevo che era il momento di dare ascolto a Jake. Fortunatamente, la dottoressa Foster era pronta a riceverlo anche prima che il suo status di "deceduto" venisse revocato.

La porta si aprì raschiando sulle assi del pavimento, con un suono stridulo e fortissimo. Aiden emise un rantolo improvviso e si irrigidì sul divano. Impallidì, non lo vedevo così bianco da quando avevo tentato di costringerlo a entrare nel bosco. Appoggiai la mano sulla sua con gesti molto lenti, come facevo sempre quando lo toccavo.

«Salve di nuovo, Emma. Buongiorno, Aiden». La dottoressa Foster era allegra quanto la sua sala d'attesa, ma aveva una genuinità che la rendeva meno artificiosa. Avrebbe potuto fare pubblicità a una marca di muesli biologico, il suo volto sarebbe stato benissimo sulla confezione. Era molto naturale e serena, una persona socievole. «Volete accomodarvi?».

Aiden mi seguì nello studio. Dopo la sua scomparsa durante l'alluvione, ero andata per un po' in terapia a York. Un posto che corrispondeva esattamente alla mia immagine del tipico studio di uno psicologo. Molto spoglio, con sedie comode, una libreria e una grande scrivania di legno. Questo invece era l'opposto. Pieno di colore dappertutto, dai cesti di giocattoli ai quadri alle pareti. C'erano perfino dei mazzetti di fiori freschi sul davanzale.

«Sedetevi pure dove preferite».

Adocchiai un pouf ma decisi che non ne sarei mai uscita se mi ci fossi seduta, quindi scelsi una sedia di plastica con lo schienale rigido e ne avvicinai una ad Aiden.

«Sono così lieta che abbiate deciso di venire. Credo che sarà di grande utilità per i progressi di Aiden».

Non sapevo cosa dire, quindi annuii e basta. Non che fossi in disaccordo con lei – ero contenta di andare in terapia con mio figlio, ma era stata un'impresa raggiungere l'ufficio. Avevo dovuto gettargli una coperta sulla testa per impedire ai paparazzi di fargli delle foto. Non potevo tollerare che venissero stampate delle sue foto senza il mio permesso.

«È bello rivederti, Aiden. Ti sei tagliato i capelli».

«Be', sono stata io. Con delle forbici smussate sul lavandino del bagno», dissi con una risata poco sincera. «Non è il miglior taglio di capelli del mondo».

«Oh, be', penso che tu sia molto affascinante». Il suo accento dello Yorkshire mi aiutò a calmare il nervosismo. Era come una vecchia amica. Gli abitanti di Bishoptown di solito avevano una cadenza leggermente più snob. Certo, alcuni avevano un accento più deciso, ma il più delle volte in giro per il villaggio si sentiva un inglese degno della BBC.

Sorrisi ad Aiden. «Penso che a lui piaccia. Non credo che sarà in grado di dirmelo prima di qualche tempo, ma mi piace pensare che lo farebbe se potesse».

Percepii una minuscola crepa nel sorriso della dottoressa Foster, e non mi piacque troppo il modo in cui mi guardò, con un lento cenno del capo. «Assolutamente. Quindi, oggi, Aiden, mi piacerebbe che mi facessi qualche altro disegno. Che ne dici? Eccellente», fu il suo rapido commento davanti alla mancata risposta di Aiden. «Ecco, ti faccio sistemare qui sulla scrivania, ok? Ci sono alcune matite colorate e un sacco di carta. Disegna qualsiasi cosa ti salti in testa. Proprio così. Molto bene».

Una volta che Aiden si fu sistemato, la dottoressa Foster venne da me. «Le chiedo scusa se do l'impressione di parlargli con sufficienza, ma penso che sia meglio andarci piano con lui per un po'».

«Io faccio lo stesso. Non sembra un ragazzo di sedici anni». Pensai ai ragazzini a scuola, così presuntuosi ed esagitati, pieni di sé e convinti di essere i padroni del mondo.

«No, ma ci si arriverà con il tempo», disse lei. «Cosa mi dice sui suoi progressi?»

«Non ha detto niente. Neanche una parola. Ma...».

«Vada avanti», mi sollecitò.

«Credo di averlo sentito cantare».

Quando la dottoressa si piegò in avanti, non mi piacque l'impercettibile luccichio di eccitazione nei suoi occhi. Già vedevo i simboli della sterlina che danzavano qui e là nella sua testa mentre si immaginava la pubblicazione del suo articolo *Il bambino selvaggio dello Yorkshire*. «Davvero? Cosa ha portato a questo sviluppo?».

Mi spinsi le mani tra le gambe per smettere di sfregare i pezzetti secchi di pelle, che ora era rossa e infiammata.

«C'è stata una discussione». Alzai lo sguardo, aspettandomi di vedere un'ombra di disapprovazione nella dottoressa Foster.

«Non sono qui per giudicare. La sua famiglia è stata messa in una situazione estremamente stressante nel corso dell'ultima settimana. È ampiamente prevedibile che ci possano essere discussioni».

«Aiden era nell'altra stanza. È stato il giorno in cui ci siamo visti al bosco. Io non ero... in un buon momento. Ho cercato di tornare a casa ma c'erano i giornalisti, quindi sono andata dalla mia migliore amica. Rob ci ha raggiunti. Era agitato. Un reporter gli aveva scattato una foto ed era ossessionato dall'idea che potessero accusarlo del rapimento. Se la prendono sempre con i papà, ha detto. Gli ho raccontato della cosa con la polizia e lui ha perso la calma».

«In modo violento?»

«No. Ha solo alzato la voce. Poi c'è stata una piccola pausa, e io ho sentito questo canto stridulo provenire dal soggiorno. Penso che fosse Aiden. Lo avevamo lasciato lì a guardare dei film Disney».

«È sicura che fosse Aiden? Non potrebbe essere stato il film?».

Alzai le spalle. «Non mi pareva che provenisse dal film. Aiden aveva tolto il sonoro quando sono entrata nella stanza».

«Ha riconosciuto le parole o la melodia di quello che Aiden stava cantando?».

Scossi la testa. «Non ho sentito parole, solo un'esile voce. È stato... in un certo senso inquietante. Ha presente quelle canzoni paurose dei film dell'orrore quando un bambino è posseduto da un fantasma o una bambola prende vita?».

Un mezzo sorriso si aprì sulle labbra della dottoressa. «Mio marito guarda quei film, quindi sì».

«È stato un pochino una cosa del genere. Come una filastrocca». Rabbrividii. Non avevo pensato molto alla canzone da quando eravamo tornati da casa di Josie. Avevo i giornalisti da affrontare, e poi avevo provato a isolarci dal mondo. Forse ci avevo provato *troppo*. Forse Jake aveva ragione.

«E da quel momento?», insistette lei.

Scossi la testa. «Niente. Assolutamente niente. A malapena un mugolio».

«Il giorno che ha sentito il canto, qualcun altro ha udito la voce di Aiden?»

«A dir la verità, no. No, soltanto io. Pensa che me lo sia immaginato?»

«No», disse lei, con una voce che suggeriva il contrario. «Non necessariamente, ma non possiamo escludere questa spiegazione. Ora, mi dica come sta dormendo Aiden da quando è tornato dall'ospedale».

«Va a letto alle otto precise ogni sera e io vado a controllarlo alle nove. È sempre disteso con gli occhi chiusi, ma non sono sicura se sia addormentato o no. A volte penso che stia facendo finta».

«Cosa glielo fa credere?»

«Soltanto il modo in cui è steso a pancia in su con le braccia lungo i fianchi. Non sembra una posizione comoda. Qualche volta, quando torno nella sua stanza a notte inoltrata, lo trovo sul fianco, e quella mi sembra una posizione più normale».

«Qualche incubo?»

«Dorme con la porta aperta. Sempre. Non chiudo mai la porta di una stanza se c'è dentro lui. Penso che questo lo aiuti, perché dorme bene da quando è venuto a casa. Una volta l'ho visto girarsi e rigirarsi. Non volevo svegliarlo, perché so che non gli piace essere toccato troppo. Dopo circa trenta secondi è caduto in un sonno più profondo e mi è sembrato che stesse bene».

La dottoressa Foster tamburellò con la penna sulla parte

superiore del suo blocco per appunti. «Questo è un segnale molto incoraggiante. Si sta riposando. Sta chiaramente mettendo su un po' di peso. Sono tutte cose positive, signora Price-Hewitt. Lei se la sta cavando proprio bene».

«Lo pensa anche dopo quello che ha visto l'altro giorno nel bosco?». Feci una risata forzata.

«Sì. Certo. Lei è semplicemente umana, Emma. Cerchi di non biasimarsi per l'incidente nella foresta. Tutti eravamo sottoposti a un forte stress. Era un po' troppo presto per Aiden, questo è tutto». Si tirò indietro sulla sedia. «Ora, mi dica come sta lei. Se vuole la indirizzo da uno psicologo. Ha vissuto un evento straordinario. Parlarne può essere d'aiuto».

«No, grazie. Ho fatto un po' di terapia quando pensavo che Aiden fosse annegato. Per certi versi mi ha aiutato, ma non per altri. Sono a posto. Pensavo che Aiden fosse morto. Ho già vissuto il dolore peggiore che un essere umano possa affrontare. Tutto quello che viene dopo una cosa del genere impallidisce al confronto. Starò meglio».

«C'è una grande differenza tra stare meglio e stare bene, Emma». La dottoressa Foster appoggiò il mento sul pugno e parlò piano. «Tutti vogliono che le stia bene, sia felice e in salute, basta che se lo ricordi. Specialmente Aiden». Si alzò con un profondo lamento, sfregandosi le ginocchia. «Queste vecchie ossa. Il freddo peggiorerà in questi giorni. Aspetti e vedrà». Mi fece l'occhiolino. «E come stiamo andando da queste parti, Aiden? Che cosa hai disegnato per me?».

Aiden sollevò il suo disegno e mi strappò un sorriso. Il semplice fatto che mio figlio avesse tirato su la sua opera era sufficiente a farmi provare un brivido di gioia. Ma la dottoressa Foster non sorrideva affatto. Mi alzai dalla sedia, tenendomi la pancia, e attraversai la stanza. E vidi quello che Aiden aveva disegnato.

Come nel suo primo disegno, non c'era nessuna forma,

solo caos. Questa volta aveva scelto due pastelli rossi per completare la sua opera. I tratti di pastello rosso si estendevano da un lato all'altro della pagina, come il suo primo disegno in ospedale. Ma c'era una differenza. Nel centro del disegno, Aiden aveva disegnato una serie di denti banchi e aguzzi. Erano spalancati, pronti ad azzannare la loro preda. Il mio primo istinto fu di strappargli il disegno dalle mani, farlo a pezzi e gettarlo via. Ma non lo feci. Annuii e sorrisi, ma per tutto il tempo mi sentii come se delle formiche mi camminassero sulla pelle.

18

Lasciai l'angosciante opera di Aiden alla dottoressa Foster, non me la sentivo di far entrare una cosa tanto sinistra dentro la mia casa. Ma, come mi aveva informato la dottoressa mentre uscivamo dall'ufficio, Aiden aveva bisogno di un modo per esprimersi. Poiché era incapace di farlo verbalmente, aveva bisogno di un altro sbocco. Disegnare sarebbe stata una terapia eccellente per lui. Quando risalii in macchina, mi piegai contro il volante e cercai di riprendermi. Sapevo cosa dovevo fare, ma non ero sicura di *volerlo* fare.

«Ok, Aiden. Andiamo a casa».

Riuscimmo a evitare i giornalisti, e dopo un pranzo a base di panini al prosciutto e insalata – stavo seguendo il consiglio di Jake di mangiare sano – inspirai profondamente e aprii la porta del garage.

C'era un motivo per il quale la nostra macchina era sempre parcheggiata fuori, sul vialetto. Il motivo non era che non usavamo il garage, era che la macchina non ci sarebbe entrata. Rob aveva ragione sul fatto che la casa mancasse di colore: era stato lasciato tutto in garage. Quello era il posto dove creavamo. Quella era la nostra dimora artistica.

Accesi la luce e tutto quanto prese vita.

«Stai tranquillo, Aiden, puoi entrare. Non c'è nessun pericolo». Volevo aprire il portellone del garage per lasciar filtrare la luce del sole, ma sapevo fin troppo bene che c'era un'armata di giornalisti in attesa intorno a casa nostra. Dovemmo arrangiarci con la luce che proveniva dalla porta della cucina. «Voglio mostrarti una cosa».

I muri erano ricoperti di tele. La maggior parte dei quadri erano miei, creati dopo l'alluvione in un arco di tempo che arrivava fino a qualche anno prima, quando finalmente avevo mollato e accettato la "morte" di Aiden. Dopo un profondo respiro, presi Aiden per mano e lo accompagnai in giro. Era strano tenergli la mano in quel momento. Era così tanto più grande della mano che stringevo dieci anni prima. Sebbene sembrasse molto più piccolo dei giovani uomini che vedevo a scuola, dovevo ricordarmi che era un adolescente ora. Quasi un adulto.

«Questi siamo io e te», dissi, indicando il ritratto di una ragazza con gli occhi grandi che teneva tra le braccia un minuscolo bimbo. «Ero spaventata quando sei arrivato, ma ti amavo così tanto che non aveva importanza. Questo sei tu con il tuo mantello da Superman». Feci un gran sorriso. L'avevo dipinto a memoria sei mesi dopo la scomparsa di Aiden. C'era qualcosa di doloroso nei rossi e nei violenti colpi di pennello, ma avevo catturato perfettamente l'espressione impertinente di Aiden. Poi mi spostai verso un altro ritratto e il sorriso svanì. «Questo è uno di quelli difficili. Ero in un brutto momento a quel tempo. Mi mancavi così tanto che non sapevo cosa fare di me stessa. Mi sentivo inutile». Era un ritratto ingrandito del mio volto. Stavo ringhiando. I miei occhi erano infossati. La mia pelle era rossa e chiazzata. C'erano segni scuri di lividi sulle mie guance. Un anno dopo l'alluvione. Ero arrabbiata.

Strizzai la mano di Aiden e passai oltre. Perlomeno si stava abituando a farsi toccare da me. Piccoli passi. I dipinti successivi erano tutti uguali. «Vedi questi?». Li indicai uno per uno. «Queste sono le torte di compleanno che ho fatto per te ogni anno. Non lo dimenticavo mai. Il tre di aprile. Questo è il primo anno. Ti ho fatto una torta di Super-Bat-Iron Man. Vedi? Ha un mantello, una tuta di ferro, e orecchie da pipistrello. L'avresti adorato. C'era il sole quel giorno. Poi, questa qui è una Ferrari alata. Dicevi sempre che volevi una macchina volante, a ogni compleanno. Poi ti ho fatto una torta con un drago, proprio come Walnut. Ed è anche alle noci, con crema di burro alla vaniglia». Mi schiarii la gola, scacciando via l'emozione. «Capisci cosa stavo cercando di fare? Ho tirato fuori i miei sentimenti dipingendoli. È così che ho reagito quando ti ho perso. Ho dipinto tutto questo». I miei occhi viaggiarono lungo la parete di quadri, cercando l'ultimo in assoluto. L'unico che era stato completamente strappato da un lato. Non lo guardavo da tanto tempo. «Va bene se anche tu vuoi tirare fuori i tuoi sentimenti dipingendoli. Preparo una tela per te. Ci sono delle vernici qui. Voglio che tu dipinga come facevi sempre quando eri piccolo».

Spostai un cavalletto al centro del garage e lo abbassai fino all'altezza di Aiden, poi presi un piccolo tavolo e ci misi davanti una sedia. Portai dentro barattoli di marmellata riempiti d'acqua e disposi tutte le vernici e i pennelli lì vicino.

Una parte di me smaniava di unirsi a lui. Forse vedere qualcun altro lavorare al suo fianco l'avrebbe aiutato a cominciare. Ma alla fine decisi che quella era una cosa che riguardava solo Aiden. Aveva il diritto di essere lasciato in pace. Lo sistemai con cura e andai in cucina a fare una tazza di tè. Quando mi affacciai alla porta nel garage, Aiden era piegato in avanti sulle tele, e muoveva il pennello con gesti circolari. Sorrisi e bevvi un sorso.

C'erano volte in cui credevo che Aiden volesse quasi parlare con me, e una di quelle volte fu dopo che ebbe finito il suo dipinto. Venne verso la porta della cucina e si fermò lì nello spazio di passaggio.

«Hai finito?», chiesi.

Questa volta rimasi in attesa. Percepivo che voleva parlare. Voleva dirmi che aveva finito. Era fiero, me ne resi conto. Invece, tutto quello che ottenni fu il più debole dei cenni di assenso, quasi impercettibile. Fu abbastanza perché il mio cuore si librasse. Un progresso, finalmente.

Lo seguii in garage dove aveva esposto con orgoglio un'altra terrificante opera d'arte. Feci del mio meglio per non sembrare inorridita. Questa volta aveva usato il blu e il verde. Erano mescolati in una spirale, che si stringeva fino a un punto scuro al centro. Mi ricordò i tunnel dei miei incubi.

«È bellissimo, tesoro», dissi.

Più tardi quel pomeriggio, mentre Jake era ancora a scuola – si era preso le ferie per i primi giorni in cui avevamo dovuto affrontare il problema dei giornalisti, ma era chiaro che stesse smaniando per tornare, quindi gliel'avevo concesso – portai Aiden a trovare il papà e la nonna, non solo per farlo uscire, ma anche per allontanarmi da Denise, che si presentava ogni giorno a casa nostra con un sorriso forzato che mi faceva impazzire.

Nel soggiorno del B&B, Rob spiegò i giornali sul tavolo. Aiden stava ascoltando Sonya che gli leggeva *Lo Hobbit*.

«Guarda che cosa dicono questi stronzi». Rob indicò i quotidiani.

«Non mi va proprio, Rob. Sto cercando di tenere tutto questo lontano da Aiden, a essere sincera. Non penso che gli farebbe alcun bene». Panciona mi scalciò sulla vescica e io mi spostai, accarezzandomi la parte superiore della pancia.

«Non ho intenzione di mostrarglielo, Em. Per chi mi hai preso?»

«Ok, be', è proprio nell'altra stanza».

Rob mi fissò con i suoi intensi occhi marroni. «Lo so bene. Volevo solo mostrarlo a te».

Lo capivo. Rob era un chiacchierone. Quando c'era qualcosa che lo preoccupava, aveva bisogno di parlarne in lungo e in largo. Aveva bisogno di condividere il fardello con un'altra persona. Io sono sempre stata l'opposto. Mi tenevo le cose sepolte dentro finché non minacciavano di esplodere. Cercai di non pensare a quella volta in cui avevo permesso che tutto quanto eruttasse. Era successo solo una volta nella mia vita, e non era stato un bello spettacolo.

«Guarda, c'è quella mia foto. "L'ex ufficiale Robert Hartley", mi chiamano. Non sono un ex ufficiale. Vogliono far credere che abbia perso il lavoro. Mentre tu sei una specie di santa a questo giro. Sono tutti dispiaciuti per te».

«Oh, non mi interessa, Rob».

«E guarda questo, hanno perfino stampato una copia della cosa che Aiden ha disegnato in ospedale».

Gli strappai il giornale di mano. «Cosa? Come se la sono procurata?»

«Probabilmente uno di quegli infermieri. Scommetto che l'hanno venduta per centinaia di sterline. La gente farebbe qualunque cosa per guadagnare soldi facili, non è vero? Dio, ho bisogno di bere. Pensano che sia uno svitato. Stanno dando a nostro figlio dello svitato. E hai visto cosa scrivono su Jake?».

Anche se stavo ancora fissando l'inquietante opera che Aiden aveva fatto in ospedale, stampata a piena pagina, notai comunque il leggero cambiamento nel tono di Rob. Era più calmo. Meno agitato. E questo mi spinse a chiedermi se fosse questo ciò che voleva mostrarmi in realtà.

«Cosa scrivono su Jake?».

Rob si leccò il dito e sfogliò il giornale per cercare la pagina giusta. La prima cosa che vidi fu una fotografia di Jake più giovane, con un braccio intorno a una ragazza ancora più giovane.

«Chi è quella?», sussurrai, cercando con tutte le forze di mantenere un tono calmo. Fallii miseramente.

«Una sua alunna, a quanto pare. Dicono che abbia lasciato il suo lavoro a Bournemouth con una certa fretta dopo che il preside ha scoperto che aveva diverse studentesse tra le sue amicizie su Facebook».

Impallidii. Chiusi il giornale, non volevo guardare quell'immagine neppure un secondo in più. Mi sentivo stordita. Jake non parlava del suo periodo a Bournemouth molto spesso. In effetti, non parlava della sua vita al di fuori di Bishoptown quasi per niente. Sapevo che si era specializzato a Bournemouth, e sapevo che aveva lavorato in una scuola lì. Nient'altro. Anche la sua famiglia veniva da quelle parti, ma i suoi genitori erano venuti a farci visita solo un Natale, e non avevo dato molto peso alla cosa.

Dovevo ammettere però che sembravano persone bizzarre. Erano arrivati con la loro Land Rover, sfoggiando un guardaroba che sarebbe stato più adatto a una battuta di caccia al fagiano alla tenuta Wetherington. Ma anche se indossavano stivali di gomma e giacche Barbour, ogni capo era immacolato, come se fosse nuovo di zecca. Perfino la Land Rover era luccicante.

La madre di Jake, Christine, si era portata la sua bottiglia di porto personale per accompagnare i pasti e non aveva offerto neanche un goccio a nessuno. Aveva perfino spinto la carne di tacchino sul bordo del piatto, e aveva chiesto se ci fosse dell'oca in alternativa. Il padre di Jake praticamente non aveva aperto bocca, tranne quando aveva offerto a Jake un brandy in salotto mentre le "signore" rassettavano la tavola. Christine aveva poi chiesto se avessi preparato con le mie mani la zuppa inglese o se l'avessi comprata nella catena di supermercati Tesco o "in uno di quei posti", come se lei non sapesse neppure cosa fosse un supermercato.

Sapevo che i genitori di Jake erano ricchi, ma non mi aspettavo che fossero tanto boriosi. Proprio come conoscevo il passato di Jake a Bournemouth, ma non sapevo nulla del motivo per cui aveva deciso di trasferirsi così lontano. Avevo sempre pensato che si fosse semplicemente presentata l'opportunità, ma in realtà era strano. Stava scappando da qualcosa?

C'erano altre cose che ignoravo di mio marito?

«Non lo sapevi, vero?», disse Rob. «Non ha mai accennato a niente di tutto questo».

«Certo che lo sapevo», scattai io. «È tutta una montagna di spazzatura».

Ma gli occhi di Rob si strinsero in due fessure. «Su cos'altro ti ha mentito?».

Scossi la testa. «Su niente. Non è mica un bugiardo. Non come te».

Rob arrossì. «Non farlo, Em, non tirare fuori quella cosa. Non adesso».

«Penso che sia ora che porti Aiden a casa. Puoi passare a trovarlo quando vuoi». Mi infilai il giornale sotto il braccio e dalla porta feci cenno ad Aiden di andare.

«Sei sicura, Em?». Rob andò alla porta della cucina. Eravamo nella zona privata del B&B, dietro la reception.

«Dobbiamo andare».

«Em, ascoltami. Stammi solo a sentire. Se noti qualcosa di strano in lui devi dirlo. So che lo ridurrai a una questione di gelosia o qualcosa del genere, ma non lo è. Non mi fido di quell'uomo, Emma. Non l'ho mai fatto».

19

Tornando a casa, mi fermai al supermercato Sainsbury e comprai tutti i quotidiani che riuscii a trovare. Evitai le facce familiari e mi affrettai verso la cassa. Ma mentre mi nascondevo e mi sbrigavo a uscire dal negozio, non riuscii a resistere alla tentazione di guardarmi indietro per vedere se qualcuno di coloro che gironzolavano da quelle parti stesse parlando di me. Individuai due persone che conoscevo – Carol, una barista del Queen's Head, che bisbigliava a Barbara, che viveva sulla collina sotto la scuola. Eccole là, sussurravano coprendosi la bocca con le mani, facendo cenni del capo nella mia direzione.

Trafficai con le chiavi della macchina, ricordando che era successa la stessa identica cosa dopo l'alluvione. Proprio allo stesso modo: la fretta disperata di uscire dai negozi, rischiando quasi di far cadere le chiavi della macchina o di casa mentre cercavo di tenermi lontano dai bisbigli della folla, dagli sguardi di pietà. Ecco perché avevo ignorato tutte le telefonate dei miei colleghi. Avevo ascoltato tutti i messaggi vocali. Il mazzo di fiori che mi avevano mandato era ancora incellofanato, Jake l'aveva buttato in un vaso. Non avevo pensato a sistemarlo meglio.

Da quando la storia era trapelata avevamo ricevuto una moltitudine di biglietti e regali, ma io non riuscivo a gestire tutto quanto. Avevo chiesto a Denise di occuparsene, il che era una doppia fortuna per me, perché così aveva un lavoro da fare e non mi stava tra i piedi. Era lei ad aprire i biglietti e a mettere quelli che ci auguravano serenità e benessere sulla mensola sopra al camino, mentre quelli folli, pieni di minacce di morte e di altre cattiverie, finivano nella raccolta differenziata. Era lei ad aspettare vicino ai cassonetti prima dell'arrivo del netturbino per impedire ai giornalisti di frugare nella spazzatura in cerca di novità per i loro articoli. Le ero riconoscente per questo. Mi permetteva di ignorare tutto ciò che si poteva ignorare.

Ma questo era il modo in cui sopravvivevo. Mi ero isolata dal mondo esterno. Quando Bishoptown era stata colpita dall'inondazione e io avevo pensato che Aiden fosse morto, avevo imparato che non potevo fidarmi di nessuno. Avevo perso degli amici per questo motivo. Accennavo a un minuscolo dettaglio a un conoscente e il giorno seguente me lo trovavo sui giornali. Sarebbe stato meglio non parlare con nessuno a parte i familiari stretti. Non c'era alcun modo di sapere chi si sarebbe rivolto ai media per vendere i nostri segreti.

Accostai nel vialetto e feci scendere Aiden. I suoi passi erano più leggeri da quando aveva quei preziosi momenti dedicati alla pittura. Perfino la sua andatura stava migliorando, era meno rigida. Ancora non mi parlava, ma avevo l'impressione che iniziasse a rilassarsi quando era con me, il che era un vero progresso dopo quello che era successo con la polizia. Quando camminava, le sue spalle erano solo basse invece che sprofondate. Si stava sciogliendo. Sembrava persino più alto, anche se non era passata neppure una settimana da quando avevo scoperto che era ancora vivo. E sebbene il suo atteggiamento generale fosse cambiato ben poco, avevo la sensazione che stesse cominciando a rilassarsi con me, o forse ero io che cominciavo a tranquillizzarmi in sua presenza…

Salutai Denise, in paziente attesa che la facessi entrare. «Ho pensato di fare due chiacchiere per aggiornarci», disse.

«Certo», risposi io. «Nessuna novità dalla stazione di polizia?»

«No», rispose lei con un tono che mi parve secco e aspro. Probabilmente cominciava ad averne abbastanza di quella domanda. O magari era solo stufa di dare sempre la stessa risposta.

Dopo il trambusto al B&B di Rob, la mia casa mi parve silenziosa e calma. Così silenziosa che quando le assi del pavimento scricchiolarono sussultai. Presi il cappotto di Aiden e lo appesi all'attaccapanni, chiudendo fuori il gelo del vento di ottobre. Tenevo i giornali sotto un braccio e la borsa a tracolla sull'altro. Appena arrivai in cucina, sparpagliai i quotidiani sul tavolo e li aprii.

Denise tirò fuori da una borsa un orsetto di peluche. «Vogliamo tenere questo orsacchiotto?», chiese. «È arrivato insieme a un mucchio di lettere di ammiratori. Che ne pensi, Aiden?».

Gettai un'occhiata a mio figlio, ma lui non reagì all'orso di peluche con gli occhi di vetro. Era un giocattolo adorabile, ma troppo da bambini.

«Diamolo ai poveri», dissi io.

«D'accordo», rispose Denise.

«Dov'è Marcus?»

«Lavora in stazione oggi. Vi ronziamo intorno tutto il tempo, e pensiamo che non abbiate bisogno di entrambi».

«Ahh, capisco. Aiden, perché non vai a vedere qualcosa in TV con Denise per un po'?». Spostai lo sguardo su di lei. «A meno che non ci fosse qualcos'altro di cui volevi parlarmi».

«Be'...», cominciò lei.

«No, bene allora. Fuori di qui!», sorrisi come se fosse tutto a posto mentre Aiden si avviava verso il salotto.

«Tutto ok?», chiese Denise.

«Sì», mentii.

Lanciò uno sguardo ai giornali ma non disse niente.

«Ti lascio alla tua lettura allora». Lo sguardo penetrante che mi rivolse mentre lasciava la cucina mi fece pensare che in realtà fosse venuta a casa per un motivo ben preciso: recapitare la brutta notizia che mio marito non era proprio quello che sembrava. O piuttosto, a spiarci nel contesto familiare per vedere se Jake si stesse comportando in modo sospetto da quando era trapelata la notizia della sua amicizia su Facebook con una studentessa.

Appena la porta si chiuse iniziai a leggere. E non smisi finché non sentii Jake che girava la chiave nella serratura. Lessi di tutte le cose che secondo le varie ricostruzioni potevano essere accadute a mio figlio, particolari che neppure si sapevano con certezza. Era stato rapito come "schiavo sessuale" da un "pedofilo sadico" e incatenato in una cella sotterranea di qualche tipo mentre io me ne andavo a zonzo con un bicchiere di Chardonnay in mano. C'era perfino una fotografia di me e Jake in luna di miele con dei larghi sorrisoni in faccia. Poi c'erano fotografie di Rob, che era stato bollato come un "teppista" da qualche fonte locale. Jake era ritratto come il losco insegnante con un passato oscuro, fuggito dalla sua ultima scuola sotto una nube di sospetti. Si insinuava di relazioni illecite con studentesse minorenni.

I giornali stavano ben attenti a non lanciare accuse, ma sapevano quello che stavano facendo. Erano perfettamente consapevoli di ciò che lasciavano intendere. Se mio marito poteva infilare il suo uccello dentro una ragazza adolescente, di che altro era capace? E il giudizio su di me era terribile. Ero incinta di nuovo, giusto? Di un uomo che tutti quanti consideravano una sorta di schifoso pedofilo – senza alcuna prova a sostegno. E poi il mio primo fidanzato era un delinquente, e in ogni caso uscivo tutte le sere a far festa perché ero "giovane".

Chiusi violentemente i giornali appena sentii la porta che si apriva.

«C'è qualcuno in casa? È così silenzioso qui. Oh, ciao, Aiden. Denise. Puoi anche alzare il volume, sai. Forza, così.

Dov'è la tua mamma? Non preoccuparti, la troverò». Jake mi rivolse un fiacco saluto mentre entrava in cucina e metteva la sua ventiquattrore sul tavolo. «Sam Sutton ha finalmente consegnato quel compito di cui ti parlavo. Con una settimana di ritardo, e si aspetta che io gli dia un voto. È ridicolo. Potrei andare dal preside. Che succede? Stai...». Jake abbassò lo sguardo sui giornali sparpagliati sul tavolo. «Ah».

«Ah? È tutto quello che hai da dire?», chiesi. Aprii e chiusi il pugno lungo il fianco.

«Ti avevo detto che dovevi leggerli», disse, rimproverandomi come fossi una bambina. «Devi sapere quello che sta succedendo. Devi vedere con i tuoi occhi le bugie che stanno diffondendo».

Sentii un suono rauco. Denise comparve sulla porta schiarendosi la gola, con il cappotto tra le mani. «Vado. Chiamatemi se avete bisogno di qualcosa».

Il cuore mi martellava mentre guardavo Denise lasciare la cucina. Stavo aspettando che quella porta si chiudesse per riportare tutta la mia attenzione su Jake. «Bugie come questa?». Tirai su una foto di mio marito con il braccio sulle spalle di una ragazza adolescente. «Questa non è una bugia, Jake. È una foto di te che palpeggi una ragazza sconosciuta».

«Palpeggio? Sei pazza? Era la fine dell'anno scolastico. Voleva una foto insieme prima di andarsene a fare gli esami di ammissione all'università. Stanno trovando della malizia dove non ce n'è. E in tutta onestà, pensavo che mia moglie sarebbe stata dalla mia parte, cazzo».

«Jake, leggere queste cose è stato uno shock, perché non mi hai avvertita?»

«Ci ho provato, ma tu eri così incastrata nella tua piccola bolla con Aiden. Sei così ingenua, Emma, e sì che avresti dovuto imparare qualcosa dopo tutto quello che è successo la prima volta. Ti danno della sgualdrina. Ti hanno etichettato come una puttanella per essere rimasta incinta quando avevi diciotto anni».

«Non era così grave», feci notare. «Hanno dato a intendere che fossi una cattiva madre perché ero così giovane». E li avevo odiati per questo. Ma non ricordavo mi avessero mai chiamata con qualche termine dispregiativo come "sgualdrina". Jake se lo stava inventando? Aveva letto nei giornali più di quanto rammentassi io? Non ne ero certa.

«No, no, no, ricordi male. Ti hanno fatto passare per una puttanella e non era giusto. Eri una brava ragazza a scuola. E non era giusto». Jake faceva su e giù per la cucina. Gocce di sudore si raccoglievano appena al di sopra delle sue sopracciglia, anche se era una giornata particolarmente fredda. Perché era così accaldato? Si era già tolto gli stivali e il cappotto.

«Jake, hai bevuto?».

Si girò a guardarmi in faccia, traballando leggermente e aggrappandosi alla parte superiore della sedia. «No».

«Non mentirmi».

«Mi sono fatto un bicchiere sulla strada di ritorno da scuola».

Scossi la testa. «Un po' più di uno, penso. Forse dovresti andare a letto e dormirci su. Parleremo di tutto questo domattina».

Ma Jake non mi stava più ascoltando. Stava tirando fuori vecchie bottiglie di whiskey dalle credenze della cucina. La maggior parte non era neanche stata aperta. Erano regali di Natale trascurati, roba che si lascia a prendere polvere in fondo a un vecchio mobile.

«Non ho mai toccato quella ragazza nemmeno con un dito. Non in quel modo, comunque. I giornali distorcono le cose. Le rendono sporche. Capisci cosa voglio dire? Mi stavo congratulando con lei, questo è tutto».

«Jake», dissi, in tono di avvertimento. «Non penso che il whiskey sarà di aiuto, no? Siediti, ti faccio un caffè».

«Neanche per sogno. Sei tu quella incinta. Siediti, lo faccio io». Sbatté l'anta della credenza. «Sono io l'uomo di casa. Sono io quello che aiuta la propria moglie. Devo badare a mia moglie che è incinta, prendermi cura di *mia* figlia».

«Non hai un bell'aspetto. Sembri agitato e ubriaco. Siediti, solo per un minuto. Poi puoi farmi un massaggio ai piedi. Che ne dici?». Cercai di persuaderlo, ma proprio quando pensavo di esserci riuscita, si alzò di nuovo e ricominciò a camminare avanti e indietro per tutta la cucina.

«Io provvedo a te, non è vero? Ho fatto costruire questa cucina apposta. Ho comprato la casa per te, lo sai, perché immaginavo come sarebbe stato vivere qui e crescere i nostri figli. È sempre stato per te».

«Lo so, lo so». Mi presi la testa tra le mani. Non doveva succedere, non adesso. La mia roccia si era spaccata. Jake era andato in frantumi come un uovo.

«Ci eravamo così vicini. Così vicini, cazzo. E poi...».

«Non dirlo», implorai. «Non dirmi che ce l'hai con mio figlio. Se lo dici adesso, non potrai mai rimangiartelo».

Sollevai la testa e i nostri occhi si incontrarono. Non aveva bisogno di pronunciare quelle parole perché ce le aveva stampate su tutta la faccia. Era livido, con la pelle umida e il rossore che si faceva strada su dal colletto della camicia. Le mani serrate lungo i fianchi. I suoi occhi erano spalancati e feroci. Quando fece un respiro, la saliva volò fuori dai denti sbarrati.

«Tu lo odi. L'hai odiato fin dal principio, da quando lo abbiamo portato a casa», dissi tristemente, sentendo un brivido farsi strada su per le braccia e le gambe.

«Stai zitta e basta, non riesco a pensare. Ho bisogno di pensare». Si tolse gli occhiali, si sfregò il naso, e ricominciò a camminare avanti e indietro. «Ho bisogno di pensare».

«*A cosa* hai bisogno di pensare?». La rabbia e la frustrazione ribollivano violentemente nel mio animo. Quello era l'uomo che mi aveva salvata. E invece… eccolo lì, con i suoi segreti e la sua malcelata ostilità verso mio figlio. Eccolo lì, e io non riuscivo a sopportarlo.

Si girò per guardarmi in faccia. «Non ricordi quel giorno?».

Sollevai una mano per interromperlo. «Certo che sì. Non voglio parlarne, però».

«C'erano due coltelli. Ne avevi conficcato uno nel dipinto, con l'altro ti stavi tagliando i polsi. Ricordi? Ricordi come ti ho trovato a casa di tua madre? Ecco cos'eri prima che io ti salvassi. Ti ho *salvato*. Se non fosse stato per me saresti morta. Non saresti neanche con Aiden adesso».

20

Il giorno più vergognoso della mia vita era cominciato con un bicchiere di Pinot Grigio. All'epoca, pensavo che se bevi vino non puoi dire di essere alcolizzato. Perché gli ubriaconi bevevano vodka o whiskey, non vino. Non il vino bianco. Il vino bianco era civilizzato. Non si mette una bottiglia di Sauvignon Blanc in un sacchetto di carta marrone per poi buttarsi in un parco.

Ero a casa da sola. I miei genitori erano morti da sette mesi. Ero seduta sul pavimento del soggiorno del cottage di mamma e papà, con una serie di articoli disgustosi disseminati a terra come rifiuti. Avanzi di cibo cinese a malapena toccato, in confezioni incrostate con il grasso rappreso sui bordi. Ciotole di cereali sparse per il tappeto intriso di latte raggrumato. Panini mangiati a metà che attiravano le mosche. Ero seduta nel bel mezzo del casino e bevevo il mio vino. Chi volevo prendere in giro? Sapevo cosa ero. Vedevo il casino e sapevo che avevo toccato il fondo; nonostante il Pinot che avevo comprato dal rivenditore di Bishoptown con un paio di occhiali da sole a coprire gli occhi cerchiati e annebbiati, ero un'alcolizzata. Un'incasinata depressa.

Dopo aver prosciugato quello che rimaneva del vino, mi ero messa a girovagare per la stanza di Aiden. Era inviolata. Di tanto in tanto entravo e spolveravo togliendo le ragnatele. Sedevo sul suo letto, sollevavo Walnut e sentivo ancora l'odore quasi impercettibile di mio figlio. Ma non pulivo la sua stanza da tempo e c'era uno spesso strato di polvere lungo il davanzale. Peggio ancora, un grande, grosso ragno se ne stava sulla sommità del cuscino di Aiden. Zampettò via prima che il mio pugno lo colpisse, probabilmente scappando sotto il letto. Ma io continuai a colpire. Presi a pugni l'imbottitura uscita dal cuscino, poi tirai via il copripiumone e buttai il materasso di lato. Un ruggito mi crebbe dal petto mentre passavo il braccio lungo il davanzale, sbattendo via il trofeo della giornata dello sport – terzo nella corsa con l'uovo sul cucchiaio – e la fotografia incorniciata di quando aveva incontrato il suo giocatore di calcio preferito.

Stracciai il suo poster di Iron Man. Gettai i suoi vestiti fuori dall'armadio. Strappai le copertine dei suoi libri. E poi mi fermai. Mi asciugai gli occhi. Una sensazione di calma mi inondò e seppi cosa dovevo fare.

C'era una seconda bottiglia di vino in frigo, così l'aprii e tracannai un lungo sorso. Non c'era più bisogno di bicchieri. Su chi dovevo fare colpo? Non sarebbe fregato niente a nessuno. Perché non era *rimasto* nessuno. Mentre attraversavo la casa, raccolsi una foto di tutti noi insieme. Aiden, davanti con il suo mantello da Superman. Io dietro, con le mani sulle sue spalle. E ai lati avevo i miei genitori. Papà alla sinistra, mamma alla destra. Non piansi, sorrisi soltanto e cullai la fotografia sul mio petto.

Avevo già trasformato la mia stanza da letto in qualcosa di simile a uno studio. C'era più o meno una decina di dipinti alle pareti. Ne presi uno. Era un autoritratto. Lo odiavo. Il mio viso era rabbioso e dilaniato. Avevo usato rossi e neri. I miei denti erano scoperti. Ero brutta e malata in quel dipinto, con gli occhi fradici di alcol perché l'avevo dipinto mentre ero ubriaca marcia, quasi incapace di vedere la tela con la vista annebbiata. Lo odiavo. Misi giù la bottiglia di vino, raccolsi il taglierino che avevo usato per regolare le mie tele e affondai una pugnalata nel quadro. Lentamente, trascinai giù la lama.

Un grande fuoco bruciava dentro di me e sapevo che era tempo di estinguerlo. Che senso aveva la vita se era solo dolore? Mi sentivo come se fossi finita in un palazzo che andava a fuoco: le mie uniche possibilità erano saltare o lasciare che il fuoco mi consumasse.

Ero stanca morta del fuoco.

Crollai a terra, trascinandomi dietro la tela distrutta, prima di tirare fuori un secondo coltello e di posarmelo in grembo. Poi mi attaccai alla bottiglia di vino. Ero così stordita dall'alcol che credetti che non avrei sofferto per niente. Pensai al fuoco che ruggiva dentro di me. Pensai a tutta la merda che avevo vissuto. Pensai al cappotto di Aiden tirato fuori dall'acqua e a come il fiume continuava il suo corso, sfrecciando e zampillando mentre mio figlio si stava decomponendo da qualche parte. Non avevo neanche avuto la possibilità di *seppellirlo*. Non avevo neanche ottenuto quel minimo conforto.

Gridai prima di immergermi il coltello nei polsi. Urlai anche prima che facesse male. Il dolore non proveniva dalla ferita grondante. Era per via del fuoco.

Che bruciava. Bruciava. La mia pelle andava a fuoco. Urlai e urlai finché le fiamme finalmente si estinsero. Quando abbassai lo sguardo, il sangue si riversava dalla ferita e io cominciavo a sentirmi deliziosamente frastornata. Era finita. Avevo fermato il fuoco. Se solo avessi saputo prima che sarebbe stato tanto semplice. Cominciai a ripiegare sul mio letto, sorridendo. Finalmente avevo bloccato il dolore e finalmente avevo trovato la forza interiore per saltare dal palazzo che bruciava.

Ma nel mio stato di stordimento non sentii i colpi sulla porta, né la voce agitata che mi chiamava. La porta doveva essere aperta, perché Jake riuscì a entrare nell'arco di pochi secondi. Ci fu uno scalpiccio di passi e poi si fiondò nella stanza. Un volto apparve confuso davanti ai miei occhi mentre mi arpionava il corpo con le braccia, chiamandomi ancora e ancora. Sentii una pressione sui polsi, ero vagamente consapevole del sangue che stillava tra le sue dita. Ero vagamente consapevole della sua voce che diceva «No, no, no, questo non doveva succedere», e poi mi svegliai in un letto d'ospedale.

Mi ci volle molto tempo per provare gratitudine verso quello che Jake aveva fatto per me quel giorno. Quando all'inizio mi svegliai in quella stanza d'ospedale lo odiai più di quanto avessi mai odiato qualcuno. L'odio era un'emozione che avevo scoperto solo dopo che Aiden mi era stato portato via. Chi ha la possibilità di vivere la propria vita senza mai sperimentare l'odio deve considerarsi fortunato. Deve ringraziare il cielo. L'odio non è qualcosa da bramare o da desiderare. Non bisogna mai dire che si odia qualcuno o qualcosa a meno che non lo si dica sul serio, perché l'odio non è quando trovi fastidioso un presentatore alla tele, non è quando perdi le staffe con un parente – è una cosa viva che divora tutto a partire dalle viscere, che infetta il tuo sangue finché non annerisce il tuo cuore.

E io odiai me stessa. Che è il peggior genere di odio.

Piansi per un po'. Soffrii di brividi e tremori mentre l'alcol si faceva strada fuori dal mio corpo. Mi grattai via le fasciature e rifiutai di parlare con Jake mentre sedeva accanto al mio letto, leggendo i suoi libri di storia dell'arte. Continuò a venirmi a trovare, giorno dopo giorno, leggeva per me mentre io restavo seduta con la testa scontrosamente girata dall'altra parte. Lesse del Rinascimento, di Caravaggio e delle sue abitudini rozze e del suo temperamento sanguinario. Lesse di Picasso e della sua Guernica. Lesse per me ogni giorno e ben presto cominciai ad ascoltarlo.

Invece di piluccare il cibo cominciai a mangiarlo. Domandai acqua e succo d'arancia invece di buttare giù tutto ciò che mi trovavo sotto mano quando avevo la gola secca. Quando c'era silenzio nell'ospedale, accendevo la televisione e guardavo qualche soap opera. Iniziai perfino a rispondere agli infermieri quando mi chiedevano come mi sentissi.

Quando mi dimisero, trovai il cottage di mamma e papà lindo e scintillante. Jake si era occupato di tutto. Aveva pulito il mio casino, rimosso tutto l'alcol dalla casa, passato l'aspirapolvere, spazzato e buttato gli oggetti rotti. Aveva perfino aggiustato qualche fotografia incorniciata che avevo distrutto nella mia rabbia.

Sul tavolino da caffè c'era una catasta di libri su Picasso, Caravaggio, Monet e altri. John Singer-Sargent, Rembrandt, Da Vinci. C'erano DVD nuovi di zecca sullo stesso argomento impilati vicino al lettore. Sfogliai i libri, ignorando il testo per arrivare ai bellissimi ritratti. Alcuni non li avevo mai visti prima. Poi trovai un nuovo assortimento di vernici sul tavolo della sala da pranzo con accanto un biglietto di auguri di pronta guarigione. Accanto c'era un modulo di richiesta per un lavoro part-time nell'amministrazione a scuola. Mi sedetti e lo compilai.

So che qualche persona avrebbe indugiato di fronte a delle iniziative tanto determinate. Alcune donne l'avrebbero trovato inquietante o prepotente, ma era tutto quello di cui avevo bisogno. Senza neanche accennare a qualcosa di più di una relazione platonica, quell'uomo aveva impiegato il suo tempo e le sue attenzioni affinché uscissi dal peggior momento della mia vita. Io non ero in grado di amare in quel periodo – ero troppo asciugata da tutto l'odio che aveva bruciato dentro di me – ma ero vicina ad amarlo. C'era una forte sensazione di affetto che stava sbocciando nel mio guscio incenerito.

È per questo motivo che mi feci trascinare nella sua vita tanto improvvisamente. È per questo motivo che non riuscii a vedere cos'era veramente.

21

Era venerdì e ancora non c'era nessun indizio su cosa fosse successo ad Aiden. Marcus, l'agente incaricato di mantenere i rapporti con la famiglia, mi informò di aver preso le impronte digitali e il DNA di varie persone nell'area. Anche Jake e Rob dovevano essere controllati. Non mi era chiaro il senso di questa scelta, considerando che non era stato trovato nulla su Aiden la notte in cui l'avevano recuperato. Sia Jake che Rob erano stati interrogati riguardo al giorno della scomparsa. Jake stava facendo lezione, e aveva fatto il giro della scuola per dare un'occhiata al tetto che perdeva. Vari membri dello staff lo avevano visto. Rob invece stava tornando a casa dal cantiere, bloccato nel traffico fuori Bishoptown. Non sospettavo di nessuno dei due, ma allo stesso tempo capivo che inevitabilmente le persone più vicine ad Aiden rientravano tra i primi sospetti.

Ma vederli di fronte agli inquirenti mi fece pensare al caso in modo diverso. Doveva essere stato qualcuno del posto. Quindi, qualcuno che potevo conoscere.

Aiden era stato preso in un luogo situato fra la scuola di Bishoptown e il fiume Ouse, fra l'una e un quarto e le due e dieci. Io avevo attraversato il ponte attorno alle due e dieci. Questo per dire quanto fossi vicina. Avrei potuto vedere mio figlio che veniva rapito, strappato via dalla mia vita. A volte ancora oggi resto sveglia di notte e mi chiedo: se solo avessi allungato la mano, avrei potuto trovarlo, afferrarlo, tenerlo con me. Ma non potevo fare un salto nel passato e rivivere quel giorno. Non potevo riportare indietro l'orologio, correre al fiume e fermare il mostro che mi aveva rubato mio figlio. È l'impotenza, sì, è quella che ti afferra nel cuore della notte: la consapevolezza che anche se sei certa che tuo figlio sia perfettamente al sicuro, in realtà in qualsiasi momento può esserci qualcuno intenzionato a fargli del male.

Nei giorni seguenti, mentre combattevo con la burocrazia per dare un'identità ad Aiden, cominciai a stilare un elenco di possibili sospetti. C'erano cinque insegnanti maschi alla scuola locale, e due di loro mi erano sempre sembrati un po' loschi: Simon, il professore di informatica, un tizio sulla cinquantina con un pancione e le unghie sporche, e Chris, un giovane insegnante di educazione fisica che faceva battute oscene e politicamente scorrette in sala professori. Poi c'era il figlio di Gail, Derek, un tipo strano. Gestiva il forno di quartiere insieme alla madre. Viveva ancora con lei anche se aveva quarant'anni, e non aveva mai avuto una relazione con donne o uomini.

Erano pensieri orribili, tossici e carichi di pregiudizi, ma non potevo farci nulla. Una volta aperto quel vaso non si può tornare indietro. Passai il fine settimana chiusa in casa, ancora furiosa con Jake per il suo presunto tradimento, comunicando a Denise e Marcus tutti i nomi dei sospetti. Con sussurri colpevoli dicevo che forse quello o quell'altro poteva essere capace di un simile delitto. Denise fu quella che trascorse più tempo con noi, e divenne la mia confidente quando avevo un'illuminazione su un'altra persona del luogo. Rispondeva invariabilmente: «Potrebbe essere chiunque. Facciamo il meglio che possiamo». Una volta disse: «Non sappiamo nemmeno con certezza se il sospetto è maschio». Naturalmente presumevo che fosse un uomo, ma in realtà aveva ragione. Sebbene ci fossero segni di un'aggressione sessuale, la polizia non aveva trovato tracce di sperma sui vestiti o sul corpo di Aiden; senza sapere dove fosse stato rinchiuso, era impossibile stabilire con certezza se fosse stato vittima di un abuso da parte di un uomo. Benché il solo pensiero mi procurasse un dolore fisico, era possibile che il rapitore fosse una donna. Anzi, forse questa ipotesi avrebbe potuto spiegare come Aiden fosse riuscito a fuggire. Sarebbe stato più facile sopraffare una donna che un uomo.

In quei giorni uscivo raramente di casa, ma ci fu un momento in cui non potei farne a meno. Lunedì accompagnai Aiden alla seconda seduta di terapia, e per tutto il tragitto in macchina non smisi neppure per un attimo di pensare a ulteriori sospetti.

La dottoressa Foster ci accolse con un luminoso sorriso, ma il suo sguardo si soffermò su di me più del solito. Capì che ero nervosa. Mi fece sedere e lasciò Aiden a disegnare. Aspettai che si sistemasse, poi presi i disegni dalla borsa e glieli mostrai. Li sparse sul tavolo, ma sembrava distratta. Come se io la interessassi di più.

«È successo qualcosa, Emma?», chiese. «Mi sembra un po' sulle spine».

Contorsi nervosamente le mani. «Ho letto i giornali. Tutti quanti. Dicono cose folli. Continuano a insinuare che sia stato mio marito Jake a prendere Aiden». Deglutii, ma avevo ancora la bocca secca. «Non può essere. Lo conosco».

«Si prenda tutto il tempo che le serve, Emma. Niente giudizi qui, ricordi. Se ha bisogno di parlare, è libera di farlo».

Scossi la testa. «Il punto non è tanto ciò che penso io; è che *non può* essere vero. Aveva un alibi. Lavorava a scuola in quel momento. Non è possibile, ma tutti continuano a puntare il dito e a rivangare stupide storie del suo vecchio istituto».

«Che storie?», chiese la dottoressa.

«Stupide foto di lui abbracciato a una studentessa. Erano amici su Facebook. Ma questo non significa niente, no?»

«Lei pensa che significhi qualcosa?», chiese la dottoressa con voce paziente.

«No. Mi sto lasciando intrappolare in questo stupido gioco. La stampa. Inventa storie per vendere i giornali, trova colpevoli che non meritano di essere accusati. Dice bugie sulla mia famiglia». Feci un respiro profondo e mi accarezzai il pancione. Mi faceva male la schiena, mi facevano male le gambe, ed ero stanca.

«So che è dura. Ma deve provare a rilassarsi. Questi livelli di stress non fanno bene alla bambina. Ha visto il suo medico di recente?».

Scossi la testa.

«Farebbe meglio a prendere un appuntamento. Un controllo, niente di più».

Annuii e mi strofinai gli occhi. Sapevo che aveva ragione. Con tutto quello che stava succedendo non mi ero concentrata abbastanza sulla salute mia e della piccola. Stavo mancando agli obblighi che avevo nei confronti della figlia in arrivo. Non avevo pensato nemmeno a prendere nota della frequenza con cui scalciava.

«Ora, l'arte di Aiden». La dottoressa fissò i disegni. «Vedo più espressione qui. Sta formando più figure e immagini di prima. Penso sia una porta».

Osservai l'immagine che indicava. L'avevo guardata male prima, in orizzontale anziché in verticale. La girai e la esaminai nel modo giusto per la prima volta. Aveva ragione. Non c'era una maniglia, ma sembrava una porta. Aiden aveva usato il grigio chiaro per riempire quasi del tutto la pagina, ma c'erano delle sfumature ai lati che indicavano dei cardini. Dovunque conducesse quella porta, era quasi certamente fatta di un metallo liscio, come un grande frigorifero nella cucina di un ristorante.

La mattina seguente riuscii ad andare dal medico prima delle dieci per un appuntamento preso all'ultimo momento. Aiden era seduto al mio fianco, sfogliava tranquillo una rivista femminile. Vicino a noi c'era una madre con tre bambini, tutti impegnati ad arrampicarsi sulle sedie come scimmie e gettare i giochi dell'area ricreativa sul pavimento. La madre cominciò a lanciarmi delle occhiate di tanto in tanto, come se stesse cercando di ricordare dove mi aveva già visto. Poi mi fissò più a lungo, e i suoi occhi si dilatarono. Aveva capito. Mi agitai sulla sedia, cambiando posizione e provando a ignorare la curiosità morbosa del suo sguardo.

«È orribile quello che hai dovuto passare», mi disse.

Sebbene non le dovessi proprio nulla, mi ritrovai a risponderle con un sorriso a labbra strette.

«È lui?». Indicava con il mento, muovendo il volto sfigurato dall'acne in direzione di Aiden. Lui non reagì, e la donna richiamò i figli facendo ampi gesti e li tirò più vicino a sé. «Disgustoso quello che gli è successo».

Il rombo del sangue si riversò con forza nelle mie orecchie mentre cercavo di restare calma. Che diritto aveva quella donna di parlare di ciò che era successo ad Aiden? Chi si credeva di essere? Cercai di ignorarla, ma mi ritrovai a strofinarmi le mani più freneticamente di prima. Digrignai i denti, serrando la mascella sempre di più.

«Kieran, vieni qui», disse, raccogliendo la nidiata. Era evidente che voleva tenere i figli lontani da Aiden. Di tanto in tanto i suoi occhi si posavano su di lui. Vi lessi la paura. Forse pensava che Aiden fosse stato trasformato in un mostro dall'esperienza che aveva vissuto. Forse pensava che potesse fare del male ai suoi figli, per una specie di pedofilia per procura.

Mentre metteva la sua prole a debita distanza da noi, mi accorsi che non riuscivo a smettere di fissarla. I capelli unti erano raccolti in una coda tirata indietro con tanta forza che la pelle della fronte era tesa, lucida. Non si faceva problemi a riempire di parolacce i figli quando si comportavano male.

«Cos'è che ti rende tanto speciale?».

La stanza diventò silenziosa. Un uomo anziano lasciò cadere il giornale sul grembo e si voltò a guardarmi. Non era stata mia intenzione parlare così forte, e certo non con l'astio che avevo messo nelle mie parole. Ma guardando quella donna non riuscivo a credere che avesse avuto il dono di bambini normali e sani, mentre il mio era andato all'inferno ed era tornato.

«Scusami, tesoro?», disse con la sua vocetta stridula e sgradevole.

«Ho detto, cos'è che ti rende tanto speciale? Perché tu puoi avere tutto?»

«Che cazzo stai dicendo?».

Mi girai, lanciando un'occhiata rabbiosa alle pubblicazioni mediche e a un manifesto sulle malattie cardiache. La dottoressa chiamò il mio nome e mi alzai. Con Aiden alle calcagna, superai la donna e cercai di non guardarla più.

«Ho solo cercato di essere carina con te, stronza», borbottò lei. Una reazione tipica dell'opinione pubblica inglese, pensai. Pretendono gratitudine in cambio della loro attenzione. Un ragazzino è stato rapito e torturato per un decennio e si sentono tristi per questo. Buon per loro. Così dopo aver provato tutta questa tristezza vedono il ragazzo in questione insieme alla madre e sentono il bisogno di sottolineare l'ovvio: si sentono tristi. Non è orribile, ti dicono? Sì, sì, è molto triste e davvero orribile, grazie per come vi sentite. Ma se non li plachi, allora vaffanculo te e il tuo bambino. Vaffanculo, te lo meriti.

Nulla è più mutevole dell'opinione pubblica, e la ragione è che sono i media a dirle cosa deve pensare e come si deve sentire. Nei talent il momento in cui un concorrente colmo di speranze viene eliminato è sempre sottolineato da un sottofondo strappalacrime, che fa appello alle tue emozioni. Vogliono proprio farti sentire il dolore e lo strazio. E poi, durante la lacrimosa interpretazione di una canzone, oppure durante la ricostruzione in studio di una tragica storia personale, le telecamere inquadrano il pubblico commosso. Perché? È tutto pensato per farti comprare cose. Che sia una macchina o uno stile di vita o un giornale, lo stai comprando perché compri la *storia*. Questa è la verità. Quando ho perso la calma con quella donna, ho mandato in frantumi la storia che aveva preso per buona. Le ho fatto riconsiderare ciò che pensava fosse vero.

Ma non ce l'avevo con la gente perché prendeva per buona la storia di Aiden. La tristezza che provavano per la sua tragica vita non mi offendeva. Ciò che odiavo era l'idea di dover essere perfetta, perché se non ero perfetta, loro non sarebbero stati più tristi. Li odiavo per questo. Io stavo soffrendo, e quindi potevo anche avere dei modi bruschi o commettere errori o fare qualsiasi cosa volessi. Ero un essere umano, non una storia, e il mondo l'aveva dimenticato.

Mentre passavo davanti a quella donna, diretta allo studio della dottoressa, pensavo a questo e a mille altre cose. Una pesante stanchezza mi era penetrata nelle ossa, e mi chiedevo quando, e se, tutto questo sarebbe finito. Quando avrei potuto riprendere una vita normale.

«Ciao Emma, come va? Ciao Aiden». La dottoressa non perdeva un colpo e ne ero felice. Andavo da lei sin da quando ero bambina. La dottoressa Fiona Watson. Per tutto quel tempo era stata un punto di riferimento, per quanto solo in una veste professionale. Non erano amiche, mamma e Fiona, ma si rispettavano, e mamma sarebbe stata contenta di vederla subentrare alla guida dell'ambulatorio dopo la sua morte.

«Bene, per quanto possibile».

«Mi dispiace per quello che hai passato, ma è un piacere rivedere Aiden». Gli sorrise ma lui non reagì. Abbassò gli occhi. La dottoressa non toccò più l'argomento, e io ne fui felice.

Dopo aver trafficato un po' con i suoi strumenti la dottoressa sospirò. «Hai la pressione alta. Ti era successo anche dopo Aiden... dopo l'alluvione. Penso sia di nuovo lo stress. Ti prescriverò le stesse compresse che prendevi allora. Sono innocue per le donne incinte. La piccola ti ha dato fastidio?»

«Tira dei bei calci», dissi. «Ma a parte questo mi sembra che vada tutto bene».

«Sei stata dall'ostetrica di recente? Hai preparato qualcosa per la nascita?»

«Ho fatto un prelievo di sangue alcuni mesi fa e ne abbiamo discusso allora. Quest'ultima settimana è stata un vero caos».

Annuì. «Hai fatto bene a venire da me». Scarabocchiò qualcosa su un taccuino e strappò via il primo foglio. «Prova a tenere i piedi in alto se puoi. So che è dura dopo tutto quello che è successo, ma è importante. Jake si prende cura di te?».

Sorrisi. «Sì, naturalmente. È stato grande».

Un altro cenno di assenso. «Mi dispiace per quello che è accaduto. Se...». Si interruppe, capii che lottava contro l'impulso di mantenere la facciata di impassibile professionalità nonostante davanti a lei ci fosse una persona che conosceva da più di trent'anni. «Se ti serve qualcosa, sono qui».

La ringraziai e mi affrettai a uscire, per paura di scoppiare di nuovo in lacrime. Ero stanca di piangere.

Quando lasciai l'ambulatorio, la donna e i bambini non c'erano più. Raggiunsi la mia Focus nel parcheggio. C'era un graffio che correva per tutta la lunghezza della vettura.

22

Riuscii a trattenermi e non guidai come una pazza verso la farmacia, benché l'adrenalina che mi scorreva nelle vene mi spingesse a schiacciare il pedale con tutta la forza. Non sono mai stata incosciente al volante, ma quando lo stress diventava insostenibile, l'unica cosa che desideravo era dare gas e correre lontano, più veloce che potevo. Ma non mi sarei mai comportata in quel modo con Aiden a bordo.

Mentre scendevo giù per la ripida collina di Bishoptown, diedi un'occhiata allo specchietto e vidi un furgone nero dietro di me. Dopo aver girato a destra sul ponte, controllai di nuovo e c'era ancora – lo stesso furgone nero. Perfino quando girai a sinistra e presi la strada principale del villaggio il furgone era lì. Aggrottai le sopracciglia e mi chiesi se per caso non fosse un giornalista. Bishoptown era un piccolo paese, quindi era possibile che fosse semplicemente qualcuno che faceva la mia stessa strada.

Quando parcheggiai davanti alla farmacia, il furgone rallentò per un attimo prima di proseguire. I miei sospetti divennero ancora più insistenti, ma era più che possibile che il guidatore stesse cercando parcheggio e non l'avesse trovato.

«Aspetta, scendo prima io», dissi ad Aiden mentre controllavo il traffico. Ero ancora spaventata dal furgone, ma a causa della prigionia mio figlio non aveva sviluppato le accortezze e le furbizie di strada che la maggior parte dei sedicenni possiede. Non me la sentivo di dargli il permesso di scendere senza di me. Non ancora.

Aiden rimase in silenzio mentre io scendevo e mi affrettavo verso il suo lato. Aprì la portiera da solo e lo presi per mano. Con la mano libera, mi strinsi addosso il cardigan. Era una bella giornata, ma con la maglia pesante e la rabbia che mi scorreva in corpo ero sudata e in disordine. Il mio cuore batteva ancora forte per lo scontro con la donna nell'ambulatorio, e per lo strano furgone che mi seguiva. Rischiai quasi di superare la farmacia, tanto ero distratta. Non riuscivo a smettere di guardare i volti dei passanti. Senza dubbio erano turisti, ma inevitabilmente mi ritrovavo a pensare che uno di loro poteva aver preso Aiden. E se Aiden si fosse già ritrovato faccia a faccia con il suo aggressore ma non fosse riuscito a dirmelo? E se il rapitore fosse tornato a riprenderlo?

La farmacia era come gli altri negozi di Bishoptown: si trovava in un piccolo edificio con un terrazzo che la faceva sembrare più una casa che un esercizio commerciale. La maggior parte dei negozi sfoggiava pittoreschi cesti sospesi a mezz'aria pieni di calendule e canne di vetro, ma la farmacia aveva solo una finestra e una porta di legno con una campanella.

Mentre pagavo, la campanella tintinnò: stava entrando qualcuno. Impaziente di uscire, mi sbrigai a mettere il resto nel portafoglio.

«Emma?».

L'adrenalina mi spinse a voltarmi troppo velocemente, rischiai quasi di andare addosso ad Aiden. «Oh, ciao, Amy. Non mi aspettavo di vederti». Era martedì. I professori non avevano del tempo libero durante la settimana. «Come stai…». La mia voce si affievolì. Amy non mi ascoltava, fissava folgorata mio figlio.

«Sono in pausa», borbottò. «Sono venuta a prendere le mie medicine». Non mi guardava più. Fissava mio figlio con tanta intensità che sentii l'istinto di tirarlo via. «Aiden, oh mio… oh mio Dio, sei tu». Fece un passo in avanti con la mano tesa, ma lui si scansò, riparandosi dietro di me. Gli occhi di Amy si sollevarono a incontrare i miei, trattenne le lacrime prima di riprendersi. «Non… voglio dire, ho saputo quello che è successo dai giornali e volevo chiamarti, ma sai…».

Raddrizzai la schiena. Se non fosse stato per la negligenza di quella donna mio figlio non sarebbe stato rapito. Non c'era da meravigliarsi che Aiden si fosse tirato indietro. «Non sarebbe stato appropriato, Amy». Mi formicolavano le dita. Dopo tutti questi anni pensavo di averla perdonata, ma sbagliavo. Ero solo riuscita a mettere da parte i miei sentimenti per andare avanti con la mia vita. Ora che Aiden era tornato, i vecchi impulsi riaffioravano. Forse era stato l'incidente dell'ambulatorio, o magari lo strano furgone nero che mi aveva seguito, ma non avevo alcuna voglia di coccolare la donna che si era voltata dall'altra parte e aveva lasciato che mio figlio sparisse dalla scuola.

Crollò. «Hai ragione. Scusa. Sono così stupida. Sono talmente… felice che Aiden sia vivo. Voglio dire, so che ha passato…».

«L'inferno», conclusi per lei. «Ha passato l'inferno». Rimasi lì in strada a guardare Amy, e gli anni passati a lavorare fianco a fianco si dissolsero, lasciando solo il rancore. Dimenticai la bambola che aveva comprato per mia figlia, l'amicizia che di tanto in tanto avevamo tentato di coltivare negli ultimi anni. Cercavo disperatamente qualcuno cui dare la colpa, ed eccola lì.

«Mi dispiace, Emma», disse. Dal rossore che le colorava il collo e dal tremolio del labbro inferiore capivo che era sull'orlo delle lacrime.

Mi girai. «Devo andare».

«Aspetta», disse. «Non voglio… Emma, siamo amiche da tanto tempo. Pensavo che avessimo superato quello che è successo».

Scossi la testa. «Tutto è diverso ora. Ho pianto per lui e

l'ho lasciato andare; era l'unico modo in cui potevo ignorare quello che avevi fatto. Ma ora è qui e soffre e non posso aiutarlo ma…». Mi bloccai. Per la prima volta la guardai davvero. Perché era così emotiva? Perché c'era una lacrima che scorreva sulla sua guancia? Mi sembrava tutto così innaturale. Come potevo credere a quello che diceva?

Tirai via Aiden, affrettandomi verso la macchina. Ripensai ai verbali e alle testimonianze sul giorno della sua scomparsa, mi chiesi se ci fosse qualcosa che non tornava sul suo conto. Ricordavo che, dopo essersi accorta della scomparsa di Aiden, aveva chiesto a un altro insegnante di badare alla classe mentre lei andava a cercarlo. Era rimasta sola per qualche minuto. E se…? Aprii lo sportello e feci salire Aiden. L'ispettore capo Stevenson aveva ammesso che il rapitore poteva ~~anche~~ non essere un uomo, anche se era molto improbabile. Inserii la chiave. Aiden avrebbe reagito in qualche modo trovandosi faccia a faccia con l'aggressore, l'avrebbe riconosciuto, o no?

E allora perché sospettavo di chiunque? Perché improvvisamente credevo che Amy, una donna minuta e timida, potesse aver sequestrato mio figlio? La risposta era semplice: cominciavo a credere che la gente fosse capace di tutto. La gente è fatta a strati. Ognuno può avere un lato privato in bilico sull'orlo dell'oscurità e del pericolo. Il tuo dottore può essere un sadico. Il tuo insegnante un pedofilo. Il tuo estetista un assassino. Chiunque può essere qualsiasi cosa.

Guardavo Aiden allacciarsi la cintura e mi chiedevo se ricordasse qualcosa della sua prigionia. Era terrorizzato dalla foresta di Rough Valley, per quello che sapevo, e lo capivo. Ma avrebbe ricordato il suo rapitore se se lo fosse trovato davanti? E come avrebbe reagito?

Mentre uscivo in fretta dal parcheggio, una Renault Clio nera fu costretta a frenare all'improvviso per evitarmi. Armeggiai con il cambio e chiesi scusa con un cenno impacciato mentre il conducente della Clio suonava il clacson. Mi tremavano le dita mentre imboccavo la strada principale.

«Accendiamo la radio?», dissi, troppo allegramente.

Aiden non rispose. Guardava fisso davanti a sé, con la stessa aria disinteressata di prima. Accesi la radio e cercai di smettere di pensare a cosa poteva avere nella testa. Tutte le informazioni erano dentro di lui, ma si rifiutava di farle uscire. Fu allora che mi resi conto che ero arrabbiata con lui. Non potevo farci nulla. Ero arrabbiata con Aiden perché non comunicava con me. Ed ero sospettosa. Sospettosa di tutto.

«Perché non parli?», dissi, picchiando il pugno sul volante. «Perché non vuoi raccontarmelo?».

Passai con il rosso. Se ci fosse stato Jake mi avrebbe costretta a fermarmi e si sarebbe messo alla guida. Non avrebbe sopportato di vedermi in quello stato. Ma non era lì. C'era solo Aiden, che non sembrava turbato neanche un po' dalle condizioni in cui mi trovavo. Non faceva altro che guardare fuori dal finestrino – guardava e pensava e non reagiva a ciò che aveva intorno. Forse Jake aveva ragione. Forse era un vegetale.

No, mi rifiutavo di crederci. Un vegetale non dipinge. Un vegetale non riconosce le mie parole. E una volta aveva annuito, e poi mi era parso di sentirlo cantare – a meno che non fosse tutto frutto della mia immaginazione.

Mentre le strade scivolavano una nell'altra respirai profondamente e tolsi il piede dall'acceleratore. La busta della farmacia era sul grembo di Aiden. Il mio cuore batteva all'impazzata. Quando controllai lo specchietto, il furgone nero era di nuovo lì. Parcheggiai e imprecai. I giornalisti assiepati attorno alla casa erano sempre più numerosi.

Il furgone si fermò un po' più giù. Avevo ragione. Qualcuno mi seguiva mentre me ne andavo in giro per le mie faccende quotidiane, in attesa nell'abitacolo come un malvivente che pedina la sua preda.

La porta di casa si spalancò e Denise uscì di corsa. Andò alla portiera di Aiden e la aprì mentre uno sciame di gente con telecamere e microfoni ci circondava.

«Che succede?», gridai. «Come hai fatto a entrare?»

«Mi ha aperto Jake».

«Dov'è ora?», chiesi.

«Venite. Ci sono novità», sussurrò.

«Devono essere importanti».

Annuì. «Sì».

«Aiden, come ti senti nel mondo reale? Aiden, sei ancora legato al tuo rapitore?», gridò un giornalista.

Voltai le spalle a Denise e Aiden, percorsi il sentiero verso i giornalisti e strinsi i pugni. Ero accaldata, tutto il corpo bruciava malgrado l'aria fresca. «Vaffanculo, lasciateci in pace! Questa è una proprietà privata, non avete il diritto di stare qui, cazzo. Lasciateci in pace. LASCIATECI IN PACE!».

Tremavo mentre Denise mi metteva un braccio attorno alla spalla e mi guidava verso la porta.

23

«Ho messo l'acqua a bollire», disse Denise. «Perché non ti siedi un minuto e provi a calmarti?».

Camminavo avanti e indietro per la cucina, massaggiando il pancione con movimenti circolari. Mancavano meno di due settimane alla data prevista per il parto. Avrei dovuto preparare il nido, non urlare ai giornalisti. Avrei dovuto abbellire la casa, comprare scarpine di lana rosa e appendere un giocattolo sulla culla come se fossi la mammina perfetta di una commedia romantica anni Ottanta.

«Che è successo? Perché i giornalisti sono partiti di nuovo all'assalto come cani rabbiosi?»

«Siediti un momento, Emma». Denise premette l'interruttore per accendere il bollitore.

Ansiosa di ricevere informazioni, mi lasciai cadere su una sedia. Poi aprii le mani e alzai le spalle per indurla a continuare.

«La polizia ha chiesto a Jake di andare al commissariato. Vogliono interrogarlo».

«Che cosa?». Sentivo salire la pressione del sangue. «Perché?».

Parlava lentamente, come fanno gli insegnanti con gli studenti troppo agitati. «Non conosco tutti i dettagli. Penso che vogliano riesaminare la dichiarazione di Jake riguardo al giorno in cui Aiden è scomparso».

«Non può essere stato Jake. Aiden vive con lui da giorni ormai. Non pensi che avrebbe reagito in qualche modo? Non può essere. Lo conosco. È mio marito. E questa è sua figlia. E in ogni caso, come avrebbe fatto a tenerlo segregato per dieci anni?»

«Senti, non sto dicendo che sia stato Jake. Niente affatto. Ma i mariti mentono alle mogli da sempre, e trovano il modo di compiere azioni terribili cui dedicano molto del loro tempo». Versò l'acqua in due tazze. «Ma non sto dicendo che sia il caso di Jake, va bene? Quello che so è che gli è stato chiesto di rispondere a qualche domanda per velocizzare le indagini. Magari non è niente».

«Che bell'aiuto che sei». Il filtro tra il cervello e la bocca aveva cessato di funzionare, troppo stress. «Non puoi nemmeno dirmi perché lo interrogano».

Denise era molto tranquilla mentre metteva il latte nel tè.

«O forse non vuoi dirmelo. È più probabile».

«Il mio lavoro è di aiutarti in questa fase difficile. Questa è la mia priorità, e di conseguenza i miei colleghi potrebbero ritenere necessario celarmi delle informazioni. Sono qui per aiutarti, va bene? So che è dura. Ora, bevi e prova a rilassarti. Devi pensare alla bambina».

«Oh sì, ho dimenticato che sono un'incubatrice che cammina», sbottai mentre prendevo il tè. Poi alzai le spalle e sospirai. «Scusa. Giornata dura. Tutti si aspettano che pensi prima di ogni altra cosa alla piccola, e ne ho abbastanza. Lo faccio, naturalmente, ma sono una persona anch'io».

«Certo che lo fai. Ti chiedo scusa, non intendevo insinuare il contrario».

Sorrisi debolmente. «Probabilmente non hai insinuato nulla. Sono solo sulle spine».

«Non mi sorprende. Sei una donna forte, puoi superare tutto questo. Non permettere che ti dicano il contrario».

«Mi sono messa a strillare a quei giornalisti».

Sorseggiò il tè e rise piano. «Avranno sentito ben di peggio, immagino».

«Oh Dio, povero Jake. Solo al commissariato. Dovrei andare, ma non posso portare Aiden. Non con tutti questi giornalisti là fuori». Mi morsi il labbro e mi chiesi se potevo mandare qualcuno da lui. Avevamo un avvocato, ma forse la sua presenza avrebbe trasmesso il segnale sbagliato. Potevo chiedere a Sonya o Josie, ma Jake non era mai stato legato a Josie come me, e Sonya era la madre di Rob, quindi magari la cosa poteva essere sgradevole. Jake non aveva veri amici maschi. Non si era preso il disturbo neanche di fare un addio al celibato prima del matrimonio. «Puoi chiamarlo e chiedergli per quanto tempo dovrà rimanere lì? Posso parlargli al telefono?».

Prima che Denise potesse rispondere, il mio cellulare cominciò a squillare. Lo tirai fuori dalla borsa e mi accigliai per la delusione. Speravo fosse Jake, invece era Rob.

«Ciao».

«Emma, ho sentito che hanno convocato Jake. Che succede?», disse.

«Vogliono solo fargli alcune domande sul giorno in cui Aiden è stato rapito. Non è nulla, Rob. Voglio dire, hanno interrogato anche te. Hanno interrogato mezza città».

«No, è diverso». Lo sentivo muoversi mentre parlava. C'era un affanno nella sua voce, come se non riuscisse a stare fermo. Immaginavo la sua energia in eccesso sfociare e sciogliersi in tic nervosi. Me lo vedevo camminare su e giù come se ce l'avessi davanti. «La stampa ha dato di matto, pare che sia una cosa importante. Non l'avevano mai fatto prima».

«Si attaccano a tutto, Rob», affermai.

Ci fu una pausa.

«Non credi davvero che Jake abbia preso Aiden, giusto? Che mi abbia ingannato per dieci anni? Come avrebbe potuto farlo, Rob? Come? Come avrebbe potuto tener prigioniero mio figlio per tutto questo tempo, mentre aveva una storia con me e mi sposava e mi metteva incinta? Non pensi che me ne sarei accorta?»

«Em...».
«Non lo pensi?»
«Emma». La sua voce era più calma ora. Quella tonalità profonda catturò la mia attenzione e il mio corpo reagì in modo fisico. Scossi la testa, derubricando il tutto a un rimasuglio delle sensazioni di quando eravamo adolescenti. Avevo sempre amato la voce profonda e vellutata di Rob. «Ti credo. Sei una delle poche persone al mondo cui affiderei la mia vita».
«Perché ho la sensazione che ci sia un "ma"?»
«Non penso che tu riesca a vedere Jake come lo vedono gli altri. A scuola alcune ragazze gli davano del pervertito per come le guardava. Te lo ricordi?»
«Cosa? No! Come...».
«Emma, ascoltami. Lo giuro. Non si tratta di una questione di gelosia. Dio sa se lo odio perché tu lo ami, ma una volta nella vita sto pensando razionalmente. È possibile, sì. So che tu non vuoi accettarlo, ma se non ha un alibi di ferro per quando è scomparso Aiden, è possibile che sia stato lui. Tu sai sempre dov'è? Ventiquattro ore su ventiquattro?»
«No, ma...».
«Allora è possibile».
«Dimentichi una cosa, Rob».
«Cosa?»
«Aiden. Era spaventato quando siamo andati alla Rough, il che significa che ha paura del posto in cui è stato tenuto prigioniero, giusto?»
«Immagino di sì».
«Secondo la stessa logica, dovrebbe essere spaventato anche dalla persona che lo ha rapito».
Rob sospirò.
«Aiden e Jake hanno vissuto qui, insieme, per giorni. Non ha mai mostrato alcuna paura nei suoi confronti. La prima sera hanno apparecchiato insieme. Anzi, mi sembra

che ad Aiden Jake piaccia parecchio. Lo segue ovunque, fa tutto quello che dice».

«Emma, ma non capisci che è strano? Se Aiden è più legato a Jake che a chiunque altro, be', cazzo, già solo questo mi pare molto strano. Guarda, è davvero dura ma sto per dirtelo».

«Cosa?»

«Aiden è stato con questa persona per dieci anni. Non sappiamo che cosa sia successo tra loro. Mi sono informato sulla sindrome di Stoccolma e roba simile. Il carnefice e la vittima hanno una relazione complessa...».

«No. Non è così. No». Scossi la testa. Ero in piedi ora, chiudevo e riaprivo la mano. Denise mi guardava attentamente, così le voltai le spalle.

«C'è la possibilità che Aiden non abbia visto *nessun altro* oltre alla persona che lo ha sequestrato. Come quella ragazza in Germania o chissà dove. C'è la possibilità che la sola persona che Aiden ricordi della sua infanzia sia il mostro che lo ha catturato, e c'è la possibilità che Aiden provi affetto per il suo aggressore».

«Vaffanculo, Rob. Non posso...».

«Penso che dovresti venire da me».

«No. Non è stato lui». Piangevo adesso. Grosse lacrime che mi rigavano le guance.

«Non penso che voi due siate al sicuro lì. Vieni da me. Per favore, Emma».

«Non è stato lui».

«Non puoi saperlo. E se ti sbagliassi?»

«Rob, è mio marito. Lo conosco».

«Queste sono le ultime parole famose, non credi? Lo conosco. Lo amo. Non fare come fanno certe donne».

Feci un profondo, incerto respiro. «E chi mi dice che tu sia meglio di lui? Potresti essere anche tu un mostro, per quel che so. Potrebbero esserlo tutti».

Riattaccai.

«Stai bene, Emma?», chiese Denise.

Mi strofinai gli occhi e annuii. Poi andai alla finestra e aprii appena appena le tende. I giornalisti erano ancora lì, in attesa sul marciapiede. Li odiavo. Mi facevano sentire intrappolata nella mia stessa casa. In un batter d'occhio, chiusi la tenda e tornai indietro. Che potevo fare? Aiden era seduto sul divano in salotto con le mani in grembo, guardava la televisione. Solo quando mi voltai mi accorsi che il televisore era spento. Era rimasto seduto in silenzio a guardare il vuoto.

Benché il riscaldamento fosse controllato dal termostato, sentii un brivido di freddo risalirmi sulla schiena. Pensavo alle parole di Rob, non solo a proposito di Jake, ma anche di Aiden. Fino a quel momento ero stata sicurissima che Aiden fosse terrorizzato dalla persona che lo aveva rapito. Sapevamo che era stato incatenato, e aveva subito una violenza. Ma quello che *non* sapevamo era cosa gli avesse detto il rapitore. Aveva fatto dei giochetti mentali con mio figlio? Aveva trascorso gli ultimi dieci anni a convincere Aiden che *lui* era la sola persona che lo amasse? Cosa aveva fatto al mio ragazzo?

Non sopportavo di restare nella stessa stanza di mio figlio. Non in quel momento. Uscii di corsa dal salotto e salii le scale per andare a sdraiarmi. Ma appena entrai in camera e guardai il letto che dividevo con mio marito le parole di Rob vennero a tormentarmi. L'avevo lasciato entrare nella mia testa, e il seme del dubbio ormai era piantato. Naturalmente avevo letto di mogli che sostenevano di non avere idea che i loro mariti fossero violentatori seriali, o molestatori di bambini, e sì, era capitato che degli uomini imprigionassero ragazze o donne in una cantina che avevano fatto insonorizzare, vivendo due vite separate, una sopra le scale e un'altra sotto. Ma questa era un'altra cosa. *Dieci anni.* Come poteva essere possibile? E non sapevo dove Aiden fosse stato rinchiuso, ma di certo non era vicino a casa di Jake. Mio marito sarebbe dovuto andare in questo ipotetico posto ogni giorno, o almeno un giorno sì e uno no. Ma io e Jake restavamo separati solo quando andava a fare lezione al corso di arte per adulti a York, due volte la settimana. Non avrebbe avuto il tempo materiale.

La bambina scalciò ancora e mi massaggiai il pancione mentre sprofondavo sul letto. La testa mi girava, presa tra pensieri diversi. Le caviglie mi facevano male. Avevo le gambe stanche. Sapevo che se mi fossi distesa sarei caduta immediatamente nel sonno, malgrado lo stress accumulato nel corso della giornata. Ma non lo feci. Presi il telefono e chiamai l'istituto di York. Chiesi di prenotare un posto per il corso di introduzione alla storia dell'arte di martedì e giovedì.

«Certo. Il suo nome, per favore?»

«Amy Perry», mentii.

«Devo dirle che il nostro insegnante ha preso un periodo di pausa e perciò abbiamo un supplente al momento».

«Va bene. Chi è l'insegnante?», chiesi.

«Oh, mi dispiace cara, ho iniziato da poco e non sono in possesso di questa informazione al momento. Stiamo cambiando il sistema informatico ed è tutto un po' frenetico qui. Ma se vuole posso farle mandare un prospetto. Contiene le informazioni sul corso e i recapiti dell'insegnante».

Accettai che mi inviassero il prospetto.

24

Jake si precipitò in casa dopo essere sfuggito ai giornalisti. L'avevo visto entrare nel vialetto attraverso uno spiraglio nella tenda. Sbatté la porta così forte che temetti che il pannello di vetro si rompesse. Aiden si accorse a malapena del frastuono, ma Denise arrivò di corsa dalla cucina. Mi accorsi che si stava trattenendo più a lungo del solito. Era scuro fuori, in teoria avrebbe già dovuto prendere la via di casa.

«Fottuti stronzi», esclamò Jake. «Non basta essere perseguitato dalla polizia, ci si mettono anche *loro*».

Mi mordicchiai un'unghia mentre camminava a gran passi nel salotto.

Aveva i capelli arruffati, la maglietta sbottonata sul collo. La sua pelle era arrossata e gli occhi spalancati.

«Jake», dissi. «Non davanti ad Aiden».

I suoi occhi si restrinsero, ma lanciò un'occhiata ad Aiden prima di annuire.

«Tutto bene?», chiesi, consapevole della tensione che mi incrinava la voce.

«Hai detto qualcosa ai giornalisti?», chiese Denise.

Jake scosse la testa. «Quei bastardi sarebbero stati felicissimi, ma non ho voluto dargli questa soddisfazione. E, sì, sto bene, grazie di avermelo chiesto».

Mi ritrovai ancora a strofinarmi le mani. Cominciai a grattarmi la pelle irritata sulla piega del pollice. Mi infilai le mani nei jeans. «Non sono potuta venire con tutta quella gente fuori. Un furgone nero mi ha seguito tutto il giorno, oggi».

«Non c'è problema», disse Jake. «Lo so». Mi strinse in un abbraccio e sussurrò: «Sono così contento che tu sia qui. Non sai quanto avrei avuto bisogno di te. Tutto il giorno». Poi mi prese la mano, mi portò al divano e mi fece sedere al suo fianco. «Emma, è stato orribile. Continuavano a ripercorrere le mie dichiarazioni, facendole a pezzi. Sono passati dieci anni, come possono pretendere che ricordi quel giorno? Tutto era così confuso con l'alluvione in corso. Non capisco perché continuino a chiedermi queste cose».

«Va bene», dissi. Lo tirai più vicino a me, ma l'adrenalina non aveva smesso di scorrere nelle mie vene. C'era una parte di me che avrebbe voluto respingerlo, invece di stringerlo. La mia pelle formicolava nei punti in cui mi toccava. «È tutto finito adesso. Non ti hanno accusato di nulla, quindi si vede che hai chiarito tutte le questioni in sospeso».

«Non hanno nulla perché non ho fatto nulla». Jake lanciò un'occhiataccia a Denise. «Forse puoi dirlo ai tuoi amici alla polizia».

Denise spostava il peso del corpo da un piede all'altro, a disagio. «Penso sia ora di tornare a casa. Sono lieta che tutto sia stato sistemato, signor Hewitt».

Notai che non lo chiamava mai Jake. Forse perché aveva l'aria da insegnante anche fuori dalla classe. O forse perché Denise non si sentiva completamente a proprio agio con lui. O magari era un segno dell'atteggiamento paternalistico con cui aveva cercato di fare amicizia con me. Con quel suo "Emma" di qua e "Emma" di là e "preparo il tè". D'altra parte, Marcus di tanto in tanto attaccava bottone, parlando di calcio o auto – probabilmente nella speranza di catturare l'attenzione di Jake e portarlo dalla propria parte. A volte era una cosa disgustosa.

La porta si chiuse alle sue spalle e sentii alcuni giornalisti che la chiamavano mentre andava verso la macchina.

«Si stancheranno presto», dissi. «Smetteranno di aspettare fin dopo il tramonto».

Jake mi tirò più vicino a sé. «Sono così contento che tu sia qui».

Cercai di impedire al mio corpo di irrigidirsi, ma riuscivo solo a pensare ad Aiden, seduto dall'altra parte della stanza. Provai a liberarmi dall'abbraccio di Jake. «Ehi, Aiden è qui, lo sai».

Jake gli lanciò un'occhiata a dir poco inespressiva. «Oh, certo».

«Forse potremmo accendere la TV per un po'».

«Cosa? Altri film della Disney? A chi tocca? *Aladdin*? *La bella addormentata*? Quel ragazzo ha sedici anni. Basta con queste sciocchezze».

«Che è successo al commissariato?», chiesi. «Io non sarei così agitata se mi avessero semplicemente chiesto di chiarire qualche inezia».

Gli uscì uno sputo dalla bocca quando rispose. «Secondo te com'è andata? Sapevo dove volevano andare a parare. Insinuavano che fossi stato io. Pensano che possa aver rapito un sedicenne. È rivoltante».

«Che domande ti hanno fatto?»

«Che domande *non* mi hanno fatto, semmai». Sospirò. «Una cosa impossibile. Volevano sapere dove sono stato ogni secondo dell'intera giornata. Naturalmente era impossibile rispondere. È stato dieci anni fa e tutti correvano in giro come pazzi cercando di trovare una classe asciutta in quella fogna rotta di scuola. Pensavo di essere stato con Simon, quello che si occupa di informatica, per la maggior parte del giorno ma a quanto pare lui ha negato. Ricordo chiaramente che siamo andati nell'E6 a controllare il tetto. È ridicolo. Come se avessi avuto il *tempo* di fare una cosa del genere. Dieci anni!».

«È quello che ho detto anch'io».

Mi attirò a sé e mi baciò sulla bocca. «La mia Emma. La

mia bella moglie. Pensa che nostra figlia arriverà presto a conoscerci».

Lo respinsi. «Jake, c'è Aiden».

«Aiden, caro», disse, esibendosi nella parodia di un insegnante. «Forse è ora che tu vada a letto. Devo discutere di una cosetta con tua madre».

«A dirla tutta, si è fatto un po' tardi», dissi. «Forse dovremmo andare tutti a letto».

«Ha mangiato?»

«Denise gli ha preparato un panino».

Aiden uscì dalla stanza, chiudendo la porta. Il mio cuore si fermò vedendolo camminare a fatica, con il suo passo rigido e pesante. Migliorava ogni giorno un po', ma mi chiedevo se avrebbe mai camminato o corso come gli altri ragazzi e ragazze della sua età.

«Dove eravamo, signora Price-Hewitt? Forse un giorno potremmo gettar via il Price». Mi diede dei piccoli baci sul collo.

«Jake, andiamo. È stato un giorno orribile. Non possiamo solo starcene qui e rilassarci un po'?».

Si tirò indietro e incrociò le gambe con un unico movimento fluido. Capivo che era seccato.

«È solo... sono così stressata. E... guarda, mangiamo dei panini, guardiamo un'ora di TV e poi vediamo come va, d'accordo? Devo solo rilassarmi». Ricominciai a strofinarmi le mani. «Qualcuno mi ha graffiato la macchina. Ero dalla dottoressa e questa donna mi parlava...».

«Chi ti ha graffiato la macchina? E perché sei andata dalla dottoressa?»

«Quando ho portato Aiden a fare terapia ieri, la dottoressa Foster mi ha suggerito di andare a un controllo. Quindi sono andata all'ambulatorio, e questa donna ha cominciato a parlarmi di Aiden... non so... penso di averla aggredita. Uscendo, deve avermi graffiato la macchina. E poi c'è stato quel furgone che mi ha seguito. Giornalisti, forse. Ho perso il controllo quando me li sono visti davanti casa». Ormai mi stavo sostanzialmente scorticando le mani. Jake si piegò in avanti e me le strinse.

«E la dottoressa? Che ti ha detto? Stai bene? La bambina? Tutto a posto?»

«Sto bene. Solo un po' di pressione alta, per cui devo prendere delle pillole».

Mi baciò le mani e poi le lasciò. «Devi riposare. Perché non chiedi a Rob di prendere Aiden per qualche giorno? Può anche assumersi qualche responsabilità per una volta, o no?».

Quell'accenno a Rob mi fece ripensare alle cose che mi aveva detto al telefono. Non potevo sopportare l'idea che Aiden avesse avuto un legame con il suo rapitore. Ma se fosse stato vero? Se in qualche modo fosse stato ancora in contatto con lui? Aiden sapeva usare un telefono? Poteva parlare quando non ero nei paraggi? Mi strofinai gli occhi e mi misi le mani tra i capelli. Jake mi prese le braccia, tirandomi verso di sé.

Quando mi baciò, non lo rifiutai, ma il corpo reagì autonomamente. La mia testa era altrove. Stavo riflettendo su tutto quello che sapevo fino a quel momento. Sapevo che Jake era stato convocato per un interrogatorio. Sapevo che la scuola di York non poteva confermare che lavorasse lì, ma le loro dichiarazioni erano in linea con la storia personale di Jake. Non era più andato laggiù da quando Aiden era stato ritrovato. Era passato part-time al nostro istituto, ma niente di più. E non riuscivo a smettere di pensare a come andavano le cose con Jake prima di tutta quella storia. Anzi, prima che scoprissi di essere incinta.

Eravamo sposati da un anno. Benché avessimo discusso dell'idea di avere figli, Jake aveva sempre detto che non c'era fretta. Voleva assicurarsi che fossi pronta dopo quello che era accaduto ad Aiden. All'epoca pensavo che fosse una cosa dolce, ed ero d'accordo. Non ero nemmeno sicura di volere un altro bambino. Sembrava troppo un rimpiazzo di Aiden.

Ma dopo la luna di miele molte cose erano cambiate. Dopo aver sistemato le foto del matrimonio in un album, ci eravamo persi nella routine della vita quotidiana, e qualcosa si era modificato tra noi. Jake era molto esigente sulla casa e sull'arredamento, quando provavo a comprare un nuovo soprammobile o a spostare i mobili per far spazio alle mie cose non era affatto contento. Capivo che stava cercando di mandar giù quei cambiamenti. Ma un giorno avevo visto il lungo sguardo seccato che aveva rivolto al vecchio tavolo di pino che avevo portato da casa dei miei. Aveva fatto un sacco di commenti sgarbati sulle macchie di colore e sui cerchi di caffè sul ripiano, e più di una volta aveva suggerito per scherzo di metterlo in garage.

Poi un giorno ero tornata a casa e al posto dell'amato tavolo della mia infanzia c'era una nuovissima mostruosità ricoperta di vetro.

«Ecco qua!», aveva annunciato, in piedi vicino al tavolo con le braccia aperte.

Ricordo che era sabato e avevo trascorso la mattinata con Josie a York. Per la precisione, era stata un'idea di Jake. Chiaramente, mi voleva fuori di casa per poter sostituire il tavolo. Ero rimasta lì, con le labbra serrate e tese, affondando l'unghia nel palmo.

«Dov'è il mio tavolo?», avevo chiesto.

«Ne ho comprato uno nuovo. È...».

«Dov'è il *mio* tavolo».

Era probabilmente il peggior scontro che avessimo mai avuto. Jake non aveva buttato via il tavolo, come avevo temuto. Invece, aveva creato nel garage un laboratorio d'arte con il tavolo, i miei colori, il mio cavalletto e un mucchio dei miei dipinti. Quando mi ero calmata, mi ero detta che era carino avere uno spazio tutto mio, benché relegato nel garage. D'estate, il garage è il posto migliore per dipingere. Il sole filtra dentro dalle persiane.

Ma dopo quell'incidente la luna di miele era evidentemente finita. Jake aveva sempre avuto un vorace appetito sessuale, ma le nostre attività notturne si erano trasformate in un disperato tentativo di convincere noi stessi che c'era amore nel cuore del nostro rapporto, malgrado i continui bisticci su chi dovesse lavare i piatti o portar via la spazzatura.

Ero rimasta incinta di Panciona qualche mese dopo, malgrado prendessi regolarmente la pillola. E dopo averlo scoperto – dicevamo che era stato il destino, un felice incidente – Jake non mi aveva praticamente più toccata. C'era qualcosa che spegneva il suo desiderio. Perfino quando gli ormoni della gravidanza mi avevano resa furiosa per la frustrazione sessuale, lui aveva continuato a ignorarmi. Era perfino andato a dormire in un'altra camera, cinque o sei volte, dicendo che «avevo chiaramente bisogno di spazio», cosa che io traducevo così: «Soddisfati da sola stanotte, cara, non sono dell'umore».

A Jake non piacevo incinta. Certo, non posso dire che non mi abbia aiutato. Mi massaggiava i piedi e mi preparava tazze di tè. Mi chiedeva della bambina e controllava che stessi bene. Ma non toccava mai il mio pancione. Mai. Non aveva mai sentito la bambina scalciare. Era contento di sapere che scalciava, ma non riusciva a toccare il pancione. Diceva che gli dava la nausea ma non entrava in dettagli quando lo incalzavo. Naturalmente lo trovavo un po' strano, ma a un certo punto avevo avuto paura per la gravidanza e lui mi aveva aiutato così tanto riguardo a tutto il resto. Era venuto a tutte le ecografie. Mi teneva la mano. Aveva ascoltato tutto il piano del parto, voleva che fosse il più sicuro e comodo possibile. Era fin troppo protettivo, mi sgridava se portavo dei pesi e se mi muovevo troppo. Andavo a correre tre volte la settimana, ma non appena la pancia aveva cominciato a ingrossarsi, mi aveva detto che non riusciva a sopportare l'idea che potessi inciampare e cadere di pancia. Alla fine avevo rinunciato alla corsa e avevo scelto lo yoga.

Jake era, è, ed è sempre stato un uomo complicato. La sera che tornò dal commissariato, desiderandomi più che mai... be', mi fece capire che ero una donna complicata a mia volta, perché anch'io volevo lui.

25

Il giorno seguente – mercoledì – scoprii che se una donna si permette di alzare la voce deve essere pronta a pagarne il prezzo. Ero un fenomeno su YouTube. Il video di me che gridavo ai giornalisti era diventato virale, e i commenti erano tossici.

Le donne non possono gridare. Scatena qualcosa in un uomo. Lo colpisce dritto nei testicoli e glieli fa raggrinzire. Ho visto Jake trasalire quando la mia voce saliva un po' di tono. Ho visto come reagisce la gente su Internet a degli spettacoli televisivi piuttosto popolari in cui l'uomo è un antieroe omicida e ha una moglie che, se capita, osa gridargli contro. Indovinate un po' chi dei due odiano.

Il tempo della pietà che la società mi concedeva per la mia tragedia era finito. I media si erano tolti i guanti.

I titoli prendevano a cazzotti la mia salute mentale. *La madre dell'ex morto strilla come una strega, La madre di Aiden perde la bussola, Ha perso anche il sonno, È questo il volto di una buona madre?* Misero in circolazione ogni singola brutta foto che riuscirono a trovare sui social e la piazzarono in mezzo ai loro sciatti e approssimativi articoli online. Quasi tutti gli scatti mi ritraevano con un drink alcolico in mano. Trovarono persino un'immagine di me ubriaca, sullo sfondo della foto di qualcun altro. I miei occhi assonnati non guardavano nemmeno la macchina fotografica. Era stata scattata non molto dopo la morte dei miei genitori e stavo male, ma naturalmente non importava a nessuno.

Era chiaro che i giornalisti pensavano che Jake fosse il rapitore e avevano trovato un nuovo punto di vista: io ero complice. Chissà perché trovavano una logica nella loro ricostruzione, secondo la quale avrei chiesto al mio "amante" di rapire mio figlio e tenerlo prigioniero per dieci anni, per poi ripensarci e riprendermelo.

Il telefono di casa non smetteva di squillare quel mattino, alla fine lo staccai. Risposi a una sola chiamata sul cellulare, quella di Josie.

«Mi dispiace», disse. Era la terza volta che lo ripeteva. «Non hai fatto nulla di sbagliato, lo sai. Si meritano i tuoi strilli. Perché non dovresti metterti a urlare?»

«Va bene. Non mi preoccupo più di quello che pensano. Possono fare e dire ciò che vogliono, nulla mi farà cambiare idea».

«Cerca di essere prudente, d'accordo? Vuoi che vada a prenderti del cibo? Resta a casa, così ti lasceranno in pace».

«Sto bene, Jo. Davvero. Abbiamo tonnellate di cibo. Ci siamo rintanati con Denise e Marcus».

«Chi sono?».

Alzai gli occhi al cielo. «Gli agenti incaricati di gestire i rapporti con la famiglia».

Josie mi conosceva così bene che di sicuro aveva capito il significato del mio tono di voce. «Aha. Fastidiosi ficcanaso, vero?».

Mi guardai alle spalle. «Sono abbastanza sicura che se ne stanno qui solo per scoprire se so qualcosa. Penso che Denise sospetti di Jake».

Ci fu una pausa.

«Puoi chiedermelo, se vuoi».

«Va bene. Ma te lo chiedo solo perché sono preoccupata per te».

«Non sospetto di lui. Davvero. Non penso veramente che possa aver avuto il tempo materiale per farlo. So che ci sono molte donne che in situazioni simili hanno continuato a ripetere: “Ma io lo conoscevo bene”, e mi sento anch’io così, ma in pratica, non avrebbe proprio avuto modo di farlo».

Sospirò. «Capito. E credo che tu abbia ragione. Jake non può essere… così. Ne sono sicura».

«Notizie da Hugh?».

Josie fece una pausa. Poi la sentii singhiozzare.

«Jo? Jo, che succede?».

La sua voce uscì soffocata. Piangeva. Singhiozzava, anzi. «Non volevo dirtelo, visto tutto quello che stai passando, ma penso che Hugh mi abbia lasciato».

«Cosa? Oh mio Dio, Jo! Quando è successo?»

«Ho provato a contattarlo per dirgli di Aiden, ma non ci sono riuscita. In teoria doveva trattenersi a Londra almeno quattro settimane per lavorare con il fratello, come fa sempre. Di solito tornava per stare con me una volta a settimana ma la cosa si è spenta con il tempo. Ora non mi chiama nemmeno più, mettersi in contatto con lui è diventato un incubo. Così ho chiamato suo fratello e Steven mi ha detto che Hugh non si faceva vedere in ufficio da una settimana».

«Che cosa?»

«Hugh ha detto a Steven che stava tornando a casa per alcuni giorni, così Steven ha pensato che fosse con me».

«Cosa pensi sia accaduto, Jo?»

«Ha una relazione, lo so. Lo so da molto tempo. Un mio amico l’ha visto a Londra con una donna. Pare che sia bionda, la stronza. Comunque, ho controllato il nostro conto in banca e c’è rimasto ben poco. Penso siano sparite diecimila sterline».

«Cazzo».

«Lo so», disse. La sentii tirare su con il naso e respirare profondamente. «Ho abbastanza denaro nel mio conto. Sono stata brava, Emma, non preoccuparti. Non finirò mai per strada. Posso permettermi di pagare il mutuo, anche se probabilmente venderò la casa. Non l’ho mai amata».

Sapevo che era una bugia, ma non glielo feci notare.

«Vorrei poterti venire a trovare. Ci sono così tanti giornalisti fuori».

«Non dire sciocchezze, Em. Va bene. Rimani con Aiden. Hai già fin troppi guai, ci manca solo che tu venga trascinata in questa storia di merda tra me e Hugh. Ascolta, non vale nemmeno la pena discutere di quell'uomo. Spero che non torni più. Probabilmente lo farà, però. Steven lo ucciderà se manderà a puttane l'attività di famiglia, solo per squagliarsela con una bionda provocante».

«Jo. Cristo. Non so che dire».

«Non c'è nulla da dire».

«Lo so. Mi faresti un gran favore?»

«Certo, Em, qualsiasi cosa».

«Non importa se ti senti di merda, alzati, fatti una doccia e va' a lavorare. Non lasciare che quello stronzo ti butti giù. Dio, ero così disperata quando i miei genitori sono morti. Non fare la mia stessa fine».

«Emma, a proposito, mi dispiace. Se avessi saputo che per te era così…».

«Ehi, non è stata colpa tua».

«Stavo lavorando troppo. Ero presa dai miei impegni e ho dimenticato gli amici».

«Ecco, lo stai facendo di nuovo», dissi sorridendo. «Ti rimproveri. Fai sempre così. Smetti di incolparti per le cazzate degli altri».

Rise. «Hai ragione. Lui è uno stronzo. Io sono fantastica».

«Così va meglio».

Non fu come la prima volta che ci eravamo rintanati in casa a giocare ai videogiochi e a guardare DVD. Ora c'era un'atmosfera sgradevole. Denise girava di qua e di là preparando il tè e i panini. Era molto più presente rispetto all'inizio delle indagini. Marcus andava e veniva, correva continuamente al commissariato per delle riunioni. Quando era in casa, parlava a quattr'occhi con Denise. Jake si prese un giorno di permesso, ma poi tornò a scuola martedì mattina. A casa, sembrava un orso con una spina nella zampa. Non faceva che aprire e chiudere i cassetti. Spesso lo vedevo fissare Aiden. Più di una volta suggerì che forse era meglio che Aiden andasse al B&B dei genitori di Rob per una settimana, ma quando l'avvocato di Jake lo venne a sapere, ci consigliò di lasciar perdere. Se lo avessimo fatto, diceva, avremmo destato sospetti.

Ma Rob venne a farci visita, il che fu sinceramente di grande aiuto. Si mise a disegnare con Aiden, senza nemmeno indietreggiare di fronte alle stridenti spirali nere che mio figlio amava scarabocchiare. Portò dei DVD che avevamo visto da adolescenti. Nulla di violento o spaventoso. Cose come *Breakfast Club* o *Mamma, ho perso l'aereo*. Ci portava la pizza e ci raccontava stupide barzellette. *Perché le banane devono mettersi le ginocchiere per andare in bicicletta? Perché potrebbero sbucciarsi!*

«Ti vedo meglio», disse. Era martedì pomeriggio, il mio video era diventato virale solo da pochi giorni. «Sei più colorita. Credo però che tu abbia bisogno di uscire di casa».

«Domani porto Aiden a un'altra seduta di terapia».

«Bene», disse con un cenno d'assenso. «Sta' attenta, d'accordo? Hai pensato a quello che ti ho detto? Su Jake?».

Annuii. «Non è stato lui, Rob. Lo so».

Mi prese le mani e sorrise. «A posto. Non ne parlo più. Ma se ti serve qualcosa, e intendo *qualsiasi cosa*, chiamami. Parlo di una cazzata tipo "merendine nel mezzo della notte". Ricordi quando eri incinta di Aiden e mi hai mandato a prendere un barattolo di Nutella alle tre del mattino?»

«Oh sì, ricordo», dissi. «Non l'ho spalmata nemmeno sul pane, l'ho mandata giù a cucchiaiate».

«Con il cucchiaio è tutta un'altra cosa, vuoi mettere?».

Non ridevo da così tanto tempo. Avevo a malapena tirato fuori un sorriso negli ultimi giorni. Eravamo in cucina e guardavamo Aiden seduto sul divano, dall'altra parte del corridoio. La televisione era accesa ma avevo la sensazione che non la stesse guardando, e questo mi faceva venire la pelle d'oca.

«Pensi che parlerà mai?», chiese Rob.

«Lo farà quando vorrà raccontarci la sua storia», dissi. Rispondevo sempre così quando me lo chiedevano. «Ma voglio sentire la sua voce. Voglio sapere com'è. Non sarà quella del bambino scomparso tanti anni fa. Lo so. Avrà una voce più profonda, da uomo, suppongo. Finora è stato più un guscio che una persona».

«Aiden è lì da qualche parte. Ne sono sicuro». Rob posò la tazza e mi mise un braccio attorno alla vita. Era naturale. Il padre di mio figlio mi confortava, ed era giusto così. «Ci vorrà solo del tempo».

«Sono stanca di aspettare». Scossi la testa. «Il tempo è ciò di cui sono stata privata. Tempo con mio figlio. Comprargli gli scarpini da calcio nuovi quando quelli vecchi non gli stanno più. Discutere con lui perché non mette in ordine la stanza. Guardarlo flirtare goffamente con le ragazze».

Rob rise, una risata nasale. «Be', puoi ancora vederlo flirtare con le ragazze».

«Dici? Rob, tornerà mai normale? So che sono i primi giorni, ma te lo immagini davvero a scuola o all'università? Al momento mi sembra impossibile vederlo interagire con un'altra persona». Anche se tirare fuori quelle parole mi faceva sentir bene, il sapore che mi lasciavano in bocca era amaro, perché nel profondo sapevo che erano vere. Aiden aveva subito dei danni permanenti. Non sarebbe mai stato come gli altri ragazzi.

Sentii il braccio di Rob stringersi attorno alla mia vita. Si piegò verso di me e posò la testa contro la mia. «Troveremo un modo, Em».

Mentre stavamo lì sulla porta della cucina di Jake, abbracciati, credevo sinceramente che saremmo stati io e Rob a trovare la strada giusta per Aiden. Eravamo i suoi genitori e sapevamo che cos'era meglio per lui. In quel momento non pensavo proprio a Jake, anche se in seguito mi sarei guardata indietro e mi sarei vergognata di non averlo fatto.

L'incanto si ruppe quando la porta si aprì e Denise entrò. «Fa fresco lì fuori. L'autunno sta davvero arrivando ora. Che fa Aiden?».

Ci allontanammo appena vedemmo Denise. La stessa reazione che avevamo avuto innumerevoli volte da adolescenti innamorati – appena la mamma entrava nella mia stanza per stendere la biancheria. Bene, eravamo di nuovo sciocchi adolescenti.

«Sta bene», replicai. «Notizie da Stevenson?». Lasciai pigramente che la mia mano scivolasse sulla pancia.

«Faresti meglio a chiamarlo», disse Denise.

26

«Prova di nuovo», insistette Rob.

«Ho chiamato tre volte», replicai.

«Deve partecipare a riunioni importanti», intervenne Denise.

«Perché non ce lo dici tu e basta?», domandai.

Denise scosse la testa. «È meglio che te ne parli lui. Riprova tra poco. Devo...».

«Accendere il bollitore?», le feci il verso. «No, ho bevuto anche troppo tè del cazzo, grazie».

Rob sorrise. Mi sfregai le mani cercando di non pensare alla mia pressione. Presi il cellulare dal tavolo della cucina e cercai fra le chiamate recenti il numero di Stevenson.

Quando rispose, lasciai quasi cadere il telefono per la sorpresa. Era il quinto tentativo e ormai mi ero convinta che non avrebbe risposto.

«Emma, non è il momento».

«Denise dice che ci sono novità», feci. «Che è successo?»

«Abbiamo eseguito un arresto che potrebbe essere rilevante per l'indagine. Ora, Emma, è un'informazione riservata, ed è importante che lei non gli dia troppo peso in questa fase. Ripeto, non sappiamo se è rilevante, va bene?»

«La pianti di trattarmi come una bambina. Mi dica», sbottai.

«Ha ragione, devo chiederle scusa. Abbiamo tratto in arresto James Graham-Lennox per possesso di materiale pedopornografico».

«*Che cosa?*»

«Un consulente informatico ha trovato le immagini sul suo PC e ha informato la polizia».

«Il duca di Hardwick?»

«Sì».

«Merda». Un pensiero disgustoso si affacciò alla mia mente. «Aiden…».

«Non abbiamo trovato immagini di Aiden sul suo PC».

Feci un lungo, profondo sospiro.

«È un'informazione a dir poco delicata. Non lo dica a nessuno al di fuori della famiglia. È chiaro? Dobbiamo procedere con cautela».

«Naturalmente. Merda. Avrebbe avuto il denaro per farlo. E anche l'opportunità. Oh Dio».

«Emma, ho bisogno che lei mantenga la lucidità. Non ci sono prove di un legame tra il duca e Aiden. Non ancora, comunque».

Quando riagganciai, capii dall'espressione di Rob che dovevo essere pallida come un fantasma.

«Che c'è?», chiese. «Hanno arrestato qualcuno?».

Sentivo Denise che ci stava addosso. Volevo parlare con Rob ma non sopportavo che stesse sempre lì ad ascoltare le mie conversazioni. Non mi fidavo di lei. Faceva parte della polizia, non della famiglia. La sua lealtà andava al corpo di cui era membro, e questo era un ostacolo che non potevo superare.

«Denise, potresti badare tu ad Aiden?», chiesi.

«Va tutto bene?», replicò con un sorriso.

«Certo».

Esitò un momento. Ma poi uscì dalla cucina e attraversò il salotto.

«Hanno fatto un arresto. Hanno trovato materiale pedopornografico su un PC. Ma non c'erano immagini di Aiden».

Rob strinse il tavolo così forte che vidi le sue nocche sbiancare. «Ed era quel duca, vero? Quello che vive in quella grande casa e si dà delle arie da signore? Era lui, Emma?»

«Sì», confermai.

I suoi occhi si dilatarono, spalancò la mascella. Sapevo che nella sua mente vorticavano gli stessi pensieri che avevano infestato la mia quando Stevenson me lo aveva detto. Barcollò allontanandosi dal tavolo e si passò le mani tra i capelli.

«Cazzo».

«Non c'è ancora nessun legame con Aiden».

«È un pedofilo che vive in zona. Di che altro hanno bisogno?»

«Hanno bisogno di molto di più, Rob. Devono trovare dove è stato tenuto prigioniero. Hanno bisogno di una prova».

«È lui», disse Rob. «Lo so. È lui».

«Emma!».

Il grido di Denise fu una scossa elettrica che mi percorse tutta la spina dorsale. Strinsi forte la pancia mentre correvo in corridoio. Aiden era in un angolo, Denise dall'altra parte della stanza. Mio figlio aveva un paio di forbici in mano e le teneva sollevate, un gesto che poteva essere percepito come minaccioso. Dietro di lui, le tende erano tagliate a pezzi.

«Mi dispiace, volevo mettergli un DVD alla televisione. Non ho visto cosa stava facendo e quando me ne sono accorta ho cercato di farlo smettere», disse Denise. «Ma lui ha continuato, ignorandomi».

«Aiden, tesoro, metti giù le forbici». Solo allora mi resi conto di quanto fosse cresciuto da quando viveva con noi. Era ancora più basso rispetto alla media degli altri sedicenni, ma si era irrobustito. La sporgenza del petto non era più così prominente. Le sue spalle erano più larghe. Aveva un aspetto molto più minaccioso di una settimana prima.

«Amico, va tutto bene. Non sei nei guai. Solo, metti giù le forbici, va bene amico?». Rob cercava di persuaderlo.

Ma Aiden ci ignorava. Si voltò e riprese a tagliare le tende a casaccio, lasciando che il mondo guardasse dentro la nostra casa.

I media vanno pazzi per le storie. E di sicuro adesso non sapevano nemmeno a cosa dare la precedenza. C'erano l'arresto del duca di Hardwick e l'ordinanza di perquisire la tenuta Wetherington. C'erano immagini di Aiden che faceva le tende a pezzi con me e Rob alle sue spalle come idioti, chiaramente spaventati. C'erano le mie urla alla stampa – il video di YouTube andava ancora alla grande su Facebook. E in mezzo a tutto quel gran casino tossico, riuscii a portare Aiden alla seduta di terapia. Marcus ci aveva fatto assegnare una vettura di scorta dalla polizia.

«Cosa pensa abbia portato a questo nuovo sviluppo?», chiese la dottoressa Foster. «Aiden non aveva mostrato alcun altro segno di comportamenti distruttivi. Che cosa è cambiato?»

«Forse mi ha sentito parlare con Rob dell'arresto. Potrebbe aver scatenato qualcosa. O forse sono i giornalisti fuori. Ho provato a chiederglielo ma…». Alzai le spalle.

Quel giorno, Aiden colorava di rosso e nero su uno sfondo grigio. Poi disegnò quelle che sembravano solide barre d'acciaio davanti a uno sfondo scuro.

«Questa potrebbe essere la sua gabbia», dissi, mostrandola alla dottoressa.

«È un peccato che non ci siano più dettagli per la polizia».

Ero d'accordo. Le immagini di Aiden non avevano mai molti dettagli. Quando gli chiedevamo di disegnare qualcosa in più, si chiudeva in sé e metteva da parte i pennarelli.

«E la notte?», chiese la dottoressa. «C'è stato qualche cambiamento?»

«Lo stesso. Vado a controllare alle nove e sembra addormentato. Quando entro nella sua camera alle sette o alle otto, di solito è sveglio ma ancora a letto. Poi si fa una doccia, anche se non chiude mai la porta del bagno. Dopo la doccia facciamo colazione. Poi lui spesso si siede a guardare la TV. Non cambia mai canale. Rimane impassibile di fronte a tutto. Ho smesso di cercare di riempire le sue giornate con i programmi per ragazzi. Se ne sta lì e guarda quello che c'è».

«La routine delle sue giornate è interessante. Quando un recluso viene rilasciato spesso continua a seguire gli stessi ritmi che gli erano stati imposti in prigione. Questo significa che dovunque Aiden abbia vissuto, aveva una routine. Si svegliava a una certa ora, mangiava a una certa ora, andava a letto a una certa ora».

«Dunque il rapitore faceva rispettare queste abitudini?».

La dottoressa Foster alzò le spalle. «Forse era Aiden a riempire i suoi giorni nel modo che gli pareva migliore per non impazzire. O forse il rapitore imponeva la routine come forma di disciplina».

«Rob ha detto che Aiden potrebbe soffrire della sindrome di Stoccolma, cioè che forse ha un legame di tipo empatico con il suo rapitore. Forse… forse sta collaborando *con* il rapitore e contro di noi. È possibile?».

La dottoressa Foster fece una pausa, c'era una lieve traccia di incertezza nel suo atteggiamento. Si schiarì la gola piano e aprì la mano chiusa a pugno. Ebbi l'impressione che stesse prendendo tempo. Non voleva rispondere. Quando lo fece, sollevò un giocattolo imbottito dal tavolo e gli affondò il pollice nell'occhio. «Credo sia possibile. Non è un pensiero piacevole, lo ammetto. Ma il fatto è che Aiden ha trascorso dieci anni in compagnia di questa persona e non sappiamo cosa sia successo tra loro. Sappiamo che ci sono stati abuso e incuria, ma molti bambini, mi spiace dirlo, subiscono le stesse cose dai loro genitori. E crescono sviluppando una complicata relazione con loro».

Guardai Aiden, ora impegnato in un'altra opera d'arte. Lavorava a testa bassa, quindi vedevo le vertigini dei capelli. «Questo significa che non posso fidarmi di lui?»

«Onestamente, non so cosa significhi. Il caso di Aiden è unico». Si piegò in avanti. «Se non si sente al sicuro, non è colpa sua. Nel caso, le consiglio di chiamare immediatamente me o Stevenson».

Le sue parole riecheggiarono nel guscio vuoto della mia mente. *Se non si sente al sicuro.* Ma che succede se non ti puoi fidare nemmeno di tuo figlio? Ero stanca quel giorno. Lo sforzo di crescere un essere umano nell'utero, unito allo stress e alla tensione per il caso di Aiden, era terribile. Adesso volevo soltanto raggomitolarmi nel letto e tirarmi il piumino sulla testa. Tiravo avanti grazie all'adrenalina e alla forza di volontà. Invece di preparare il nido per l'arrivo della mia secondogenita, portavo mio figlio a una sessione di terapia per minorenni traumatizzati, e rimuginavo sul fatto che un pedofilo che forse l'aveva rapito era adesso nelle mani della polizia. Sentivo costantemente una sensazione di disgusto in fondo allo stomaco. Mi sentivo sempre nauseata dal mondo intero. Odiavo tutto, e c'era una parte di me che non voleva nemmeno portare alla luce la bambina. Come potevo raccontare a mia figlia quello che era successo al fratello?

Poi, portai Aiden dal dentista. Finalmente trovai qualcuno disposto a fargli un controllo senza bisogno di documenti di identità. Trovavo inconcepibile che la parola "fortuna" potesse essere riferita a mio figlio, eppure era stato fortunato con i denti: non erano venuti su troppo storti e non erano danneggiati in maniera grave.

Ma aveva bisogno di otturazioni.

Ci vollero tre persone per tenerlo fermo mentre il dentista gli iniettava l'anestetico.

Dopo stavo tremando, e Aiden, seppur tranquillo come

sempre, si allontanò bruscamente dal dentista con le braccia rigide lungo i fianchi.

Si sedette in macchina e si allacciò la cintura. Non c'era nulla di concreto, eppure ero certa che fosse arrabbiato.

«Mi dispiace davvero, tesoro», dissi per la cinquantesima volta da quando eravamo entrati nello studio del dentista. «L'ho fatto per il tuo bene».

Ma Aiden non mi guardava nemmeno. Girò la testa dall'altra parte e guardò fuori dal finestrino mentre Bishoptown sfrecciava via sfocata.

«Mi dispiace», dissi di nuovo, e mi pareva proprio di parlare con un sordo. «Non voglio aver paura di te. Se solo parlassi. Ho bisogno di sentire i tuoi pensieri». Avevo preso quest'abitudine quando eravamo soli. Il filtro tra il cervello e la mente si spegneva e parlavo senza sosta. «Era il duca? Era lui? Se ti mostrassi una foto reagiresti? Naturalmente no. Forse siete ancora in contatto. Prendi di nascosto il telefono di casa e componi il suo numero? Devo chiedere i tabulati del telefono per essere sicura che non stai complottando contro di me? Perché hai tagliato le tende? Ora tutti possono guardare in casa. Perché lo hai fatto?». Picchiai sul volante. «Perché lo hai fatto?».

Una macchina mi sbucò davanti, e sterzai bruscamente sulla corsia di destra. Praticamente mi tuffai contro le macchine che correvano in direzione opposta. Dopo essere tornata sulla corsia di sinistra respirai profondamente e mi asciugai il sudore dalla fronte.

«Mi dispiace che ti abbiamo dovuto tenere fermo dal dentista. Deve essere stato spaventoso per te. Ma Aiden, non puoi portarmi rancore per cose come questa. Prometti?». Sospirai. «Devo prendere decisioni orribili per te a volte. Ma sai che ti voglio bene e ti terrò sempre al sicuro. Qualunque cosa succeda. Darei la mia vita pur di tenerti al sicuro, davvero».

27

È difficile ricordare com'era la mia vita quando ero una *normale* adolescente. Quando avevo sedici anni, avevo un futuro. Avevo delle *possibilità*, e non c'è niente di più bello che avere delle possibilità nella vita. I miei genitori non erano ricchi, ma erano agiati, il che significava che sarei potuta andare in qualsiasi università. I miei voti erano tutti alti. Ma invece che al futuro, io pensavo solo al *momento*. Al *presente*. Volevo divertimento, risate, amicizia e amore. Chi è che non vuole queste cose, del resto? Non pensavo alle conseguenze, forse non conoscevo nemmeno il significato di quella parola – perlomeno non fino in fondo. Volevo solo stare tra le braccia di Rob, partire alla scoperta del mondo attraverso i sensi.

La vita è diventata più complicata dopo la nascita di Aiden ma sono riuscita comunque a viverla giorno per giorno. Eravamo insieme. È stato così che io ho imparato a conoscere lui e lui ha imparato a conoscere me, giocando e facendo le smorfie e correndo per il parco. Per un verso la mia vita era finita e per un altro era iniziata. Ma non l'ho vissuta soltanto con mio figlio. Aiden era la parte più importante, certo, eppure, io ce l'avevo già, una vita, prima che arrivasse lui. Avevo una vita sociale attiva e meravigliosa con i miei amici.

Eravamo un bel gruppo. Io, Rob, cinque o sei altri ragazzi che alla fine sono andati all'università e non sono mai tornati, e poi Amy. Non è mai stata la mia migliore amica, ma ha sempre fatto parte del nostro giro. Era silenziosa, quasi introversa all'epoca. Penso che avesse una cotta per Rob ma non ha mai veramente detto niente. Era una presenza inoffensiva, alle volte veniva esclusa per la sua timidezza, ma passare una serata al pub con lei era gradevole. Il ruolo che aveva svolto nella scomparsa di Aiden era stato messo in risalto dalla stampa con insistenza. I giornalisti tiravano fuori di continuo fotografie di noi due che bevevamo lager nel locale di Bishoptown, con i capelli lisciati malamente e i colpi di sole.

E per tutto il tempo avevo pensato che lei odiasse trovarsi al centro dell'attenzione.

Mi sbagliavo.

Il giorno dopo aver portato Aiden dal dentista – era un sabato grigio e la polizia stava ancora perquisendo la tenuta Wetherington – aprii il giornale e trovai la storia di Amy nero su bianco. Forse la mia reazione violenta in strada l'aveva colpita più di quanto pensassi. Forse non era proprio la ragazza riservata che credevo. Magari la bambola che mi aveva regalato alla festicciola per l'imminente arrivo della mia bimba non era il segno del rimorso che la divorava, ma il simbolo di un'ossessione malsana. Per quale altro motivo avrebbe dovuto vendere la sua storia ai giornali scandalistici, altrimenti?

Secondo lei, Aiden era stato un bambino problematico. Era un piantagrane a scuola, dava sempre fastidio agli altri alunni e faceva il pagliaccio in classe. Era ostinato e incurante del pericolo. Questa era la parte che mi disturbò più di tutto il resto. Amy insinuava che non avessi mai insegnato a mio figlio a essere prudente.

«Aiden aveva una cieca indifferenza nei confronti del pericolo. Durante le gite scolastiche, lo tenevo costantemente d'occhio. Non mi piaceva attraversare la strada con lui perché c'era sempre il rischio che si buttasse in mezzo al traffico», così proseguiva l'articolo. «Ma la cosa peggiore era che incoraggiava gli altri a seguirlo ciecamente. Una volta ha convinto una bambina di cinque anni ad arrampicarsi sull'albero più alto in fondo all'area giochi. Fortunatamente, insieme agli altri insegnanti, siamo riusciti a riportarla giù, ma avrebbe potuto farsi male. E Aiden se ne stava lì, sotto all'albero».

Jake entrò in cucina mentre io mi tenevo la testa tra le mani, piegata sul tavolo della colazione con i giornali sparpagliati di fronte a me. Erano le 7:30 del mattino e Denise svolazzava già qua e là con dei dolcetti freschi e preparava il caffè. Avrei voluto che se ne andasse. Ero stanca di lei. Che bisogno c'era che un agente di polizia vedesse mio marito in vestaglia? Però ci aveva portato i dolci, dato che sapeva perfettamente che mi avrebbe trovato sveglia. Mi alzavo ben prima dell'alba in quei giorni.

«Cosa è successo?», chiese Jake.

Spinsi il quotidiano verso di lui e affondai il dito sulla faccia di Amy.

Jake si stropicciò gli occhi e infilò gli occhiali prima di leggere l'articolo. «Quella cazzo di stronza!».

Lanciai uno sguardo colpevole verso Denise. «Jake».

«Perché dice queste cose?»

«Per soldi, probabilmente», risposi. Mi ribolliva il sangue ma mi rifiutai di mettere di nuovo in mostra il lato violento del mio carattere di fronte a Denise. «Chissà quanto l'hanno pagata».

«Tutta questa roba su Aiden, è la verità?».

In sottofondo sentivo i rumori delle stoviglie, Denise che armeggiava con la colazione. Ero fin troppo consapevole della sua presenza ma non volevo dare l'impressione di avere qualcosa da nascondere.

«Ricordo l'incidente dell'albero, ma al tempo non l'abbiamo vissuta come una cosa così grave. Aiden mi ha raccontato che stava dicendo alla bambina di scendere». Rosie Daniels era una bimba precoce, si era arrampicata sui rami di un albero, in alto. Ho sempre pensato che avesse una cotta per Aiden e volesse fare colpo. Mio figlio era certamente una scimmietta quando aveva cinque anni, questo è poco ma sicuro. Gli piaceva arrampicarsi sugli alberi ed era avventuroso, ma non incosciente. Non attraversava la strada con leggerezza. Mi sono sempre assicurata che mi tenesse la mano.

L'espressione accigliata di Jake si incupì ulteriormente quando finì l'articolo e chiuse il giornale. «Questa è l'ultima cosa di cui abbiamo bisogno».

«Perché mai parlano di Aiden? Dovrebbero prendersela con il duca, non con mio figlio. È lui che ha infranto la legge. È lui quello che ha preso mio figlio. È lui il mostro». Percepii il rombo del mio sangue nelle orecchie, il mio cuore stava corredo a velocità doppia. La bimba si mosse dentro di me e io mi piegai in avanti. Mi aveva premuto sulla vescica tutta la notte e avevo dovuto alzarmi due o tre volte, ero esausta.

«Decaffeinato?», propose Denise con voce piena di brio.

Scossi la testa e feci del mio meglio per non gelarla con un'occhiataccia. «Hai saputo niente del duca?»

«Non ancora, mi dispiace».

Ogni volta che pensavo alla tenuta Wetherington che incombeva minacciosa su Bishoptown, la rabbia che mi cresceva dentro era così potente che avrei potuto demolire il palazzo mattone dopo mattone. I Graham-Lennox erano ricchi, e intendo ricchi sul serio. Non li vedevamo quasi mai in paese, e la tenuta Wetherington era parzialmente aperta al pubblico, con delle ali riservate a cui non era possibile accedere che ospitavano i loro alloggi privati. Il duca aveva i soldi per fare qualunque cosa volesse. Per quanto ne sapevamo noi, poteva anche possedere dei sotterranei pieni di bambini.

«Emma? Emma, va tutto bene?», chiese Denise.

Jake si precipitò accanto a me mentre sentivo le ginocchia che cedevano leggermente. «Siediti».

«Sto bene. Sono solo stanca».

«Ecco, prendi una brioche». Denise mi servì un dolce dorato su un piatto che Jake di solito riservava per le occasioni speciali. Lanciai un'occhiata a mio marito prima di prenderlo. Molto probabilmente era combattuto tra la preoccupazione per me e la voglia di dire a Denise di rimetterlo a posto e di prenderne uno meno pregiato nella parte frontale della credenza.

«Te la prenderai comoda oggi», disse Jake. «Ho una riunione ma chiamo la scuola e dico che non ce la faccio».

«No, no. La stampa penserà che rimani a casa per via di Amy e io non voglio dare l'impressione che questa cosa ci abbia turbato così tanto».

«Non voglio lasciarti da sola oggi», disse Jake.

«Allora farò venire Rob per tenere d'occhio Aiden mentre io mi faccio un sonnellino».

«Che ne pensi di Josie?», suggerì.

«Jo sta attraversando un suo personale periodo di merda al momento. Casini con Hugh».

Jake sollevò un sopracciglio ma non fece domande. «Va bene. Ma cerca di risposare oggi. Denise, puoi tenerla d'occhio?»

«Assolutamente». E corse via di nuovo a mettere il bollitore sul fuoco.

Non avevo motivo di uscire di casa quel giorno, e lo ammetto, non volevo farlo. L'articolo di Amy tirava in ballo persone del villaggio, persone che mi conoscevano e che io conoscevo. La mamma di Rosie Daniels non sarebbe stata certo contenta che sua figlia fosse stata trascinata in questa storia, ma almeno Amy era stata attenta a non citare il suo nome.

Jake era uscito per andare a scuola più o meno da un'ora quando mi chiamò. Amy era stata sospesa e mandata a casa. La notizia non mi arrecò nessuna gioia, ma effettivamente mi diede un po' di sollievo. Temevo che Jake si lasciasse coinvolgere in un litigio sull'articolo.

Rob si presentò con un pallone da calcio. «Ho pensato che io e Aiden potremmo fare due tiri in giardino».

«Buona idea». E dicevo sul serio. Perché non avevo pensato di provare con l'esercizio fisico? Il dottore aveva detto che un po' di moto gli avrebbe fatto bene. Volevo portarlo a passeggio, ma la pressione da parte dei media era diventata troppo intensa.

Era una giornata ventosa. C'erano foglie sparpagliate ovunque per il prato. Aiden indossava un piumino blu che gli avevo comprato quando avevo rinnovato il guardaroba nella sua stanza. Era bello stare all'aria aperta, e mi sentii ancora meglio quando Denise mi portò una sedia.

«Tutto questo casino sta distruggendo il villaggio», disse Rob, scuotendo la testa con aria triste. «Ero in un negozio prima, e ho sentito uno che dava della traditrice ad Amy. Dicevano che lei e quel duca dovrebbero essere impiccati. Poi ho sentito di sfuggita altre persone per strada che si chiedevano se noi fossimo dei buoni genitori o no. Quando all'inizio Aiden è tornato alcuni dei miei amici mi hanno chiamato per sapere se stavo bene, ma adesso quando mi vedono cambiano marciapiede per evitarmi. Sono...», abbassò la voce. «Sono alla frutta, Em. Voglio solo che questa storia finisca».

Rob lasciò cadere il pallone sull'erba umida di rugiada e lo calciò delicatamente verso Aiden. Avevo il cuore in gola mentre aspettavo. Cosa avrebbe fatto Aiden, di fronte a quell'oggetto alieno? Sarebbe fuggito bruscamente e si sarebbe trascinato dentro per mettersi a sedere davanti alla tele? O avrebbe fatto un gran sorriso, e avrebbe rispedito il pallone verso suo padre? Immaginai la scena di Rob che veniva colpito all'inguine e Aiden che scoppiava a ridere. Quello sì che sarebbe stato il vecchio Aiden. Era sfacciato e adorabile e amava giocare a calcio con Rob. Quella parte dell'essere genitori ci era sempre riuscita bene. Eravamo giovani e pieni di energia. Non facevamo che correre e saltare e fare casino e mi mancava così tanto che la nostalgia era un dolore fisico.

Respiravo a malapena mentre aspettavo che Aiden facesse qualcosa. Qualunque cosa. All'inizio rimase fermo e fissò il pallone come se fosse un manufatto proveniente da un altro pianeta. Poi fece un passo avanti e gli diede un colpetto con la punta delle scarpe da ginnastica.

«Così, bello. Calcialo verso di me», lo incoraggiò Rob.

Questa volta Aiden tirò indietro la gamba e diede un bel calcio al pallone, spedendolo verso Rob. Nel suo gesto non c'era neanche l'ombra dell'entusiasmo che ci metteva un tempo, ma era un inizio. Mi ritrovai ad applaudire forsennatamente come una di quelle ridicole madri che guardano le partite dei figli.

«Bel tiro!», esclamò Rob, scartando in avanti per fermare il pallone con il lato della scarpa prima di lanciarlo di nuovo verso Aiden.

Mio figlio sorrideva a malapena, eppure per un momento mi sembrò che un po' della vecchia vita si fosse intrufolata di nuovo tra noi. Era un peccato che la vecchia me non fosse lì a saltare e a lanciarsi nel gioco. Con tutto lo stress che si era accumulato nelle ultime due settimane e il carico aggiuntivo della gravidanza, mi fu impossibile giocare quel giorno. Ero così esaurita che anche solo tenere gli occhi aperti era una dura prova. Non potei far altro che restare a guardare, con il mio pancione a ricordarmi costantemente che da lì a una settimana avrei dovuto affrontare una nuova sfida.

Ed è terribile, ma è così che vedevo la mia nuova bimba. Una sfida. Stavo cominciando a pensare che la vita avesse deciso di mettermi alla prova, ed ero stufa marcia di dover superare un esame dopo l'altro. Quando la piccolina si mosse dentro di me, trasalii e mi accarezzai il pancione.

«Va tutto bene?», chiese Denise.

Non l'avevo sentita avvicinarsi, e la sua voce fu quasi uno shock. «Solo la bimba che si muove».

«Non manca molto ormai», disse lei.

«No».

Ci fu una pausa imbarazzata. Cosa si dice a una donna a cui manca a malapena una settimana alla data prevista per il parto e che ha visto tornare il figlio dal regno dei morti? Non c'è nessuna risposta standard per una situazione del genere.

«Mi dispiace che sia un periodo così stressante per te», disse alla fine. «Ma perlomeno Aiden avrà una sorellina presto. Sono certa che la cosa sarà di grande aiuto per il suo… sviluppo».

Guardai Aiden che calciava il pallone verso Rob. Ogni singolo gesto era uguale al precedente. Non metteva alcun entusiasmo, alcuna energia in quello che stava facendo. Cercai di ricordare a me stessa che Aiden era più debole della maggior parte dei sedicenni, ma era comunque doloroso vederlo comportarsi così, come se stesse facendo la cosa più strana del mondo, in una situazione che invece avrebbe dovuto essere normale per un ragazzo della sua età. Più calciava il pallone, più quel fugace momento di speranza si ritirava come la marea. Si muoveva come un robot, tirando indietro il piede e calciando la palla in un lento movimento ripetitivo. Il sorriso a poco a poco svanì dal mio volto mentre li guardavo.

Il punto è che la prospettiva di avere la bimba e poter stringere di nuovo Aiden avrebbe dovuto riempirmi di eccitazione. E poi Aiden aveva scelto di *partecipare* al gioco: era incoraggiante, no? Ma non provavo niente di tutto ciò. Guardando l'espressione spenta e assente di mio figlio, non provavo altro che paura.

28

Nella foto del «Sun» il duca di Hardwick aveva la faccia rossa e chiazzata mentre usciva dalla stazione di polizia di York. Di fianco c'erano delle immagini di lui in vacanza con i figli. I media ci erano andati pesanti, avevano rivangato una vecchia accusa di aggressione sessuale e dissotterrato delle foto che lo ritraevano in certe feste con donne in bikini a destra e sinistra. Non sopportavo quei grandi sorrisi stampati sulle loro facce. Le foto con le donne seminude risalivano agli anni Settanta, e c'era qualcosa in quel suo allegro sguardo lascivo che mi rivoltava lo stomaco. Era come guardare foto dei DJ radiofonici degli anni Settanta. Sentivo la lurida patina delle accuse di stupro ricoprirmi la pelle. Guardare quei vecchi pervertiti mi faceva venir voglia di farmi una doccia.

Ma la faccia chiazzata del duca mi fece capire un elemento importante: era vecchio. Aveva bisogno del bastone per camminare e i suoi capelli erano bianchi come la neve. Ora, non sapevo in quali condizioni fisiche si trovasse dieci anni prima, ma di sicuro avrebbe dovuto essere piuttosto in forma per rapire un bambino. A meno che non avesse ricevuto un aiuto di qualche tipo nel corso del decennio di incarcerazione di mio figlio. La mia mente vagò nelle torbide profondità delle reti dei pedofili. Potevano esserci altri come lui. Ne ero quasi sicura. Allungai la mano sulla fotografia del duca e artigliai la sua faccia con le unghie.

Era fuori su cauzione.

La perquisizione della tenuta Wetherington si era rivelata infruttuosa. A parte il computer del duca non c'era nient'altro che lo incriminasse. Nessun passaggio segreto, nessuna stanza che non fosse stata passata al setaccio dalla polizia. O così dicevano. Io non ero molto convinta. Sicuramente un uomo così ricco e con così tanti agganci poteva permettersi di pagare un costruttore e farlo lavorare in segreto. Ma d'altra parte, come mi aveva detto l'ispettore capo Stevenson durante la breve conversazione telefonica con cui mi aveva informata del rilascio, ogni modifica alla tenuta Wetherington era una rottura di palle per il duca e la duchessa. Dovevano fare i salti mortali, più di noialtri, e un ampliamento della casa di qualunque genere avrebbe richiesto un bel po' di fatica. C'era, ovviamente, la possibilità che il duca avesse usato i suoi soldi e la sua influenza per corrompere qualcuno, ma anche così avrebbe dovuto nascondere l'intera faccenda alla famiglia.

Stavo cominciando ad avere dei dubbi. Il duca era un uomo malato. Aveva infranto la legge, probabilmente molteplici volte, ma non ero più sicura che avesse preso il mio Aiden e abusato di lui.

A colazione, ne parlai con Jake. Trascorremmo un'intera mattinata senza agenti incaricati dei rapporti con la famiglia, visto che erano stati tutti chiamati alla stazione per un incontro di qualche tipo. Ero sicura che fossero stati convocati per fare rapporto su di noi. Erano delle spie.

«Dev'essere lui». Jake si spinse gli occhiali in alto sul naso, come aveva l'abitudine di fare quando si sentiva in ansia. «Tutte quelle foto sul suo portatile. Scommetto che è così ricco che può corrompere chi vuole».

Feci una smorfia di disgusto. «Non dire così».

«Perché no? È la verità».

«Non sopporto il pensiero che il rapitore di Aiden abbia la possibilità di vivere la sua vita comodamente. Libero di fare tutto ciò che vuole».

«Be', se Aiden si comportasse da uomo e aprisse la bocca, non dovremmo affrontare tutto questo».

Ribollii di rabbia silenziosa mentre imburravo il pane tostato.

«È la verità però, no?», disse Jake. Evidentemente *lui* non capiva quand'era ora di chiuderla, la bocca. «Aiden non deve far altro che parlare».

«Penso che abbia alzato le difese e stia bloccando fuori il mondo esterno. Non sono sicura di cosa ricordi a questo punto», dissi. «E non sono convinta che sia stato il duca. È troppo vecchio. Se è davvero lui il colpevole, qualcuno deve averlo aiutato. Forse un criminale peggiore di lui ha usato i suoi soldi per organizzare la cosa. Forse è qualcuno del villaggio». Mi si chiuse lo stomaco. Riposi il toast sul piatto.

«Devi mangiare qualcosa», disse Jake. «La bimba ha bisogno che tu sia in salute».

«Lo so». Strappai un pezzo di crosta e lo mangiai. Non sapeva di niente.

«La stanza della bimba è a posto?», chiese Jake.

«Avevamo quasi finito di sistemarla prima... prima che Aiden tornasse a casa. Ma non abbiamo tirato fuori tutti i giocattoli e i vestiti dalle confezioni».

«Magari puoi farlo oggi», suggerì Jake. «Devo portare la macchina a fare la revisione, quindi sarò fuori casa quasi tutto il giorno. Tra l'altro, sarebbe un modo carino di ricordarti che hai due figli, non uno».

Arrossii per un mix di vergogna e rabbia. Era vero che le mie preoccupazioni si erano concentrate soprattutto su Aiden, ma non era giusto che Jake lo dicesse così apertamente. Non avevo certo bisogno che mi si ricordasse che ero già una cattiva madre per la bambina che mi cresceva in grembo.

Gli scoccai una severa occhiata ma lui alzò semplicemente le spalle e proseguì. «Che c'è? Mi dispiace, amore, sai che dico quello che penso, e le cose stanno così. Quello che è successo è terribile, davvero, ma per quanto tempo dobbiamo mettere in pausa le nostre vite?». Si alzò e mise via la tazza di cereali.

«Dici sul serio?». Strappai un altro pezzo di crosta e lo gettai rabbiosamente sul piatto.

«Sì, dico sul serio. Guarda, capisco che l'indagine di Aiden viene prima di ogni altra cosa ma... ma quasi non riconosco la donna che ho sposato. Sei un casino, Emma. Sei in tensione, agitata. Irritabile. Il tuo umore è a dir poco terribile. La sfuriata che hai fatto contro quei giornalisti, be'...».

«Hai guardato il video».

«Tutto il mondo ha guardato quel video. E tutti pensano che tu sia svitata, per la miseria! E tu non *vedi* neanche che Aiden non è solo un ragazzino traumatizzato...».

«Cosa vorrebbe dire questo?»

«Andiamo. Hai letto l'articolo di Amy. Lo so, non conoscevo troppo bene né te né Aiden prima del rapimento, ma hai già ammesso che molto di quello che ha detto lei è vero. Aiden era un bambino che si comportava male...».

«No!».

«Hai ignorato tutte gli elementi negativi e hai costruito un'immagine idealizzata di lui, come fosse una sorta di angelo. Ma non è reale, o sbaglio? Lui era fuori controllo».

«Sta' zitto!».

«Preferirei tacere, tesoro, ma devi ascoltare quello che ti dico. Devi svegliarti e renderti conto che casa nostra non sarà un posto sicuro finché ci sarà dentro Aiden. Non possiamo portare a casa una neonata con lui qui! Potrebbe essere *in combutta* con il rapitore, per quello che ne sappiamo. Gli adolescenti stringono delle alleanze strane, cazzo».

«Jake!».

«Mi dispiace. Odio dire queste cose ma non posso tacere».

Feci un rantolo. Le mie mani stringevano così forte il bordo del tavolo che un'unghia mi si era piegata indietro. Mi misi il dito in bocca e lo succhiai mentre Jake finiva di sciacquare la sua tazza e tornava indietro verso il tavolo della cucina.

Mi tolsi il dito dalla bocca. «Da quanto tempo pensi queste cose?».

Lui mi prese il dito ferito, con la delicatezza di sempre. «Da quando abbiamo portato Aiden a casa. Speravo che si riscuotesse da questa sua fuga psicologica, ma, onestamente, Emma, non penso che lo farà mai. Temo che abbia subito un danno irreparabile che tu non potrai mai aggiustare. Forse nessuno può farlo. Ma non pensi che dovrebbe ricorrere all'aiuto di professionisti? Non pensi di comportarti da egoista tenendolo qui a casa tua?».

Sebbene il dito mi facesse male, non fu certo quel dolore a inumidirmi gli occhi di lacrime. Jake andò a prendermi un cerotto mentre io cuocevo nel brodo delle sue parole amare. Aveva ragione?

Aiden entrò in cucina, muovendosi in silenzio. Prese il pane dalla credenza e lo mise nel tostapane. Tirò fuori il burro dal frigo e un coltello dal cassetto, e attese accanto al tostapane fissando fuori dalla finestra della cucina, con una tale indifferenza e un atteggiamento così inquietante che sembrava un sonnambulo.

«Mi sono fatta male al dito», dissi. «Jake mi sta portando un cerotto. Ti fai un toast per colazione?». Ricominciai a blaterare senza sosta, e più parlavo, più la mia voce si spezzava. «È strano non avere Denise o Marcus che ci fanno una tazza di tè, no? Sono andati alla stazione di polizia per una riunione. Stanno lavorando molto duramente per scoprire chi ti ha rapito. Vorrei che tu potessi dirmelo. Faresti risparmiare tanto tempo ed energie a tante persone, se solo parlassi con noi. So che è dura, tesoro, ma devi provarci».

Il pane saltò fuori e Aiden con calma lo prese dal tostapane. Forse scottava, ma di sicuro lui non lo diede a vedere. Lo imburrò e mise il coltello nel lavello. Osservai mio figlio che mangiava il suo toast come un automa, come se io non esistessi neppure. Le lacrime mi bagnavano il viso.

Jake aveva ragione? Mi stavo comportando da egoista a tenerlo a casa?

29

Le parole di Jake continuarono a risuonarmi in testa per tutto il giorno. Alla fine feci come mi aveva chiesto. Andai nella stanza della bimba e aprii scatole su scatole di peluche e confezioni di plastica con body nuovi di zecca. Con cura piegai i minuscoli capi e li misi negli scaffali del piccolo guardaroba che Jake aveva montato un mese prima. Solo in quel momento, mentre raccoglievo le confezioni e le scatole vuote, vidi la bambola che mi aveva regalato Amy.

Eccola lì, con la sua perfetta pelle di porcellana, che si faceva beffe di me da dietro il suo strato di plastica. E la cosa peggiore fu che d'improvviso riportò a galla tutte le emozioni che avevo nascosto. Ero stata così riconoscente nei confronti di Amy per avermi comprato quel regalo, e mi ero sentita così forte e così pronta ad avere la bimba. Ormai tutte quelle sensazioni erano scomparse, mi avevano lasciato con una rabbia confusa che non sapevo su chi scaricare. Non ero eccitata alla prospettiva di conoscere mia figlia, ero terrorizzata. Con Aiden lì, l'ago della bilancia pendeva dalla sua parte. Cosa potevo mai fare? Cosa pretendeva la gente da me? Dove potevo trovare l'amore per la bimba nel mio cuore appassito?

In un impeto di rabbia, affondai il tallone sulla plastica e sfondai la porcellana. Lo schianto fu così ripugnante che sussultai e ritrassi il piede con la stessa velocità con cui l'avevo abbattuto a terra. Quando mi tirai indietro avevo ancora un minuscolo frammento infilato nella pianta. Saltellai indietro e inciampai, atterrando sul fondoschiena.

Con un gesto istintivo mi misi carponi e mi cullai il pancione con entrambe le mani. Fu allora che vidi Aiden fermo sulla porta, che mi guardava.

«Aiuta la mammina ad alzarsi», dissi. Non so perché lo dissi in quel modo. Avevo smesso di pensare a lui come a un bambino piccolo già da qualche giorno, quando mi ero resa conto che si stava irrobustendo con un po' di cibo decente e di moto. Ma la disperazione mi travolse, lì distesa goffamente a terra, e fu più forte di me, provai a ingraziarmelo usando quella parola così sdolcinata, "mammina".

Lui mi fissò mentre io allungavo la mano. Se ne stava a un metro e mezzo di distanza, fermo sulla porta, mi osservava con la stessa espressione impassibile di sempre. Spenta, come una bambola. Eppure… c'era una parte di lui che mi derideva? Quell'espressione vuota con le palpebre che sbattevano lentamente. La rigidità delle labbra, chiuse in una linea dritta. Il modo in cui le mani cadevano lungo i fianchi, senza mai gesticolare, senza quasi mai muoversi. Era tutto studiato per prendermi in giro. Stava mettendo alla prova la mia pazienza. Per qualche ragione fui assolutamente sicura che lo facesse di proposito. Perché lo pensavo? Perché? Era un sospetto orribile. Aiden era sopravvissuto all'inferno, eppure me ne stavo lì a liquidare tutto come una pagliacciata, una messinscena.

«Aiden», dissi. La mia voce aumentò di intensità e prese una nota severa. «Aiutami ad alzarmi. Prendi la mia mano, e aiutami ad alzarmi».

Avevo già un cerotto sul dito e ora mi sanguinava il piede, mi ero tagliata con quella stupida bambola. Se Jake fosse stato in casa mi avrebbe rimproverato per la mia goffaggine, mi avrebbe detto che lo facevo preoccupare troppo e che detestava lasciarmi sola, soprattutto con Aiden.

«Aiutami ad alzarmi», lo pregai. «Sono caduta e non riesco a tirarmi su. Mi capisci? Capisci quello che sto dicendo?».

Gemetti sottovoce, frustrata, mentre mi rotolavo in avanti, cercando di manovrare il mio corpo con un piede ferito. Non potevo alzarmi su una gamba sola. Quindi mi sforzai di tendere al massimo le braccia per estrarre il frammento di porcellana. Ormai la stanza della bimba sembrava una sauna. Ciocche di capelli umidi mi ricadevano scomposte sulla fronte. Il vestito pre-maman mi si era incollato alla schiena.

«Se solo mi aiutassi sarebbe tutto molto, molto più facile, cazzo!», mi scappò di bocca. Perché non mi stava aiutando? Era in grado di capire gli ordini che riceveva. Sapeva chiudere gli sportelli della credenza in cucina e mettere il suo piatto nel lavello dopo cena. Faceva qualunque cosa Jake gli chiedesse di fare. Dava sempre ascolto a *lui*. Perché non voleva aiutare me in quel momento?

Aiden fece un passo indietro mentre io riuscivo finalmente a toccarmi la pianta del piede. Digrignando i denti, afferrai la scheggia tra pollice e indice e la strappai via, emettendo un gemito di sollievo e contemporaneamente di dolore. Poi gettai lontano il frammento incriminato e mi distesi sulla moquette per riprendere fiato.

Un attimo dopo, quando esaminai la ferita, Aiden era ancora lì. Decisi che non era troppo grave. Sanguinava, ma me la sarei cavata con una bella pulita e un cerotto. Qualche goccia di sangue aveva macchiato la moquette, ed era un guaio. Avrei dovuto pulire prima che Jake tornasse a casa.

Feci una smorfia mentre mettevo il piede ferito sul pavimento per risollevarmi. Ansimai per lo sforzo, e per tutto il tempo mio figlio rimase immobile a guardarmi. Finalmente riuscii a tirarmi in piedi, e ormai fumavo dalla rabbia.

«Sparisci», sibilai.

Quell'ordine lo capì subito e obbedì prontamente. Corse via in corridoio come un ragno terrorizzato. Scossi la testa. Era una follia. Perché non voleva aiutarmi? Dopo la spaventosa conversazione che avevo avuto con Jake c'era una parte di me che si macerava nel dubbio. Possibile che Aiden volesse effettivamente farmi del male? O quantomeno starmi a guardare senza fare niente mentre soffrivo? E se non era quello il motivo, perché aveva ignorato la mia unica richiesta di aiuto? Scacciai via quel pensiero. Di certo, se avesse voluto farmi del male, si era appena lasciato sfuggire l'occasione perfetta. Ero lì, indifesa. Sì, era stato fermo a guardarmi mentre mi dibattevo e faticavo senza alzare un dito, ma non aveva *fatto* nulla per arrecarmi un danno.

Sospirai. Mi pareva tutto così assurdo. Ero addirittura compiaciuta che mio figlio non avesse tentato di farmi del male in un momento in cui ero vulnerabile. La mia vita era davvero arrivata a quel punto? Dovevo essere grata che mio figlio non mi avesse strangolata a morte mentre mi dimenavo sul pavimento come uno scarafaggio capovolto?

Zoppicai dentro al bagno e mi sciacquai il piede, poi trovai un cerotto da mettere sul taglio. Non ero certa un'esperta di medicina, ma ero abbastanza sicura di non aver bisogno di punti. Sperai che il cerotto bastasse a fermare il sangue. Scesi al piano di sotto per prendere un detersivo per lavare la moquette. Ero sola con Aiden quel giorno. Adesso che i media cominciavano finalmente a lasciarci in pace e la polizia badava più al duca che a Jake, gli agenti incaricati dei rapporti con la famiglia non avevano più l'impellente necessità di starci accanto tutto il giorno. Ero contenta che non ci fossero, e credevo che probabilmente lo fossero anche loro.

Quando tornai al piano di sopra, Aiden era nella sua stanza. Mi fermai per un attimo, poi decisi di affacciarmi e controllare cosa stava facendo.

Niente.

Ecco cosa stava facendo. Niente. Non guardava un film sulla piccola TV a schermo piatto che gli avevamo comprato. Non disegnava con le belle penne e le splendide matite che mi erano costate una fortuna nel negozio del villaggio. Certamente non stava leggendo nessuno dei libri che gli aveva dato Jake e neppure lanciava il pallone che gli aveva portato Rob. Se ne stava seduto. Fissava fuori dalla finestra.

«Cosa vedi là fuori, Aiden?», chiesi. «È lui? È l'uomo che ti ha preso? Lo vedi ora? Dimmi com'è fatto. Dimmelo, per favore. Disegna il suo volto». Zoppicai dentro la stanza, tirai su un blocco da disegno dalla sua scrivania e agguantai una matita. Attraversai la stanza di corsa, per quanto mi era possibile, andai da Aiden e gli afferrai la mano, aprendogli a forza le dita che stringeva a pugno. Gli ficcai la matita nel palmo. «Disegnalo. So che puoi. Dieci anni, Aiden. Dieci anni. Tu conosci il suo volto. Tu sai chi è. Disegnalo».

Con una forza che non immaginavo potesse avere, Aiden mi stracciò la carta dalle mani, buttò il blocco e la matita sulla moquette. Poi, in silenzio, si alzò e si allontanò.

Dovetti restare un'ora buona in ginocchio per levare le macchie dalla moquette. Poi raccolsi la bambola rotta e le confezioni vuote per la bimba in arrivo, e riordinai la stanzetta. Era perfetta. Avevamo scelto una carta da parati gialla a righe con gli animali della fattoria. Il lettino era di legno di pino, dentro erano annidati con cura un minuscolo materasso e una soffice coperta bianca. Sopra il lettino pendeva una giostrina di stelle variopinte di un materiale metallico scintillante. Prima del ritorno di Aiden, io e Jake avevamo speso una fortuna per trovare delle tendine coordinate alla carta da parati e alla moquette, e anche per preparare un guardaroba perfetto e un fasciatoio di alta qualità.

Ero nel punto esatto in cui Aiden mi aveva fissato mentre cercavo di rialzarmi da terra. Feci un sospiro di sollievo. Avevo finito. La stanza era pronta per il nuovo arrivo.

Mi accarezzai la pancia e inspirai l'odore della camera. Rimaneva ancora il sentore del detersivo, ma al di sotto potevo sentire il profumo di plastica dei mobili nuovi. Era piacevole, fresco. La stanza era ariosa e ben illuminata, la grande finestra lasciava entrare il sole. Chiusi la porta e preparai la cena. Per tutta la settimana avevamo buttato giù del cibo calorico per affogare i pensieri: bastoncini di pesce e pollo impanato dal congelatore, con patatine al forno e ketchup. Quella sera avevo deciso di fare uno stufato con del manzo che Jake aveva comprato dal macellaio il giorno prima.

Quando Jake rincasò nell'aria si sentiva il fragrante aroma del prelibato brodo di carne e basilico.

«Be', che meraviglia. Mia moglie incinta, a piedi nudi in cucina», mi stuzzicò.

«Non farci l'abitudine», lo redarguii, anche se era bello fare qualcosa di speciale per lui, una volta tanto. Il ritorno di Rob a Bishoptown mi aveva confuso, e adesso era piacevole sentirsi di nuovo una moglie. Certo, non mi sarei mai conformata agli stereotipi della società – specialmente a quelli sessisti –, eppure era rassicurante avere di nuovo un ruolo. Moglie. Meglio di "madre fallita".

«Hai messo in ordine la stanza della bimba?», mi chiese.

«Oh, Jake, è così graziosa. Avevo dimenticato quant'è bella la carta da parati».

«Sì, e ci mancherebbe. Costa una fortuna! Faccio una scappata su e do un'occhiata prima del tè».

Come un cucciolo felice Jake balzò fuori dalla cucina e su per le scale. Sorrisi tra me e me mentre i suoi passi pesanti rimbombavano sulle assi di legno. Era bello vederlo di nuovo eccitato per la bimba. C'era stato un periodo in cui avevo temuto che il suo desiderio di avere dei figli si fosse spento, soprattutto quando il mio corpo gravido lo aveva fatto uscire di testa. Ma eccolo lì, che se ne andava in giro saltellando e scoppiava dalla voglia di vedere la stanza della bimba finita. Era una cosa bella. Mi ricordò perché lo amavo.

«Emma!».

L'urgenza nella sua voce mi fece cadere il cucchiaio di legno nello stufato. La salsa mi schizzò sul petto.

«Emma, vieni qui!».

Sentii una morsa allo stomaco. Che problema c'era? Jake sembrava turbato. No, sembrava arrabbiato e… cosa? Impaurito? Mi allontanai in fretta dal forno con il cuore che martellava. Cosa stava succedendo? Il fiato mi usciva in rantoli irregolari dai polmoni mentre zoppicavo su per le scale. Mi trascinai a fatica sul piede ferito per il corridoio ed entrai nella stanza della bimba.

«Cosa cazzo è successo?», disse Jake, indicando il lettino.

«Io… Io…». Non c'erano parole.

«Pensi ancora che sia sicuro portare a casa una neonata con *quel ragazzo* che vive qui?»

«Io…». Perché non riuscivo a parlare?

Jake uscì come una furia dalla camera, lasciandomi lì a fissare la giostrina distrutta. Era stata tagliata con le forbici, ridotta a brandelli disseminati sulla coperta nuova di zecca. Uno spruzzo di vernice rossa macchiava la coperta da parte a parte. Imitava il sangue fin troppo bene.

30

Il giorno dell'alluvione è stato il giorno in cui ho compreso che non avevo sotto controllo la mia vita. Quindi, in teoria, avrei dovuto accettare l'idea che non ero in grado di gestire il mondo intorno a me, solo me stessa. Eppure sono convinta che nessuno possa sopportare davvero questo pensiero. Forse, dopo ore di meditazione, qualcuno può convincersi di aver trovato la pace, ma io non sono sicura di crederci sul serio. Con lo sguardo fisso sulla vernice rossa spruzzata su tutta la culla nuova di zecca della mia bambina non ancora nata, mi resi conto un'altra volta che non avevo il controllo su niente, soprattutto non su mio figlio.

Ci volle un po' per convincere Jake ad andare al lavoro lunedì mattina. La verità è che lo volevo fuori di casa. Aveva passato la notte a girarsi e rigirarsi nel letto, avvolgendosi rabbiosamente nel piumone, sospirando e lasciando gravare tra noi tutte le sue parole non dette. Di certo non volevo che ronzasse intorno ad Aiden con quell'umore. Sarebbe stato come versare acqua sull'olio bollente.

Nonostante tutto quello che mi aveva detto Jake, ancora non volevo mandare via Aiden. La sua accusa di egoismo mi aveva colpito duramente, ma la questione più pressante verteva sul bisogno di controllo, di nuovo. Se Aiden fosse stato internato in una qualche struttura per la cura psichiatrica, non sarei stata in grado di controllare quello che gli accadeva. Nella mia testa, me lo figuravo in una stanza con degli psicologi che lo sottoponevano a un test dopo l'altro, e lui fissava le loro stupide carte, ignorava le domande ripetitive, prendeva le sue pillole, e – la cosa peggiore – diventava il soggetto del loro ultimissimo libro. No, non potevo lasciare che gli accadesse questo. Ma non volevo neanche che facesse del male alla bimba.

Dopo colazione, mi sporsi sul tavolo della cucina e presi le sue mani. Aiden non era ancora particolarmente contento del contatto fisico, ma aveva imparato a tollerarlo meglio. Non si divincolava né si tirava indietro come prima, e si lasciava toccare da me più che da chiunque altro. Appena Jake o Rob gli posavano una mano sulla spalla, pur con tutta la delicatezza del mondo, lui si allontanava di scatto.

«Aiden, sai bene che tra una settimana darò alla luce tua sorella. Non so cosa sia successo nella stanza della bimba. La mia caduta ti ha spaventato?». Scossi la testa. «Non ha importanza. Guarda, voglio che tu sappia che la tua sorellina ti amerà moltissimo. Ti amiamo tutti moltissimo. Io, tuo padre, Jake, nonna e nonno, siamo tutti una grande famiglia. Voglio mostrarti una cosa». Aiden mi seguì su per le scale, ubbidiente, muovendosi con la sua solita rigidità. Io continuavo a guardarmi alle spalle studiandolo con rapide occhiate, volevo decifrare l'espressione sul suo viso, ma non riuscivo a leggervi nulla.

Più di una volta mi ritrovai a immaginare la sua mano sulla spalla che mi tirava indietro. Più di una volta allungai il passo, bruciando dalla voglia di arrivare in cima alle scale, in corridoio, dove mi sarei sentita meno vulnerabile. Odiavo me stessa per quei pensieri.

«Ricordi ieri, Aiden?», chiesi, conducendolo verso la stanza della bimba. «Io sono caduta e tu non hai voluto aiutarmi. Be', non è un comportamento molto bello. Dovremmo sempre cercare di aiutarci a vicenda. Quindi, se tu cadessi, io ti aiuterei. Se cadessi io, tu dovresti aiutarmi. Specialmente adesso che sono incinta». Sorrisi e abbassai gli occhi sul pancione, ma Aiden non seguì la direzione del mio sguardo. Mi schiarii la gola e continuai. «Non è facile parlare di questa cosa, Aiden, perché non so per quale motivo l'hai fatto. Perché hai distrutto la giostrina e hai buttato la vernice nella culla?». Mi allontanai in modo che lui potesse vedere il risultato della sua opera. «Non è una cosa molto bella da fare, per niente. Non è il modo giusto per dare il benvenuto alla tua sorellina. Mi stai ascoltando, Aiden? Non riesco a capire se mi ascolti...».

Smisi di parlare. Per la prima volta da quando era tornato dall'ospedale, Aiden aveva un'espressione accigliata. C'era una ruga che si stava formando tra le sue sopracciglia e il suo volto era inclinato in basso, verso la culla. Lentamente, scosse la testa e si tirò indietro.

«Aiden?», mormorai.

Lui mi ignorò come al solito, ma c'era qualcosa di diverso. Era rapito dalla giostrina ridotta in pezzi e dalla vernice rossa. Sembrava spaventato. Un formicolio nervoso mi strisciò su per la spina dorsale e ogni traccia di colore si prosciugò dal mio viso. Perché era così terrorizzato da quello che c'era nella culla? L'aveva fatto lui, no? Quindi perché lo spaventava?

E poi mi venne in mente un pensiero: non *ricordava* di averlo fatto.

Impaurita dalla reazione di Aiden alla vernice rossa (benché non volessi ammetterlo), chiamai Rob e gli chiesi di passare. Portò i genitori. I nonni si misero a guardare con Aiden una stupida commedia in soggiorno, mentre io mi prendevo un tè con il mio ex. Sembrava stanco. Rob era un uomo attraente, ma a dire la verità un po' di stanchezza gli donava. La barba incolta e le borse sotto agli occhi lo rendevano più sexy, anche se cercavo di pensare ad altro.

«Hai letto l'articolo di Amy?», chiese. Avevamo già discusso dei progressi di Aiden, benché avessi deciso di non raccontargli della culla, e avevamo parlato del più e del meno in presenza dei suoi genitori. *Il tempo è piuttosto mite, non è vero? Fin troppo caldo per questo periodo dell'anno. Viene da chiedersi se arriverà una tempesta che spazzerà via tutto.*

«L'ho letto». Una risposta insolitamente laconica che mi spinse a chiedermi come mai si stesse trattenendo.

«E? Dimmi cosa hai pensato».

Curvo sul suo tè, Rob dovette sollevare il mento per guardarmi. «Non ti piacerà».

«Dillo e basta».

«Penso che abbia ragione».

Feci un respiro affrettato. «Cosa?»

«Ascoltami bene, ok? Non saltare a conclusioni affrettate. So che lo prenderai come un insulto personale, ma non devi pensare che ti sto dando della cattiva madre, siamo d'accordo?»

«Infatti non lo pensavo finché non l'hai detto tu».

«Oh. Be', in ogni caso, non è quello che penso». Arrossì lievemente. Riprese a fissare il tè. «È solo... in alcune parti c'era del vero. Aiden era un po' selvaggio. Pensavamo entrambi che fosse una cosa fica. Era un bambino coraggioso, un bambino attivo. Sapeva arrampicarsi su un albero e giocava tutto il giorno in giardino collezionando ragni. Lo adoravo. Magari è una stupida cosa da macho ma ero felice che fosse un vero maschietto a tutti gli effetti, sai?»

«Sì», risposi. «Ed è davvero una stupida cosa da macho».

Spalancò le ciglia, alzò gli occhi al cielo. «Quello che ha detto Amy è stato meschino e cattivo. Ha insinuato che non ci prendessimo adeguatamente cura di Aiden e io non credo che sia vero».

Mi morsi un labbro perché c'era una domanda che volevo fargli, ma ogni volta che ci pensavo, le lacrime mi pungevano gli occhi e avevo paura che la mia voce potesse spezzarsi. «Aiden era un bambino cattivo?». Subito il peso di quel dubbio si sollevò dalle mie spalle. Rilasciai un lungo, lento respiro.

«No, Emma, no. Non era un bambino cattivo. Era una carognetta quando ci si metteva. Ma non penso che ci fosse mai della malizia, però. Tu?».

Alzai le spalle, cercando di ignorare il tremore che mi stava scuotendo. Tutto il mio corpo si sforzò al massimo per impedirmi di scoppiare in lacrime. Prendermi cura del mio bambino così severamente danneggiato era una responsabilità opprimente. Uno sfinimento terribile era penetrato all'interno di ogni mio singolo muscolo, ma non volevo ammetterlo. Se ci ripenso adesso, capisco che avrei dovuto chiedere aiuto, ma ero ostinata, ed ero determinata a fare il possibile per tenere in pugno la situazione. Il problema era proprio quello: disperatamente decisa a tenere tutto in ordine, non capivo che ero destinata a perdere completamente il controllo di ogni cosa.

«Ricordi quella gita in campeggio in Bretagna?», chiese.

Annuii, ancora aggrappata al mio tè. Volevo impedire alle mie mani di tremare. Ormai lo ascoltavo a malapena.

«Siamo andati con Josie e Hugh. Ragazzi, quante ore di viaggio con Aiden chiuso in macchina. Temevo che mi sarebbero scoppiati i timpani. Hugh ha portato quell'enorme tenda con le finestrelle e quella specie di portico sul lato anteriore, e abbiamo mangiato solo salsicce e fagioli per una settimana. Comunque, ricordi quello scherzo che Aiden ha fatto alla coppia tedesca due tende più in là?».

Scossi la testa. Quella settimana era un ricordo annebbiato. Josie e Hugh stavano cominciando la loro burrascosa discesa verso un brutto matrimonio, e io e lei avevamo trascorso l'intera settimana a scolarci Chardonnay. Io cercavo di districarmi dalla frenesia alcolica di Josie, ma non c'era niente da fare, riusciva sempre a ritirarmi dentro. Inutile dire che gli adulti responsabili quella settimana erano stati Rob e Hugh.

Quello che ricordavo bene, invece, erano le risate. Aiden rimaneva sveglio fino a tardi con noi e ci mettevamo a sedere intorno al fuoco da campo, chiacchierando di tutto e niente. Hugh amava intrattenere il gruppo raccontando storie dei suoi primi anni in una scuola pubblica maschile. Io mettevo le mani sulle orecchie di Aiden mentre lui ci narrava i suoi aneddoti sugli altri ragazzi, beccati a fare cose sconvenienti. Ci faceva ridere a crepapelle facendo buffi accenti snob e smorfie assurde.

«Ricordi che il campeggio aveva quello stupido piccolo pennone con la bandiera francese? Era uno strano affare, lungo metà di un'asta normale. Be', Aiden ha rubato un paio di reggiseni dalla tenda della tedesca e si è arrampicato su quel palo e li ha legati lassù. Quella povera donna era così grossa che i reggiseni hanno cominciato subito a sbattere al vento».

«Perché non me lo ricordo? Gesù, quanti anni aveva?»

«Poco più di cinque», disse Rob. «Era senza dubbio una piccola scimmia».

Rob era deliziato dalle bricconate di suo figlio, ma io non provavo le stesse sensazioni. Perché non ricordavo quei comportamenti? Avevo in testa un'intera bobina da cinema dei momenti salienti in cui Aiden era un bambino dolce e intelligente. Ma c'era anche qualcos'altro in lui. Poteva essere dispettoso. Rubava le cose quando aveva tre anni. Agguantava la cioccolata dalle corsie del supermercato. Ma non la metteva nel nostro carrello. Una volta lo avevo beccato a infilarla di nascosto nel carrello di uno sconosciuto distratto. L'avevo colto in flagrante, gliene avevo dette quattro, e avevo dimenticato completamente la cosa finché l'articolo di Amy non mi aveva fatto tornare in mente alcuni dei suoi dispetti più eclatanti. Era un comportamento normale per un bambino di tre anni? E adesso stavo sbagliando nel senso opposto? Stavo cercando con tutte le mie forze di trovare esempi delle sue inclinazioni cattive?

«È tutto ok?», chiese Rob.

«Tutto bene», mentii.

«Come se la passa Josie? Notizie di Hugh?»

«Non l'ho chiamata». Lasciai finalmente la tazza e mi passai le mani calde sul viso. Era davvero una vergogna che non avessi trovato un po' di tempo per la mia migliore amica dopo la rottura e tutto il casino.

«Perché non vai a trovarla? Badiamo noi ad Aiden per qualche ora», suggerì Rob. «Lo hai tenuto ventiquattro ore su ventiquattro, sette giorni su sette, da quando l'hanno dimesso. Hai bisogno di una pausa».

In quel momento, qualche ora lontano da Aiden mi sembrava una vera benedizione. Volevo avere il controllo completo su ogni singola cosa che riguardava il mio povero figlio danneggiato, ma avevo *bisogno* di un po' di tempo lontana da lui. Di spazio per respirare.

«Sei sicuro?»

«Assolutamente».

Mi ero già alzata dalla sedia. Stavo già cercando le mie chiavi.

31

Con una veloce telefonata scoprii che Josie era in casa e non andava al lavoro da giorni. Me lo aspettavo, anche se le avevo fatto promettere che ci sarebbe andata. In tutta onestà, se Jake mi avesse lasciato senza dirmi una parola non avrei certo pensato al lavoro. Quindi saltai in macchina, attraversai il villaggio e salii su per la collina tortuosa in direzione di casa Barratt. Faceva abbastanza caldo per uscire senza cappotto, fatto insolito per la metà di ottobre, e il cielo blu sopra la mia testa sembrava quasi passeggero, effimero. Stavo aspettando che nuvole scure ci precipitassero nelle tenebre. Mentre io attraversavo l'inferno, il tempo era stato per lo più sereno, contraddicendo il mio personale umore tempestoso.

L'ennesimo tradimento del mondo ai miei danni.

Me la presi con calma, feci il giro delle stradine con cautela, accostando quando incontravo altre macchine.

Quando parcheggiai, la casa dei Barratt mi sembrò sinistramente silenziosa.

Grazie al clima mite, le viole del pensiero gialle di Josie erano ancora in fiore all'interno di deliziosi vasi tutto attorno alla porta d'ingresso. Ma il mio sguardo non si soffermò sui fiori. In quelle settimane non riuscivo a guardare le cose belle.

Bussai e Josie venne ad aprire. I suoi grandi occhi blu erano cerchiati di rosso, notai che stringeva in mano il cellulare. Indossava dei leggings e un maglione oversize.

«Mi dispiace di non essere venuta prima», dissi.

«Stai scherzando?», rispose lei. «*Io* mi vergogno di non essere venuta da te. Voglio dire, lo so che hai detto che avevi bisogno di spazio e che stavi bene, ma non importa. Il mio problema è minuscolo in confronto a quello che stai affrontando tu».

«Hai avuto sue notizie?».

Josie sospirò e mi condusse in cucina. Il suo chignon arruffato rimbalzava disordinatamente mentre trascinava i piedi sulla moquette. La sua postura era rilassata, sciolta, ma a me parve quasi una posa, come se nel profondo il suo animo fosse in tumulto. La conoscevo abbastanza bene da capire che stava cercando di tenere sotto controllo lo stress fingendo che non fosse accaduto nulla, o quantomeno che non avesse alcuna difficoltà ad affrontare la cosa. Josie era la classica persona che ripete «Va tutto bene» fino a convincersene. Voleva vedere sempre il lato positivo, ma mi chiesi se quell'atteggiamento funzionasse davvero, quando rimaneva sola di notte.

«Niente. Neanche un messaggio. Ma indovina! Ha postato qualcosa su Facebook».

«Cosa?».

Fece un cenno con la testa, indicando un portatile aperto sul banco della colazione. Il profilo di Hugh era sullo schermo. Per la prima volta mi resi conto che aveva aggiornato l'immagine del profilo. Prima c'era una fotografia di lui e Josie in settimana bianca, ma ora era da solo, sorrideva in sella a una moto d'acqua. Accanto alla foto il suo stato indicava che aveva fatto il check in all'aeroporto McCarran di Las Vegas.

«Cosa?», dissi ancora. «Che diamine ci fa lì?»

«Ho parlato di nuovo con Steven. A quanto pare Hugh non risponde ai messaggi dei familiari. Steven ha ammesso che sapeva della relazione ma non sospettava che fosse una cosa seria. Scommetto che si stanno giocando i nostri soldi mentre noi parliamo. Dannazione, Emma, perché devi essere incinta proprio adesso? Ho bisogno di bere qualcosa di forte».

«Ehi, io non ti giudicherò di certo». Sorrisi. Era piacevole parlare di un argomento che non fosse l'indagine su Aiden. «Tutta questa cosa non sembra proprio da lui, però. Se n'è mai andato via in questo modo in passato?»

«Questo è il punto», disse Josie. I suoi occhi si accesero di una scintilla di rabbia. «Steven dice che l'ha già fatto. Non che io ne sapessi nulla. Si è portato una qualche receptionist in Cornovaglia per un weekend a luci rosse». Stappò una bottiglia di Malbec e cominciò a versarlo.

«Cazzo». Lanciai uno sguardo in cucina, alla ricerca di qualche indizio che mi suggerisse come stava reagendo Josie. Nel lavello non c'erano confezioni di cibo cinese takeaway né stoviglie sporche, e questo era un bel segno, immagino, o no? Quel posto era immacolato, il che era in un certo senso sconcertante. Il peso del tradimento di suo marito l'aveva davvero schiacciata? «Mi dispiace, Jo».

Lei alzò le spalle. «Sapevo che sarebbe successo. Giù nel profondo, penso onestamente di essere sollevata». Tracannò un sorso di Malbec. «Non mi guardare con quegli occhioni da cucciolo. So che pensi che io stia per andare fuori di testa, ma non c'è da preoccuparsi».

«Sei sicura, perché…».

«Fa tutto parte del passato». Josie mise giù il bicchiere sul piano della cucina, con un gesto secco e definitivo che era un chiaro avvertimento: non dovevo scavare nel torbido passato che avevo intenzione di riportare alla luce. «Ora, cosa posso offrirti? Tè alle erbe? Acqua frizzante?».

Gemetti. «Cosa darei per un bel gin tonic. O un sorso di whiskey». Sollevai le dita e le avvicinai tra loro. «Sono stata a tanto così dall'aprire una bottiglia di vodka il giorno in cui Aiden è tornato a casa. E poi questa settimana è andata sempre peggio. Hai visto che hanno arrestato il duca?»

«Che carogna», disse lei con sincero livore. «Pensi che

lui...». Deglutì, incerta se parlare a chiare lettere o lasciare l'allusione sospesa.

«Onestamente non lo so, e questa è la parte peggiore. Voglio solo che chi ha fatto del male ad Aiden venga sbattuto in galera. Voglio che tutto questo finisca».

Lei annuì. «Be', ho sempre pensato che quel duca fosse un losco pezzo di merda. Non preoccuparti, Em. Se è stato lui, la polizia troverà le prove e lo rinchiuderà. Come procede l'indagine?»

«A quanto pare stanno perlustrando l'area circostante, alla ricerca di una costruzione sospetta o di un vecchio rifugio che possa essere stato trasformato in prigione. Ma l'ispettore capo Stevenson mi ha spiegato che non esiste una documentazione per tutte le costruzioni più antiche, e il bosco è molto fitto quindi è difficile procedere a buon ritmo. La maggior parte degli agenti è stata impegnata a indagare sul duca. Ci hanno messo un secolo a perquisire Wetherington e stanno passando in rassegna tutte le immagini sul suo computer». Non le dissi che stavano cercando immagini di Aiden lì dentro. Perché mi faceva stare male.

«Lo troveranno, Emma. Ne sono certa». Josie mi prese la mano e la strinse forte. Poi si tirò indietro, accigliata. «C'è qualcos'altro che non va? Mi sembri un po' sciupata».

«Ti sembrerà una cosa molto stupida».

Lei rise. «Scommetto che non è vero. Ricordi quella volta che pensavo che l'Argentina fosse in Europa?»

«Oh sì, *quello* è stato piuttosto stupido».

«Non può essere peggio, no?», mi sfidò lei.

«Si tratta di Aiden. Si sta comportando in modo molto strano ultimamente e io sono preoccupata».

«Strano come?».

Mi sistemai sullo sgabello al bancone della colazione di Josie. «Be', non mi aspettavo certo che stesse bene dopo tutto quello che ha vissuto. È ovvio che ha subito le conseguenze del trauma, ma sto cominciando a chiedermi se avrò bisogno di aiuto con lui. Se sono in grado di gestirlo. Il suo comportamento è diventato un po'… fuori controllo. Prima ha deciso di tagliare a pezzi le tende con le forbici. Poi ha distrutto la giostrina per la bimba e ha gettato della vernice rossa nella culla».

«Oh merda, Emma. È spaventoso».

«Lo so. Jake pensa che non sia sicuro portare una neonata a casa con lui, ma io non ce la faccio proprio a mandarlo via».

«Be', è comprensibile. È tuo figlio e te l'hanno strappato via».

«Ma sto cominciando a pensare che forse Jake ha ragione. Forse non sono in grado di gestire Aiden, e forse mi sto comportando da egoista ripetendomi che ce la posso fare».

«Da egoista in che senso? Emma, sei la persona meno egoista che io conosca».

«Se sto mettendo in pericolo Jake e la mia bambina perché non riesco a lasciar andare mio figlio, allora sono egoista, no?».

Josie mandò giù un altro sorso di vino. «Non direi che è un comportamento egoista. Ma se Aiden ti spaventa, devi chiedere aiuto. Jake può avere ragione sulla neonata, magari non è prudente che Aiden le stia intorno. Non è colpa di tuo figlio e non è colpa tua. È colpa del bastardo che l'ha preso».

«E quando Aiden era piccolo? Ti ricordi dei problemi di comportamento? Io riesco solo a rammentare le cose positive, ma forse è per via di quello che gli è accaduto. Credo di aver rimosso tutte le cose negative, perché non riesco proprio a pensarci».

Josie sospirò. «Devo essere sincera? Hugh aveva più pazienza di me con lui. Non mi fraintendere, era molto divertente, ma era un po'… stancante».

«E?», la sollecitai, dato che avevo l'impressione che non mi avesse detto tutto.

«Era un po' capriccioso, Em. Aveva dei brutti scatti d'ira».

Mi accigliai. Ricordavo che una volta aveva fatto una scenata in un supermercato ma non si era mai comportato *così* male. Ero arrivata al punto di non fidarmi più della mia stessa mente. Perché continuavo a eliminare i brutti ricordi?

Un'ora dopo lasciai la casa di Josie e mi diressi alla mia macchina lungo il vialetto di ghiaia. Si era alzato il vento, ululava attraverso la foresta di Rough Valley sotto di me. Voltai la testa verso la seconda collina che si affacciava su Bishoptown. Eccola là: la tenuta Wetherington, che se ne stava alta e fiera sopra la cittadina. Un tempo l'intero villaggio era di proprietà del duca di Hardwick, ma da allora la famiglia aveva venduto gran parte della terra. Con le indagini la tenuta era stata chiusa al pubblico, ma sapevo che c'era un accesso sul retro perché una volta mi ci ero intrufolata con Rob. Era una sfida che avevamo fatto mentre bevevamo sidro sui terreni della tenuta.

Entrai in macchina e accesi il motore. Mille farfalle mi volavano nella pancia, ma sapevo che avevo bisogno di ottenere qualche risposta. Sebbene avessi i nervi a fior di pelle, feci del mio meglio per fare manovra e uscire in retromarcia dal vialetto di Josie senza danni. Non dovevo lasciare che l'adrenalina prendesse il sopravvento come il giorno in cui ero andata nell'ambulatorio del medico di base. No, dovevo mantenere il sangue freddo.

Non ci misi molto ad arrivare a Wetherington. Bishoptown si allungava al di sotto della collina in un patchwork di verdi campi e foreste costellato di piccoli cottage e pub. Pareva impossibile che in un posto così bello vivesse un mostro. Nessuno aveva mai sospettato niente, e quello era l'aspetto più pericoloso di tutta quella triste storia. Non avevamo avuto neppure il *sentore* che ci fosse qualcosa di sbagliato fino al giorno in cui Aiden si era trascinato fuori dal bosco. Era stato mio figlio a portare alla luce l'abuso che aveva subito, eppure la storia completa rimaneva chiusa ermeticamente dentro il suo animo.

Se Aiden non voleva raccontarmi cos'era successo, forse qualcun altro avrebbe parlato.

Proseguii lungo la strada che serpeggiava in direzione del palazzo. Se volevo che la cosa funzionasse, dovevo stare ben attenta a bussare alla porta giusta, quella dell'ala privata di Wetherington. In realtà non sapevo neanche se il duca e la duchessa vivessero a palazzo in quel periodo. Forse se l'erano svignata in una residenza privata su nelle Highlands, o in un cottage estivo nel Devon. L'ispettore capo Stevenson non era sceso nei dettagli, mi aveva detto solo che il duca era libero su cauzione.

Esitai per un attimo dopo aver tirato il freno a mano. Che cosa stavo facendo? E se mi avessero arrestata? Mi grattai il rosso sfogo infiammato tra il pollice e l'indice mentre racimolavo il coraggio per aprire la portiera. Lo stavo facendo per Aiden, ma anche per me. Dovevo parlare con *qualcuno* in grado di darmi delle risposte.

Prima di scendere mi sfilai il cardigan pesante. Stavo già sudando. Non avevo bisogno di uno strato in più, neppure con quel vento. Era difficile camminare sulla ghiaia del vialetto posteriore, soprattutto con il peso extra che portavo sulla parte anteriore del corpo. Ero completamente sbilanciata e incespicando e inciampando riuscii ad arrivare all'entrata sul retro. Ma se non altro nessuno mi ordinò di filarmela e non farmi più vedere. Bussai sul vecchio legno di quercia. Tre colpi.

Mi ero aspettata che Wetherington fosse una specie di Downton Abbey, con un maggiordomo pronto a correre alla porta. Ma non era assolutamente così. Ad aprirmi arrivò una piccola donna ricurva con capelli brizzolati ma sistemati con cura. Mi squadrò dalla testa ai piedi, registrando senza alcun dubbio la mia espressione scioccata. Strinse le labbra in una smorfia.

«Sa chi sono io?», chiesi. Le parole avevano un suono strano quando uscirono dalla mia bocca, soprattutto considerando chi mi stava davanti, ma in realtà speravo che quella donna lo sapesse. Doveva rendersi bene conto di chi ero.

«Sì», disse. «Farebbe meglio a entrare».

32

Mentre seguivo quel suo raffinato cardigan di cashmere color crema, mi venne in mente che non avevo la minima idea di come chiamare quella donna. Duchessa? Signora Graham-Lennox? O magari Maeve, il suo nome di battesimo?

«Lui non è qui», disse. «Nel caso se lo stesse chiedendo».

In effetti me l'ero domandato, sì. Appena avevo oltrepassato la soglia mi ero chiesta se mi sarei trovata a condividere lo stesso spazio vitale con l'uomo che aveva preso mio figlio. Sempre che fosse stato lui, naturalmente.

«Gli ho chiesto di andarsene», disse, attraversando una porta decorata per entrare in un piccolo ma bellissimo salotto arredato con comò antichi e quadri di cavalli da corsa. «Non potevo permettergli di rimanere in questa casa con me. Non dopo le cose che la polizia ha trovato sul suo computer. Ho condiviso il letto con quell'uomo per più di cinquant'anni, ma non l'avrei fatto neppure per un'altra notte, per nulla al mondo. Desidera una tazza di tè?»

«No, grazie», risposi. Da quando ero entrata in casa mi sentivo sempre di più come l'adolescente di un tempo, la giovane Emma che si era intrufolata in una proprietà privata con il suo ragazzo per scommessa. Strinsi forte la borsa e fissai quelle bellissime antichità come una bambina in un grande magazzino chic. Di certo non volevo macchiare o far cadere nulla.

«Si accomodi», disse, indicando un divano floreale con zampe di mogano.

«Grazie per avermi fatto entrare. Non me l'aspettavo».

Lei rise accomodandosi su una poltrona di velluto rosso di fronte al divano. «Ci scommetto». Era truccata alla perfezione, con un rossetto rosa e un po' di fard sulla pelle rugosa. Sedeva con le gambe accavallate, e dava l'impressione di avere tutto sotto controllo. «Volevo incontrarla. In realtà desidero parlare con lei fin da quando mio marito è stato arrestato. Vede, mi sento in qualche modo responsabile. Non so da dove arrivasse la sua… ossessione, ma in effetti devo ammettere che nutrivo dei sospetti che ho costantemente ignorato». Fece un secco gesto con la mano. «Non ne ho mai avuto la certezza, e non ho mai saputo *cosa* ci fosse che non andava, ma ho sempre sospettato che mio marito avesse un lato oscuro. Le potrà sembrare estremamente futile dopo quello che ha passato, ma non ha idea della pressione che ho dovuto sopportare per mantenere certi standard nel corso del mio matrimonio. Il divorzio non era un'opzione cinquant'anni fa. Anche quando mi sono resa conto di aver sposato un uomo guasto, non avevo modo di tornare indietro».

«Ma se pensava che lui fosse un mostro…».

«Cos'è un mostro?», chiese lei. «È uno spaventoso demone che si nasconde dietro la porta della stanza da letto? È una bestia con zanne affilate? No. Queste cose non esistono. I mostri sono uomini e donne come noi, e hanno l'abilità di nascondere il loro vero volto. No, non pensavo di aver sposato un mostro, pensavo di aver sposato un omosessuale. Non ho mai colto Edward a guardare un bambino in *quel* modo, sapevo solo che non era particolarmente interessato a me. Ci siamo arrangiati per continuare la discendenza, ma questo è tutto».

«E i vostri bambini?».

Cambiò posizione, a disagio, e si tolse gli occhiali come per prendere tempo. «Ho affrontato l'argomento con loro. Nessuno dei due ricorda che lui abbia mai fatto…

niente». Chiuse gli occhi e io mi resi conto che si era tolta gli occhiali nel tentativo di mascherare lo sforzo di volontà a cui era costretta per non piangere.

«Se lei non sapeva, non è colpa sua», dissi.

La duchessa si lasciò ricadere sulla sedia e fece un debole sospiro. «Ma non è quello che i quotidiani dicono di lei, giusto? Oh, la madre è sempre in torto. Come la moglie, in verità. Ci si aspetta che le donne tengano sotto controllo gli uomini, non è così che funziona? Com'è quel detto? "Dietro ogni grande uomo c'è una grande donna". Ci si aspetta che una donna sostenga, talvolta trattenga il proprio compagno. Dimentichiamoci di avere una vita. Dimentichiamoci le nostre carriere, gli amori e le sofferenze. Noi siamo le matriarche». Strinse gli occhi e serrò le mani mentre pronunciava la parola "matriarche". Il suo corpo sprofondò in avanti, sembrava improvvisamente esausta. «Per quel che vale, non penso che James abbia mai toccato suo figlio. Non è stato particolarmente attivo nell'ultima decade, tormentato dalla gotta e con un cancro all'intestino in remissione. No, non ha goduto di buona salute. Se ha mai abusato di bambini – e non sono certa che l'abbia fatto – allora direi che è accaduto molto tempo fa. Molto prima che suo figlio scomparisse». Ormai la duchessa era accasciata su se stessa, come una befana rinsecchita. Nel breve spazio della nostra chiacchierata era invecchiata di secoli.

«Grazie per il tempo che mi ha concesso». Mi alzai e ripresi la borsa. Per un breve attimo esitai, cercando una parola di conforto. Ma non mi venne in mente niente.

La duchessa non mi guardò mentre uscivo e la lasciavo lì, inerme sull'antica poltrona nel mezzo di quell'immenso palazzo signorile.

Dopo quell'incontro mi è capitato di vedere in sogno lo spettro del corpo appassito della duchessa, riverso su quella poltrona. Un'immagine che mi ha perseguitato a lungo. La duchessa di Hardwick sarebbe morta meno di tre anni dopo quel mite giorno di ottobre. L'indagine si era ormai conclusa. Ho preso parte al suo funerale, accompagnata da Aiden. Una cerimonia privata con un numero sorprendentemente basso di partecipanti. Abbiamo lodato la sua forza come madre e moglie, l'efficienza con cui aveva portato avanti le attività quotidiane della tenuta Wetherington.

I suoi figli hanno deciso di vendere la casa, secondo le ultime notizie che mi sono giunte è stata convertita in un museo, molte antichità sono state messe all'asta a Wetherby.

Suo marito le è sopravvissuto.

Avevo lasciato Aiden con Rob e i suoi genitori più a lungo di quanto avessi previsto, tuttavia non mi affannai troppo per tornare. Avevo bisogno di tempo per riflettere sulle parole di Maeve Graham-Lennox. Provavo pietà per lei e per quello che aveva passato. Le famiglie come la sua non erano fatte per affrontare situazioni così crude. Per loro si trattava di uno *scandalo*: la loro immacolata reputazione rischiava di essere trascinata nella merda. E la reputazione era tutto. La gente sarebbe stata ancora disposta a pagare per entrare alla tenuta Wetherington? Forse sì, ma di certo ci sarebbe stata un'atmosfera di curiosità morbosa. «Questo, signore e signori, è il computer in cui il duca collezionava i suoi porno con i bambini». Più ci pensavo, più realizzavo che siamo *tutti* mostri. Sì. Noi. Siamo mostri. Ci piace leggere queste storie. Siamo i voyeur delle sofferenze umane.

Appena parcheggiai nel vialetto di casa, provai la strisciante sensazione nelle viscere che mi assale quando sento che qualcosa non va. Per cominciare, la porta d'ingresso era aperta. Parcheggiai, mi tolsi la cintura e scesi dalla macchina di buon passo. Per poco una bionda non mi travolse. Stava praticamente trascinando fuori un bambino di dieci anni circa. Il piccoletto piangeva e si teneva una mano fasciata. Rob uscì in tutta fretta dietro di lei.

«Mi dispiace tanto per quello che è successo», disse. Fu costretto a mettersi a correre per raggiungere la donna, sollevò i palmi e gesticolò per placarla.

Non riuscii immediatamente a dare un senso a quel caos, poi realizzai che la conoscevo, era Siobhan Michaels. Suo figlio, Billy, frequentava la scuola elementare di Bishoptown, e il caso voleva che lei lavorasse come manager insieme a Sonya e Peter, nella loro attività di cottage per le vacanze in affitto.

«Detesto dirlo, Rob, ma i giornali hanno ragione. È una minaccia».

«Chi è una minaccia?», scattai, gettandomi nello scontro.

Siobhan mi superò. «Mi dispiace, Emma. Penso che quello che è successo ad Aiden sia terribile, ma non credo che sia prudente farlo avvicinare ai bambini».

«Be', non subito, no», dissi. «Si sta ancora riprendendo dopo quello che gli è accaduto. Rob, che diavolo hai fatto?».

Il viso di Rob era pallido e sudato. Aveva una smorfia tirata e la sua mascella era serrata con forza. Notai che i suoi occhi guizzavano irrequieti per il giardino, come se cercasse di individuare la presenza di qualche reporter. «Non è stata una mia idea. Mi hanno teso un'imboscata, ok?».

Mentre Siobhan si infilava in macchina con il bambino che piangeva, afferrai il braccio di Rob e lo costrinsi a guardarmi. «Cosa hanno fatto i tuoi genitori?»

«Stavano solo cercando di dare una mano, credo. Hanno pensato che se solo Aiden avesse avuto qualcuno con cui giocare, un po' di svago sarebbe stato utile per il suo… recupero».

«Cosa è successo?», chiesi, e lo stomaco mi era già precipitato sotto i piedi.

«Ha infilzato la mano del ragazzino con le forbici».

Lasciai il braccio di Rob e barcollai indietro. «Cazzo».

«Billy continuava a giocare con il telecomando del televisore. Non faceva che sfilare quel coso dalle mani di Aiden. Gli ho detto di smettere, ma Siobhan deve aver viziato quello schifoso stronzetto, perché non mi dava ascolto. Un attimo dopo, il ragazzino stava tirando i capelli di Aiden. Così lui ha preso le forbici dal tavolino da caffè e gli ha tagliato una mano. Erano quelle per bambini, quindi non è successo niente di grave. Solo una ferita superficiale». Fece una smorfia. «Da come ha reagito sembrava che qualcuno gli avesse sparato».

«Gesù, Rob. Come hai potuto pensare che fosse una buona idea?»

«Mi dispiace davvero».

«Prendi i tuoi genitori e vattene e basta», scattai io.

«Cosa?»

«Dico sul serio. Hai fatto un lavoro di merda, qui. È tempo che tu te ne vada». Gli voltai le spalle ed entrai come una furia in casa.

33

Dopo l'incidente mi chiesi se Sonya fosse in malafede o semplicemente idiota. Da qualche parte in quella sua testa dura aveva maturato l'idea che invitando Siobhan a passare a casa *mia* avrebbe preso due piccioni con una fava. Da una parte, avrebbe sistemato Rob con una donna che non ero io. Dall'altra, avrebbe presentato ad Aiden un altro ragazzino, e per come la vedeva lei questa buona azione le avrebbe cucito un'altra stella sul petto, avvicinandola al titolo di crocerossina dell'anno. In definitiva, Sonya si sarebbe ritrovata con Rob e Aiden sotto lo stesso tetto, mentre io sarei stata libera di rimanere con la mia "altra famiglia". Ne ero sicura.

Non dissi a Jake dell'incidente con le forbici, e soprattutto non gli raccontai dell'incontro con Maeve Graham-Lennox. Quello, per quanto ne so io, rimase un segreto tra me e la duchessa.

Il giorno seguente – un grigio martedì di ottobre – ricevetti una chiamata dall'ispettore capo Stevenson che mi confermava quello che già sapevo. Il duca non aveva rapito Aiden. Era rimasto in ospedale per lunghi periodi nel corso dell'ultimo decennio, non c'erano tracce di una fantomatica stanza che avrebbe potuto utilizzare per tenere prigioniero Aiden, e aveva un alibi per il giorno in cui mio figlio era stato preso. Stava partecipando a una battuta di caccia in un altro palazzo signorile nello Yorkshire, con un lord che poteva confermare la sua versione. E così ero di nuovo al punto di partenza. Chi aveva preso mio figlio? Chi era il colpevole di tanto dolore? Chi l'aveva distrutto?

Non facevo più picnic fingendo che stessimo mangiando sul monte Kilimangiaro. Non gli mostravo i miei film per bambini né i miei programmi televisivi preferiti, non gli tenevo la mano quando attraversavamo la strada nel villaggio. Di certo non gli parlavo come se fosse ancora il piccolo Aiden che avevo conosciuto dieci anni prima, sempre che quel bambino fosse mai esistito davvero. Mi stavo tirando indietro, anche se all'epoca non me ne rendevo conto. Sì, pensare al rapitore di Aiden ancora libero là fuori mi faceva star male, e il mio unico chiodo fisso era che quell'uomo finisse dietro le sbarre – sempre che fosse un uomo e non una donna. Ricordo una straziante telefonata con l'ispettore capo Stevenson, l'avevo implorato di cercare più a fondo. Chi poteva essere? Chi era stato?

Mi stavo isolando da tutti: da Jake, da Aiden, da Rob, da chiunque altro. Quando sognavo, il mio cervello vagava tra incubi sull'aggressore di Aiden, visioni angoscianti dell'incidente stradale dei miei genitori e sogni disturbanti ma erotici su Rob e Jake. Qualche volta Jake mi cingeva la gola tra le mani e stringeva così forte che non riuscivo a respirare. Chiamai l'ispettore capo Stevenson cinque volte quel martedì, forse anche di più, lasciando strani messaggi a un qualche assistente alla stazione di polizia: «Indagate su Brian, quello che gestisce il White Hart». «Avete parlato con Jeff della fattoria fuori Bishoptown?». Doveva esserci qualcosa nelle fattorie. La campagna pullulava di fabbricati. Mi sembrava un'idea geniale; perché non avevo pensato prima alle fattorie? Portai perfino Aiden in giro per il villaggio in macchina, magari avrebbe reagito in maniera strana agli edifici. Ovviamente, ripensandoci quell'idea non aveva molto senso. La fattoria di Jeff era a chilometri di distanza dal bosco, quindi o aveva portato mio figlio fino al bosco con la macchina e l'aveva scaricato, oppure con ogni probabilità non era il rapitore.

Cominciai a scrivere ad Aiden mentre sedevo in silenzio e lo guardavo dal tavolo della cucina. Mi inclinai in avanti per esaminarlo mentre fissava la televisione, guardando certi personaggi che discutevano su questioni su cui non erano minimamente qualificati. Gli scrivevo per non essere costretta a parlargli. «Quando eri piccolo facevi sempre torte di fango e le gettavi addosso alla nonna. Lei non lo trovava esilarante quanto te però. Ricordi? E quando avevi quattro anni ti ho letto *Il richiamo della foresta*. Qualche capitolo ogni sera prima di andare a dormire. Da bimbo avevi paura dei tuoi stessi pannolini! Piangevi *dopo* che ti avevo cambiato, non prima. Quando avevi poco più di tre anni, eri ossessionato dagli abbracci, dovevi stringere tutti e tutto. Anche se magari qualcuno non voleva essere abbracciato: una volta hai stretto la gamba di un uomo a caso in un bar, un'altra un albero al parco. E poi quel gatto randagio che se ne andava a zonzo per il villaggio. Li abbracciavi tutti e non ti interessava chi fossero o da dove venissero. Queste sono tutte le cose che so». Era così che concludevo ogni lettera: un promemoria, una dimostrazione a me stessa che ricordavo davvero la sua infanzia.

«Io ti conosco», sussurrai fra me e me.

Ma era una bugia, perché non conoscevo affatto Aiden. Era diventato un alieno per me. L'abuso che aveva subito lo aveva reso una persona completamente differente e io non mi perdonavo di essere così spaventata da lui. Stavo colpevolizzando la vittima, no? Un caso classico. Le vittime non dovrebbero mai essere obbligate a spiegare i loro comportamenti bizzarri dopo un trauma, ma è così difficile capire perché agiscano in un determinato modo. Se una donna adulta viene stuprata e non si mette a gridare per chiedere aiuto, tutti si chiedono: perché non grida? È questa la cosa che la giuria trova difficile da mandare giù. Perché non grida? Perché Aiden non vuole dirci chi l'ha preso? Perché non vuole proprio parlare?

La casa era piena di parole non dette. Le mie conversazioni con Jake si erano trasformate in meri convenevoli per evitare di discutere della presenza di Aiden in casa nostra. Jake aveva accolto a braccia aperte l'offerta di prendere Aiden avanzata da Sonya, ma io mi ero impuntata. Potevo anche essere impaurita da mio figlio, ma il pensiero di non vederlo ogni singolo giorno mi era intollerabile. Inoltre, lui era sotto la mia responsabilità, nel bene e nel male. Le madri non hanno la possibilità di dare indietro un figlio come fosse un giocattolo che non funziona bene. Dovevo controllarlo per assicurarmi che non facesse del male a nessuno. Un peso che restava sulle mie spalle.

E poi, la ciliegina sulla torta: mentre sedevo a quel tavolo a scrivere un'altra delle mie folli lettere a un figlio che era a pochi passi di distanza, sentii una voce che riconobbi subito. Amy.

La sedia raschiò contro le mattonelle della cucina quando mi alzai bruscamente dal tavolo. Mi lasciai cadere sul divano accanto ad Aiden. A quel punto avevo sostanzialmente rinunciato a cercare di proteggerlo dai media. Mio figlio non era stupido; sapeva comunque cosa stava accadendo, o così pensavo. Certo, reagiva a malapena agli stimoli, ma avevo notato il modo in cui i suoi occhi scrutavano i titoli di apertura. Una volta lo avevo colto mentre apriva un quotidiano su cui era stampata la sua faccia a tutta pagina. Non aveva indicato o sussultato o reagito in alcun modo, ma era chiaro che capisse cosa stava accadendo.

Alzai il volume del televisore. Amy si mise a sedere con le gambe strette e le mani posate sulle ginocchia, come una bambina perfettina in posa per una foto. La sua espressione era relativamente impassibile, c'era un'alterigia nel suo mento che riconobbi subito per quella che era: rabbia. L'Amy che avevo di fronte era profondamente diversa dalla ragazza modesta e introversa con cui avevo lavorato per quattro anni, come dalla giovane che ricordavo ai tempi della scuola. Pensai ai suoi singhiozzi il giorno in cui mi aveva implorato di perdonarla, quando pensavamo che Aiden fosse morto. Ricordai le linee scure dell'eyeliner che le era completamente colato giù per il viso. Era tutto fasullo. Quella ragazza, quella donna, con il suo tailleur e la camicetta di un blu profondo – la scelta migliore per sottolineare gli occhi – era una stronza invidiosa a caccia di attenzioni.

«Ora, tutti parliamo del caso scioccante di Aiden Price», disse il presentatore con i capelli grigi. «Aiden è stato dichiarato morto tre anni fa, e non solo: è stato ritrovato mentre camminava per strada, evidentemente disorientato. La polizia crede che sia stato tenuto in ostaggio per un *decennio*. Si tratta davvero del crimine più scioccante, be', di certo di cui io abbia mai sentito parlare, e probabilmente anche del più tragico. È stato difficile indagare la natura di questo crimine, e a volte è arduo comprendere appieno il comportamento sia di Aiden che di sua madre. È con noi oggi Amy Perry, un'amica di Emma Price-Hewitt, nonché insegnante di Aiden Price. Grazie per essere qui con noi oggi».

«Grazie a voi per l'invito. Certo, avrei preferito che fosse arrivato in circostanze meno tragiche». Fece un sorriso smagliante a favore di telecamera, rivelando i denti bianchi. Fu solo in quel momento che mi resi conto che se li era fatti sbiancare prima dell'intervista.

«Lei conosce Emma Price-Hewitt da molti anni, non è vero?»

«Giusto. Siamo andate a scuola insieme, in effetti».

«E avevate un rapporto amichevole?»

«Lo avevamo, perlopiù», disse Amy, lanciando una breve occhiata alla telecamera. «Emma era molto più popolare di me. Frequentavamo un po' gli stessi giri. Bishoptown-on-Ouse è un piccolo villaggio, quindi tutti conoscono tutti».

«Sappiamo che Emma è rimasta incinta quando aveva diciotto anni. Deve essere stato difficile per lei».

«Oh, ma certo», disse Amy. Ma che ne sapeva lei di quello che pensavo e provavo all'epoca? «Veniva a scuola con gli occhi rossi e il trucco colato. Stava attraversando un periodo molto duro, penso».

«E crede che lo stress di avere avuto un figlio così giovane abbia avuto un impatto su Aiden da piccolo?»

«Forse», rispose Amy. Mentre ascoltava la domanda non aveva fatto altro che annuire. «Aiden era un bambino viziato. Piangeva molto ogni volta che lei lo portava a spasso per il villaggio».

Stronza bugiarda.

«E lei era l'insegnante di Aiden, giusto?», le domandò il presentatore.

«Esatto. All'epoca aveva tra i cinque e i sei anni».

«Era un bambino bene educato?».

Amy fece una pausa. «Be', non lo definirei così. Direi che aveva qualche problema caratteriale. Era un bambino molto... vivace con una grande curiosità per la vita».

«Nell'articolo che ha scritto per il "Mail", lei ha sostenuto che Aiden fosse un bambino piuttosto incosciente, a cui non erano state insegnate la prudenza e l'importanza di evitare i pericoli».

«Sì, questa è una cosa che credo fortemente. Nessuno gli ha mai insegnato a proteggersi. È triste, davvero. Voglio dire, voglio bene a Emma come a una sorella, e non l'accuserei mai di negligenza, ma c'è da chiedersi... Se lei non avesse permesso ad Aiden di crescere in modo così selvatico, forse non si sarebbe allontanato quel giorno, e forse non se ne sarebbe andato con uno sconosciuto».

Mi alzai e mi misi a camminare per la stanza, aprendo e chiudendo violentemente i pugni. Il mio cuore batteva all'impazzata e davanti ai miei occhi c'era un bel bersaglio rosso stampato sulla faccia compiaciuta di Amy. Avrei voluto fracassare lo schermo, ma mi trattenni. Avevo bisogno di scoprire cos'altro aveva da dire.

«Quindi il tema del giorno è la necessità di assicurarsi che i nostri figli siano al sicuro. È per questo che abbiamo invitato l'esperto di comportamento infantile Raj Patel, qui sul divano con noi. Per favore chiamate…».

Stavo componendo il numero. Non riuscii a farne a meno. Dovevo prendere la parola. Prima discussi con un qualche responsabile del programma. Mi disse di spegnere il televisore prima di andare in onda in diretta. Non rivelai chi ero. Mentii e mi spacciai per una certa Emily dallo Yorkshire. Attesi qualche secondo, il mio sangue pompava così forte e veloce che sentivo ogni singolo battito pulsare sulla punta delle dita. In un lampo, il conduttore mi stava presentando.

«Emily dallo Yorkshire, qual è la tua domanda?»

«La mia domanda è per Amy. Chi credi di essere? Come ti permetti di incolpare Emma Price quando eri tu quella che avrebbe dovuto badare ad Aiden, il giorno in cui l'hanno rapito? Si è allontanato sotto la tua *custodia*, Amy, non di sua madre. Quando i bambini vanno a scuola, i genitori si aspettano che l'insegnante si prenda cura di loro…».

«…ma gli insegnanti non sono i genitori. Ai bambini bisogna dire…», iniziò a ribattere lei.

«Sta' zitta, Amy. Sei una stronza bugiarda. Mi hai guardato negli occhi e mi hai dato quella bambola e hai finto di essere mia amica…».

«Ehm, chi parla?»

«...ti sei presentata a casa mia due mesi dopo che Aiden è stato rapito, te lo ricordi? E ricordi che ti sei messa in ginocchio implorando perdono? Ti ho abbracciato e ti ho detto che era tutto dimenticato, e invece avrei dovuto piantarti una pugnalata alle spalle come tu hai fatto con me».

34

Maeve Graham-Lennox mi aveva parlato di uomini e donne normali che talvolta indossano una maschera. Sotto a quella maschera si nasconde la possibilità che ognuno di noi diventi un mostro. Avevo visto la maschera di Amy scivolare via, e sapevo che era un mostro quanto chiunque altro. La odiai, allora. Odiai la sua camicetta di seta lavata e stirata, i suoi denti sbiancati da poco. Odiai la sua acconciatura telegenica e la sua postura compita. Ed ero assolutamente convinta che fosse stata lei a prendere Aiden.

Chiamai Denise e l'ispettore capo Stevenson, e li implorai di indagare ancora su di lei, ma loro mi dissero che non rientrava tra i possibili sospetti. Gli inquirenti erano al corrente di ogni suo movimento durante la tempesta. C'era stato solo un intervallo di cinque minuti durante il quale era rimasta da sola, e non era una finestra di tempo sufficiente per portare Aiden al suo nascondiglio, ovunque fosse. Ma io non riuscivo lo stesso a mollare la presa. Quella donna si era *trasformata* in un'altra persona davanti ai miei occhi. Da quanto tempo esisteva quell'altra persona? Da quanto tempo stava pianificando di presentarsi davanti alle telecamere con la sua storia?

Jake pensava che io fossi pazza. «Una persona che prende un bambino e lo tiene rinchiuso per dieci anni», abbassò la voce, «e che gli fa tutte quelle *cose*, non va di certo in TV a richiamare l'attenzione su di sé». Anche Rob era d'accordo, e sì che di solito lui era un tipo sospettoso di tutto e tutti.

Nel mezzo di quella terribile angoscia, portai comunque Aiden alla sua sessione di terapia del mercoledì con la dottoressa Foster.

«Come procede?», mi chiese.

«Lui è lo stesso, davvero. Nessun cambiamento».

«E lei?», chiese la dottoressa.

«La data prevista per il parto è tra una settimana», dissi io. «Quindi ho un sacco di cose a cui pensare».

«Ma la pancia è così piccola!», notò la dottoressa. «Quando io ero incinta di nove mesi sembravo una vacca o una balena spiaggiata. Lei è...», lasciò la frase a metà e sorrise – forse per coprire la sua gaffe?

«Fortunata?», conclusi io. «Sotto certi aspetti, suppongo di sì».

«Quindi? È tutto pronto?», chiese, cambiando bruscamente argomento.

Mi accigliai. «Dobbiamo solo montare la culla e poi avremo fatto».

«Come sta gestendo Aiden i cambiamenti che avvengono in casa?».

Era il momento di raccontare alla dottoressa Foster dell'incidente con la culla. Ma il mio istinto materno mi trattenne. La dottoressa mi piaceva davvero, ma non mi fidavo completamente di lei. Di certo non volevo che avanzasse la proposta di portarmi via mio figlio.

«Se la sta cavando bene. È entrato nella stanza della bimba e sa cosa sta per succedere, ma continua a non parlare quindi non ho molto da riferire».

«E i suoi disegni?».

Violenti, pensai. Molto più violenti di prima. Disegnava sangue sull'acciaio, sangue sulle foglie, sangue nella culla... aveva consumato completamente la matita rossa e usato tutto il tubetto di vernice rossa, fino all'ultima goccia.

«Come al solito». Gettai un'occhiata nervosa dall'altra

parte della stanza, dove Aiden se ne stava seduto tutto solo a colorare. Lontano da noi. Era diventato così ormai – uno sconosciuto che ci guardava da lontano.

«Ho pensato ad Aiden, e credo che sia il momento di prendere in considerazione qualche soluzione alternativa».

Mi raddrizzai di scatto. Non avevo mai sentito parlare di *soluzioni alternative.*

La dottoressa Foster alzò le mani in un gesto rasserenante. «Non si preoccupi, non è niente di gravoso, ma è importante. Voglio che Aiden si rivolga a un logopedista. Ora che ha trovato un suo posto nell'ambiente che lo circonda, penso che sia il momento di aiutarlo attivamente a parlare».

«Ok».

«Sono passate più di due settimane e questo livello di mutismo è senza precedenti. Io e l'ispettore capo Stevenson abbiamo pensato che sia meglio fare un po' più di pressione su Aiden. Ora, non voglio spingere troppo, quindi è questo il motivo per cui suggerisco un logopedista».

«Capisco», dissi io.

«Bene. Prendo l'agenda e le raccomando qualcuno».

Mi grattai lo sfogo sulla mano e meditai sulle parole che la dottoressa Foster *non* aveva detto durante la conversazione. Era tempo che Aiden parlasse, perché altrimenti non avremmo mai scoperto chi l'aveva preso dieci anni prima.

Quel giorno Panciona si dava parecchio da fare. Quando la tua bimba scalcia, non hai proprio nessuna voglia di metterti al volante. Non vedevo l'ora di arrivare a casa. Quando parcheggiai, Aiden sparì in garage e io me la filai in cucina per bere un bicchiere d'acqua e mangiare un biscotto.

Il mio telefono vibrò. Controllai lo schermo, era Rob. «Pronto».

«Emma, sono venuti a prendere papà per interrogarlo».

«Cosa?».

Rob parlava velocemente, senza fiato, la voce rotta dal panico. Sentii dei rumori in sottofondo, immaginai che stesse camminando avanti e indietro, alla ricerca di un modo per sfogare l'energia in eccesso scatenata dall'ansia. «La polizia gli ha chiesto di andare in stazione. Dicono che hanno riguardato il filmato delle telecamere a circuito chiuso del giorno in cui Aiden è stato rapito e l'hanno visto camminare vicino al ponte dieci minuti prima del rapimento».

«Fanno sul serio?»

«Non so cosa sta succedendo. Forse pensano che abbia visto qualcosa, ma sembrava… una cosa formale, come se fosse un sospettato. Mamma sta impazzendo. È una follia, è andato laggiù solo per fare qualche foto dell'inondazione. E come diavolo avrebbe fatto a tenere rinchiuso Aiden per dieci anni senza che nessuno di noi si accorgesse di nulla?»

«Rob, cerca di stare calmo».

«Sono così arrabbiato, Emma. Cazzo».

«Lo so, ma la rabbia non ti aiuterà».

«Devo andare. Mamma ha bisogno di me».

Sprofondai sulla sedia in cucina. Di tutti i possibili sospettati, non avevo mai pensato di diffidare del nonno di Aiden. Certo, quell'uomo era una vera noia ambulante. Ma… era un appassionato di birdwatching e faceva il falegname. Passava un bel po' di tempo all'aperto, confinandosi in stupidi capanni a fissare gli uccelli. Se era in grado di tirar su un capanno, però, che altro avrebbe potuto costruire? Una gabbia? Scossi la testa per scacciare i pensieri. No. Conoscevo Peter. Lui non era… ma poi pensai a quello che sapevo di Amy. Avevo visto scivolare via la sua maschera, e ora conoscevo il suo vero volto. Per Peter era la stessa cosa?

Sorseggiai l'acqua fredda e desiderai qualcosa di più forte. La bimba si mosse, ricordandomi che non era una buona idea aprire la bottiglia di brandy che avevamo riposto da qualche parte. Un altro regalo di Natale indesiderato che non avevamo trovato il tempo di buttare via.

Invece mi presi la testa tra le mani e cercai di districare la matassa tra me e me. Sapevo che Aiden era scomparso tra le 13:15 e le 13:20. Amy sosteneva che in quell'intervallo di tempo era stata distratta dall'alluvione ed era uscita dalla classe per cinque minuti. Solo uno dei compagni di Aiden aveva detto di averlo visto uscire: Jamie, figlio di un collega della mia defunta madre presso l'ambulatorio. Jamie aveva chiesto ad Aiden dove stesse andando, almeno secondo il suo resoconto, e lui non aveva risposto.

In quel momento, Amy stava sistemando dei secchi sotto le perdite del tetto lungo il corridoio della scuola. La preside e il custode stavano facendo il giro dell'edificio, valutando le condizioni di ogni aula. Jake era con Simon, il professore di informatica, alla ricerca di classi asciutte in cui ricollocare gli studenti. Secondo queste dichiarazioni, nessuno di loro avrebbe avuto il tempo materiale di prendere un bambino e nasconderlo da qualche parte. Dubitavo anche fortemente che avrebbero avuto il tempo di portare Aiden nel fitto della foresta di Rough Valley – anche se non potevo essere sicura che Aiden fosse stato tenuto prigioniero lì.

Forse Peter era rimasto lì fuori da solo più a lungo di tutti gli altri, e magari in fin dei conti avrei fatto meglio a non fidarmi del nonno di mio figlio. Mi sentivo male. La nausea non mi aveva dato tregua neppure per un attimo mentre facevo i miei ragionamenti, ma adesso era fortissima. Passai il dito lungo il bordo del bicchiere e provai a rimettere insieme tutti i pezzi. Dopo qualche minuto chiamai Rob, ma non mi rispose; tentai con Jake, ma la chiamata venne deviata direttamente alla segreteria telefonica.

Mi alzai e camminai avanti e indietro per la cucina. Le

mie mani erano rosse e scorticate nel punto in cui le avevo strofinate senza sosta; la crema non aveva alcun effetto su di me in quel momento.

Quella storia era andata avanti troppo a lungo. C'è un limite alla pressione che una mente umana può sopportare. Stavo raggiungendo il punto di rottura. Avevo imboccato una strada pericolosa sin da quando quella donna mi aveva graffiato la macchina con le chiavi. Stavo camminando sulla lama di un rasoio, e mi reggevo in equilibrio a fatica. Dovevo solo resistere per Aiden. Mio figlio aveva bisogno di forza, non di debolezza.

Decisi di fare qualcosa. Forse qualcosa di manuale mi avrebbe aiutato. Così aprii la credenza e tirai fuori un po' di pane e preparai qualche panino per me e Aiden. Non pensavo che avesse fame, come non ne avevo io, ma mi serviva qualcosa per tenermi impegnata. Fu allora che notai la pila di lettere in fondo al piano da lavoro della cucina.

Avevamo un mobile porta lettere, ma con tutta la confusione che si era abbattuta sulle nostre vite, la posta si era accumulata sul bordo del tavolo. E ultimamente Denise e Marcus avevano passato meno tempo con noi, quindi la corrispondenza degli ammiratori di Aiden era stata trascurata. C'erano lettere provenienti da tutto il mondo, un sacco di persone che mi dicevano quanto fossero dispiaciute per quello che era successo ad Aiden. Però ricevevo anche lettere provenienti da tutto il mondo di persone che mi dicevano che ero una madre terribile e che meritavo di andare all'inferno.

Quello che attirò la mia attenzione fu l'avviso dell'ufficio postale. Uno di quelli che ti informano che una lettera ha un'affrancatura sbagliata. L'avrei ignorato – non morivo certo dalla voglia di pagare un supplemento per l'ennesima lettera di insulti – ma l'avviso riportava il codice postale del mittente. La nostra zona. Inserii il codice postale su Google e venne fuori l'Università di York per la formazione permanente. Era l'istituto in cui Jake insegnava storia dell'arte tutti i martedì e i giovedì. Era anche la struttura a cui avevo chiesto il programma, per controllare che Jake lavorasse davvero lì. La donna al telefono non conosceva il nome del docente, sapeva solo che si era preso un periodo di ferie, e sul sito era riportata esclusivamente la lista dei corsi, non i nomi dei tutor.

Mi ero completamente dimenticata di aver richiesto la brochure, e a quanto pareva quell'incompetente della reception non aveva pagato a dovere l'affrancatura. Afferrai la borsa e le chiavi della macchina e mi fiondai nella stanza accanto.

«Mettiti il cappotto, Aiden. Andiamo all'ufficio postale».

35

Sebbene delle nuvole scure gravassero sopra di noi, la temperatura era ancora irragionevolmente calda per ottobre. Mentre guidavo per le strette strade del villaggio di Bishoptown, sudavo sotto il maglione spesso che avevo messo sopra ai jeans elasticizzati. Aiden sedeva in silenzio accanto a me, con le mani sul grembo. Tra di noi, il pop anni Novanta usciva a tutto volume dalla radio. Avevo smesso di blaterare senza sosta con Aiden come facevo prima. Avevo una pila di lettere indirizzate a lui nel cassetto della scrivania in camera, ma le nostre chiacchierate... semplicemente non esistevano.

Quando penso a quella parte della mia ordalia, quel momento delle folli settimane che precedettero la nascita della mia seconda figlia, mi domando se avessi perso la speranza. Mi guardo indietro e mi ritrovo a dubitare di me stessa, a interrogarmi su chi sono davvero. Mi ero arresa con Aiden? Forse sì, anche se per poco. Certe volte penso che arrendersi e alzare bandiera bianca quando c'è di mezzo una vittima innocente sia imperdonabile. Altre volte l'espressione "causa persa" mi sembra più significativa di quanto pensassi un tempo.

Dopo la ricomparsa di Aiden mi ero tenuta alla larga dall'ufficio postale. Era gestito – a quanto pare succede in *tutti* gli uffici postali – da uomini e donne di mezza età di pessimo gusto, delle vere macchiette da sitcom. A Bishoptown, però, conoscevo il nome di ogni singolo impiegato dell'ufficio postale. C'era Sandra, che aveva un figlio all'università di Cambridge. Tutti nel villaggio sapevano che il figlio di Sandra era a Cambridge, che Dio benedica il suo cuore orgoglioso di madre. E Sam, un giovane sulla ventina, che una volta mi aveva raccomandato un buon estetista per farmi le sopracciglia. Un livello di critica passivo-aggressiva che non avevo più sperimentato da quando era morta mia madre, ma avevo comunque preso quel dannato numero di telefono. Quei due si facevano chiamare con un collettivo "San-Sam", come due celebrità che si fossero unite in matrimonio e avessero quindi fuso le loro identità in un unico colosso di infamia.

Sebbene San-Sam fosse una coppia di buon cuore e generalmente gradevole, fino a quel momento avevo sempre mandato Denise all'ufficio postale per ritirare la corrispondenza, in parte perché la polizia era preoccupata dal flusso di quelle sgradevoli lettere di odio, e in parte perché sapevo che sarei finita al centro dell'attenzione e non ero sicura di poter sopportare le chiacchiere, le domande e le premure. Tuttavia, ben presto capii che non avrei potuto commettere errore più grande. Appena misi piede nell'ufficio postale con Aiden al mio fianco, tutta la sala cadde in un silenzio di tomba.

Mi misi in fila, fingendo di non aver notato la brusca interruzione del solito chiacchiericcio. L'aria era viziata, mi fece sudare ancora di più. Sentii una goccia di sudore scorrermi lungo la tempia. Me l'asciugai con la manica del maglione e sperai di non essere costretta ad aspettare troppo a lungo. San-Sam erano entrambi allo sportello, servivano un cliente ciascuno. Ero la terza in fila dietro due vecchi pensionati che non riconoscevo. Se esiste un gruppo di persone che è stato dimenticato a Bishoptown, sono gli anziani. Lasciano raramente le loro case, ma quando lo fanno, si muovono in branco. L'unione fa la forza. Sfortunatamente per loro, noi tendiamo a non vederli davvero a meno che non ci finiscano tra i piedi, come capitava quel giorno. È un fatto triste, e me ne rendevo conto, ma in quel periodo avevo troppe cose in ballo per preoccuparmene.

Sandra fu la prima a liberarsi. Le rivolsi un veloce e fiacco sorriso, e condussi Aiden fino allo sportello. Non avevo avuto cuore di lasciarlo in macchina da solo.

«Io... ehm... devo pagare questa affrancatura». Mentre le passavo l'avviso attraverso l'apertura nella parte inferiore della barriera di vetro, mi sentii come se tutti nell'ufficio postale stessero guardando me e soltanto me. Mi asciugai nuovamente la fronte.

«Certo». Sandra prese l'avviso, dando un'occhiata ad Aiden mentre scansionava il codice a barre sul lato anteriore. «Una sterlina e ottanta, per favore».

Avevo già i soldi contati. Li feci scivolare attraverso l'apertura in basso.

«Vado a prendere la lettera».

Mentre Sandra si allontanava, Sam mi lanciò uno sguardo e fece un mezzo sorrisetto. Aprì la bocca per parlare ma poi si fermò. Abbassò il capo fissandosi le mani e tamburellò sul bancone come se stesse cercando di colmare il silenzio. Ero l'unica cliente rimasta, e l'imbarazzo toccò nuove vette. Fortunatamente, Sandra ritornò in postazione.

«Ecco qui».

«Grazie».

La busta era spessa, delle dimensioni di un A4, leggermente malconcia agli angoli. La infilai nella borsa e mi voltai per andarmene con Aiden.

«Emma».

Mi girai di nuovo e guardai in faccia Sandra. Apriva e chiudeva nervosamente la bocca e io distolsi lo sguardo per non rendere quel momento ancora più imbarazzante.

«Sono davvero dispiaciuta per Aiden», disse.

«Anch'io», le fece eco Sam.

«Grazie», borbottai, sbrigandomi a uscire prima che le lacrime mi velassero gli occhi. Il mio cuore avvizzito vibrò un po', come se qualcuno avesse pizzicato una corda ben tesa. Avevo provato un'emozione a cui non mi ero mai abituata: quella che ti travolge quando qualcuno ti esprime una preoccupazione genuina o un sostegno sincero. Quasi tutte le persone sono totalmente false. Se ne fregano di te e riescono a malapena a nasconderlo. Poi incontri due come San-Sam, che ti mandano al tappeto con un'improvvisa esplosione di gentilezza, ed è una cosa stupidissima, perché alla fine hanno detto solo «Mi dispiace».

Riuscii a riprendermi quando tornai in macchina. Presi la lettera e strappai la busta mentre Aiden si metteva a sedere guardandomi. Se non altro mi sembrava vagamente consapevole di ciò che succedeva intorno a lui. Tanto per cambiare. Certe volte ignorava nella maniera più assoluta l'ambiente circostante.

Il programma era fitto, il che era sorprendente per un'università così piccola. Quanti corsi tenevano? Diedi una letta veloce alle discipline umanistiche e trovai la pagina di storia dell'arte. I miei occhi scansionarono tutta la pagina, fino in fondo, alla ricerca del nome di Jake. Ma quando trovai il corso – storia dell'arte, martedì e giovedì sera – il nome accanto al modulo didattico non era Jake Hewitt. Era David Brown.

Mi accigliai e cercai meglio. Avevo guardato il corso sbagliato? Questa volta controllai ogni singolo nome seguendolo con il dito, assicurandomi di non avere letto il nome sbagliato di fianco al corso sbagliato. No. Nessun errore, Jake Hewitt non compariva in quell'elenco. Tirai fuori il telefono e composi il numero dell'università.

«Università di York per la formazione permanente, come posso aiutarla?». Non era la stessa persona, questa volta era una donna più giovane.

«Salve, sono profondamente dispiaciuta ma devo consegnare una prova domani e ho dimenticato il nome del mio tutor. Il corso di storia dell'arte di martedì e giovedì».

«Oh, è il professor David Brown».

«Ah, avrei giurato che si chiamasse Jake qualcosa. Devo essere impazzita, a meno che David non sia nuovo…».

«No», disse lei. «Lavora qui da otto anni ormai. Sempre il martedì e il giovedì sera. Ma c'è Jack Hawthorne che insegna economia. Stava forse pensando a lui?»

«Sarà sicuramente così. Grazie tante per il suo aiuto».

«Nessun problema».

Attaccai con il cuore che mi martellava sulle costole. Mi tamponai il sudore e mi abbandonai contro il sedile. Com'era possibile? Quando avevo chiamato l'università la prima volta, non credevo davvero che Jake mi avesse mentito sul suo lavoro. Perché avrei dovuto? Avevo controllato solo per sicurezza. Avevo richiesto il programma per scrupolo. Se avessi davvero sospettato che Jake mi stesse mentendo avrei richiamato, ma non l'avevo fatto. Avevo dimenticato completamente la cosa.

In un impeto di rabbia, diedi un pugno contro il volante e rilasciai un lento, profondo ringhio di frustrazione. Come aveva potuto mentirmi? E perché?

Aiden fece un minuscolo mugolio e io ruotai velocemente il corpo per guardarlo in faccia.

«Aiden, va tutto bene», lo tranquillizzai. «Scusa. Mamma è davvero dispiaciuta. È solo… Io sono solo…». Collassai in avanti e poggiai la testa sul volante. «Ho ricevuto delle notizie che mi hanno scioccato. Non volevo spaventarti».

Notai che le mani di Aiden erano chiuse a pugno, così gliele aprii dolcemente sollevandogli piano le dita. Poi gli accarezzai i capelli e feci un lungo sospiro.

«Andrà tutto bene. Te lo prometto».

Mentre inserivo la chiave e accendevo il motore, mi chiesi se davvero fossi in grado di mantenere quella promessa.

Tornai a casa perché avevo bisogno di risposte. Jake mi aveva mentito per anni. Fin dal giorno in cui l'avevo conosciuto. Aveva *sempre* avuto quel lavoro. Quella bugia non risaliva a qualche mese prima; c'era sempre stata fin dall'inizio. Ogni martedì e giovedì lui lavorava all'università.

Aiden se ne stava tranquillo in garage a lavorare ai suoi dipinti mentre io camminavo avanti e indietro in cucina, e un po' mi mangiavo le unghie e un po' mi grattavo lo sfogo, che dal pollice si era diffuso fino al dorso e giù per il polso, arrivando a contagiare entrambe le mani. Mi passai le dita tra i capelli e cercai di soffocare l'attacco di rabbia che minacciava di propagarsi in tutto il corpo.

Senza la televisione o la radio, la casa era muta, solo il suono dei miei movimenti riecheggiava attraverso le stanze. Il pane era ancora sul piano della cucina dove l'avevo lasciato. Il burro era lì accanto. Lo misi via d'istinto senza pensare realmente a cosa stavo facendo. La mia mente era troppo impegnata a elaborare quella nuova informazione. Mio marito mi aveva mentito.

Smisi di grattarmi le mani e passai al collo, e poi agli avambracci. Ogni singolo centimetro del mio corpo prudeva quando pensavo alle bugie. Mi accarezzai il pancione, cercando di lenire il gorgoglio del mio stomaco. Mi sentivo male.

Improvvisamente mi ripresi. Era una follia. Non potevo rimanere in quella casa. Mi affrettai su per le scale, con tutta la velocità che la pancia mi concedeva, e cominciai a preparare i bagagli. Che diavolo potevo fare? Mio marito era un bugiardo e io stavo per dare alla luce sua figlia. Mi fermai e fissai i vestiti nella valigia. Non avevo alcun piano per una situazione del genere. L'unica cosa che potevo fare era andare da Josie con Aiden e poi pensare al modo migliore per affrontare Jake. Forse avrebbe potuto trasferirsi da qualche parte, così avrei avuto un po' di tempo per decidere le mie mosse. Sapevo già cosa avrebbe detto Josie: avrebbe sottolineato che era assurdo che me ne andassi io dopo che *lui* mi aveva mentito. Ma tanto per cominciare non era casa mia, e a essere sincera non mi piaceva nemmeno troppo.

Era la sua casa.

La porta si aprì e io mi bloccai. Jake era tornato.

Chiusi la valigia con violenza e mi fissai le mani tremanti. Ormai sapevo che non c'era nessuna spiegazione innocente. O aveva avuto una relazione per tutto quel tempo, o mi aveva nascosto una seconda vita. L'unica cosa che non sapevo era se quella seconda vita includeva il rapimento e gli abusi ai danni di mio figlio.

Mi passai le mani sui capelli e cercai di rimanere calma mentre Jake mi gridava un saluto. Ero stata così *sicura* che Jake fosse innocente quando l'avevano convocato per interrogarlo. Non avevano trovato niente. Aveva un alibi soddisfacente. La polizia aveva interrogato diverse persone, quindi non avevo dato troppo peso alla cosa. E poi ero certa di conoscere mio marito, sapevo che non era capace di far del male a un bambino in quel modo. Sì, ero *certa*. Ma poi... quella bugia. La situazione era cambiata. La bugia aveva cambiato tutto e aveva messo in discussione tutta la mia vita familiare.

Non sapevo cosa credere. Tutto quello che sapevo era che mio figlio era al piano di sotto con un uomo di cui non potevo più fidarmi. Digrignai i denti, sollevai la valigia, e cominciai a trascinarla giù per le scale.

36

Trasportai la valigia davanti alla porta. Poi esitai, incerta: dovevo indossare le scarpe subito o era meglio scoprire cosa sarebbe successo parlando con Jake? Mi grattai i polsi e tentai di riprendermi. La cosa sarebbe stata incredibilmente difficile e io avevo bisogno di essere forte e calma. La bimba scalciò mentre passavo dal corridoio alla cucina, mi morsi un labbro per sopportare il dolore. Sicuramente Jake vide la tensione sul mio viso, perché mi fu accanto in un istante.

«Cosa c'è che non va? È la bimba?».

Scossi la testa, mordendomi con più forza il labbro. Non riuscivo a guardarlo, e lui lo percepì immediatamente, credo.

«Emma, sei bianca come un lenzuolo. Dimmelo subito. La polizia ha effettuato un arresto?»

«Ti piacerebbe, non è vero?», dissi io. «Saresti fuori pericolo». Aprii e chiusi i pugni, sentendo ancora il prurito per tutto il corpo. Il calore si fece strada su per il mio collo arrossato. Tutto il mio corpo era bollente e irritato e l'unica cosa che volevo era grattarmi ogni centimetro di pelle fino a farla venire via.

«Che diavolo...». Jake face un passo indietro allontanandosi da me e cercò di incrociare il mio sguardo. Notai che dietro di lui, sul bancone della cucina, c'era una nuova bottiglia di scotch.

«Vuoi bere per annebbiare i sensi di colpa?»

«Di che diavolo stai parlando, Emma?».

Sollevai il programma dal tavolo della cucina e lo sbattei

giù sul bancone davanti al suo scotch. Il bicchiere sbatacchiò contro la bottiglia mentre io trovavo la pagina del corso di storia dell'arte. Il dorso era già piegato nel punto giusto, quindi mi ci vollero solo pochi secondi per scoprire la prova delle sue bugie.

«Sto parlando di questo, Jake. Mi stai mentendo fin dal primissimo giorno che ci siamo conosciuti. Tutti questi anni. Dove lo tenevi? Dov'era?». Volai verso di lui, con gli artigli in fuori, le unghie che cercavano il suo collo. Ma Jake fu più veloce. Mi afferrò per i polsi e mi spinse lontano.

Indietreggiai, con gli occhi spalancati, tremante, mentre Jake afferrava la brochure e leggeva. Quando capì di cosa stavo parlando, impallidì e rimase a bocca aperta.

«È un errore di battitura», disse. Ma allungò anche la mano per prendere la bottiglia e cominciò a svitare il tappo.

«No, non è vero. Li ho chiamati. Due volte. L'università non ti ha mai sentito nominare. A meno che David Brown non sia un qualche alter-ego che ti sei inventato, tu non vai a York ogni martedì e giovedì. Vai da qualche altra parte».

Versò una bella dose di scotch nel bicchiere e bevve in fretta. «Tu non capisci».

«Allora illuminami, perché mio figlio è scomparso per dieci anni e io ti ho difeso contro chi sospettava di te. Ora ho scoperto che mi hai mentito e…».

«Pensi che io abbia preso Aiden?». Scosse la testa e si versò un altro scotch. «Porca puttana, Emma. Di tutte le… tu pensi veramente che io sia capace di *questo*? Pensi che io sia un pedofilo, è così? Tu sei mia *moglie*, Emma. Dovresti conoscermi».

«Credevo di conoscerti. Ma poi ho scoperto che mi hai mentito per tutti questi anni. Cosa dovrei pensare?».

Jake buttò giù il suo scotch e si appoggiò al tavolo della cucina, stringendo il bordo della credenza. Le nocche gli diventarono bianche mentre io aspettavo che mi rispondesse. Non riuscivo a stare ferma, eppure mi muovevo appena. Mi trovai a dondolare avanti e indietro sulle punte dei piedi come un corridore che si prepara psicologicamente per uno sprint. Qualsiasi cosa pur di liberarmi dell'energia che mi scorreva dentro.

«Non è come pensi», disse.

«Allora com'è?»

«Ti amo. Ti amo davvero». Inspirò profondamente, ma ancora non riusciva a guardarmi in faccia. Al contrario, teneva lo sguardo fisso sulle sue mani, disperatamente aggrappate al piano della cucina come se rischiasse di precipitare in un burrone. «Ma ho altri… bisogni».

Una parte di me non avrebbe voluto chiederglielo, ma ovviamente avevo bisogno di sapere. «Che tipo di bisogni?». Mi grattai la pelle bollente e irritata dei polsi e attesi.

«Tu sei l'unica donna con cui abbia mai voluto condividere la mia vita. Per me, tu sei *la* donna. Tu sei tutto. Mi sei più cara di chiunque altro abbia mai incontrato. Sei semplicemente *bellissima*. Mi sono innamorato di te nell'attimo stesso in cui ti ho visto, ma c'è qualcosa dentro di me che brama un diverso… un diverso legame». Si leccò le labbra ed esitò. «Non è colpa tua. Io sono… Io sono sporco. Sono afflitto da un problema».

Mi sentivo come se mi stessero per cedere le ginocchia. Jake provò ad aiutarmi a prendere una sedia, ma io gli schiaffeggiai la mano e mi appoggiai al piano della cucina.

«Penso di avere una dipendenza dal sesso». Si tirò i capelli in avanti sulla faccia e si trascinò le dita sugli occhi, poi giù, oltrepassando la barba incolta fino al collo. «Sento il bisogno di incontrare delle donne e farci sesso. Ho sempre dovuto farlo». Cominciò a piangere. «Ho inventato la scusa del lavoro part-time perché pensavo che se avessi mantenuto una regolarità di due volte a settimana sarei stato in grado di, non lo so, gestire la cosa, immagino. Non riuscivo a smettere prima di incontrarti. Quando ti ho aiutato a riprenderti da quel periodo buio, anche tu hai aiutato me. Eri… tutto per me». Provò ad allungare le braccia ma io mi ritrassi.

«Non toccarmi», scattai.

«Non ho mai fatto del male ad Aiden». I suoi occhi brillavano per le lacrime, e la sua pelle splendeva sotto le luci della cucina. «Sono un… cazzo di idiota, questo lo so. Ma non gli farei mai del male».

«Come posso crederci?».

Lui coprì la distanza che ci separava in un istante. «Guardandomi negli occhi. Capirai che è la verità!». Mi afferrò per le spalle. «Come siamo arrivati fino a questo punto, Emma? Noi ci amiamo. Tu mi ami. Come puoi solo *pensare* queste cose?»

«Le penso perché la gente nasconde la propria faccia. Per anni e anni, anche alle persone più vicine. Tu mi hai nascosto questa cosa così a lungo. Come posso avere ancora un briciolo di fiducia in qualunque cosa tu dica o faccia?». Mi liberai con uno strattone dalla morsa con cui mi stringeva le spalle. «Tu non sei la persona che ho sposato, capisci? Tu sei qualcun altro, e per quanto ne so quel qualcuno potrebbe essere chiunque».

Jake fece un passo indietro e sfiorò il bicchiere di scotch vuoto sul piano della cucina. «Ho un alibi per il momento in cui Aiden è stato rapito. Gli altri insegnanti mi hanno visto nella scuola».

«Lo so», dissi io. «Simon di informatica, a quanto pare. Che si era un po' confuso qualche settimana fa, finché tu non sei andato alla stazione e hai chiarito la cosa. Cosa hai fatto? L'hai corrotto? Quel tipo è una merda schifosa, Jake, quindi non mi sorprende».

Lui roteò gli occhi. «Ancora non mi credi».

Mi voltai dall'altra parte. «Non so più a cosa credere».

«Oh, andiamo, Emma. Pensi davvero che Aiden vivrebbe in questa casa se io fossi veramente il rapitore?».

Esitai. «Non lo so. Lui non… ecco, non sono sicura che ricordi».

«Se penso a tutta la merda che ho dovuto tollerare… Figli adolescenti che tornano dal regno dei morti. Ex fidanzati che assorbono tutto il tuo tempo. E so che tu te ne vai in giro per il paese mentre io sono al lavoro. Non te ne frega un cazzo di me. Voglio dire, su. Io sono la prima persona che incolpi quando le cose si mettono male, e anche quando ti dico la verità non mi ascolti».

«Ti sto ascoltando. È solo che non so a cosa credere e di chi fidarmi. Devi capirmi, Jake. La mia vita è stata messa sottosopra nel corso di queste ultime settimane. Le cose che sono successe mi hanno fatto quasi impazzire. È semplicemente… troppo. Non so dove sbattere la testa».

«È per questo che sono qui». Dolcemente, Jake mi fece voltare in modo che lo guardassi in faccia. «Sono qui per aiutarti a superare tutto questo. E ti aiuterò, lo giuro. Mi dispiace tanto di averti deluso. Non ho mai desiderato che accadesse niente del genere».

«È la verità?», sussurrai. «Sei andato a letto con altre donne? Perché? Non sono abbastanza per te?».

Le lacrime sgorgavano incontrollabili dai suoi occhi e le sue braccia erano abbandonate lungo i fianchi, senza vita. Era ripiegato su se stesso come un giocattolo rotto. «Tu sei tutto per me. È la verità. Ma… ho un problema. Avrei dovuto farmi aiutare… Io… io penso di essere dipendente dal sesso occasionale».

«Ah, non sai quanto mi dispiace, cazzo».

La rabbia risorgeva dentro di me e avevo bisogno di fare qualcosa per consumare l'energia imprigionata. Camminai avanti e indietro di fronte al tavolo della cucina, tirandomi i capelli fino a farmi male. Perché quel casino doveva accadere proprio in quel momento?

«Mi dispiace, Emma», gemette lui. Ormai piangeva sul serio, con il muco che gli colava dal naso. «Lo giuro. Non lo farò mai più. Andrò in terapia. Farò qualunque cosa vorrai».

«Voglio che tu te ne vada. No… lascia stare. Odio vivere in questa casa. Me ne vado io. Prenderò Aiden e andremo da Josie per qualche giorno. Poi capiremo cosa fare in seguito. Per la puttana, la data prevista per il parto è tra una settimana. Io sto per avere tua figlia e tu ti scopi altre donne». Mentre il fuoco mi scorreva nelle vene, trovai una tazza sul tavolo della cucina, la afferrai e la scagliai dall'altra parte della stanza. Jake la schivò e la tazza colpì la cappa sopra i fornelli, frantumandosi in mille pezzi.

«Gesù… Se mi avesse colpito…».

«Ma non l'ha fatto, no?»

«Emma, non voglio che tu te ne vada». La tazza frantumata ci aveva restituito la lucidità. Jake non piangeva più e parlava con la sua solita voce bassa e piatta. «Ti amo *così* tanto. Tu sei la mia vita. Non farei mai del male ad Aiden. Non farei mai del male a un *bambino*, Emma. Questo lo sai, vero? Ci credi?».

Emisi un lungo sospiro e annuii. «Ci credo, sì. Abbastanza. Almeno penso. Ma non posso stare qui, Jake. Hai tradito la mia fiducia. Non posso tollerare che Aiden stia vicino a qualcuno di cui non mi fido. Non in questo momento».

«Ma stiamo per avere una bimba. La culla è tutta sistemata. La nostra piccola bambina verrà presto al mondo. Non puoi semplicemente prendere e andartene pochi giorni prima del parto. Che mi dici della bimba, Emma? Non merita di venire al mondo con tutte le comodità di cui ha bisogno?»

«Io… io potrei farmi portare delle cose da Josie», dissi incerta.

«E cosa penserà Josie di tutto questo? Quella donna è sterile e tu porterai una bimba appena nata a casa sua, qualche settimana dopo che suo marito l'ha lasciata. È una cosa piuttosto meschina, Emma».

«Va bene, allora mi troverò un posto tutto mio».

«Non andartene», mi pregò lui. «Non distruggere questa famiglia. So che mi ami. Posso cambiare. Cambierò per te».

«Non posso più fidarmi», piagnucolai io. Ero stanca, così stanca. Affondai in una delle sedie della cucina.

«Non posso vivere senza di te». Jake si versò un altro bicchiere di scotch e ne bevve la metà in una botta sola. I suoi occhi e il suo naso erano bagnati per il pianto. Era pallido e aveva gli occhi cerchiati di rosso. Sembrava invecchiato di colpo. «Non posso e basta. Sei tutto per me, Emma».

Io sussultai. «Non dire così».

«Devi accettare la verità, se io rimango senza di te e tu senza di me, entrambi perdiamo tutto. Non abbiamo niente. Nessuno dei due ha una famiglia, non che questo abbia alcuna...».

«Io ho Aiden».

«Mi dispiace, amore, ma lui neanche ti parla».

«Smettila, Jake».

«Non è il ragazzo che credevi morto tanti anni fa. Aiden non è più quel ragazzo e io non sono sicuro che potrai mai relazionarti con lui di nuovo».

Adesso mi tremava il mento. «Non dire così».

«Emma, abbiamo bisogno l'uno dell'altra. Dobbiamo rimanere insieme per la bimba».

Ero così stanca. Non volevo più combattere. Volevo solo che tutto finisse.

«Non lasciarmi, Emma. Andrò in analisi. Mi farò aiutare. Farò funzionare questa cosa. Vedrai. Lo prometto».

37

A nessuno piace pensare di essere debole, ma tutti nascondiamo delle fragilità. Abbiamo anche punti di forza, ma a volte le circostanze della nostra vita ci travolgono così impetuosamente che non possiamo far altro che soccombere alle nostre debolezze. Jake mi aveva sfinito quel giorno. Ero così stanca che non potevo più combattere, e sì, mi sentivo intrappolata. Quello che aveva detto a proposito di Josie mi aveva colpito duramente, in effetti. Era la mia migliore amica e io non avevo pensato a cosa avrebbe provato trovandosi una bimba appena nata in casa. I miei genitori erano morti. Non avevo una casa tutta mia. Mancava una settimana alla data prevista per la nascita di *nostra* figlia. Ero emotivamente prosciugata, fisicamente debole, e quella che mi sembrava l'opzione più semplice mi attirò in modo irresistibile. Sarei rimasta a casa, a condizione che Jake dormisse sul divano. Il giorno seguente, aspettai in camera fingendo di dormire finché lui non uscì per andare a lavoro.

Con gli occhi ormai asciutti, mi feci una doccia, mi asciugai i capelli e mi vestii. Misi in carica il telefono, che era morto mentre io e Jake litigavamo fino a tarda notte. Poi controllai Aiden. Era sveglio, si stava facendo qualche toast.

«'giorno», dissi, tentando di iniettare una dose di allegria nella mia voce. «Spero che non ti abbiamo spaventato ieri sera. Io e Jake abbiamo dovuto discutere di alcune cose e l'atmosfera si è un po' scaldata. So che hai lavorato tanto sui tuoi dipinti quindi non ho idea di cosa tu abbia sentito, ma probabilmente dovremmo parlarne. Io e Jake stiamo avendo dei problemi. Lui ha commesso degli sbagli e io ho detto delle cose orribili, ma siamo entrambi adulti e troveremo una soluzione. Potremmo anche fare terapia, come te, Aiden. Vogliamo andare avanti come una famiglia».

Più parlavo, più temevo che stessi cercando di convincere me stessa piuttosto che lui. Feci cadere i cereali dalla confezione e ignorai il tremolio della mia mano. Mandai giù due pillole per la pressione con un bicchiere d'acqua e mi misi a sedere di fronte a mio figlio, immerso nel silenzio. Non sapevo se fosse rimasto in qualche modo turbato da quello che stava succedendo, ma di sicuro non mostrò alcuna reazione.

Finii la colazione e salii al piano di sopra per sistemare le coperte nella culla. Dopo l'incidente di Aiden con la vernice, ne avevamo comprata una completamente nuova. Probabilmente avremmo potuto pulire la vecchia alla perfezione o quasi, ma quegli schizzi di vernice rossa sopra alla coperta mi avevano impressionato. Avevo voluto comprarne una nuova solo per liberarmi il cervello da quell'immagine. E così avevamo fatto. E decisi di tenere Aiden fuori dalla stanza della bimba.

Quella mattina mi spinsi solo fino a quel punto con i miei ragionamenti. Sebbene il parto fosse incombente, dovevo affrontare così tante cose diverse tutte nello stesso momento che mi sembrava meglio tagliare fuori le preoccupazioni su Aiden e la bimba. Nutrivo fiducia in mio figlio? Credevo che fosse pericoloso? Erano queste le domande che mi risuonavano in testa se permettevo a me stessa di pensarci troppo a lungo. Se avessi ammesso la realtà allora mi sarei ritrovata a percorrere un sentiero che non volevo battere. Avrei dovuto arrendermi con Aiden. E non potevo farlo. Dovevo credere che ogni cosa si sarebbe sistemata in qualche modo, ma quella convinzione tramontò prima della fine della giornata.

Dopo aver aperto una morbida copertina tornai in camera per rifare il letto e preparare la lavatrice. E già che ero in camera controllai il cellulare in carica accanto al letto. Cinque chiamate perse e due messaggi in segreteria.

Il primo era dell'ispettore capo Stevenson, chiedeva se Aiden avesse fatto qualche progresso. Mi chiamava più o meno ogni due giorni per "sapere come andava", oppure, quando gli agenti incaricati dei rapporti con la famiglia stavano con noi tutto il giorno, si informava tramite loro. Mi dispiaceva per l'ispettore capo Stevenson. Era un brav'uomo che cercava solo di fare il proprio lavoro, pur dovendo affrontare straordinarie pressioni. Ma la verità era che dopo due settimane e mezzo di indagini, non era venuto a capo di niente.

Il secondo messaggio vocale era di Rob. Quando lo ascoltai mi tirai su a sedere con la schiena ben dritta. Poi staccai velocemente il telefono dal caricatore e scesi. Il messaggio diceva: «Emma, sono Rob. Papà è appena stato rilasciato. Non hanno trovato nessuna prova. Hanno perquisito la casa e non c'era nulla. Non è stato lui, io lo sapevo e anche tu, probabilmente. Non è la ragione principale per cui ti chiamo. Guarda, non avrei voluto dire questa cosa alla segreteria, ma tu non rispondi e *devi* sapere. Non mi fido di Jake, lo sai. Be', è da un po' che lo sto seguendo. Va di continuo in un qualche garage fuori Bishoptown vicino alla A59. C'è qualcosa di sospetto. Non sto dicendo che abbia fatto del male ad Aiden, non sto dicendo questo… non ancora. Ma penso che dovremmo andare a vedere questo garage e scoprire cosa sta succedendo. Niente polizia. Solo io e te. Lascia Aiden a casa dei miei genitori e vediamoci».

Sebbene sperassi di non incontrarlo, fu Peter ad aprire la porta. Gli rivolsi un debole sorriso. «Mi dispiace che tu sia stato interrogato dalla polizia in quel modo».

«Va tutto bene», disse lui, facendomi entrare. «Hanno

interrogato tutti quanti. Mi dispiace solo di non aver visto Aiden. Non avevo idea che fossi così vicino al luogo in cui è stato preso. Se solo avessi visto qualcosa... A ogni modo, non sono più indagato. A quanto pare il filmato delle telecamere a circuito chiuso proseguiva ritraendomi mentre scattavo delle foto nell'ora in cui Aiden è stato rapito, secondo le loro ricostruzioni. Non so proprio perché non abbiano controllato prima, invece di trattenermi per ore. È quel duca che dovrebbero interrogare. Non mi piace la faccia di quel tipo».

«Neanche a me», dissi. «C'è Rob? Ha pensato che magari tu e Sonya potreste tenere d'occhio Aiden mentre noi controlliamo una cosa».

«Sì, ed è stato vago esattamente quanto te. Spero che non vi stiate andando a cacciare in qualche guaio». Peter camminava al mio fianco mentre ci spostavamo dall'ingresso del B&B agli alloggi dietro alla reception.

«No, niente del genere». Mi bloccai fuori dalla porta delle loro stanze private. «Ascolta, Peter. È una cosa difficile, ma devo dirtelo. Puoi assicurarti che Sonya non faccia nulla senza il mio consenso? L'ultima volta ha invitato un altro bambino a passare del tempo con Aiden e non è andata tanto bene. Semplicemente non è ancora pronto per giocare con altri bambini. Il nostro è un equilibrio precario e ho bisogno di essere sicura che Sonya non farà...».

«Crollare il castello di carta?».

Feci un sospiro di sollievo. «Esattamente».

«La terrò sotto controllo, non preoccuparti», disse lui.

«Grazie, lo apprezzo molto». Feci una pausa. Stavo per dirgli che non avevo mai sospettato che avesse fatto del male ad Aiden, ma sarebbe stata una bugia. C'era stato un momento in cui mi ero messa a sedere e mi ero chiesta se Peter potesse essere stato capace di rapire, imprigionare, stuprare e torturare mio figlio. La verità è che l'avevo ritenuta una cosa possibile, proprio come avevo pensato che praticamente tutte le persone che conoscevo fossero capaci di un'azione del genere. Mentre entravo nelle stanze sul retro del B&B, mi venne il voltastomaco. Per me, ormai, erano tutti colpevoli fino a prova contraria.

Chiunque avesse rapito Aiden aveva vinto. Lo aveva distrutto al punto di renderlo un involucro vuoto, e aveva trasformato me in una donna sospettosa e ansiosa. Tentai di calarmi sul viso un'espressione serena che nascondesse i miei pensieri, ma Rob si accigliò subito, perplesso di fronte al mio largo sorriso forzato.

Eppure sistemammo Aiden e partimmo. Ero al limite del crollo, mi grattavo le mani e le tempie. Non volevo lasciare Aiden con i nonni, ma sapevo che non potevamo portarlo con noi. Ci avviammo fuori dal B&B e ci dirigemmo verso il furgone di Rob.

«Va tutto bene?», mi chiese mentre salivo sul sedile del passeggero.

«Sono stata meglio».

«Cos'è successo?».

Mi misi la cintura.

«C'è una cosa che devi sapere. Non so che c'è in questo garage, ma potrebbe anche non essere quello che pensi. Ieri ho scoperto che mi ha mentito. Frequentava delle donne e faceva sesso con loro».

«Cosa?»

«Lo so. Sono... sono scioccata anch'io. Guarda, possiamo semplicemente portare a termine questa cosa? E comunque, perché non stiamo andando dalla polizia?»

«Perché già pensano che io sia un idiota. Mi rendo conto benissimo che c'è la possibilità che questa storia del garage sia una cosa da nulla, ed è proprio per questo che voglio portarti con me. Non farò perdere tempo alla polizia nel caso Jake lì dentro tenesse qualche motocicletta segreta o che ne so. E voglio che anche tu veda con i tuoi occhi. Così avrò qualcuno dalla mia parte. Tra l'altro, i poliziotti hanno bisogno di farsi dare un mandato o roba del genere, e solo Dio sa quanto potrebbe volerci».

«Sarà probabilmente una qualche orrenda stanza del sesso». Tremai. «Piena di porno e sex toys. Dice di avere una dipendenza».

«Porca puttana».

«Non ne parliamo più. Guida e basta. Non posso... Non voglio pensarci, e ho bisogno di sapere che cosa c'è nel garage».

Rob accese il motore e dalla radio si alzò la voce di Katy Perry. Lui si scusò e abbassò il volume mentre usciva dal parcheggio. Sintonizzò la radio su una stazione locale mentre ci avviavamo fuori dal villaggio, in direzione della A59. Non parlavamo, a malapena ascoltavamo la radio – c'era una discussione di qualche tipo su una tempesta che avrebbe colpito l'area di Bishoptown.

La bimba era inquieta quel giorno. Mi massaggiai il pancione e cercai di calmarmi. Madri stressate generano bimbi stressati, o così dicono. Con il parto sempre più imminente, dovevo pensare al mio personale benessere molto più di quanto avessi fatto fino a quel momento. Non era un'impresa facile, dato che tutto attorno a me era esploso il caos.

La pioggia cominciò a scrosciare dalle grigie nuvole che incombevano sopra di noi, ticchettando sul vecchio furgoncino di Rob. Non c'era una singola parte del cielo che non fosse spenta e tetra. Nemmeno un angolo di blu. Niente sole. Niente luce. Mi tirai più su il bavero del cappotto e cercai di non pensare a quel cielo minaccioso.

Entrammo e parcheggiammo in un silenzio di tomba. Prima di scendere, mi tirai più in basso il cappuccio del cappotto sulla faccia. Rob aveva un berretto da baseball per proteggersi dalla pioggia. Costeggiammo di buon passo una lunga fila di portelloni finché Rob si fermò.

«È questo qui. Il numero 29».

«Come facciamo a entrare?», chiesi. «Non possiamo certo scassinare il garage».

«Ho un amico che lavora qui. Ricordi Fletcher?».

Gemetti. «Intendi il tuo spacciatore di erba?»

«Lui in persona. Comunque, è in debito con me, quindi mi ha lasciato il portellone aperto. Guarda, se qualcuno ci scopre, diciamo che abbiamo sentito un rumore da dentro e in ogni caso abbiamo trovato aperto, così…».

«Tira su la serranda e basta, Rob. Attento alle impronte, però».

Lui si mise un paio di guanti di pelle. «Per chi mi hai preso?».

Il portellone si aprì sferragliando, con un rimbombo che suonò sinistro come un tuono. La pioggia era fredda, mi lasciava il gelo sulla pelle. In realtà, fui contenta di abbassare il capo sotto al portellone ed entrare nel garage.

«Che diavolo…», disse Rob.

Mi tirai via il cappuccio per dare uno sguardo al garage ricolmo. Quello che vidi mi tolse il respiro. Non mi aspettavo assolutamente niente del genere, e ammetto che avevo già messo in preventivo il peggio. Mi ero figurata una terribile prigione insonorizzata per attività abominevoli. Un luogo destinato a un drogato del sesso, tappezzato di immagini pornografiche con un materasso sporco spinto contro un muro. Avevo pensato a tutto, eppure rimasi comunque sorpresa.

Una cosa l'avevo prevista correttamente: il garage era pieno di immagini, ma non erano pornografiche. Almeno, non tutte quante. Per la maggior parte erano dipinti. Ce n'erano a decine appesi alle pareti, e tra un ritratto e l'altro c'erano piccole fotografie che ritraevano tutte lo stesso soggetto… me. In mezzo al garage c'era un cavalletto, con un piano colmo di vernici. C'era anche un alto schedario contro il muro.

Attraversai il garage e mi fermai vicino alla parete, osservando tutte le fotografie del mio volto. Immagini di me che camminavo per Bishoptown, che riposavo su una panchina al parco e davo da mangiare alle anatre, che portavo a casa le buste della spesa, che scendevo dall'autobus. Non sembravano rispettare un ordine cronologico, erano tutte mischiate lungo le pareti. In alcune stringevo la piccola mano di Aiden nella mia. In una gettavamo sassolini oltre il ponte nell'Ouse. In un'altra eravamo seduti al parco a mangiare panini. Io in piedi sotto un albero che fissavo tra i rami quella piccola scimmietta di mio figlio. Io che vagavo per le strade di Bishoptown con il trucco colato per metà lungo il viso, con delle buste piene di bottiglie di Pinot Grigio. E poi, la più disturbante di tutte: io che salivo sullo scuolabus. Io vestita per il ballo studentesco, con Rob a braccetto (ma la faccia di Rob era stata grattata via).

«Guarda». Rob indicò un grande ritratto al centro del muro in fondo. «Hai la cravatta della scuola. Questa è prima dell'ultimo anno. Non portavamo la divisa l'ultimo anno».

E poi un pensiero mi colpì. Più o meno a metà del nostro litigio la sera precedente, Jake aveva ammesso di essersi innamorato di me *la prima volta che mi aveva visto*. Io andavo a scuola la prima volta che mi aveva visto. Lui era un professore.

«Oh Gesù».

«Emma, mi spiace. Non mi aspettavo niente del genere».

«Cosa ti aspettavi?», sussurrai io.

Rob non rispose, e in ogni caso ero troppo distratta dalle immagini. Erano i dipinti a disturbarmi maggiormente. Jake si era concentrato soprattutto sulla mia faccia. C'erano ritratti complessi, quasi nello stile del fotorealismo, con i miei lineamenti colti alla perfezione. In uno stavo chiaramente dormendo, i capelli che ricadevano dietro di me. Preso singolarmente, lo avrei considerato una bellissima sorpresa che mi avrebbe lusingato, ma in quella disgustosa invasione della mia privacy, era inquietante e mi faceva accapponare la pelle.

«Non grattarti le mani», disse Rob. Si frugò in tasca e tirò fuori un paio di guanti di plastica sottile, come quelli che usano i chirurghi. «Mettiti questi. Non possiamo lasciare alcuna traccia di DNA. Questa è la scena di un crimine».

Stavo per chiedergli cosa volesse dire, ma ovviamente, ero *io* il crimine. Vittima di stalking. Mi aveva scattato delle foto quando ero minorenne. Alcune erano senza dubbio ammiccanti. Non ero nuda, certo, ma in determinati scatti mi piegavo con indosso una minigonna, o si vedeva un po' di carne sotto la camicia della scuola. Volevo fuggire da quel garage e immergermi nell'acqua bollente per levarmi lo schifo di dosso. Ero stata violata.

«Vediamo cosa c'è nello schedario», disse Rob.

Era diventato gentile. Non era da lui trattenersi in una situazione stressante, e allora capii che lo faceva per il mio bene. Sapeva che non poteva liquidare quel casino dicendo semplicemente che Jake era uno stronzo. Portavo in grembo la sua bimba. Eravamo legati l'uno all'altra, per quanto la cosa fosse disgustosa.

«Non capisco nulla di tutto questo», dissi con voce calma. «Se era così ossessionato da me perché andava a letto con tutte quelle donne?»

«Non sono sicuro che lo facesse davvero, Em», disse Rob. «Penso che venisse qui, piuttosto».

«Ma perché? Aveva me. Ero sposata con lui».

Rob non rispose così iniziai a guardare tra la catasta di dipinti impilati lungo il pavimento, mentre lui apriva lo schedario. Rimasi senza fiato. Erano anche peggiori di quelli sulle pareti. Jake mi aveva dipinto in pose sadiche. Nella maggior parte ero nuda o seminuda, con le mani legate e una ball gag in bocca. Non c'era alcun accenno di desiderio nei miei occhi. Ero impaurita. Nelle sue fantasie mi vedeva come una schiava, presa contro la mia volontà.

Forzata a partecipare al suo gioco. Il punto centrale era la volontà di dominarmi. Ma lui non si comportava affatto in quel modo nella nostra relazione. Lui… aveva il controllo, sì, certo, se mi guardavo indietro riconoscevo il suo atteggiamento per quello che era. Mi aveva trovato un impiego nella stessa scuola dove lavorava lui. La casa e la macchina erano di sua proprietà. Era molto schizzinoso riguardo a quello che entrava in casa nostra. Ma non era mai stato sadico. Non mi aveva mai colpito e non aveva neppure provato niente di ardito in camera da letto. Perché aveva bisogno di quelle assurde immagini?

Stavo iniziando a comprendere la vera dipendenza di Jake. Non era il sesso, era una fantasia. Era il possesso. E cosa c'era di meglio che ingravidarmi? Ripensai al giorno in cui avevo scoperto di essere incinta. Avevo dato la colpa a un raffreddore che aveva reso le mie pillole anticoncezionali meno efficaci, ma se… se Jake le avesse alterate?

Una gelida sensazione di terrore mi scavò un buco nella pancia.

«Emma, vieni a vedere».

Lasciai i dipinti nello stesso modo in cui li avevo trovati e attraversai il garage. Rob aveva individuato un grande raccoglitore dentro allo schedario. Lo abbassò per farmi vedere cosa c'era all'interno. All'inizio non volevo guardare, ma poi mi forzai.

«È un'altra ragazza», disse Rob. «Ricordi quando la stampa ha messo le mani su quella foto di Jake con una studentessa? È lei. C'è una tonnellata di foto sue qui dentro». Voltò pagina e io rimasi senza fiato. La ragazza – carina e con i capelli neri – era nuda nella pagina seguente. «Cazzo. Ha mentito. Ha avuto effettivamente una relazione con lei». Le pagine scorrevano, mostrando sempre più fotografie di quella giovane in pose scandalosamente vulnerabili. Sapevo che la sua espressione lievemente sconcertata mi avrebbe perseguitato per sempre. Le pose erano sfacciate e convinte, ma quella sul suo volto era un'espressione di totale insicurezza. «Si è approfittato di lei. Stronzo del cazzo. Guarda, di alcuni scatti ha fatto anche una copia. Le conserva per sfruttarle a proprio vantaggio, di sicuro. Per assicurarsi che lei non lo dica a nessuno. Scommetto che quel bastardo ha minacciato di diffonderle». Rob chiuse con violenza il faldone e una penna USB cadde a terra.

La raccolsi. «Non voglio neanche sapere cosa c'è qui dentro».

Rob scosse la testa, poi tirò fuori un mazzo di lettere tenute insieme da un elastico. Prese quella in cima e cominciò a leggere. «"Mi manchi così tanto. Per favore richiamami, Jake. Voglio vederti. Ho così tanta paura che la gente scopra cosa è successo e che finiamo nei guai...". Merda. È da parte della ragazza. E ha il timbro postale di una settimana fa. Si tiene ancora in contatto con lei. Scommetto che se la tiene come animaletto domestico, e che lei pende dalle sue labbra».

Avrei voluto buttarmi a terra. Volevo farla finita, lasciare che il peso del mondo mi schiacciasse fino ad annientarmi. Ma non feci nulla del genere. Setacciai lo schedario insieme a Rob in cerca di altre prove incriminanti contro l'uomo che avevo giurato di amare in salute e in malattia, finché morte non ci avesse separato. Quella sua ossessione era assimilabile a una malattia? Ci si aspettava che rimanessi con quell'uomo per sempre, nonostante tutto?

Feci un respiro profondo. No, non sarei svenuta, e non avrei dato di stomaco. Non avrei fatto nessuna delle cose che si fanno nei film: sarei rimasta lucida, e avrei scoperto esattamente cosa stava succedendo.

«Emma». C'era un tono allarmato nella voce di Rob che mi fece venire una specie di solletico nella pancia e mi drizzò i peli alla base del collo. «Ci sono ritagli di giornali qui dentro... sui tuoi genitori».

«Cosa?».

Presi l'album che Rob teneva in mano e lessi. Ogni articolo sulla morte dei miei genitori era archiviato lì dentro. Jake aveva meticolosamente ritagliato ogni pagina e l'aveva incollata nell'album, facendo attenzione a non piegarla né a sgualcire gli angoli.

«Che senso ha tutto questo?»

«Emma, è ossessionato da te. È logico che non volesse i tuoi genitori tra i piedi. Aiden non c'era più, io non c'ero più – quindi rimanevano solo due persone nella tua vita».

I miei occhi bruciavano per le lacrime trattenute. Non avevo più forza nelle braccia e per poco non feci cadere l'album. Fu Rob a prenderlo prima che finisse a terra.

«Tu pensi che li abbia uccisi», sussurrai.

Di tutte le cose orribili che mi erano successe, quello fu il momento più inaspettato da quando avevo varcato le porte dell'ospedale e avevo visto mio figlio vivo. No, non potevo prevedere uno sviluppo del genere.

«Sì, lo penso», disse Rob. «Mi dispiace. E c'è di più. Ritagli di articoli di quando pensavamo che Aiden fosse annegato».

Chiusi gli occhi e cercai di respirare normalmente. «Pensi che abbia rapito Aiden?».

Rob si accigliò. «È ossessionato da te. Non so se la cosa rientra nello schema ma penso che sia capace di qualunque cosa. Mi dispiace, Em».

«Ma… ho visto Amy in quel programma ed ero certa che fosse lei. Lei è cattiva, è…». Lasciai in sospeso la frase, pensando alle maschere che indossa la gente. Durante l'intervista avevo visto la vera Amy, e in quel garage avevo visto anche Jake per quello che era. Era chiaramente uno squilibrato, e ciò significava che dovevo partire dal presupposto che fosse capace di tutto.

Ripensai al momento in cui avevo saputo dell'incidente dei miei genitori. Mamma e papà erano sull'autostrada per

Londra per trascorrere il fine settimana fuori quando si erano rotti i freni. Mi avevano detto che il problema era l'acqua nel liquido dell'impianto frenante. Un problema di cui è facile non accorgersi se non si è pratici di automobili. Era tutto così plausibile. Ma se fosse stato Jake a manomettere il motore?

Ripensai a quel periodo. A chi avevo detto che sarebbero partiti? Chi sapeva? Gran parte del villaggio, probabilmente. Mamma era il medico di base e quasi tutto il paese si rivolgeva a lei. Potevo averlo accennato a chiunque mentre facevo spesa all'edicola, o spedivo un pacco all'ufficio postale, o mi occupavo di chissà quale incombenza. A Jake sarebbe bastato ascoltare una chiacchierata, o magari aveva parlato direttamente con mamma. Chissà, magari l'aveva sentito dire a scuola. I pettegolezzi dilagavano tra gli abitanti di Bishoptown e non succedeva mai granché, quindi una breve gita a Londra poteva benissimo inserirsi tra le chiacchiere quotidiane. *Sapevi che Gina Price andrà a Londra per il fine settimana? Be', si vede che sta ancora cercando di superare la morte di suo nipote. Mi chiedo se vedranno uno spettacolo...*

Sì, era più che possibile che avesse saputo della gita a Londra dei miei genitori.

«Rob, non ce la faccio a sopportare questa cosa», mormorai. «Sto cercando di essere forte. L'aria qui dentro...».

«Usciamo», disse lui. Mi cinse la vita con un braccio. «Solo per un momento. Respira».

38

La pioggia era rilassante, mi calmava, e non mi importava del freddo. Stavo già comunque gelando fin dentro le ossa, e il clima di ottobre non c'entrava niente. Mi appoggiai contro la scivolosa parete del garage e lasciai che la pioggia mi inzuppasse. Quel posto odorava di cemento fresco e muffa. Con il passare del tempo, fu quello l'odore che associai più di tutto a Jake. Cemento fresco e muffa. Così era mio marito, viscido e marcio, un uomo con due facce. Come ero caduta ai suoi piedi?

Aveva architettato tutto lui. Tutto quanto. Aveva visto che stavo andando a pezzi dopo Aiden e aveva colto l'occasione. Una volta usciti di scena i miei genitori, sapeva che non avevo nessuno che si prendesse cura di me e che non sarei stata in grado di farlo da sola. Ed eccolo lì, che correva in mio soccorso come un cavaliere dall'armatura scintillante e diventava il mio protettore. Mi aveva fatto conoscere nuovamente la pittura. Mi aveva trovato un lavoro. Mi aveva rimesso in piedi, sempre con un braccio dietro la schiena per sostenermi.

Rob emerse dal garage a testa bassa. Si avvicinò, mi tirò a sé e mi abbracciò. «Non avrei mai dovuto andarmene. Sono così dispiaciuto, Emma. Non avrei dovuto lasciarti a piangere per la morte di Aiden da sola. Sono stato un egoista del cazzo e mi dispiace».

Sebbene stessi ricambiando il suo abbraccio, mi sentivo vuota. In quel momento capii come faceva Aiden a vivere come un sonnambulo senza proferire una singola sillaba.

Sì, lo capivo. Il cuore mi si era avvizzito e quasi non batteva più. Ero svuotata.

Rob chiuse il portellone del garage e mi portò al furgone. Salimmo, lui si tolse il berretto e si strofinò la pelle bagnata di pioggia.

«A parte le foto di te minorenne e della ragazza, non c'è niente. Perlomeno, non c'è niente che possa provare che ha ucciso i tuoi genitori», disse. «Se l'ha fatto davvero, non ha conservato nessun souvenir, solo quei ritagli, e immagino che potrebbe sostenere che è stata l'ossessione per te a spingerlo a tenerli. Io penso che li abbia uccisi, però. Ha senso. È coerente con tutte quelle bugie».

«Davvero?», farfugliai. Avevo la gola così chiusa che le parole mi uscivano a fatica. «Stiamo saltando alle conclusioni, qui? Lui è… è mio marito e io lo sto accusando di omicidio».

«Emma, penso proprio che l'abbia fatto. E penso che lo creda anche tu».

E la cosa malata è che era vero. Ci credevo sul serio, anche se speravo di sbagliarmi.

«Non è colpa tua, Em. Si è approfittato di te come ha fatto con quella ragazza. Lui fa così».

«Lo so… È solo che…». Mi fissai la pancia. Stavo portando in grembo la figlia di un assassino? «Come ho potuto innamorarmi di lui?»

«Ma ti sei davvero innamorata? Non ti sei piuttosto invaghita della sicurezza che ti ha offerto? Se fossi stata veramente innamorata di lui, ci sarebbero state lo stesso quelle scintille tra noi?».

Feci un gesto con la mano per scacciare quell'idea. «Quello… Quello è stato per via del ritorno di Aiden. Troppe emozioni incontenibili». Cercai di ignorare lo sguardo ferito nei suoi occhi. «Perché la polizia non ha scoperto alcuna traccia di reati quando hanno indagato sulla morte di mamma e papà?»

«Probabilmente perché non si aspettavano di trovare qualcosa di sospetto. I tuoi genitori non avevano nessun nemico. Non c'era motivo di pensare a un omicidio».

«Dovremmo chiamare la polizia», dissi.

Lui annuì. «E dobbiamo capire cosa fare adesso. È ora di pranzo. Jake sarà ancora a scuola, giusto?»

«Sì».

«Andremo da te e prenderemo un po' di roba. Puoi stare da noi al B&B».

Scossi la testa. Per quanto odiassi dover fare una cosa del genere alla mia migliore amica, ormai era necessario. «Voglio andare da Josie. Tua madre è troppo imprevedibile, Rob. Prende decisioni senza consultarmi ed è troppo cocciuta. Pensa sempre di sapere ciò che è meglio per Aiden e non voglio mettermi a litigare con lei. Inoltre, dovrei partorire a giorni e i tuoi genitori non hanno spazio». Il pensiero del parto imminente era un peso così gravoso che non riuscivo a tenere su le spalle. Appoggiai la testa contro il finestrino del furgone di Rob. «Che cosa farò?».

Le sue dita calde mi accarezzarono la mano prima di stringerla forte. Il modo in cui il mio palmo si adattava alla perfezione al suo mi iniettò un po' di calore nelle ossa. Non era molto, ma era qualcosa.

«Non andrò da nessuna parte questa volta, Emma. Ti aiuterò».

Sì, ma per quanto?, pensai. «L'hai già detto».

Rob sospirò. «Questa volta dico davvero».

«Come faccio a sapere che non mi stai mentendo di nuovo? Hai mentito l'ultima volta, no? Nelle settimane dopo l'alluvione mi avevi detto che saresti stato al mio fianco, che saremmo stati insieme a ogni costo. Hai mentito».

«Non è una bugia se quando la dici credi che sia la verità. Pensavo che saremmo stati insieme».

Mi asciugai una lacrima. «Scusa. Sono… sono solo turbata. Sarà meglio andare».

Rob accese il motore e lasciammo finalmente il deposito. Quando arrivammo a casa di Jake – non casa mia, non più – Rob chiamò la polizia e fece una soffiata anonima dicendo che Jake Price nascondeva droga in un garage fuori Bishoptown. Mi sforzai di infilarmi sotto la doccia e lasciai che l'acqua bollente lavasse via l'odore di muffa dei muri umidi del garage. Poi mi vestii, andai a prendere la valigia e ci rimisi dentro alcune delle cose che avevo tolto la notte prima, insieme ad altri indumenti di Aiden. Rob mise nel furgone le cose per la bimba, tutte quelle che riuscì a caricare, mentre io provavo a mettermi in contatto con Josie.

«Ancora nessuna risposta?». Rob si asciugò la fronte bagnata di pioggia e sudore con il dorso della mano e si raddrizzò. Il suo volto era rosso per lo sforzo, aveva portato valigie pesanti dentro il furgone.

Scossi la testa. «Non pensavo che fosse al lavoro. Si è presa una pausa per affrontare la scomparsa di Hugh».

«Vuoi andare dai miei?».

Mi morsi il labbro. «No. Ho una chiave di casa sua. Andiamo a prendere Aiden e poi chiamo Josie quando arrivo lì. Per il momento ho lasciato un messaggio in segreteria».

«Sei sicura che non sarà un problema per lei?».

Un crampo improvviso divampò nel mio addome e mi ripiegai su me stessa.

«Emma?».

Mi raddrizzai appena il dolore svanì. «Sto bene. No, Josie non avrà nulla da ridire. Io farei lo stesso per lei, date le circostanze».

Rob annuì, ma era ancora preoccupato. «Sei sicura che vada tutto bene?»

«È solo la bimba che scalcia».

Ma stavo tremando da capo a piedi. Il dolore che avevo provato era molto peggiore dei soliti calci. E poi non sapevo se Josie mi avrebbe accolta. Tutto quello che sapevo è che non volevo avere tra i piedi i genitori di Rob. Non dopo lo scherzo di sua madre, che aveva turbato Aiden così tanto, e non dopo che il padre era stato interrogato dalla polizia. No. Avevo bisogno di andare in un posto sicuro per Aiden. Le cose erano incasinate ora che Hugh se n'era andato, ma sapevo che stare da Josie era l'opzione migliore. Hugh non sarebbe ritornato, almeno non nell'immediato futuro, quindi sarei potuta stare da sola con Josie per una settimana o due finché non avessi avuto la bimba. Poi avrei potuto cercare un appartamento nel villaggio.

Ero arrivata a una svolta nella mia vita semplicemente assurda. Ecco cosa succede quando non hai più il controllo. Quando qualcuno te lo toglie completamente. La cosa peggiore era che avevo lasciato che Jake avesse ancora più potere su di me. Mi ero lasciata persuadere a vendere la casa dei miei genitori. Avevo messo i miei soldi in un conto comune. Avevo accettato un impiego in un posto in cui lavorava anche lui. Avevo commesso tutti questi stupidi errori perché lo amavo e mi fidavo di lui. Rimpiangevo le mie scelte mentre salivo di nuovo sul furgone di Rob e guardavo Bishoptown perdere i contorni nella pioggia e tramutarsi in un dipinto astratto. Ma sarebbe venuto un giorno in cui avrei smesso di rimpiangere le mie decisioni. Nessuno dovrebbe pentirsi di amare e avere fiducia in un altro essere umano. Sì, a volte rivolgiamo il nostro amore e la nostra fiducia verso la persona sbagliata, ma questo non significa affatto che non avremmo dovuto farlo. I cuori vanno protetti, ma non bisogna costringerli a chiudersi. Il pezzo di carbone appassito nascosto in fondo al mio petto una volta era stato pieno d'amore. Ma mentre passavamo a prendere Aiden e ci dirigevamo verso la casa di Josie, il mio cuore era colmo solo di odio.

39

Era ormai tardo pomeriggio quando raggiungemmo la casa di Josie. Mancavano ancora ore al tramonto, ma erano scese delle nuvole scure che impedivano alla luce del sole di filtrare nel cielo torbido. Aprii la portiera del furgone e scesi tenendomi il pancione sporgente. La pioggia ci flagellava, era un vero diluvio, e istantaneamente venni trasportata indietro, a quel giorno fatale di dieci anni prima quando avevo perso mio figlio. Ma questa volta lui era al mio fianco. Gli tenevo stretto il braccio con una mano e con l'altra gli riaggiustavo il cappuccio dell'impermeabile. Se ne stava lì sotto, muto come un pesce, pallido come un cencio, e senza vita come un manichino. Mio figlio. Il ragazzo che aveva avuto solo reazioni distruttive e violente da quando era tornato da me. Gli misi un braccio attorno alle spalle e camminai con lui fino alla casa.

«Pensi che la polizia sia già stata al garage?», chiesi, alzando la voce per sovrastare il vento. «Stevenson non ha chiamato».

«Ti contatteranno quando avranno fatto due più due. Almeno qui sei al sicuro lontano da lui. Prima della fine della giornata lo avranno arrestato».

Mi chinai per recuperare la chiave di riserva sotto ad alcune rocce ornamentali posizionate intorno a una pianta. A Bishoptown non succede mai nulla. Nessuno viene mai derubato, non ci sono furti in casa, quindi nessuno pensa a tenersi al sicuro. Presi la chiave da sotto le rocce finte.

«Lo inchioderanno per la relazione con quella ragazza

a Bournemouth. Ho messo tutto in bella mostra, ci metteranno un attimo», disse Rob. Portava la mia valigia più pesante. «Poi dovremo capire se Jake ha veramente rapito Aiden e perché». Guardò mio figlio e abbassò la voce. «Aiden non ci ha detto che è stato Jake».

Le sue parole mi fecero sentire terribilmente esausta. C'erano troppe cose da prendere in considerazione. Troppi pensieri mi mulinavano per la testa in un vortice di parole come *rapimento* e *omicidio*. Chiusi gli occhi e mi sforzai di scacciare tutto.

«Stai bene?», chiese Rob. «Vuoi che apra io la porta?».

Annuii e gli porsi la chiave, accarezzandomi la pancia con una mano.

Anche se la pioggia ci stava inzuppando e il vento ululava al di sopra della foresta che si estendeva nella vallata sotto di noi, non avevo comunque nessuna fretta di entrare in casa. Quel posto mi ricordava tempi più felici. Mi bastava vedere quell'ingresso per riportare alla memoria le feste di Hugh e Josie quando Aiden era piccolo. Noi cinque – io, Rob, Aiden, Josie e Hugh – che accendevamo il fuoco in soggiorno e guardavamo un film prima di mettere a letto Aiden e tirare fuori vino e formaggio. Quella sarebbe dovuta essere una casa piena di risate, non un rifugio per due donne oltraggiate. Da Hugh, donnaiolo a sorpresa, che spariva con un'altra, e da Jake, stalker a sorpresa, che trascorreva ore rinchiuso in un garage a dipingere assurdi ritratti di me. Un altro crampo mi straziò il basso ventre e mi ripiegai su me stessa. Rob mi appoggiò una mano sulla schiena.

«È iniziato il travaglio?».

Scossi la testa. «Non credo. Ho avuto questi dolori con Aiden; sono contrazioni di Braxton-Hicks».

«Ti porto dentro, devi metterti a sedere. Così tieni i piedi alzati e ti rilassi un po'». Mi rivolse un sorriso che era allo stesso tempo consolante e teso per la preoccupazione.

«Mi rilasso. Certo». Risi.

Rob scosse la testa con una risatina forzata. Inserì la chiave nella serratura e girò. La valigia era ingombrante quindi dovette spingerla in avanti con le ginocchia mentre apriva la porta. Si chinò per sollevarla mentre la porta si spalancava.

All'inizio stavo guardando in basso verso Rob, ma quando alzai gli occhi gridai. Un grande oggetto pesante scese dall'alto, colpendo il cranio di Rob con uno schianto, e al di sopra di quell'oggetto pesante se ne stava un uomo con un largo sorriso a trentadue denti, le guance tirate all'inverosimile in un ghigno da maniaco, e gocce di sangue che gli macchiavano la faccia da una parte all'altra.

«Ciao, cara», disse.

Mi girai su me stessa e spinsi Aiden. «Corri in macchina!».

Ma Jake allungò la mano e mi agguantò i capelli, strattonandomi verso di sé con una tale forza che persi l'equilibrio e gli caddi addosso. Con le unghie mi graffiò il cuoio capelluto e mi tirò brutalmente i capelli mentre inciampavo sul corpo inerme di Rob. Ma non mi importava del dolore atroce – pensavo solo ad Aiden, che stava fermo nel vialetto, immobile come una statua.

«Entra in macchina e chiuditi dentro!», urlai. Rob aveva le chiavi della macchina in tasca, cosa che tentai di comunicare con gli occhi ad Aiden, ma lui mi fissava, mi fissava e basta.

«Non andrà da nessuna parte. Vero, Aiden?», disse Jake. La sua voce era così calma e controllata che un brivido mi corse lungo la schiena.

Mi allontanai da Jake, cercando disperatamente di liberarmi dalla sua presa, ma i miei piedi non riuscivano a trovare un minimo di aderenza sulle piastrelle del pavimento di Josie. Continuavo a scivolare su qualcosa di bagnato. Quando guardai in basso, vidi che stavo pattinando sul sangue di Rob, che penetrava nella stoffa delle mie scarpe. Per un breve istante mi parve un'immagine del tutto banale, piedi ricoperti di vernice rossa. Trattenni un conato di vomito, provando a rimanere concentrata su quello che stava accadendo.

«Lascialo andare, Jake. Tu vuoi me, no?».

La mano libera di Jake si avvolse intorno al mio collo. «Ah, è quello che ti piace pensare, non è vero?». Il suo fiato caldo mi solleticava le orecchie. Sentii l'odore acre dello scotch nel suo alito. «Andiamo, Aiden. Io, tu e la mamma abbiamo molto di cui parlare».

«Ti prego», implorai. «Ti prego, Aiden. Scappa. Cerca aiuto». Strillai mentre i miei capelli venivano tirati indietro ancora più forte. Jake cominciava a trascinarmi dentro, lontano da Rob, lontano da mio figlio. Tentai di gridare con tutta la forza che avevo, ma la mano intorno alla mia gola risalì fino a serrarsi sulla mia bocca. Mi dimenai mentre Jake mi tirava sempre più all'interno della casa. Per tutto il tempo Aiden se ne stava lì a guardare senza fare nulla.

Mi parve che il tempo si fosse fermato. Io scalciavo e gridavo nella morsa di Jake, mentre Aiden se ne stava all'ingresso con gli occhi spalancati e un'espressione attonita. Era spaventato? O non gli importava niente? Non lo sapevo. Non riuscivo a capirlo. Cominciai a piangere.

Aiden entrò in casa. Dovette sollevare bene le gambe per superare il corpo del padre.

«Da bravo, Aiden», disse Jake. «Ora spingi quello stronzo ben dentro la casa, ok?». Aiden si chinò e trascinò Rob, come gli era stato detto. Mi sentivo male. Smisi di dibattermi. Guardai semplicemente mio figlio che obbediva al mostro che avevo sposato. «Prendigli il telefono dalla tasca, e poi chiudi la porta e portami la chiave». Aiden faceva tutto quello che Jake gli diceva, come in catalessi. Guardai mio figlio passare la chiave a Jake, che mi lasciò la bocca libera per prenderla e mettersela in tasca.

«Cosa stai facendo, Aiden?», dissi. «Perché l'hai fatto?». Ma lui non rispose.

40

«Cosa hai fatto a Josie?».

Jake mi permise finalmente di alzarmi in piedi, ma continuò a spingermi lungo il corridoio tenendomi per il gomito. Non mi divincolai, perché sapevo che lui era più forte. Se avessi provato a fare qualcosa, qualunque cosa, mi avrebbe fermato senza problemi. La mia mente era più presente e lucida che mai, affilata dall'adrenalina e dalla rabbia. Avrei dovuto aspettare il momento ideale per agire. Certo, non sarebbe stato facile con Rob ferito a terra e Josie che non si vedeva da nessuna parte.

«Ha un po' le mani legate al momento». Fece un mezzo sorriso divertito.

«E che farai di me?», chiesi.

Jake mi spinse nel soggiorno e indicò il divano. «Adesso parliamo un po'. Aiden, perché non ti siedi accanto a tua madre? E perché non vi mettete comodi? Toglietevi quei cappotti, e già che ci sei, Emma, passami il tuo telefono».

Obbedii con riluttanza. Jake gettò il mio telefono e quello di Rob sulla moquette di casa Barratt e pestò violentemente il piede sullo schermo dei cellulari. Poi li calciò via, in un angolo della stanza.

Mi nauseava la puntualità con cui Aiden gli obbediva. Da quando mio figlio era tornato dal regno dei morti, aveva mostrato una strana prontezza nel fare qualunque cosa Jake gli chiedesse. Non l'avevo mai compreso davvero, ma avevo minimizzato la cosa, associandola a qualche bizzarra conseguenza dell'aver trascorso dieci anni di confinamento nelle mani di un altro uomo. Ma adesso? Aveva avuto la possibilità di andarsene e non l'aveva fatto.

«Hai rapito tu Aiden», dissi.

Jake si accigliò. «Non è quello di cui voglio parlare».

«Io ti amavo».

«E io amavo te, ma guarda come mi hai ripagato. Te ne vai in giro di nascosto a ficcanasare nelle mie faccende private. Mi accusi di aver rapito tuo figlio». Jake camminava su e giù per il soggiorno. Indossava gli stessi abiti con cui era uscito per andare a lavorare, ma si era tolto la giacca di tweed e si era arrotolato le maniche della camicia a quadri. C'erano goccioline di sangue sul colletto della sua camicia, sul suo collo, e anche di traverso sulla sua guancia.

«Non capisco, Jake. Io non... Eravamo in procinto di fare un altro tentativo. O sbaglio? Avevamo parlato e sistemato tutto».

«Non mentirmi», ribatté. «Sei entrata nel mio spazio privato. Hai visto il garage».

Restai a bocca aperta. «Come fai a saperlo?»

«Ricordi quel telefono che ti ho comprato per Natale l'anno scorso?».

Annuii. «Il mio telefono. Sì».

«Ha l'app di localizzazione installata. La uso per controllare ogni tuo movimento, Emma. So anche quante volte sei venuta qui. Perché lo facevi? Per lamentarti? Per sparlare di me alle mie spalle?»

«No, Jake. Non farei mai una cosa del genere». Mi sentivo il sangue pulsare nelle orecchie. Avevo il fiato corto e ce la stavo mettendo davvero tutta per non farmi prendere dal panico. Al mio fianco, Aiden sedeva perfettamente immobile. Cercai di mantenere la calma. Perché se avessi agito con calma, forse avrei potuto placare Jake. «Mi dispiace se ho tradito la tua fiducia. Giuro che non è mai stata mia intenzione, volevo solo scoprire cosa è successo ad Aiden. Jake, perché non chiami un'ambulanza per Rob? Possiamo dire che è stato un incidente. È caduto e ha battuto la testa. Possiamo sistemare tutto più tardi, ma Rob sta perdendo molto sangue in corridoio e ha bisogno...».

«È tutto quello che ti interessa, non è vero? Fin da quando è tornato a Bishoptown gli sei corsa dietro come un'ingenua scolaretta. È rivoltante». Si interruppe e si massaggiò le tempie. Per un fugace momento pensai di aggredirlo e atterrarlo, ma poi riprese a camminare avanti e indietro, e l'espressione di cieca determinazione stampata sul suo volto mi bloccò. «Impossibile che quel buono a nulla sia sopravvissuto alla botta. Non c'è alcuna possibilità. L'ho colpito con la statua del guerriero africano di Hugh. Quell'aggeggio è fatto di pietra». Jake agguantò la grande scultura di pietra e la sollevò. Trasalii alla vista del sangue e dei capelli di Rob che imbrattavano il viso della statuetta.

«Hugh potrebbe rincasare in qualunque momento», dissi, sforzandomi di mantenere un tono controllato e calmo.

Ma Jake si mise a ridere. «Hugh sa come si vive. Prende tutto ciò che vuole, a qualunque costo. Si starà scopando qualche diciannovenne a Las Vegas o una cosa del genere. Mi piace chi si prende ciò che vuole».

«Pensi che trasformare le promesse matrimoniali in una farsa sia una cosa di cui andare fieri? Pensi che mentire e tradire sia ammirevole?»

«Facciamo quello che dobbiamo per rimanere nella *buona società*», disse lui, la voce gonfia di scherno. «Ma tutti abbiamo dei desideri, no? Tutti abbiamo dei segreti giù nel profondo. Scommetto che non sapevi che Hugh si faceva Amy Perry, giusto?».

Mi accigliai. «No, non lo sapevo».

«Era un animale a letto, a quanto dice lui. Era appassionata di roba veramente estrema. Non come te, la mia bellissima moglie. Ma io non ti ho sposato per le tue abilità tra le lenzuola. Eri distrutta, e la cosa mi piaceva. E no, non mi riferisco a quando ti sei conficcata quel coltello nei polsi – intendo prima di allora. Prima di Aiden, prima di tutto. Già a scuola. Ho visto chi eri prima che lo capissi tu stessa. Avevi bisogno di una guida. Eri come un cucciolo di cervo che cammina sul ghiaccio. Senza qualcuno al tuo fianco che ti dicesse dove mettere i piedi, avresti perso l'equilibrio e saresti scivolata a terra». Ormai aveva smesso di camminare avanti e indietro. Sembrava più calmo, e in qualche modo quel suo atteggiamento era ancora più snervante. «Tu avevi bisogno di *me*, ma ti sei rivolta a quell'idiota in corridoio».

«Ti prego, Jake. Se mi ami anche solo un po', chiama un'ambulanza per Rob. Lascia andare Josie e Aiden così possiamo parlare per conto nostro».

Jake rise. «Credi davvero che non mi accorga che stai cercando di manipolarmi? Pensi che io sia stupido? Eh?»

«N... no», balbettai. L'adrenalina pompava ancora nelle mie vene, eppure nel mio animo il terrore era decisamente più forte della rabbia. Non avevo mai visto quel lato di Jake ed era terrificante. Era un uomo pericoloso. Per tutto quel tempo avevo condiviso il letto con un uomo pericoloso e non l'avevo mai saputo. I miei occhi vagarono per la stanza in cerca di qualche oggetto da utilizzare come arma. Non c'era niente a portata di mano.

Jake sospirò. «Pensavo veramente che tu fossi tutto ciò che avevo sempre desiderato, tutto ciò di cui avevo bisogno, ma ora ti guardo e quello che vedo è piuttosto misero, Emma».

«Porto in grembo tua figlia». La mia gola raschiò mentre cercavo di parlare senza scoppiare a piangere. «La nostra piccola bimba».

«Sì, lo so», scattò lui. «Ma a te importa davvero, poi? Non fai che frignare e piagnucolare per *Aiden*, che, a proposito, è semplicemente patetico e fuori di testa. Metti la nostra bimba in pericolo. Dai la priorità a qualsiasi cosa tranne che a me e alla nostra bimba. Pensavo che una volta sposati ti saresti finalmente buttata tutto alle spalle. Il figlio annegato. L'amante che ti ha abbandonato. I genitori morti. Pensavo che avresti veramente voltato pagina e ti saresti finalmente accorta di *me*. Ma non ce la facevi proprio, vero? Pensavi sempre a loro e mai a me, anche se sono la cosa migliore che ti sia mai capitata. Voglio dire, guarda quello che ti ho dato – un lavoro con delle persone che ti piacciono, una casa che ami, uno stile di vita per il quale la maggior parte delle donne ucciderebbe, e ancora non riesci a trovare dentro di te un briciolo di gratitudine».

Aprii la bocca per parlare. Volevo mettermi a urlare, dimostrargli che in me c'era molto di più di quello che lui riusciva a comprendere, fargli capire che non avrebbe mai potuto spezzarmi come pensava di poter fare, ma tutto ciò che venne fuori dalla mia bocca fu un debole gemito. Mi accasciai in avanti, tenendomi stretto l'addome. Un altro crampo squassò il mio utero. Un'ondata di calore accompagnò la fitta e sentii il sudore che mi imperlava l'attaccatura dei capelli. Il crampo partiva dalla schiena e si irradiava dappertutto, trasformando il mio pancione in una lastra di dura roccia.

«Jake», dissi. «Devi chiamare un'ambulanza. Credo di avere le doglie».

Per la prima volta, l'espressione di Jake si incrinò, solcata da un'ombra di dubbio, mentre la sua mascella si contraeva e i suoi occhi si restringevano in due fessure. «Manca ancora qualche giorno alla data prevista per il parto».

«Cosa vuoi che importi a una bimba della data prevista? Chiama un'ambulanza!».

Lui scosse la testa. «Non ti si sono ancora rotte le acque. Inoltre, non abbiamo finito di parlare».

Mi accarezzai la pancia e cercai di non pensare a cosa sarebbe successo se fossi entrata in travaglio lì in quella stanza con il mio ex fidanzato che stava morendo in corridoio e mio marito che mi stava torturando emotivamente, mentre mio figlio era seduto immobile e traumatizzato alla mia destra e la mia migliore amica era legata in una stanza al piano di sopra. Come avevo fatto ad arrivare a quel punto? Non ero mai caduta tanto in basso in tutta la mia vita. Non mi ero mai accorta di niente. Come avevo potuto farmi ingannare in quel modo?

«E di cosa vuoi parlare?», dissi amaramente. «Hai intenzione di rivelarmi che hai preso mio figlio e hai abusato di lui per dieci anni? È questo che vuoi dire? Perché l'hai fatto, Jake? Era un qualche genere di morbosa fantasia di controllo? Lo scopo era portarmi via tutto e vedere cosa sarebbe successo? Sono solo una bambola per te? Un giocattolo su cui effettuare i tuoi esperimenti? O volevi trasformare Aiden in una specie di schiavo robotico ai tuoi ordini per questo preciso istante, in modo da farmi vedere che cazzo di bestia malvagia sei? E che mi dici dei miei genitori? Che cosa ti hanno mai fatto loro?»

«Sei rimasta sola dopo che sono morti», disse con un sorrisetto. «È stato utile».

Mi ribolliva il sangue dalla rabbia. «Ti odio. Mi hai perseguitato. Hai ucciso i miei genitori». Mi rifiutavo di piangere. Non gli avrei dato la soddisfazione di vedermi in lacrime. «Quel giorno, quando ho provato a farla finita, dov'eri? Come facevi a saperlo?»

«Un registratore», disse, il sorriso si allargava sempre più sulla sua faccia. La consapevolezza di avermi fregato lo esaltava.

«Sei malvagio», ripetei.

«Non sono malvagio, Emma. Sono solo libero. Faccio quello che voglio».

«E quello che vuoi è fare il professore di arte in una scuola superiore? Cosa diavolo *sei* tu? Sei solo patetico».

«Non mi importa molto di fare l'insegnante, in realtà. È solo un modo facile per piacere alle persone. Gli insegnanti sono cordiali e adorabili. I professori di arte che indossano il tweed sono ancora più adorabili».

«Hai fatto un casino con quella ragazza a Bournemouth però, vero? L'hai manipolata e convinta a non parlare della vostra piccola tresca, ma quella foto di voi due è stato uno scivolone».

«Katie era giovane e ha commesso degli errori. Era distrutta quasi quanto te. Amava essere guidata. Le piaceva essere controllata. Piace quasi a tutte le donne».

«Cosa hai fatto a Josie, Jake? Le hai fatto del male?». Mi tremava il labbro. Perché non avevo mai notato il disprezzo che nutriva per le altre persone? Perché non mi ero mai accorta di quanto odiasse il mondo? Era tutto così nascosto. Aveva tenuto i suoi segreti in quel garage insieme alla sua vera faccia. Lì nascondeva la sua ossessione.

Lentamente, attraversò la stanza, andò al camino e recuperò un oggetto scintillante dalla mensola. Gemetti. Era un lungo coltello affilato, più grande di uno da cucina, con un'impugnatura liscia di un qualche materiale color avorio. Lo stomaco mi si chiuse quando realizzai che era osso.

«Me l'ha dato Hugh in regalo», disse. «È un coltello da caccia. Mi ha detto che probabilmente tu non avresti approvato, così ho deciso di tenerlo nascosto. Mi sembra piuttosto appropriato usarlo ora, a casa sua».

«Jake», sussurrai. «Cosa hai intenzione di fare con quella cosa?»

«Ho intenzione di finire quello che ho iniziato dieci anni fa», sibilò.

41

Avevo i muscoli tirati come un elastico. Mi era venuta la pelle d'oca mentre Jake inclinava ed esaminava il coltello tra le sue mani. Cercai di ignorare un terzo crampo che si impossessava del mio utero, strizzando e rivoltando le mie viscere. Serrai i pugni, spingendo le unghie a fondo nei palmi.

«È da molto tempo che voglio dirti questa cosa, Emma». Sorrise, rivelando quei denti bianchi che una volta trovavo così attraenti. Hewitt il Bello. «È una confessione, in realtà. Una cosa di cui non andavo fiero all'epoca, ma che si è trasformata in un successo per il quale mi sono complimentato con me stesso, quando le acque si sono calmate. Il fatto è che me la sono cavata. Almeno così pensavo. Il problema è che tuo figlio è tornato ed è solo una questione di tempo prima che cominci a parlare, ne sono sicuro».

Le mie unghie scavarono ancora più a fondo nella mia pelle. Sentivo del liquido caldo raccogliersi lì.

«Nonostante tutti i miei sforzi per liberarmi di nuovo di lui, tu sembri determinata a tenerti quel mocciosetto, quindi suppongo che tanto vale vuotare il sacco». Rise. «Neanche il piccolo incidente con la culla ti ha fatto cambiare idea».

«Sei stato tu?», dissi. Perché mai ero sorpresa? Era chiaramente capace di qualunque cosa.

«Sì, cara. Io. Ma tornando al passato… non te lo avrei mai detto, ma poi sei andata nel mio garage e hai ficcato il naso dove non avresti dovuto. Per causa tua adesso non ho niente da perdere». La lama del coltello luccicò mentre lui apriva le braccia e mi rivolgeva un gran sorriso. «Puoi biasimare solo te stessa, ora. Avremmo nascosto tutta la polvere sotto il tappeto e avremmo potuto vivere una vita felice, se tu non avessi continuato a scavare. A un certo punto, preferibilmente prima che Aiden tirasse fuori le palle e cominciasse a parlare, mi sarei assicurato che avesse un piccolo incidente. Certo, una tragedia, ma queste cose succedono».

Un fuoco divampava dentro di me. Sentivo l'angoscia comprimermi il petto, respirare era difficile, ma mi sforzai di concentrarmi. Era chiaro che Jake adorasse avere un pubblico di prigionieri inermi. Si nutriva della mia attenzione, del modo in cui pendevo dalle sue labbra, in attesa del momento in cui finalmente avrei avuto qualche risposta. Non aveva intenzione di rendermi le cose facili. Se la sarebbe presa comoda. Era determinato a godersi ogni singolo istante.

«Lascia che ti racconti la storia di un bambino selvaggio. Vedi, i bambini selvaggi di solito hanno madri terribili. Queste donne spesso sono troppo giovani per *essere* madri e lasciano che i loro figli si scatenino ovunque desiderino». Fece una pausa per saggiare la mia reazione alle sue parole ma io non gli diedi soddisfazione. «Quando tutti gli altri bambini normali si comportano bene, quelli selvaggi fanno l'opposto. I bambini normali sanno come comportarsi quando avviene un disastro naturale come un'inondazione, ma i bambini fuori di testa del cazzo come Aiden si allontanano da soli e decidono di giocare nel fiume».

Tenni la bocca sigillata, in attesa che mi raccontasse il seguito. C'era un grande sorriso esasperante sulla sua faccia che mi faceva ribollire il sangue. Sentiva di avere la situazione perfettamente sotto controllo, ne assaporava ogni singolo secondo.

«Ho visto Aiden allontanarsi dalla classe. L'ho visto passare inosservato per i corridoi e uscire dalla scuola». Fece una pausa per scostarsi i capelli dalla faccia. I capelli che io avevo accarezzato. Una faccia che avevo baciato. Un corpo che avevo toccato. Un uomo con cui avevo fatto l'amore ancora e ancora. «Ti osservavo da anni. Ricordo il primo giorno che ti ho visto a scuola, con i tuoi capelli neri, lunghi e lussuriosi. Eri più titubante delle altre ragazze. Non indossavi quelle gonne da puttanella né portavi il tanga tirato fin sopra la vita. C'era qualcosa in te. Avevi della vernice sotto le unghie e tenevi sempre lo sguardo basso. Arrossivi quando i ragazzi tentavano di parlarti e quando qualcuno si prendeva una cotta per te non te ne accorgevi nemmeno». Sospirò. «Un tempo eri così bella, e ora sei vecchia, grassa, e ricoperta da quella disgustosa eruzione cutanea».

Istintivamente, nascosi le mani tra le gambe, imbarazzata. Poi mi resi conto che avevo davanti un assassino. Ritirai fuori le mani e me le grattai di fronte a lui.

«Stavo aspettando la mia occasione con te. L'episodio con Katie era avvenuto in maniera troppo precipitosa e non volevo che accadesse di nuovo. Inoltre, Katie era l'antipasto. Tu eri la portata principale, e volevo assicurarmi di essere pronto a divorarti». Avevo i conati ma non vomitai. Jake non se ne curava e proseguì con la sua storia. «Ma quell'ammasso di argilla, quel buco nero ambulante, *Rob*, ci è arrivato prima. Tu avevi bisogno di essere guidata, e io stavo per mostrarti la strada, ma è stato lui a raggiungerti per primo e non glielo perdonerò mai. È per questa ragione che si sta dissanguando sulle mattonelle del corridoio dei Barratt. Questo è quello che succede a chi mi intralcia».

«Vieni al punto», scattai io, incapace di sopportare ancora a lungo quella situazione. Mi grattai la pelle irritata. Solo ascoltare le sue parole mi faceva sentire sporca. Accanto a me, Aiden sedeva in silenzio, immobile e imperturbabile come sempre. Era come se guardasse i cartoni, invece di ascoltare le parole folli di uno psicopatico.

«Quando hai avuto Aiden eri contaminata, ma sapevo che avrei potuto trarti in salvo. Ci sarebbe voluta solo un po' di distruzione per portarti al punto in cui ti volevo. Quando ho visto Aiden uscire inosservato da scuola quel giorno, l'ho seguito per vedere cosa combinava. Mi sono reso conto che forse non mi sarei più trovato da solo con lui a quel modo. Era l'occasione per fare quello che volevo fare da anni, e forse non mi sarebbe ricapitata più». Si leccò le labbra mentre riviveva quel ricordo. «Ero già zuppo dopo aver fatto il giro della scuola con Simon. Ho seguito il cappotto rosso di tuo figlio sotto la pioggia scrosciante giù fino al fiume. Eccolo lì, che se ne stava semplicemente a fissare l'acqua che zampillava».

Pensai ai miei incubi dopo che Aiden era scomparso. Pensai a quell'immagine che mi avrebbe perseguitato per sempre: Aiden che fluttuava al di sotto delle acque tumultuose. Aiden nella parte immobile e quieta del fiume, con le labbra blu e la pelle bianca.

Le dita di Jake stringevano il coltello con ancora più forza. Sollevò le braccia mentre la sua eccitazione cresceva. «Era quella la mia *possibilità*. Sapevo cosa ti avrebbe fatto, e sapevo di doverlo fare. Andava fatta tabula rasa, Emma. Avevo bisogno che fossi di nuovo quella ragazza guasta, quella di cui mi ero innamorato. Eri diventata troppo sicura di te nel tuo ruolo di madre. Ho visto come giocavi con Aiden al parco, e ho visto come voi due e Rob stavate lentamente diventando una famiglia. Avevate perfino gli amici che immaginavo avremmo avuto noi, Josie e Hugh. Non era *giusto*. Doveva essere tutto per *noi*».

«Cos'hai fatto?», sussurrai.

«L'ho spinto», disse lui.

«Hai fatto cosa?»

«L'ho spinto nel fiume».

Mi voltai verso mio figlio. Aveva un'espressione vuota e lo sguardo fisso dritto su di me. Non c'erano risposte su quel volto, solo altre domande. Allungai la mano per toccarlo, prima di ritrarla. Poi mi spostai per guardare in faccia mio marito.

«Cos'è successo dopo?», chiesi.

Jake alzò le spalle. «Sono tornato a scuola».

«Non capisco».

«È perché sei stupida. Mi hai accusato di aver rapito tuo figlio, ma perché avrei dovuto farlo? Non ho mai voluto *lui*, volevo *te*. Aiden stava semplicemente tra i piedi. Da quando c'è lui non hai tempo per me, o per la bimba che ti cresce dentro. È un ostacolo per me».

«Chi l'ha preso? Dimmelo. Ho bisogno di saperlo».

Jake rise. «Non lo so. Qualcuno che era da quelle parti in cerca di un'occasione e ha visto un bambino affogare nel fiume. Deve averlo pescato ringraziando Dio, perché così avrebbe potuto tenerlo nella sua piccola cella sotterranea o quello che era». Mi parlava in tono così indifferente e spietato che mi si rivoltò lo stomaco e sentii il sapore della bile in fondo alla gola.

«Non sei stato tu», mormorai.

«Certo che no», disse lui. «Lo volevo fuori dai piedi, così come i tuoi genitori».

Mi presi la testa tra le mani. Avevo dormito nello stesso letto dell'uomo che aveva tentato di uccidere mio figlio, e che era anche riuscito ad ammazzare i miei genitori. La mia pelle era ricoperta di formiche. Il mio corpo era freddo, fino al midollo. Rabbrividii, ma dovevo rimanere lucida. Dovevo provare a mantenere il controllo. Dovevo mettere da parte tutti quei pensieri e concentrarmi a salvare la vita delle persone che si trovavano in quella casa.

«Dici che vuoi finire quello che hai iniziato dieci anni fa», dissi, sollevando gli occhi per incontrare il suo sguardo. «Cosa significa?».

Ogni traccia di allegria sparì dalla faccia di Jake e i suoi occhi si fecero vitrei come biglie. Senza il suo solito grande sorriso amabile, era spaventoso. Piegò il mento, e un'ombra scura gli annebbiò lo sguardo, trasformandolo nel cliché di un cattivo del cinema. Ma quello non era il classico criminale. Era mio marito e il padre di mia figlia. Era l'uomo che mi massaggiava i piedi alla fine della giornata e che mi portava cioccolata calda quando avevo le mestruazioni. Era l'uomo che rideva alle mie battute e che mi prendeva in giro quando sbagliavo a pronunciare una parola. Mi teneva la mano durante i film dell'orrore e chiacchierava con i miei amici. Mi ascoltava quando parlavo del mio passato ed era una spalla su cui piangere all'anniversario della morte dei miei genitori. Era stato tutto per me, eppure quel *tutto* non era che una completa e assoluta menzogna.

«Hai rovinato ogni cosa, Emma». Il freddo stridore della sua voce era come una lama di rasoio lungo la mia spina dorsale. «Impossibile recuperare. Non posso spezzarti fino a tramutarti nella donna che ho bisogno che tu sia. È troppo tardi per tutti noi. Ho intenzione di finire quello che ho cominciato dieci anni fa, e poi procederò con te». Fece un passo avanti con il coltello stretto tra le mani.

42

Quando cadi e tocchi il fondo, una strana forza nasce dalla debolezza. Ci sono stati molti momenti nella mia vita in cui sono precipitata tanto in basso che non pensavo che sarei mai riuscita a risalire. Jake diceva di possedere un'oscurità dentro di sé e si vantava di prendere ciò che voleva, ma non era l'unico in quella stanza a sapere come si affrontano le tenebre. Quando ripenso a quel momento, mi rendo conto che Jake aveva commesso lo stesso errore più volte nel corso della sua vita. Mi aveva sottovalutato.

Perché si sbagliava su di me.

Non ero un fragile uccellino che tornava sempre a farsi maltrattare. Non ero una persona che potesse essere spezzata ancora, e ancora di nuovo, senza combattere. Non avevo mai combattuto perché lui non mi aveva mai dato qualcosa contro cui combattere. Aveva preso il meglio della mia vita e l'aveva gettato via, ma non mi aveva mai mostrato ciò che avevo bisogno di vedere. Non si era mai rivelato per la persona che era davvero. Ma ora che l'aveva fatto, potevo combatterlo. Avevo finalmente una manifestazione concreta di tutto il dolore che avevo provato negli ultimi dieci anni.

Quando si avventò su Aiden con il coltello, capii cosa dovevo fare.

Appena mio figlio indietreggiò, mi gettai in mezzo a loro, alzando le mani per fargli da scudo. Il coltello di Jake si conficcò nel mio palmo e io gridai quando mi lacerò la pelle. Ma non mi arresi. Con una mano premetti contro il coltello – la lama mi squarciò la pelle – e allungai l'altra per colpire Jake sul naso.

L'impatto lo colse di sorpresa, Jake barcollò indietro stupito, concedendomi un attimo di tregua. La mia mano tagliata era ricoperta di sangue ma non potevo lasciare che il mio sguardo indugiasse sulla ferita, perché Jake si stava preparando a un altro attacco.

«Avevo intenzione di ucciderti per ultima», disse. «Ma va bene anche così».

Lo scintillante bagliore di rabbia nei suoi occhi si era trasformato in una spenta espressione di feroce determinazione. Sapevo che era più forte e più grande di me, ma sapevo anche che volevo vivere – per entrambi i miei figli. Mi guardai velocemente intorno, alla ricerca di armi, ma non c'era nulla, solo un telecomando e una rivista. Perfino la lampada era dall'altra parte della stanza e Jake mi bloccava il passaggio. Mi si lanciò contro di nuovo, gettandosi su di me con tutta la sua forza e spingendomi indietro. Urtò il mio pancione fino a strapparmi il fiato dai polmoni. Ma in qualche modo riuscii a spostare il peso del mio corpo verso destra, piegandomi sotto il suo braccio, e poi lo spinsi con entrambe le mani, sibilando per il dolore al palmo ferito che impattò contro il suo fianco.

Jake rovinò a terra ma non aveva perso la presa sul coltello. Mi inginocchiai sul suo torace e spinsi sul suo polso con tutto il mio peso, ma le mie dita erano scivolose per il sangue. Jake mi colpì sul viso con la mano libera, un pugno così forte che mi sentii scricchiolare il naso. Ignorai il dolore, e affondai i denti nel suo polso. Jake mi picchiò dietro la testa e ringhiò. La mia bocca si riempì del sapore di ruggine del sangue caldo. Conficcai i denti sempre più a fondo finché sentii che Jake allentava la presa sul coltello.

Finalmente riuscì a spingermi indietro, ma io mi portai via un pezzo del suo polso e uno spruzzo di sangue mi investì il viso. Le dita insanguinate mi impedirono di afferrare il coltello che volò dalle mie mani in fondo alla stanza. Jake, con il volto madido e contratto, sollevò la gamba e io compresi che voleva darmi un calcio nella pancia. Rotolai su un fianco e con difficoltà mi misi in piedi.

«Aiden, dobbiamo andare!».

Mio figlio era seduto sul divano, con gli occhi spalancati e il viso pietrificato dall'orrore. Mi asciugai velocemente un po' di sangue dalla bocca mentre Jake si tirava su in piedi, tenendosi il polso.

«Basta, Jake, lasciaci andare», implorai. Ero pronta a fare qualunque cosa per tenere in vita me e i miei figli.

«Non posso, Emma».

Mentre correva verso di me, vidi la statua insanguinata che aveva usato per abbattere Rob. Mi abbassai e la raccolsi mentre il pugno di Jake mi mancava la faccia per un soffio e mi colpiva invece la spalla. La forza dell'impatto per poco non mi sbalzò a terra, ma Jake aveva una profonda ferita sul polso che lo rallentava, così riuscii a sollevare la statuetta e scagliargliela addosso. Il suo volto si contorse in un'espressione di pura sorpresa mentre la pesante statua di pietra lo colpiva dritto sul mento e lo faceva crollare a terra. Stava ancora urlando di dolore quando mi gettai su di lui. Rovinammo sulla moquette, con Jake che mi spingeva la faccia in alto, lontano da lui, cercando a tentoni il mio collo. Riuscii ad abbrancare la statua del guerriero e la presi con entrambe le mani mentre le dita di Jake mi si avvolgevano intorno alla gola.

Sollevai la scultura di pietra e un impeto di rabbia mi esplose dentro. Lo volevo morto. Quello era l'uomo che mi aveva mentito giorno dopo giorno. Che aveva violato la mia fiducia. Mi aveva braccato quando ero una giovane donna vulnerabile. Aveva assassinato i miei genitori e tentato di uccidere mio figlio, con il solo scopo di distruggermi e modellarmi in qualsiasi forma avesse voluto. Mi aveva controllato, mi aveva mutato in una preda. L'odio montava dentro di me, ero piena di rabbia, e il sapore del suo sangue nella mia bocca non mi bastava. Volevo vederlo soffrire.

Abbattei la statua sulla sua testa e la sua presa si allentò. La sollevai e lo feci di nuovo. Questa volta, le mani di Jake si staccarono dalla mia gola e ricaddero a terra. Un rivolo di sangue gli scorreva giù dalla fronte fino a creare una pozza sulla moquette e nel suo orecchio. Sollevai il busto un'altra volta.

E poi mi fermai.

Aiden stava cantando.

Era la stessa canzone che avevo sentito mentre litigavo con Rob. La sua voce era flebile. Cantava le note alte con facilità, salendo e scendendo con la melodia. Aveva una voce bellissima, come quella di un ragazzo del coro, e mi fece piangere. Lasciai cadere la statua e scesi dal corpo di Jake tenendomi il pancione. Lui era immobile. L'avevo ucciso. Aprii e chiusi i pugni, tentando di calmarmi, prima di chinarmi a cercare il cellulare di Jake. Non c'era. Gettai uno sguardo verso il telefono di casa sul tavolo all'angolo. Il cavo era stato tagliato.

«Aiden», dissi. «Dobbiamo andare ora».

Ma Aiden non era più sul divano. Era in piedi vicino alla porta, mi fissava. La sua bocca si apriva e si chiudeva per cantare quella canzone flebile, e le lacrime gli scorrevano lungo il viso. Feci un passo nella sua direzione, porgendogli le mani.

«Aiden».

Lui indietreggiò. Fu allora che capii che non era più spaventato da Jake – era spaventato da *me*. I suoi occhi guizzavano da me al corridoio e di nuovo verso di me in rapidi movimenti. Stava pensando a un modo per scappare.

«Andremo via insieme, Aiden», dissi. «Troverò un telefono e chiamerò un'ambulanza e la polizia, poi andrò a vedere se tuo padre e Josie stanno bene. Sei d'accordo, Aiden?». Non volevo trascorrere nemmeno un altro secondo in quella casa.

Ma la sua canzone crebbe d'intensità. Il suo corpo tremava, scosse la testa. Gettò uno sguardo verso il corridoio.

«Non puoi uscire da quella parte», dissi. «La porta è bloccata».

Aiden serrò i pugni e mi corse incontro. Il suo movimento improvviso mi prese del tutto alla sprovvista, cosa che gli permise di farmi cadere a terra. La mia pancia si tese, un'altra contrazione, quindi Aiden ebbe il tempo di frugare nelle tasche di Jake e recuperare la chiave della porta di Josie. Quando riuscii a mettermi a sedere, Aiden era sparito. Sentii la chiave nella serratura.

«No!», strillai, ma era inutile, la porta era aperta.

Andai a recuperare il telefono nell'angolo, dove Jake l'aveva calpestato. Lo schermo era infranto, ma potevo ancora scorrere il menu. Mi tirai in piedi e attraversai di corsa il corridoio, dove Rob giaceva sulla moquette. Mi chinai per controllargli il battito.

Quando Rob sollevò la testa per poco non lanciai un urlo. «Segui... lo...», gracchiò.

Annuii. «Chiamo un'ambulanza».

Lasciarlo lì mi straziava il cuore, ma dovevo seguire Aiden. Uscii di corsa da casa di Josie, più velocemente che potevo, mentre mi attaccavo al cellulare. Fortunatamente Aiden non aveva pensato di chiudermi dentro.

«Sono stata aggredita a casa di una mia amica», dissi appena l'operatore rispose alla chiamata. «Mio marito ha aggredito il mio ex ragazzo. Credo che sia gravemente ferito, non lo so. Ha fatto del male alla mia amica... Penso che sia legata al piano di sopra ma non l'ho vista. Potrebbe averla uccisa. Credo di averlo ucciso, mio marito intendo. L'ho colpito con una statua ma l'ho fatto solo perché stava per uccidere mio figlio. Aveva un coltello. Abbiamo bisogno di un'ambulanza. Devo andare. Mio figlio è fuggito». Lasciai l'indirizzo e riagganciai, senza neanche preoccuparmi di dargli il mio nome.

Mentre correvo lungo il sentiero di ghiaia, potevo solo intravedere la figura di Aiden che si muoveva nel buio. Era diretto giù verso la strada. Lo seguii affannosamente mentre scorrevo la rubrica. Dovevo chiamare l'ispettore capo Stevenson. Era l'unico a conoscere il caso.

Rispose subito.

«Sono Emma. Jake ha aggredito me, Rob e Aiden. Credo di averlo ucciso. È a casa di Josie Barratt. Aiden è fuggito. Lo sto seguendo».

«No. Emma, resti dov'è. Sto arrivando».

«Devo seguirlo». Mi fermai mentre un'altra contrazione si irradiava dentro di me. Non avevo idea della frequenza con la quale si presentavano. Ogni cinque minuti? Non riuscivo a capirlo.

«Emma? Va tutto bene?»

«Ho le doglie».

«Merda. Resti dov'è. Faremo venire un'ambulanza...».

«L'ho già chiamata». Più avanti, a malapena visibile sotto la pioggia scrosciante, Aiden girò improvvisamente lasciando la strada. Barcollai giù per la ripida collina per vedere meglio. «Credo che Aiden stia andando nel bosco».

«Rough Valley?», chiese Stevenson.

«Sì, credo che stia per entrarci».

«Sto arrivando».

«Ha trovato il garage?», chiesi.

«Sì», disse.

«Bene», risposi, e riagganciai. Non riuscivo a tenere il passo mentre ero distratta dalla telefonata.

Vidi Aiden rallentare mentre varcava i confini della Rough Valley. Sembrava che stesse cercando di capire quale direzione prendere. Capii che voleva andare in un posto preciso. Stava entrando nel bosco con uno scopo.

Le mie scarpe scivolavano lungo la distesa erbosa mentre lo seguivo in direzione degli alberi scuri e fitti. Avevo il fango sotto i piedi. I miei vestiti erano zuppi, ma almeno l'acquazzone aveva lavato via la maggior parte del sangue dalla mia faccia. La testa mi pulsava per i pugni di Jake, la mia mano era dolorante e sanguinava per il profondo taglio lungo il palmo, ma ero determinata a non perdere di vista il mio ragazzo. Mi era stato portato via dieci anni prima, e non avevo intenzione di permettere che accadesse di nuovo. Non volevo perderlo di vista *mai più*.

Mi infilai tra gli alberi in fretta. L'erba bagnata mi si incollava ai jeans. Mi stavo muovendo con tutta la velocità che potevo permettermi, viste le circostanze, e non potei fare a meno di chiedermi se altre donne avessero mai affrontato una cosa del genere durante il travaglio. Poi realizzai che la risposta era sì. Certo che sì. Certo. Le donne partoriscono in Paesi devastati dalla guerra. Le donne sono obbligate a fuggire per salvarsi. I bambini sopravvivono alle situazioni più orribili. Gli esseri umani sono creature forti, resilienti e determinate. Digrignai i denti e avanzai barcollando, decisa. La mia bimba mi avrebbe aspettato. Potevo continuare a resistere. Prima dovevo essere certa che anche Aiden sarebbe stato al sicuro.

Il sole stava cominciando a tramontare. La pioggia martellava sulle foglie cadute, trasformando il suolo in infida fanghiglia. Nonostante la pioggia gelida, sentivo caldo. Stavo pagando lo sforzo di muovermi più velocemente di quanto il mio corpo gravido fosse abituato a fare. Mi dolevano i muscoli, ma ero risoluta. Avrei trovato mio figlio. L'avrei portato al sicuro.

Avanzava rapidamente, e non era facile seguire il suo maglione rosso. Continuavo a pensare al giorno in cui avevano tirato fuori il suo cappotto rosso dal fiume. Non sarebbe successo di nuovo. Non sarebbe mai più successo. Perché io non lo avrei permesso.

Aiden rallentò e girò scompostamente tre volte in tre direzioni opposte. Era chiaro che stesse cercando di capire dove andare.

«Aiden!», lo chiamai. «Ti prego, non farti prendere dalla paura, lascia solo che ti accompagni».

Si voltò per fissarmi. Come un demone nella foresta oscura, il suo volto pallido si stagliava contro il buio quasi assoluto degli alberi fitti.

«Parlami», dissi. «So che puoi. Ti prego parlami, dimmi cosa stai cercando di fare. Voglio aiutarti».

Ma lui non parlò. Tornò a muoversi tra gli alberi. Scivolando in mezzo a loro come uno spettro.

Una contrazione mi dilaniò e mi piegai in due per il dolore, cercando di fare del mio meglio per ignorare la sofferenza. Dovevo seguire Aiden attraverso la foresta. Con mia grande sorpresa, dopo che il dolore fu svanito, alzai lo sguardo e vidi che Aiden si era fermato. Mi fissava. Appena mi ripresi, ripartì.

Voleva che lo seguissi.

43

Ogni tanto, quando tengo Aiden stretto a me, mi sembra di poter sentire il profumo della foresta di quella notte. Non è un odore del tutto piacevole. C'è il fresco profumo di pino e acqua piovana, ma è accompagnato dal sentore marcio di foglie bagnate, da quello terroso di fango, e da quello metallico del sangue. Un brivido mi corre lungo la schiena ogni volta che ripenso a quella notte, ai miei vestiti fradici di pioggia. Mi fanno male i piedi al ricordo di quelle foglie bagnate e del fango che mi facevano scivolare. Il petto ancora mi si stringe per il disperato bisogno di fiato di quei momenti. L'addome mi si contrae per il dolore delle contrazioni.

Certo, preferirei essere in grado di abbracciare mio figlio senza pensare a queste cose. Poco ma sicuro. Proprio come mi piacerebbe chiudere gli occhi senza vedere il sangue di Rob sulle mattonelle del corridoio di Josie, o lo sguardo spento e determinato di Jake mentre mi si avvicina con il coltello da caccia di Hugh.

Seguivo mio figlio attraverso la foresta e anche se non sapevo quale luogo Aiden volesse mostrarmi, ero certa che avrebbe cambiato ogni cosa. Una parte di me era terrorizzata da quel cambiamento. Una parte di me moriva dal desiderio di andare fino in fondo. Avevo bisogno di risposte, e Aiden era la chiave per ottenerle. Era sempre stato così.

Mi sembrava giusto che il viaggio fosse arduo quanto lo era stato per lui. Quella era la storia di Aiden, non la mia, ed era stata un'odissea lunga e straziante. Perciò vivere sulla mia pelle anche solo una minuscola frazione del dolore che aveva patito mi faceva sentire più vicina a lui. Lentamente cominciai a colmare la distanza che ci separava, e desiderai ardentemente far scivolare la mia mano nella sua e nutrirmi del suo calore, ma sapevo che non dovevo farlo.

Avevo le doglie. Non c'erano più dubbi. Le contrazioni erano frequenti, ma il travaglio con Aiden era durato ore, quindi potevo solo sperare che mio figlio avesse il tempo di mostrarmi quello che aveva bisogno di farmi vedere prima dell'arrivo della polizia.

Ma il dolore stava peggiorando mentre proseguivo attraverso il bosco. Dovetti fermarmi e aggrapparmi a un albero a causa di un'altra contrazione. «Non… riesco a… tenere il… passo. Aiden».

Sentii il telefono vibrarmi nella tasca dei jeans zuppi, ma lo ignorai. Di sicuro l'ispettore capo Stevenson voleva impedirmi di fare quello che stavo facendo e convincermi a tornare indietro. Ma ormai non potevo tornare indietro. Non sarei stata in grado di trovare la via d'uscita neanche se avessi voluto. Tutto quello che potevo fare era seguire mio figlio mentre la foresta si faceva sempre più buia.

Aiden si fermò. Voltò la testa a sinistra, poi a destra, e io capii che aveva visto qualcosa che aveva riconosciuto. C'era una betulla molto alta alla mia destra, piantata su una collinetta. Aiden fissò quell'albero così a lungo che mi domandai se l'avesse già visto prima. Mi presi un secondo per fermarmi e recuperare il fiato mentre mio figlio rifletteva. Mi esaminai la ferita sulla mano. Avrei dovuto farmi mettere dei punti, ma sanguinava di meno. Mi sentivo la testa leggera ed ero stanca, ma volevo tirare dritto.

Aiden si avviò su uno stretto sentiero vicino a una leggera pendenza. Dopo aver superato una fila di cinque o sei alberi, il sentiero si allargava in una radura. La foresta di Rough Valley era un intricato ammasso di alberi e radici, ecco perché quella radura fu una sorpresa. La maggior parte di quel terreno era di proprietà del National Trust, ma il Trust aveva venduto degli appezzamenti a dei costruttori edili nella speranza di creare più case a Bishoptown. C'erano state deboli proteste ma in realtà la gente non si curava troppo della foresta. Non era un bel posto. Era buia e incolta, e solo a camminarci dentro un brivido ti correva lungo la schiena. Non era un posto dove portare a spasso il cane o fare escursioni.

Aiden proseguì attraverso la radura e io gli andai dietro, per poco non inciampai su un pezzo di terreno liscio e scivoloso sotto i miei piedi. Mi voltai per vedere di cosa si trattava. A quanto pareva alcuni alberi erano stati abbattuti lì intorno. Ero scivolata su ciò che restava di un ceppo. Tirai avanti, cercando di stare al passo con Aiden. Sembrava che ormai avesse capito esattamente dov'era diretto. Non avevo idea di che razza di posto fosse quello in cui eravamo finiti, ma lui lo conosceva bene, e lo attraversava con facilità.

Mi tenni stretto il pancione mentre proseguivo verso il centro della radura, imponendo silenziosamente alla bambina dentro di me di aspettare un po' più a lungo. Le avevo già fatto passare l'inferno, ma dovevo scacciare quei pensieri dalla testa mentre osservavo Aiden. Si stava comportando in modo strano. Come se prendesse a calci le foglie, cosa che non mi aspettavo dopo la lotta a casa dei Barratt. Stavo cominciando a chiedermi se stesse finalmente cedendo. Poi la mia mente paranoica tirò fuori l'idea che fosse un segnale di qualche tipo, e che il rapitore di Aiden fosse lì da qualche parte in agguato, pronto a spuntare dagli alberi con un machete per tagliare via la bimba dal mio pancione. Ma non si trattava di niente di simile. Aiden stava liberando una porta di qualche genere costruita nel terreno dalle foglie che la ricoprivano. Ecco, adesso la vedevo spuntare. Era alta forse poco meno di un metro e mezzo, ricavata da una pendenza naturale. Mi mossi verso Aiden per aiutarlo a spazzare via le foglie, i rami e il fango dall'apertura.

«Non volevo che nessuno lo vedesse».

Barcollai. Le mie mani stavano tremando. Era la prima volta che sentivo mio figlio parlare. Era la prima volta che udivo la sua voce, la sua voce mentre parlava, non quello strano tono acuto con cui cantava.

Era la voce di un adolescente, e questo mi fece quasi cadere in ginocchio. Sì, ormai avevo smesso di pensare a lui come al bambino che mi era stato portato via dieci anni prima, ma considerando anche che era così minuto non lo vedevo davvero come un sedicenne. Poi parlò e improvvisamente fu quasi un *uomo*. Non aveva una voce profonda, ma non era neanche la voce di un bambino.

Me ne stavo ferma come un'idiota accanto a quella strana porta, con la bocca che mi si apriva e chiudeva a scatti. Volevo che mi parlasse di nuovo, ma allo stesso tempo non volevo spaventarlo. Era caduto in una specie di trance e io temevo che se avessi detto qualcosa avrei infranto l'incantesimo che era stato lanciato sulla foresta immobile quella notte. L'unico suono era il fruscio delle foglie mentre Aiden le rimuoveva dalla porta. Quando ebbe finito, afferrò la maniglia e spinse.

«Ancora aperta».

Questa volta mi avventai sulle sue parole con avidità e le rinchiusi nella mia memoria. La gioia mi inondò le vene e il cuore mi si gonfiò. Avevo atteso così a lungo di sentire la sua voce.

Dovette spingere con forza la porta, e i cardini cigolarono quando si aprì, ma era chiaro che fosse stata usata spesso. La luce della luna risplendette sulla scura superficie metallica. Eravamo arrivati. Quello era il luogo che

Aiden aveva dipinto in terapia. Il grigio scuro dei suoi incubi. Dall'altro lato della porta c'era il posto dove era stato tenuto prigioniero per dieci anni. Cercai di tenere sotto controllo il mio respiro.

C'era un gradino che scendeva, scavato nel pendio della collina. Feci quel primo passo, e capii che le dimensioni della porta non erano poi così ridotte, e a quel punto fui in grado di seguire Aiden attraverso la piccola apertura di metallo, abbassando la testa. Feci attenzione a non toccare la maniglia. Era un momento importante. Era la parte in cui tutti i pezzi finalmente sarebbero andati al loro posto e io avrei finalmente ottenuto giustizia per mio figlio.

«Non chiudere».

Certo che no, pensai. Quella porta non si sarebbe mai chiusa di nuovo.

Si apriva su uno stretto passaggio che discendeva lungo diversi gradini di cemento. Resistetti alla tentazione di posare la mano sul muro di cemento per sostenermi al buio. Dovevo stare attenta a non contaminare nessuna prova. In fondo alle scale c'era una seconda porta. Era rimasta aperta, lasciando l'ingresso esposto e vuoto come un dente mancante. Era evidente che qualcuno se n'era andato in fretta. Solo quando raggiunsi quella porta il tanfo nauseante mi colpì le narici.

Aiden azionò un interruttore ma non accadde nulla. Procedette a tentoni per il corridoio prima di sollevare qualcosa da un gancio. Udii il rumore sordo di un interruttore e una luce intensa si accese con un tremolio. Trasalii per la luminosità improvvisa. Aiden entrò nella stanza e si fece strada con una lanterna. Si spostò di qua e di là nella stanza accendendo diverse piccole lanterne, la luce della torcia ondeggiava a ogni suo movimento. Adesso che c'era più luce potevo vedere ciò che mi circondava. Ero in una piccola stanza – più o meno delle dimensioni di un ampio soggiorno – che era stata ripartita in due zone.

Una sorta di recinzione delimitava una delle due zone, con delle sbarre di metallo pesanti, saldate a terra. Qualcuno aveva tagliato le sbarre per creare una porta che era rimasta aperta. A terra, lì accanto, c'erano una pesante catena e un lucchetto. Dentro la gabbia vidi un piccolo materasso con un piumone sgualcito sopra, una pila di libri, una piccola scrivania con una sedia di plastica, un lavello, un minuscolo frigo e un gabinetto. I servizi igienici che si trovano di solito in una roulotte, con delle pompe al posto dei normali rubinetti.

«Qui è dove dormo», disse Aiden, indicando il letto.

Sentivo un formicolio inarrestabile che mi tormentava il cuoio capelluto. Pensavo di non poter sentire più freddo di così, ma mi sbagliavo. Guardare quella stanza, ascoltare mio figlio pronunciare quelle parole, mi fece comprendere la durezza delle condizioni in cui aveva vissuto la sua tragedia. Sarebbe mai riuscito a sentire di nuovo un po' di calore? Un bagno caldo o una doccia avrebbero mai potuto cancellare la sensazione raggelante di comprendere esattamente quanto può essere crudele un essere umano? Mi ero figurata qualcosa del genere nella mente. Per la verità mi ero figurata anche di peggio. Avevo fatto incubi su gabbie e catene e materassi macchiati, ma in qualche modo, la realtà concreta di vedere con i miei occhi la gabbia di mio figlio fu peggiore di qualunque parto della mia immaginazione.

Non riuscivo a muovermi, ma mi sforzai di guardare in giro. I miei occhi vagarono per la stanza in tutta la sua lunghezza mentre la torcia di Aiden correva da un angolo all'altro. Guardai il suo raggio spostarsi dalla zona recintata fino a posarsi sugli oggetti disposti nel resto della stanza. Il fascio di luce si mosse verso la massa informe nell'angolo, distolsi velocemente lo sguardo. Non volevo ancora vederlo, non attentamente, e quindi osservai la ventola, le grate del condotto di areazione sul soffitto, il freezer sgocciolante, la piccola poltrona, i giocattoli logori, i vestiti sporchi, la stufa con la spina staccata, il muro tappezzato di disegni a pastello che non avevo mai avuto la possibilità di ricevere in dono da mio figlio. Ero a conoscenza di molti fatti disgustosi riguardo a ciò che gli era capitato, ma la parte che mi disturbò più di ogni altra fu che quella era stata una *casa*. Quello era il luogo dove mio figlio era cresciuto. Mi cedettero le ginocchia, ma mi sforzai di rimanere in piedi.

«Questo è Beaver l'Orso. Sono diventato troppo grande per lui però. Ho fatto quel disegno. È la Grande Muraglia Cinese. Facevo i miei picnic lì. Questa qui è una montagna, vedi? Quella è la stufa. Ho il permesso di accenderla per trenta minuti la mattina e trenta minuti la sera. Non posso usarla di più o il generatore salta».

Nessuno sapeva. Dieci anni e nessuno sapeva dell'esistenza di quel posto. *Io* non avevo mai saputo.

Come era stato possibile?

I miei occhi si mossero per tutta la stanza fino all'ammasso nell'angolo. «Aiden, chi è quello?».

Ma Aiden era distratto, cercava di tirare giù uno dei disegni dal muro. «Questa sei tu. Ti disegnavo un sacco all'inizio. Non ti assomigli ora».

«Aiden, chi è? Chi ti ha portato qui?».

Le pareti erano troppo strette. Non riuscivo a respirare. Ogni parte del mio corpo era schiacciata dalla consapevolezza della verità, perché sapevo chi era, e avrei dovuto capirlo prima. Ero stata così stupida. Perché non ci ero arrivata?

«Oh, sì, lui». Aiden era triste. «Ho visto i suoi pensieri sparire. Non volevo, però volevo andare via».

La mia voce tremò mentre gli rivolgevo la domanda. «Qual è il suo nome, tesoro?».

Ma Aiden invece di rispondere guardò i miei piedi. «Hai fatto pipì, mammina?».

Mi ero a malapena accorta del caldo fiotto di liquido che mi aveva bagnato i jeans e mi era colato lungo le gambe. Quando abbassai lo sguardo vidi che mi si erano rotte le acque, mi ero bagnata tutte le scarpe, lasciando una pozza di fluido opaco che si allargava sul pavimento.

44
Aiden

Dovrebbe essere già arrivato, a quest'ora. Controllo l'orologio. Sono le 21. Aveva detto alle 19. *Mercoledì, campione. Alle sette in punto. Ce la fai a tirare avanti fino ad allora. C'è del cibo in frigo. Il generatore è carico al punto giusto. Sono solo tre giorni, amico, ok? Hai resistito così a lungo in passato.*

Quando non viene è peggio. Poi arriva ed è peggio ancora. Ma quando sono solo per giorni ho paura. Quando ero piccolo avevo soltanto freddo e mi sentivo solo. Pensavo a mamma e papà e a nonna e a tutti i bambini della mia classe. Perfino a Rosie, quella piccoletta così fastidiosa che mi rubava sempre il pastello rosso. Avrei voluto che fossero tutti lì con me.

Poi sono diventato grande e ho iniziato a pensare ad altre cose. E se il generatore si rompe? E se va via la luce e rimango bloccato al buio? E se il ventilatore si blocca e muoio soffocato? Ma la cosa peggiore che è successa finora è stata che lo scarico si è rotto, oppure quando ho avuto un virus intestinale. Tutt'e due le volte mi ha lanciato dei prodotti per pulire e mi ha guardato mentre lavavo. È rimasto dall'altro lato del bunker, tenendosi una sciarpa sul naso e sulla bocca.

Almeno così avevo qualcosa da fare. Non c'è mai niente, niente da fare e questo mi fa impazzire. Qualche volta mi porta dei libri. Io chiedo penne e matite ma una volta mi sono ficcato la matita nel braccio e dopo mi ha portato solo pastelli. Disegno con quelli ma voglio imparare a fare meglio. Non posso farlo con i pastelli a cera.

Qualche volta mi taglia i capelli. Qualche volta mi porta una tinozza e ci versa dentro acqua calda così posso fare un bagno. Mi dice che mi ama e qualche volta ci credo.

Ma non voglio stare qui. Non ho mai voluto stare qui. È per questo che ogni sera controlla che io sia ben rinchiuso in gabbia. Poi mi chiude dentro, sbarrando la porta principale. Lo sento salire le scale, poi il rumore di qualcosa che sbatte. Penso che ci sono due porte.

Passo le ore a chiedermi dove sono. Disegno immagini di questo posto, almeno per come me lo immagino io. Quando lui entra nella stanza, vedo il fango sui suoi stivali e quindi so che siamo all'aperto da qualche parte. Forse è un campo. Forse sono in una fattoria. Non mi ricordo molto del giorno che sono stato preso. Un minuto prima stavo guardando il fiume, quello dopo mi sono svegliato in un letto circondato da sbarre di metallo.

Non capivo niente.

Ho pianto e pianto chiamando mamma ma lei non è mai arrivata. Immagino che non sa dove sono. Perché se lo sa viene, no?

Ho chiesto una mappa una volta, ma non me l'ha portata. Si è dimenticato, credo. Volevo che mi facesse vedere dove siamo sulla mappa. Mamma mi faceva sempre vedere le mappe tutte le volte. Mi faceva vedere sul computer le immagini di posti diversi nel mondo e io dicevo sempre che volevo andarci.

Provavo in continuazione a pensare a modi per uscire. Prima mi portava fuori qualche volta, ma lui è grande e forte e se provavo a fare qualcosa mi prendevo uno schiaffo in faccia. Sto provando un sacco a fare della roba ultimamente. Non so perché. Sto cambiando, immagino. Sto diventando più grande e non mi piace più qui giù. Sono stufo di questo posto. Sono stufo di lui.

Tiene le chiavi in tasca. Due settimane fa ho provato a colpirlo con un piatto, ma lui ha visto quello che stavo per fare e me l'ha tolto dalle mani. Dopo quella volta mi dà i piatti di carta. Non mi è permesso avere coltelli o niente di affilato. Non mi è permesso avere scarpe con i lacci. Devo mangiare cereali e pane e frutta, sempre, niente che richieda coltelli e forchette. A meno che non ci sia lui a tenermi d'occhio.

Anche lui è cambiato. Mi guarda in modo diverso. Non fa più le robe che faceva sempre prima. Dice che sto diventando grande e che sembro tutto sbagliato. Borbotta tra sé e sé che è stanco, quando pensa che non lo sto ascoltando. In effetti sembra stanco. Non penso che gli piaccia ancora tenermi qui. Qualche volta mi chiedo se non tornerà più e basta. Allora io rimarrò senza cibo, acqua, elettricità, acqua... morirò.

Ci sono state delle volte che ho pensato che poteva essere bello morire. Almeno poi potevo andare da qualche altra parte. Ma non sono sicuro, quindi ho deciso di non morire. Un giorno magari potrò uscire dalla mia gabbia, ma forse non potrò andare da nessuna parte dopo essere morto, quindi mi è sembrato troppo rischioso.

Sono le 21:15. Ecco qui. Non tornerà mai. Ho quasi finito il cibo e ho freddo. Le magliette e le felpe mi vanno tutte troppo piccole. Le notti sono più fredde ultimamente. Forse vuol dire che è inverno. Mi ricordo l'inverno fuori dal bunker. Mi ricordo che facevo i pupazzi di neve e tiravo le palle di neve. Qualche volta mi fa vedere i film sul suo telefono. I miei preferiti sono quelli di Natale. Mi piace guardare le famiglie felici che fanno i pupazzi e gli angeli di neve. Ma mi fanno sentire freddo quindi li guardo solo quando fa caldo nel bunker.

Cammino avanti e indietro nella mia gabbia cercando di tenermi caldo. Spingo il pulsante della mia luce LED. On. Off. On. Off.

Tu-tum.

La prima porta.

Qualcosa che raschia.
La chiave.
La porta si apre.
Eccolo.
«Ehilà, amico. Scusa il ritardo».
È sempre amichevole. Io non rispondo.
«Ti ho portato una sorpresa. Pizza». Mi fa un grande sorriso.
Non voglio, ma ho l'acquolina in bocca. Ho così fame che mi fa male la pancia.
«È un po' fredda. È una camminata bella lunga per arrivare qui dalla macchina. Avrei dovuto costruire questo posto più vicino».
Si lamenta sempre. Soprattutto quando deve riempire il serbatoio dell'acqua.
«Come te la passi, amico? Sembri infreddolito. Dovresti avvolgerti nel piumone quando hai freddo».
C'è qualcosa che non va. Non mi guarda negli occhi e io non so perché. Non ha mai portato pizza nella gabbia prima. Perché lo sta facendo? Fisso la pizza affamato. Incrocio le braccia e cerco di capire perché mi pare che qualcosa non vada.
«Vuoi venire qui fuori a mangiare?», chiede.
Faccio sì con la testa.
Mette il cartone della pizza sul tavolo e si cerca in tasca la chiave. Gli tremano le dita. Perché trema come se avesse paura? Non ha mai avuto paura prima. Neanche proprio all'inizio. Mi spaventa sempre perché è così calmo e ha tutto sotto controllo. Non mi è mai piaciuta questa cosa. Mi fa sempre pensare a cos'altro può fare. Di che cosa è capace? Sono arrivato molto presto alla conclusione che è capace di qualunque cosa ed è per questo che ho fatto tutto quello che mi ha detto, sempre e comunque.
Gli ci vuole qualche tentativo per aprire la gabbia. Sta giocherellando con le chiavi. Tiene la testa girata dall'altra

parte. Io sto indietro come faccio sempre. Non mi è permesso di stare vicino alla porta della gabbia. Devo tenere le mani in avanti di fronte a me, dove lui può vederle, se no è costretto a farmi male come quella volta che mi ha pestato la caviglia. Altrimenti mi minaccia, dice che mi rimette in catene come all'inizio.

«Sta' lì, Aiden», mi fa con voce gracchiante. «Aspetta in fondo per un momento».

Non mi sembra che vada tutto bene. È diverso oggi. È un bel po' che mi pare che stia cercando di capire qualcosa. Come se si stesse sforzando di prendere una decisione. Ora, guardandolo, mi sembra che l'ha presa, questa decisione, e non è una di quelle buone. Non è una decisione del tipo meglio la pizza o il cinese a portar via, è qualcosa di orribile. Riesco a sentirlo. Mi sento tutto attorcigliato dentro, come se quello che ho nella pancia si stesse muovendo. Non ho più fame. Voglio solo vomitare.

La porta si apre e lui resta lì a guardarmi. Ha le lacrime agli occhi.

«Sei un bravo ragazzo, Aiden. Sei sempre stato un bravo ragazzo. Ci siamo amati, non è vero? Tu mi hai amato? Io ti amo?».

Non rispondo. Non sono sicuro di sapere più cos'è l'amore. Non penso che è questo, però. Non penso che l'amore deve farti sentire sporco come mi sento io ora.

Fa un passo indietro, con gli occhi tutti luccicanti e bagnati. Mi sta guardando adesso. Non vuole smettere di guardarmi. Le sue braccia si allungano indietro alle sue spalle e le sue dita frugano nel cartone della pizza.

Non penso che c'è pizza lì dentro.

Il coperchio si apre di scatto e lui prende la mazza di legno, come quelle che usavo per fare sport. Rounders. Così si chiama. Correvamo alle basi dopo che avevamo colpito la palla con la mazza. Io ero sempre bravo, mi sceglievano per primo. Mi allontano impaurito da lui. Quella sensazione di movimento nella pancia non c'è più, invece sento una grande mano fredda che mi stringe lo stomaco, che mi strizza sempre più forte.

«Mi dispiace, amico», dice lui. «Ma devo farla finita. Non posso più andare avanti così. Sei troppo grande ormai. È tempo di finirla. Voglio lasciarti andare, ma non posso. Non posso e basta, mi dispiace. Volevo procurarmi una pistola, sai, per farla più veloce, ma non so usarla. Ho provato a studiare pillole e veleni ma possono andare molto male e non volevo farti questo, amico. Quindi farò così. Un colpo veloce. Posso farlo. Posso finirla così. Lo so che vuoi morire. Ci hai provato quella volta con la matita. Avresti potuto farmi del male ma invece hai fatto male a te stesso. In questo modo entrambi otteniamo quello che vogliamo. Non è vero?».

Alzo le mani sulla faccia e mi rendo conto che sto piangendo. Mi brucia la gola.

«Tu non vuoi davvero che io muoia», dico.

Lui scuote la testa. «No, non voglio. Ma è così che deve finire».

«Mi manca ancora com'era prima. Mi manca la vacanza in campeggio».

Lui fa un singhiozzo. «Lo so che ti manca, ma a me no. Questa cosa è stata tutto per me… è solo per te se ho potuto vivere».

«Mi hai preso la vita», rispondo io. «Io non ti amo».

Il moccio gli cola dal naso. «Non dire così, amico». La sua testa si abbassa, si spinge via i capelli dagli occhi. Si asciuga il naso con il dorso della mano. Ha dei vestiti eleganti oggi. Un maglione morbido rosso scuro e dei pantaloni con in mezzo una piega che scende giù. Sembra uno della tele. Uno che viene da dentro i film sul minuscolo schermo del suo telefono. Una persona con una vita tutta organizzata. Dottori. Avvocati. Uomini d'affari. Lui è uno di quelli. Fuori da qui, probabilmente sembra come tutti gli altri. È normale.

«Ti odio ancora, Hugh», dico. «Ti ho sempre odiato».

Lui comincia a cantare la canzone, quella che mi cantava quando stavo a casa sua. Quella che mi canta la sera quando mi racconta di Josie e di mamma e di papà. Papà è nell'esercito ora. È un soldato. A volte penso a come poteva uccidere Hugh sparando con la sua mitragliatrice.

Stringe la mazza con tutt'e due le mani, allarga le gambe e raddrizza le spalle. Faccio un altro passo indietro. Mi sento le gambe come gelatina e sto per vomitare o sto per farmi la pipì sotto. Non voglio morire, non voglio. Ma lui è più grande di me. Se combatto contro di lui, vincerò? Devo provare. Devo.

«Fai bene a odiarmi, Aiden», dice lui. «Pensavo di volerti uccidere. Ero così certo». Abbassa la testa e fa una pausa. È come se questo momento fosse tutto allungato. Come se dovesse andare avanti per sempre. Ma poi dice: «Deve finire lo stesso».

Alza la mazza, pare che stia per colpirmi, ma appena io mi preparo a buttarmi verso di lui, per attaccarlo per primo, lui alza la mazza. Urla forte quando si colpisce da solo in faccia, distruggendosi il naso. Io urlo con lui, ho paura del sangue che spruzza dal suo naso. Ho paura di lui che muove la mazza di nuovo, colpendosi in testa.

Hugh cade giù. La mazza gli scivola per terra. Io corro verso di lui e mi piego.

«F-f-in-isci-mi». Sputa bava insanguinata dalla bocca.

Io scuoto la testa.

Hugh allunga la mano e spinge la mazza verso di me. «C-olp-isci-m-mi».

Le lacrime mi scendono giù dagli occhi. Il moccio mi gocciola dal naso. Ho paura. Non so cosa fare. Quasi inciampo sulla mazza quando mi allontano. Hugh è steso lì con la faccia tutta rotta e graffiata, con gli occhi gonfi. Se prendo le chiavi e me ne vado, lui rimarrà lì per terra a soffrire per ore e ore. Non so quanto è ferito. Può morire da solo. O posso andare a cercare aiuto. Mi sento la testa tutta strana, come se non volesse risolvere la cosa, come se non volesse fare la scelta.

Io non voglio fare la scelta.

Voglio che sparisca tutto.

Mi piego e prendo la mazza.

La alzo sopra la mia testa.

Quando è fatta, Hugh scatta due o tre volte e poi si ferma. I suoi occhi non sono gli stessi di prima. Non brillano o luccicano come devono fare gli occhi.

E poi penso a quanto è fortunato perché non deve più ricordare. Tutti i suoi pensieri non ci sono più e lui non deve più pensare alla gabbia.

C'è un po' di sangue anche sulla mia maglietta. Me la tolgo e asciugo il sangue per terra. Spingo Hugh in un angolo e gli metto la mia maglietta sopra perché non voglio più vedere la sua faccia. Gli prendo le chiavi dalla tasca e apro la porta. Spengo le luci ed esco di corsa su per le scale. Più salgo, più ho paura. Lascio cadere le chiavi prima di arrivare in cima. L'aria è fresca e io respiro due volte, a fondo, ma non so cosa fare.

È buio e non so dove sto andando ma continuo a camminare. Ci sono foglie per terra e tanti alberi. Sta piovendo. Inciampo due volte.

Canto la canzone di Hugh.

Poi decido che non voglio più ricordare. Qualcuno mi trova. Lo so chi sono io, ma non voglio dirglielo. Non voglio parlare con nessuno, e non voglio ricordare. Voglio che tutti i miei pensieri spariscano come sono spariti i pensieri di Hugh.

Non voglio ricordare.

45

L'ho chiamata Gina come mia madre. Ha i miei occhi e la bocca di Jake, ma non ho intenzione di parlare della sua somiglianza con Jake. L'infermiera portò Aiden dentro, a vedere me e la sua nuova sorella. Presi la mia piccola bimba che si dimenava, fasciata in una soffice coperta, e la diedi a mio figlio, per fargliela tenere in braccio. Il figlio di cui avevo avuto paura, e che avevo pensato fosse pericoloso. Il figlio che i media avevano chiamato "selvaggio" e che avevano insinuato non fosse civilizzato dopo la sua incarcerazione lontano dalla società. Aiden la cullò dolcemente tra le braccia, come se fosse un bene prezioso e delicato. E lo era. Era perfetta, proprio come Aiden quando era nato. Era una combattente. Lo eravamo entrambe. Avevamo attraversato l'inferno insieme e finalmente entrambe avevamo avuto la nostra ricompensa. Lei era lì. Era viva e perfetta e io ero lieta di aver lottato per il nostro futuro.

«È troppo presto per ricevere visite?». L'ispettore capo Stevenson si affacciò alla porta.

«No. Va bene», risposi.

Quelle due ore mi erano sembrate lunghe come una vita intera. Dopo che Aiden aveva indicato il fluido che si stava raccogliendo in una pozza a terra, avevamo risalito con difficoltà i gradini ed eravamo usciti nella foresta di Rough Valley. Le contrazioni erano peggiorate, quindi Aiden aveva dovuto sostenermi mentre ci inoltravamo a fatica tra gli alberi. Avevo gridato. Avevo strillato.

La polizia non era molto lontana. Erano venuti a cercarmi, proprio come aveva promesso Stevenson. Era stato il primo a raggiungermi. Si era messo il mio braccio sopra la spalla e mi aveva guidato attraverso il bosco oscuro, con la luce della sua torcia che rimbalzava su e giù come in una scena di *The Blair Witch Project*. Mentre incespicavamo per la foresta gli avevo detto del bunker sotterraneo e della gabbia.

«Penso sia Hugh», avevo sussurrato. «Aiden non lo dirà ma il... corpo ha gli stessi capelli biondi. Penso che sia Hugh e che fosse già morto, per tutto questo tempo».

Stevenson aveva solo annuito.

Non capiva. Il fatto che Hugh fosse già morto significava che io avevo avuto paura di un fantasma. Il rapitore di Aiden era un mostro. Uno spettro. Sebbene un tempo fosse stato decisamente reale, anche da morto Hugh aveva messo a soqquadro la mia vita, fino al punto di farmi sospettare perfino che il mio stesso figlio si fosse alleato con il suo rapitore. Ero diventata il peggior nemico di me stessa, la mia paranoia mi aveva spinto a cercare il pericolo in ogni angolo mentre mi aveva reso cieca rispetto alla minaccia reale: mio marito.

Adesso, con le accecanti luci dell'ospedale sopra di noi, Stevenson faceva su e giù con la testa e coccolava la mia bimba. Il sorriso sul suo volto era genuino, ed ero contenta che tutti noi fossimo sopravvissuti a quel lungo, arduo viaggio.

«Come sta Rob?», chiesi.

«Stabile, dicono», rispose lui. «Siamo arrivati appena in tempo, a quanto pare».

«E Josie?»

«Era legata al letto, imbavagliata. È scossa, ma ci ha rilasciato una dichiarazione. Jake l'ha trascinata lassù e l'ha legata, ma a parte qualche graffio non le ha fatto del male».

Annuii. Aiden portò Gina dall'altra parte della stanza e si mise sulla sedia dei visitatori.

«Jake?»

«Deceduto».

Annuii. Non ne ero felice. Non avrei danzato sulla sua tomba né stappato champagne, ma ero sollevata, e quel sollievo mi liberò il cuore da un grosso peso. Era finita. O, perlomeno, era quasi finita.

«E il bunker?»

«Non c'è molto che possiamo fare di notte. La scientifica andrà lì domattina. Avremo bisogno di una dichiarazione da parte di Aiden. Lui… lui parla?»

«Un po'».

L'ispettore capo Stevenson si dondolò indietro sui tacchi, a disagio. «Questo è un bene», disse.

«C'è un'altra cosa», dissi io.

«Che cosa?», chiese Stevenson, accigliandosi.

Sapevo che un giorno Aiden avrebbe voluto raccontare la sua storia. Alcune storie vengono raccontate dal principio e non si concludono prima della parola fine. Alcune storie partono dalla fine o dal mezzo e poi ti mostrano l'inizio. Sapevo che la storia di Aiden avrebbe richiesto una vita intera per essere raccontata, ma noi avevamo tutto il resto dei nostri giorni per esplorarla a fondo. Nella settimana dopo la nascita di Gina (non la morte di Jake, non la scoperta del crimine di Hugh o l'aggressione a Rob; era la nascita di Gina, l'inizio di una vita), Aiden rivelò una minuscola isola nel mezzo dell'oceano. Il barlume che mi aveva mostrato era sufficiente per il momento. Sapevo che mi avrebbe svelato il resto della storia quando fosse stato pronto.

Perché ero così sicura che Aiden mi avrebbe raccontato la sua storia? Perché le storie si raccontano per guarire. Aiden aveva una lunga guarigione da affrontare. Anche io. Saremmo guariti insieme.

La scientifica trovò il DNA di Hugh in tutto il bunker.

Trovarono il documento che sanciva l'acquisto del terreno nella foresta di Rough Valley. Nessuno aveva avuto dei sospetti, per via dei rapporti commerciali di Hugh con diversi agenti immobiliari. Qualche compagnia aveva comprato piccoli lotti della Rough Valley ma nessuno aveva costruito nulla laggiù. Praticamente nessuno si avventurava mai da quelle parti, un fatto che Hugh aveva sfruttato a suo vantaggio.

Dopo un appello pubblico, un costruttore si fece avanti e ammise di essere stato assunto per adattare un vecchio bunker della seconda guerra mondiale a spazio abitativo. Hugh gli aveva detto che stava pensando di trasformarlo in una specie di posto per un "campeggio di lusso". L'avevano rifornito di attrezzatura da roulotte, con un serbatoio per l'acqua potabile e un generatore per l'elettricità. Hugh doveva effettuare una manutenzione regolare, in modo che Aiden potesse sopravvivere da solo nel bosco. Poiché la zona che Hugh aveva comprato era proprietà privata, nessuno dei sentieri pubblici si spingeva nemmeno vicino al bunker dove era tenuto mio figlio. Nessuno aveva sentito il generatore. Nessuno. Aiden mi disse che, quando era fuggito, aveva avuto paura di finire nei guai per aver ucciso Hugh. Aveva spento il generatore e l'aveva nascosto sotto un cumulo di foglie.

Non c'era nessun documento registrato del bunker in nessun progetto, e non era incluso in nessuna mappa. Hugh aveva progettato tutto, dall'inizio alla fine. Aiden mi aveva detto che Hugh voleva chiudere quella storia uccidendolo, ma poi non era riuscito ad arrivare fino in fondo. Non mi piaceva pensare a cosa era successo il giorno che Aiden era fuggito dal bunker.

Per un certo periodo ebbi qualche difficoltà a conciliare l'immagine del mio amico Hugh che mi invitava a casa sua, che ci preparava deliziose cene a base di arrosto e ci serviva del buon vino, con l'uomo che sgattaiolava via di casa e dal lavoro per andare a trovare mio figlio rapito nel suo bunker privato. Ma imparai molto su Hugh da Aiden.

Josie venne a trovarmi in ospedale dopo la nascita di Gina. Era in lacrime. Si era messa la maglietta al contrario. Le dissi gentilmente di girarla e lei mi guardò a bocca aperta.

«Dimmi», la supplicai. «Dimmi che non lo sapevi».

«Pensavo che avesse delle relazioni», disse lei. «È quello che mi dicevano tutti. Lo hanno visto con delle donne. Io ho solo...».

«Il giorno dell'inondazione. Tu eri là. Mi volevi trattenere?», chiesi.

Lei scosse la testa così velocemente che per un attimo sembrò una mezza pazza. «No. Non avrei mai potuto. Non avrei mai *voluto*. Io...».

«Va tutto bene», dissi. «So che non lo sapevi. Hugh ha fatto l'impossibile per nascondere questo lato di sé. Non ti biasimo». Allungai la mano e presi la sua.

«Avrei dovuto capirlo». Si asciugò le lacrime con il dorso della mano. «Avrei dovuto riconoscere i segnali. Dopo quella storia con il mio papà... pensavo che me ne sarei accorta se fosse mai successo di nuovo».

«Continuo a pensare a una sera, Aiden aveva, non so, forse due o tre anni, e siamo rimasti da te per la notte. Hugh ha portato Aiden a letto, stretto stretto tra le sue braccia. Li ho seguiti su per le scale qualche minuto dopo e ho guardato Hugh metterlo a letto. Stava cantando questa ninnananna molto delicatamente. Ricordo di aver pensato che sarebbe stato proprio un bravo papà. Sono andata in camera e ho pianto per voi due perché non potevate avere figli e invece ve lo meritavate così tanto». Scossi la testa. «Mi sbagliavo. Ah, quanto mi sbagliavo. E avrei dovuto capirlo quel giorno quando Aiden ha cantato quella canzoncina tra sé e sé. Era la stessa canzone. Ci sarei dovuta arrivare. Invece, per tutte queste settimane ho avuto paura di un fantasma mentre mio marito...».

Josie mi sfiorò leggermente la mano. Esitava. «Hanno delle maschere, sai».

Hugh la faceva sentire al sicuro come Jake faceva sentire al sicuro *me*. Ci erano riusciti nascondendosi dietro alle loro maschere. Perché mai io e Josie avremmo dovuto sentirci in colpa per quello che era successo? Perché avremmo dovuto sentirci deboli? Chi preda una persona vulnerabile non è forte – è un imbroglione. Mentre noi lavoriamo sodo per mantenere il controllo sulla nostra vita, questi truffatori ce la portano via. Rubano e mentono perché non riescono a legare con le persone, non conoscono l'amore, e non sanno cosa significhi essere amati.

Mi dispiace quasi per loro. Ma non proprio.

Quando Josie se ne andò mi sentii molto vuota e impalpabile, ma lei non faceva parte della storia di Aiden, e quella era la mia priorità finché non fosse tutto finito. Aiden veniva per primo.

I media non ci avevano ancora lasciato liberi dalla loro avida morsa. La storia straordinaria della bimba nata solo qualche ora dopo la scoperta del ripugnante corpo nel bunker venne schiaffata su tutti i giornali. Vendettero milioni di copie grazie a noi. Ma io ero selvaggiamente protettiva con Aiden. Ignorai ogni chiamata e ogni offerta. Mantenni il sangue freddo e imparai a non urlare contro i giornalisti.

Quando Josie lasciò la mia stanza, scesi dal letto e presi la mano di Aiden. Gina era accoccolata nell'incavo del mio braccio libero. Camminammo insieme attraverso i reparti fino a una bianca stanza luminosa che conteneva sei letti. Tre per lato. Non era orario di visita e sapevo che non saremmo dovuti stare lì, ma non mi importava.

«Eccola. Il miracolo». Rob era disteso in posizione rialzata, con la schiena poggiata su dei cuscini. Ci sorrideva, con gli occhi che luccicavano. Gli stessi occhi di Aiden.

«Vuoi prenderla?», chiesi.

Lui annuì. Aveva la testa bendata, e dal modo in cui si muoveva capivo che sentiva ancora dolore, ma gli passai Gina, assicurandomi che le reggesse per bene la testa, cosa che fece con grande cura.

«Ti somiglia», disse. Poi sorrise verso Aiden. «Come te la passi, bello?».

Aiden si agitava accanto a me, si guardava i piedi. «Ok».

Rob si voltò verso di me con le lacrime agli occhi e io incontrai il suo sguardo mentre il calore si irradiava attraverso il mio petto e nelle mie vene. Annuii e sussurrai muovendo solo le labbra: «È tornato». Poi misi la mano sopra a quella di Rob e gliela strinsi. Rimanemmo così per cinque minuti almeno, nessuno di noi riusciva a credere che fossimo lì, vivi, e – soprattutto – tutti interi.

Dopo essere stata dimessa dall'ospedale, tornai a casa di Jake perché non avevo nessun altro posto dove andare. Tirai subito giù ogni fotografia, disfeci i letti e gettai i suoi vestiti in un sacco della spazzatura. Non avrei mai provato piacere per la sua morte, ma di certo non volevo essere circondata dalle sue cose.

Quando ebbi concluso queste incombenze mi restava solo un altro compito, e riguardava la storia di Aiden. Hugh aveva pianificato il rapimento alla lettera ma io non credevo che si fosse mai prefissato l'obiettivo di rapire mio figlio. Non aveva senso rapire un bambino al quale era così vicino. Non appena Aiden fosse scomparso, ogni persona che faceva parte della mia vita sarebbe stata esaminata attentamente. Ma Hugh aveva avuto fortuna. Aiden aveva deciso di andarsene in giro fino al fiume nel bel mezzo di un'inondazione. Non solo, Jake lo *aveva spinto* nel fiume. Hugh si era imbattuto in Aiden che fluttuava nella corrente, l'aveva ripescato, e l'aveva portato nel suo bunker mentre il resto del mondo immaginava che mio figlio fosse annegato. Poi non aveva dovuto far altro che inventarsi delle scuse valide, per spiegare le sue frequenti sparizioni (viaggi di lavoro e straordinari con Josie; relazioni extraconiugali con suo fratello e i colleghi). Avevo scoperto che Hugh viveva nel bunker con Aiden per giorni, ci passava anche la notte. Poi, quando doveva effettivamente fare dei viaggi di lavoro, Hugh tornava in macchina da York o da Londra per controllare che stesse bene, mettere benzina nel generatore, fare rifornimento d'acqua. Tenerlo in vita richiedeva molto lavoro, ma rapirlo era stato comodo. Troppo comodo.

C'era un elemento mancante, e io sapevo esattamente qual era. Sapevo anche cosa avrei fatto al riguardo: la scientifica aveva finito di esaminare la scena del crimine, e non c'era nessun'altra traccia di DNA dentro al bunker oltre a quello di Aiden e Hugh. Perciò mi rimaneva un'unica scelta.

Lasciai Aiden e Gina a casa di Sonya e Peter. Poi salii in macchina e andai alla scuola di Bishoptown. Svoltai per lasciare la strada principale e imboccai invece Singer Lane fino alla terza casa sulla sinistra. Quando scesi mi controllai la tasca, chiusi la macchina e bussai alla porta. La signora White, dall'altra parte della strada, mi salutò dalla finestra e io ricambiai.

La porta si aprì e io la superai senza neanche aspettare un invito a entrare. Mi frugai in tasca, recuperai il coltello, e le spinsi la punta contro la gola.

«Sei sola?».

Lei esitò ma rispose. «Sì».

«Chiudi le tende in soggiorno».

Mi nascosi il coltello dietro la schiena e la seguii in soggiorno. Lei fece come le avevo chiesto.

Ero stata nel soggiorno di Amy circa un anno prima, quando ci eravamo viste per una serata a base di cibo da asporto e film con un paio di colleghe della scuola. Era più curato a quel tempo. Amy aveva lasciato qualche tazza sul tavolino da caffè, così come una catasta di quotidiani. Un giornale era aperto, con la sua faccia in un piccolo riquadro sopra una foto di me che entravo in macchina con Aiden.

«Non sei più sulle prime pagine», notai. «Deve far male».

«Cosa ci fai qui, Emma?», chiese Amy. Si allontanò da me, con le mani dietro la schiena. Aveva gli occhi spalancati, come un cucciolo spaventato. Era chiaro che stesse tentando di arretrare verso il vaso sulla libreria alle sue spalle. Attraversai a grandi falcate la stanza e lei strillò quando le piazzai la lama del coltello contro la guancia.

«La polizia non sarà mai in grado di provarlo. Per questo sono qui. Aiden mi ha raccontato che tu gli hai messo in testa l'idea di andare giù al fiume. Continuavi a dirgli quanto sarebbe stato bello e quanto si sarebbe dimostrato coraggioso ad andarci. Gli hai detto che il ponte sarebbe crollato e che non avrebbe dovuto perdersi lo spettacolo. Gli hai detto che io sarei stata fiera di lui se fosse uscito di nascosto dalla scuola. Poi gli hai deliberatamente voltato le spalle mentre lui si allontanava dalla classe. Sapevi che a scuola sarebbero stati tutti troppo distratti dall'alluvione per notarlo. Infine hai mandato un messaggio al tuo Hugh per dirgli dove trovare Aiden. Sapevi cos'era Hugh e l'hai *aiutato*. Tu sei malata».

Amy fece un altro passo indietro ma io le risparmiai il disturbo buttando giù il vaso sulla moquette. Le spinsi il coltello così a fondo nella pelle che ne uscì una goccia di sangue.

«E poi, quando Aiden è tornato, sei andata su Facebook con l'account di Hugh e hai fatto il check-in all'aeroporto di Las Vegas. Da questo… Da *questo*, la polizia potrebbe essere in grado di risalire a te…».

«No, non ci riusciranno», scattò lei. «Ho coperto le mie tracce. Hugh mi ha mostrato come fare. Ha imparato tutti i trucchi su internet mentre alimentava la sua *dipendenza*».

«Allora suppongo che dovrò farmi giustizia da sola», dissi io.

«Non ho fatto del male a nessun bambino», disse lei. «Era… Io…».

«Cosa?», scattai. «Sputa il rospo. Forza, dammi la tua giustificazione».

«Ci facevamo insieme, ok? Ci facevamo e sperimentavamo. Le cose ci sono un po' sfuggite di mano. Lui mi strangolava qualche volta e parlavamo di cose a letto. Ci raccontavamo i nostri lati più oscuri». I suoi occhi brillarono e mi sorrise. Ebbi la tentazione di tagliarle il sorriso dalla faccia ma non potevo. Non ancora, comunque. «Scommetto che non sai cosa si prova, a bramare quel genere di oscurità. Tu sei così… normale. Noiosa. Non hai mai meritato Rob». Sogghignò, la sua messinscena da cucciolo spaventato stava scivolando via. «Tu sei così… convenzionale. Non capisci cosa si prova a vivere al limite. Volevo aiutare Hugh perché lui era… libero. La consapevolezza di averlo aiutato era sufficiente per me. Ho avuto la possibilità di andare al lavoro ogni giorno sapendo cos'era realmente successo a tuo figlio. Ogni singolo giorno, io lo sapevo. Hugh mi ha perfino lasciato scendere lì sotto una volta, mentre Aiden stava dormendo».

«Perché cazzo Hugh si fidava di te?»

«Perché mi conosceva!», esplose. «Era l'unico che mi conoscesse davvero. È per questo che l'ho protetto quando Aiden è tornato. Sapevo che la polizia avrebbe ficcato il naso a casa sua se non avessi fatto qualcosa per giustificare la sua sparizione. E così mi sono loggata con il suo account Facebook. Tutti pensavano che avesse una relazione, ma io ho capito cosa doveva essere successo».

«Tu non stavi proteggendo lui, stavi proteggendo te stessa», dissi. «Hai pensato che la relazione che avevi con Hugh potesse venire allo scoperto e condurre a te la polizia. Ma sei un'idiota, Amy. Non sei per niente brava in queste cose, non come Hugh. Bramavi i tuoi quindici minuti di fama, quando avresti dovuto tenere la bocca chiusa. Non hai pensato che Aiden avrebbe iniziato a parlare alla fine?»

«Pensavo che fosse tornato con qualcosa che non andava nel cervello», disse lei. «Ho immaginato che fosse ritardato e che non avrebbe mai fiatato». Alzò le spalle. «È tuo figlio dopotutto».

Ignorai la provocazione. «Tu sei debole. Hugh ti controllava e tu non te ne rendi neanche conto», dissi. «Controllava tutti. Te. Me. Josie. Aiden. Questo è quello che voleva. Controllo assoluto».

«No», disse lei. «Io glielo permettevo».

«Sei patetica».

«Come vuoi», rispose. «Tu sei una stronza. Non mi hai mai notato. Nessuno di voi. Non ero niente per voi. Una che veniva con il gruppo. Una macchia di sporco sulla scarpa. Non hai mai meritato Rob. Lui è migliore di te».

«Tu sei malata», dissi, spingendole il coltello più forte contro la pelle. Quando un rivolo rosso le gocciolò lungo il viso cominciò a piangere.

«Non farmi del male! Ti prego!».

Le sbuffai un lungo respiro caldo dritto sulla faccia. «Sai cosa ho provato a uccidere Jake? Ho visto la vita svanire dai suoi occhi. Ho assaggiato il suo sangue quando gli ho squarciato il polso con i denti. Potrei aprirti la gola in due in questo stesso istante». Lei piagnucolò e chiuse gli occhi. «L'unico motivo per cui non lo farò è che non sono un'idiota come te. Non ho intenzione di sprecare la mia vita per una stupida come te. Sì, ho una vita adesso. Ho di nuovo mio figlio e ho di nuovo Rob. Ho una figlia. Cos'hai tu? Una catasta di giornali con il tuo nome sopra. Non vale la pena andare in prigione per te. Quindi ti dirò esattamente cosa farai. Venderai questa casa. Lascerai il tuo lavoro. Prenderai i soldi sporchi di sangue che hai ricevuto per le bugie che hai raccontato e ti trasferirai molto lontano da qui. Sparirai per sempre, perché se vedo di nuovo la tua faccia, ti conficco questo coltello nella pancia e continuo a tagliare finché non raggiungo la tua infida bocca da bugiarda. Hai capito?».

Lei annuì.

Era una salita ripida. Mi facevano male le gambe e avevo la schiena sudata, ma la vista era bellissima. Sollevai la mano di Gina e salutai le minuscole persone che si muovevano freneticamente sotto di noi. La tenevo in una fascia sul petto, mi strofinava il naso sulla pelle.

«Ti ricordi questo posto?», chiesi.

Aiden annuì. «Ci venivamo sempre per i picnic».

Passo dopo passo, giorno dopo giorno, stavo imparando quello che Aiden ricordava e quello che aveva dimenticato. Ricordava la mia mamma e il mio papà, ricordava la scuola, ma non ricordava il suo piatto preferito o la squadra di calcio per cui tifava.

Stesi la coperta e misi giù il cestino da picnic. Faceva freddo, e l'erba era bagnata, ma io avevo portato una coperta impermeabile e avevamo abiti pesanti per tenerci caldi. Mi tolsi la fascia e mi sedetti sulla coperta, mettendomi Gina su un ginocchio. Faceva ridere con la sua piccola tuta da sci, con tutto il naso e le guance rossi.

«Non è bello laggiù?», dissi.

Aiden posò le mani sulle ginocchia. Anche lui stava imparando delle cose, per esempio come interagire con l'ambiente che lo circondava. Non gironzolava come un pesce fuor d'acqua come prima. Stava a sedere bello rilassato. Si appoggiava al tavolo. Tamburellava con le dita sul bracciolo della macchina quando la radio era accesa.

Annuì. «Pensavo di non rivederlo più».

Non riuscivo ad abituarmi al suono della sua voce. Parlava con brevi frasi secche. Qualche volta gli ci voleva un po' per far uscire le parole. Muoveva la mascella come se sentisse le sillabe vagare per la sua bocca prima di parlare. Ma io ero fiera di lui e della sua evoluzione.

Restammo lì per un po', guardando il fiume Ouse serpeggiare attraverso il minuscolo villaggio. Era mattina, e il sole invernale donava a ogni cosa un aspetto limpido e luminoso. Gli alberi erano così arancioni che guardarli faceva male agli occhi. Il cielo era così blu che sembrava più che altro il mare, e l'aria era così fresca che ti lasciava nei polmoni la stessa sensazione stridente e bruciante che ti prende quando ti alleni in una giornata fredda.

Gli eventi degli ultimi dieci anni avrebbero gravato con tutto il loro peso sulla mia anima fino al momento della mia morte, ma quel giorno ebbi un lampo della felicità che mi aspettava lungo il cammino. Una strada da percorrere.

«La prossima volta facciamo un picnic», dissi. «Sarà sulla Grande Muraglia Cinese». Aprii il cestino e tirai fuori i panini.

«Ok», rispose Aiden.

Feci una pausa, e mi voltai a guardare mio figlio. Le sue guance avevano un bel colorito, e i suoi occhi erano luminosi. Allungai la mano verso di lui e gli accarezzai dolcemente la guancia. Aiden scivolò piano verso sinistra per appoggiare la testa contro la mia spalla. Era una posizione un po' goffa all'inizio, ma dopo un secondo o due si sistemò meglio. Per la prima volta dopo più di dieci anni inspirai il profumo di mio figlio. Poggiai il naso sulla sua testa e sentii la fragranza che si nascondeva sotto l'odore di shampoo e bagnoschiuma. Percepii il sentore della sua pelle, come avevo fatto il giorno in cui era nato. Mentre le mie narici si riempivano di quel profumo di pelle dolce e leggermente stucchevole, il mio cuore era finalmente pieno.

Nota dell'autrice

Spero davvero che questo libro vi sia piaciuto. Se vi va, vi prego di lasciare una recensione. Bastano poche righe, la vostra opinione conta così tanto per me e per gli altri lettori che magari vorranno dare un'occhiata alla mia opera.

La storia di Aiden non è mai priva di speranza. Aveva una madre che lo amava e che era pronta a combattere per lui, mettendo a rischio tutto ciò che aveva.

Il mondo è pieno di luce e speranza, ma se sentite di aver perso quella luce, vi prego di dare un'occhiata a questi siti: http://www.samaritans.org/ e http://www.mind.org.uk/

Grazie di aver letto questa storia.

Indice

p. 7 Capitolo 1
17 Capitolo 2
25 Capitolo 3
32 Capitolo 4
39 Capitolo 5
45 Capitolo 6
53 Capitolo 7
61 Capitolo 8
69 Capitolo 9
75 Capitolo 10
83 Capitolo 11
90 Capitolo 12
98 Capitolo 13
108 Capitolo 14
116 Capitolo 15
123 Capitolo 16
132 Capitolo 17
139 Capitolo 18
146 Capitolo 19
154 Capitolo 20
159 Capitolo 21
167 Capitolo 22
173 Capitolo 23
180 Capitolo 24
188 Capitolo 25
195 Capitolo 26
202 Capitolo 27

p. 210 Capitolo 28
216 Capitolo 29
223 Capitolo 30
230 Capitolo 31
238 Capitolo 32
244 Capitolo 33
252 Capitolo 34
259 Capitolo 35
266 Capitolo 36
273 Capitolo 37
286 Capitolo 38
291 Capitolo 39
295 Capitolo 40
302 Capitolo 41
308 Capitolo 42
316 Capitolo 43
324 Capitolo 44. Aiden
332 Capitolo 45

345 *Nota dell'autrice*